Le défi d'un chirurgien

*

Irrésistible vétérinaire

*

Un médecin si troublant

CHARLOTTE HAWKES

# Le défi d'un chirurgien

*Traduction française de*
RAPHAËLLE O'BRIEN

BLANCHE

HARLEQUIN

*Collection :* Blanche

*Titre original :*
FORBIDDEN NIGHTS WITH THE SURGEON



**HARPERCOLLINS FRANCE**
83-85, boulevard Vincent-Auriol, 75646 PARIS CEDEX 13
Service Lectrices — Tél. : 01 45 82 47 47 - www.harlequin.fr
ISBN 978-2-2804-7861-8 — ISSN 0223-5056

Composé et édité par HarperCollins France.
Imprimé en septembre 2022 par CPI Black Print (Barcelone)
en utilisant 100% d'électricité renouvelable.
Dépôt légal : octobre 2022.

FSC
www.fsc.org
MIXTE
Papier issu de sources responsables
FSC® C159065

Pour limiter l'empreinte environnementale de ses livres, HarperCollins France s'engage à n'utiliser que du papier fabriqué à partir de bois provenant de forêts gérées durablement et de manière responsable.

# 1.

Henrik « Rik » Magnusson – ou plutôt Henrik Jansen – jeta un coup d'œil dans la salle de bal luxueuse où se tenait ce soir-là un gala médical très sélect.

Son regard fut tout de suite attiré par *elle.*

Un sourire poli aux lèvres, l'inconnue se tenait au milieu d'un petit groupe auquel elle demeurait étrangère. Elle portait une longue robe bleu-gris au décolleté plongeant. Le vêtement, sexy sans être provocant, mettait en valeur ses courbes féminines. Elle était toutefois plus discrète que les autres femmes dans la salle – nettement plus, en fait.

Soudain, leurs regards se croisèrent pour rester rivés l'un à l'autre.

Rik le savait : il *devait* mettre un terme à cet échange silencieux. Il n'était pas là pour s'amuser. Et puis, il n'avait pas gagné pour rien sa détestable réputation de *den iskalla munk,* le « moine froid comme la pierre ».

Avec peine, il parvint à ramener son attention sur la salle. La pièce était sans conteste magnifique, depuis ses colonnes de pierre jusqu'aux voûtes sculptées du plafond, à près de huit mètres au-dessus de leurs têtes. On n'avait pas regardé à la dépense en matière de décoration : guirlandes de fleurs enroulées amoureusement autour des piliers, ouvrages de ferronnerie ornant de vastes portes en arche.

Même le grand orchestre sur l'estrade n'aurait pu être plus parfaitement choisi pour l'occasion. Quant à l'acoustique, elle était remarquablement servie par cette architecture époustouflante.

Mais c'était la liste des invités qui était la plus impressionnante. La salle de bal grouillait de personnalités riches et influentes, venues là pour être vues, plutôt qu'animées de puissants idéaux. Ces « bienfaiteurs » n'étaient prêts à donner leur argent que si ce geste leur permettait de faire l'objet d'une belle photo, reprise dans les médias, aux côtés de l'orateur principal du gala, à savoir Magnus Jansen, le célèbre chirurgien plasticien des stars. Ou peut-être aux côtés de Basilius Jansen, son fils, lui aussi chirurgien et étoile montante dans le même domaine.

Parmi cette foule de célébrités, Rik était loin d'être invisible : son physique de Viking blond d'un mètre quatre-vingt-cinq lui attirait bien des regards admiratifs. Cependant il restait un anonyme. Personne ici ne se doutait que lui aussi était un Jansen.

Comment ces gens auraient-ils pu connaître son identité ? Jusqu'à il y avait six mois, lui-même l'avait ignorée.

Pour le monde entier, il n'existait que deux Jansen. Le célèbre Magnus, qui faisait la une des journaux pour ses talents de chirurgien et de play-boy, et son fils, Bas, dont les médias rapportaient fébrilement qu'il rivalisait avec son père sur les deux tableaux.

Bref, il n'y avait pas de second fils. Pas de troisième Jansen. De l'avis général, la recette s'était perdue après Bas.

Rik savait que, même s'il montait sur cette scène et dévoilait son ascendance à toute la salle, personne ne croirait qu'il était le frère de ce don Juan de chirurgien. Nul ne croirait qu'il était le jumeau perdu de Bas, et pas seulement parce que tous deux ne se ressemblaient pas.

Il ne commettrait pas la folie de l'annoncer publiquement. Ce genre d'audace impulsive et fougueuse ne lui ressemblait pas. Elle ressemblait à Bas.

Rik ressentit comme un coup au cœur tandis qu'il se frayait un chemin dans la salle. La simple évocation de son frère bien-aimé, perdu depuis longtemps, faisait resurgir les souvenirs poussiéreux d'une petite enfance que Rik n'aurait jamais pu qualifier d'« heureuse », mais qui, grâce à Mme P, à Bertie et à l'incontrôlable Bas, lui avait néanmoins offert quelques moments heureux. Et de l'amour.

Les trente années qui avaient suivi ne lui avaient procuré ni bonheur ni amour. Rik avait eu des amis, bien sûr, et des petites amies à l'université mais, après la perte viscérale qu'il avait subie à l'âge de sept ans, il ne s'était jamais senti capable de s'ouvrir complètement à autrui. Il s'était retrouvé piégé dans un sombre donjon créé par sa mère. Parce que Erin Sundberg se refusait à être la seule à souffrir, elle pouvait aussi infliger des souffrances à son entourage.

S'il n'y avait pas eu Bas, Rik aurait rayé Erin de sa vie. Le jour où l'adolescent de quinze ans qu'il était en avait finalement eu assez d'être le punching-ball de son beau-père, il avait quitté le soi-disant foyer familial une fois pour toutes. S'il n'avait pas complètement tourné le dos à Erin, c'était uniquement parce qu'il espérait obtenir d'elle une information, aussi maigre soit-elle, qui l'aiderait à retrouver le frère qu'il avait toujours idolâtré quand il était enfant.

Et pourtant, elle avait délibérément gardé le silence. L'élever comme un *Magnusson*, le laisser s'échiner à chercher Bas *Magnusson* pendant plus de vingt ans n'avait été que le parachèvement de sa tromperie, sans qu'il s'en rende compte à l'époque. Et puis, elle était morte, emportant ses secrets dans la tombe, anéantissant les espoirs de Rik.

Après un autre tour de la salle de bal, Rik gravit l'escalier pour aller explorer l'étage. Bon sang, alors qu'il voulait trouver Bas, il avait instinctivement cherché des yeux la beauté à la robe bleu-gris ! Connu pour sa détermination sans faille, voilà qu'il se laissait distraire une nouvelle fois…

Captivé, Rik s'attarda sur la silhouette gracile. Il laissa son regard suivre l'étroite ceinture de velours bleu ceignant une taille que ses mains avaient soudain envie d'enlacer, puis tomber sur une longue jupe ondoyante qui frôlait le plancher verni lorsqu'elle se déplaçait.

Bien que ces mouvements soient hypnotiques, il s'efforça

de détourner les yeux. S'il était là ce soir, c'était pour renouer avec le frère qu'il pensait ne plus jamais revoir…

Ces retrouvailles lui étaient *vitales*. Avec le départ de Bas, on aurait dit que la lumière s'était éteinte dans le monde du petit garçon de sept ans qu'il était. Il s'était figé. Et cette chose dans sa poitrine, que la plupart des gens appellent un cœur, s'était pétrifiée. Puis, au fil des décennies, il s'était émietté, laissant le vide derrière lui.

« Froid comme la pierre » : la description était exacte. Rik le savait et, d'une manière tordue, il s'en réjouissait.

Mieux valait se fermer aux émotions plutôt que de souffrir la perte des êtres aimés. Mme P, Bertie, Bas. Rik les avait tous perdus.

Repoussant ces sentiments étranges, il se concentra sur le bal. S'il n'y avait pas eu cette rencontre, six mois plus tôt, il n'aurait rien su de son lien avec les Jansen. Il ignorerait toujours que son père était Magnus Jansen – et non *un certain* Magnusson – et qu'il devait rechercher Bas Jansen.

Cette simple information avait permis à Rik de les retrouver. Et même s'il n'avait pas reçu de réponse à ses lettres adressées à Bas, il avait fait le déplacement, à la fois au Royaume-Uni et dans ce luxueux gala médical où, selon la rumeur en vigueur dans le monde hospitalier, son désormais play-boy de frère serait présent.

Pourtant, pas de trace de Bas.

Une autre exploration des lieux s'imposait. Redescendant au rez-de-chaussée, Rik se fraya habilement un chemin à travers la foule, évitant au passage les femmes désireuses de flirter. Les aventures d'un soir n'avaient jamais été son style.

Il avait vu dès le berceau où cela menait. Sa mère étalait ses infidélités pour énerver son mari, si bien que l'ivrogne en colère s'en prenait immanquablement à Bas et à lui, puis, une fois Bas parti, à lui seul.

Voilà pourquoi il s'était juré autrefois de ne jamais perdre la tête. Trente ans plus tard, rien n'avait changé. Son frère semblait toujours aussi audacieux – un play-boy drôle et convoité – tandis que sa réputation à lui s'avérait bien moins scandaleuse.

Qualifié de « moine de pierre », il était aussi surnommé *den ishand kirurg*, « le chirurgien à la main glacée ». Parce que sa main ne tremblait jamais et qu'il n'avait jamais commis d'erreur.

Alors pourquoi avait-il l'impression de renfermer une bombe prête à exploser, ce soir ?

S'obligeant à revenir à l'instant présent, Rik décida d'effectuer un dernier tour de la salle de bal. S'il ne repérait toujours aucun signe de Bas, il regagnerait sa suite à l'étage et tenterait de retrouver son frère le lendemain matin. Cependant, l'idée le frustrait.

Faisant volte-face, Rik retraversa la foule. Des bribes de conversation qu'il capta, il conclut qu'il n'était pas le seul à s'étonner de l'absence inattendue de Bas Jansen.

Tant pis pour la réconciliation de ce soir. Il était temps d'arrêter les frais et de partir.

— Excusez-moi, marmonna-t-il machinalement lorsqu'une femme se mit en travers de son chemin.

Elle voulait de toute évidence l'aborder, mais il s'esquiva.

Alors qu'il se dirigeait vers la sortie, un éclair bleu-gris attira son attention. Cette fois, il renonça à lutter contre l'attirance qu'il ressentait pour la délicieuse créature qui portait cette robe.

Sans même savoir ce qu'il faisait, Rik replongea dans la foule. Son corps possédait comme une boussole intégrée : il allait droit sur elle.

Lorsque l'inconnu disparut dans le flot des invités, Grace Henley ressentit un vif soulagement. Enfin, elle pouvait de nouveau respirer !

L'expérience était déstabilisante. Ne s'était-elle pas immunisée contre les hommes depuis des années ? Près de quinze, pour être exacte.

Et pourtant, les yeux de cet homme s'étaient posés sur

elle comme un filet sur un papillon, la piégeant sans même la toucher. Non qu'elle soit un papillon, ici, plutôt une plante en pot.

Chaque fois qu'il avait émergé de la foule, chaque fois que son regard avait trouvé le sien, elle était restée immobile et captive des émotions qui l'assaillaient.

Pour la centième fois de la soirée, elle jeta un coup d'œil à sa montre et s'autorisa un sourire. Le moment était enfin venu pour elle de prendre congé, même si personne ne s'en souciait. Elle ne serait pas venue, d'ailleurs, si Bas – son meilleur ami – n'avait pas insisté. Avec la prière énigmatique de chercher « tout ce qui sortait de l'ordinaire ».

Sauf que rien ne sortait de l'ordinaire dans ce gala. Tout était aussi prévisible, magnifique et déprimant que d'habitude. Elle préférait de loin se trouver en salle d'opération, à sauver mamans et bébés, plutôt que de papoter avec des gens persuadés que l'argent et les derniers accessoires de marque étaient une question de vie ou de mort.

Seul Bas rendait ces pince-fesses amusants pour elle. Elle riait toujours de le voir repousser les avances d'une multitude de femmes se jetant – parfois littéralement – sur lui.

Le grand séducteur avait toutefois une autre facette. Un côté brut, et triste, en plus de farouchement loyal. C'était sans doute cette amitié qui lui manquerait le plus lorsqu'elle quitterait l'hôpital royal de Thorncroft.

Un peu plus tôt dans la journée, elle avait prévu d'expliquer à Bas qu'il était temps pour elle de s'en aller. La raison qui l'avait poussée à venir ici – plus exactement, à *revenir* ici – avait commencé à perdre de sa validité. Malgré la culpabilité qui la tenaillait, elle songeait à partir.

Elle avait répété son discours un nombre incalculable de fois. Mais avant qu'elle puisse se confier à son ami, celui-ci lui avait appris la nouvelle la plus surprenante qui soit : il était sur le point de devenir père. Il lui avait ensuite demandé d'examiner la mère de son bébé, et Grace avait dû annoncer à Naomi et Bas que leur bébé aurait besoin d'une opération complexe quelques jours après sa naissance.

Bon sang, cette journée avait été horrible pour tout le monde. Plus vite elle rentrerait prendre une douche chaude chez elle et visionnerait un film léger en compagnie de son chat, mieux ce serait. Et peu importait ce qu'on penserait d'elle.

Prenant congé du groupe d'invités qui l'entouraient – et ne lui avaient adressé la parole que pour savoir où se trouvait « l'incroyable Bas » –, Grace se retourna avec soulagement, baissa la tête et s'éloigna en vitesse.

Pour percuter le mur inébranlable d'un torse masculin.

Elle en eut le souffle coupé, même si une paire de mains puissantes l'empêcha de perdre l'équilibre.

— *Ursåkta mig.* Excusez-moi.

À l'augmentation de sa pression sanguine, elle devina qui était cet homme sans avoir besoin de relever la tête.

— Désolée… c'était… je ne regardais pas où j'allais, bredouilla-t-elle.

— Ne soyez pas désolée.

Sa voix était comme étouffée. Lointaine. Il lui fallut un moment pour en comprendre la raison : elle était toujours serrée contre un torse solide, chaud, indubitablement masculin.

Un appel au vice.

Grace sentit des démangeaisons dans ses paumes qui brûlaient de le toucher. Elle leva lentement la tête, très lentement, et regretta son geste. Impossible de dire ce qui l'affectait le plus. L'électricité que déclenchait le contact de cet homme, la basse exquise de sa voix sensuelle ou la beauté masculine à couper le souffle de ce qui devait être l'un des hommes les plus étonnants qu'elle ait rencontrés.

Le voir de loin était une chose ; de près, c'était une tout autre expérience. Soudain, elle n'avait plus l'impression de faire tapisserie, avec cet homme éblouissant qui la dévisageait.

Il avait mis en émoi la plupart des illustres invitées du gala. Pas étonnant, donc, qu'une dizaine de paires d'yeux malveillants, alourdis de faux cils, lui dardent des poignards invisibles et acérés de tous les côtés.

Et pourtant, Grace ne pouvait pas, ne voulait pas, bouger. Ni s'échapper. Elle s'autorisa donc à savourer l'instant.

L'homme mesurait un mètre quatre-vingts, à vue de nez. Il était incroyablement bien bâti, avec de larges épaules et un cou solide, mais pas trop épais. On aurait dit un mannequin et, d'une certaine manière, elle espérait qu'il l'était.

La dernière chose dont l'hôpital royal de Thorncroft avait besoin, c'était d'un autre don Juan insatiable dans le genre de Bas. Si ce dernier était son ami, elle n'était pas insensible aux cœurs brisés qu'il laissait dans son sillage.

Deux bourreaux des cœurs, c'était plus que ce que l'hôpital et le comté tout entier pouvaient supporter.

Pourtant, elle ne parvenait pas à détacher les yeux de l'inconnu. Elle se sentait à peine capable de respirer et encore moins de bouger, alors que le reste de la salle semblait s'évanouir dans le néant.

Son pouls battait à toute allure, il échappait à son contrôle.

Elle retrouvait la sensation éprouvée pendant ses lectures d'enfance, des histoires dévorées en cachette dans des magazines, avant que sa mère les jette en lui intimant de puiser parmi toutes les revues bien plus stimulantes intellectuellement et les chefs-d'œuvre classiques de leur bibliothèque. Comme s'il s'était agi de la bibliothèque d'Alexandrie, au lieu de la collection de livres réunie dans le salon de leur maison familiale.

Le frisson qu'elle ressentait à cet instant lui donnait l'impression d'être plus éveillée qu'elle ne l'avait jamais été auparavant. Soudain, l'homme parla.

— Je peux vous offrir un verre ?

Inexplicablement, elle sentit ses lèvres esquisser un sourire, malgré sa soudaine tension nerveuse.

— Les consommations sont gratuites.

Pourquoi avait-elle dit ça ? Elle aurait dû se contenter d'accepter. Maintenant, elle avait l'air de ne pas être intéressée.

Ce qui, bien sûr, était la pure vérité.

Alors pourquoi se tenait-elle encore debout devant lui ? À attendre ?

Tout chez cet homme respirait la richesse et le pouvoir, ce qui signifiait qu'il était probablement un invité fortuné. Un homme habitué à obtenir exactement ce qu'il voulait, quand il le voulait. Le genre d'homme avec lequel elle ne voulait certainement pas partager son avenir.

Grace tiqua. Depuis quand avait-elle recommencé à penser à la possibilité d'une vie commune ? C'était un rêve qu'elle avait abandonné à l'âge de seize ans, l'année qui avait tout changé et dont elle n'avait jamais parlé. Dont elle n'avait jamais été autorisée à parler.

Était-ce lié aux changements qu'elle avait récemment constatés en elle ? Se pourrait-il que sa décision de quitter Thorncroft signifie qu'elle était enfin prête à laisser le passé derrière elle et à avancer dans la vie ?

Évidemment, ce ne serait pas avec cet inconnu. Mais, après des années à faire tapisserie et à regarder les autres s'amuser, il était peut-être temps pour elle de sortir de sa coquille. Un flirt et un verre, à une fête, avec un bel homme, ce n'était peut-être pas une mauvaise idée.

Il fallait qu'elle trouve quelque chose à lui répondre, au lieu de le dévisager, bouche bée. N'importe quoi. De préférence un peu spirituel.

— Vous travaillez à l'hôpital royal de Thorncroft ?

Bon, pas le moins du monde spirituel, finalement. La honte.

# 2.

— Oui, répondit l'étranger avec sérieux, comme si Grace était pleinement autorisée à l'interroger. Je suis chirurgien.

— Je ne vous reconnais pas.

Il esquissa un petit sourire.

— Dois-je en être flatté ? Ou bien connaissez-vous tous ceux qui travaillent à l'hôpital ?

— Je n'essayais pas de vous flatter.

— Dommage…, commenta-t-il avec un nouveau sourire.

Quelle étrange sensation que d'être taquinée par cet homme ! Palpitante et terrifiante à la fois. Mais elle ne s'était pas battue pour arriver à son poste en se laissant facilement intimider.

Levant la tête, Grace se heurta à l'intensité de ses yeux fascinants, ni tout à fait verts, ni tout à fait bleus.

— Il est clair que vous ne travaillez pas ici depuis longtemps, cela dit, constata-t-elle d'un ton égal, malgré la ridicule sensation de victoire qui l'avait envahie.

— Qu'est-ce qui vous fait dire ça ?

— Les commérages vont bon train, à l'hôpital. Si vous y aviez travaillé plus d'une minute, des ragots n'auraient pas tardé à circuler à votre sujet.

Le rire grave de son interlocuteur fit éclater comme un feu d'artifice en elle.

— Vraiment ?

Pas question de lui confirmer qu'un nouveau médecin, assez splendide pour s'afficher comme mannequin sur les panneaux d'affichage londoniens, ne ferait qu'aviver encore l'intérêt qu'on lui porterait.

— Je m'appelle Grace Henley, au fait.

Une banale présentation pourrait peut-être calmer la tension qui ne cessait de croître entre eux.

— Rik Magnusson, se présenta-t-il, d'une voix qui s'apparentait plutôt à un ronronnement. Alors, Grace Henley, si je ne peux pas vous offrir un verre, je peux au moins chercher à rendre votre soirée un peu plus amusante. Est-ce que vous dansez ?

— Je… oui, répondit-elle, avant que son esprit ait eu le temps d'analyser la situation.

Cet homme lui faisait perdre tous ses moyens. Il éveillait en elle des émotions inouïes… et dangereusement excitantes.

— Bien. Alors assez parlé. Allons danser.

Déjà, il la guidait vers la piste d'une infime pression de la main dans le creux de ses reins. Dans ses bras, elle se mit à onduler au rythme de l'orchestre.

C'était comme une sorte de rêve, ou peut-être un conte de fées, pensa Grace, le souffle court, toute une vie plus tard. À moins que leur étreinte n'ait duré que quelques minutes…

Ils étaient au centre de l'attention, or si les regards avaient été des scalpels, elle en aurait eu une centaine plantée entre les omoplates en ce moment. Qu'importe, lovée contre le corps de Rik, elle se moquait des autres.

Cet homme était si séduisant, hypnotique, même. Un parangon de masculinité que Rodin aurait eu envie de saisir dans le bronze.

Grace aurait été bien en peine de l'expliquer, mais plus il la faisait tournoyer sur la piste de danse, plus la sensation qui la traversait était excitante. Elle aurait dû faire quelque chose – n'importe quoi – pour l'étouffer.

— Depuis combien de temps êtes-vous à Thorncroft ? fit-elle.

Il y avait de l'amusement dans ses yeux bleu-vert et… quelque chose d'autre. Quelque chose d'indéfinissable. De la méfiance ? Non, cela ne semblait pas coller.

— Ce sera le thème de notre conversation de ce soir ?

— Il faut bien qu'on parle de quelque chose, rétorqua-t-elle, un frémissement inhabituel dans la voix.

Heureusement, il ne la connaissait pas assez pour le remarquer. Lui parlait couramment l'anglais, mais un soupçon d'accent indiquait que ce n'était pas sa langue maternelle. On aurait dit l'accent auquel Bas recourait pour faire tomber les femmes.

— Vous connaissez Bas Jansen ? demanda-t-elle, intriguée.

— Pardon ?

Était-ce le fruit de son imagination ou la voix de Rik avait-elle grimpé d'un cran dans les aigus ?

— Ou Magnus ? insista-t-elle au lieu de répondre.

— Magnus ?

Le pas de Rik n'avait-il pas ralenti l'espace d'une fraction de seconde ?

— Magnus Jansen, précisa-t-elle, en le regardant un peu plus attentivement cette fois.

— Qu'est-ce qui vous fait penser ça ?

Mais il semblait tout à fait détendu à présent. *Trop détendu ?*

— Je ne sais pas. J'ai juste pensé… Votre accent, votre nom, vos allures de Viking.

Il rit.

— Par « Viking », vous voulez dire un peu ébouriffé, avec des cicatrices de guerre et des yeux soulignés au khôl ?

Voilà qu'il se remettait à la taquiner.

— Je parlais plutôt de votre… taille. De vos cheveux blonds et de vos yeux bleu-vert.

Bon sang, pourquoi avait-elle l'air aussi admirative ? Par chance, elle n'avait pas mentionné ses épaules larges et ses muscles saillants sous ses vêtements.

— Vous connaissez donc beaucoup de Vikings ?

Pourquoi regrettait-elle d'avoir entamé la conversation ?

— Eh bien, Magnus Jansen. Et son fils, Bas.

— Ils me ressemblent ? murmura-t-il.

— Pas exactement, répondit-elle prudemment. Ils sont grands, eux aussi, mais ils sont d'un blond plus clair… Et ils n'ont pas d'accent, bien sûr. Sauf quand Bas cherche à séduire une femme qui lui résiste.

— Je ne suis ici que depuis un jour et j'ai déjà entendu

beaucoup de choses sur Bas Jansen. Il a la réputation de brûler la chandelle par les deux bouts.

— Bas s'amuse aussi énergiquement qu'il travaille, concéda-t-elle avec un sourire. N'empêche que c'est un chirurgien brillant.

L'expression de Rik s'était assombrie. Était-il jaloux ? Un mâle alpha étudiant un autre mâle alpha ? Grace ravala sa déception. Même s'il n'en avait pas l'air, il tenait manifestement à en apprendre plus sur Bas.

— Ce qu'une personne fait de son temps libre la regarde, convenez-en. Du moment qu'elle se montre compétente dans sa vie professionnelle. Les rumeurs que vous avez entendues sur Bas Jansen ne sont que des rumeurs.

— Vous prenez à cœur sa défense, en tout cas, remarqua-t-il. Vous êtes l'une de ses admiratrices ?

— Une amie, nuança Grace. Juste une amie.

Pourquoi ressentait-elle le besoin d'insister autant ?

— Vraiment ?

Grace s'efforçait de se concentrer sur la danse, plutôt que sur la sensation de leurs deux corps qui se mouvaient ensemble.

— Vraiment, murmura-t-elle. Il n'y a jamais rien eu de plus entre nous.

Notamment parce qu'elle avait dix-neuf ans lorsqu'elle avait rencontré Bas, au cours de sa première année de médecine, et qu'elle était encore sous le choc de ce qui s'était passé quelques années plus tôt.

Bas avait été le premier à la faire rire en presque quatre ans, ce qui expliquait sûrement pourquoi il était devenu si important pour elle, et si vite.

De son côté, elle avait probablement été la première femme à résister aux avances de Bas, ce qui avait plu à ce dernier. Bien sûr, elle avait remarqué sa beauté, mais elle était alors trop choquée pour ressentir quoi que ce soit et agir en conséquence. Avec le recul, elle ne pouvait que s'en féliciter. Si elle avait cédé à Bas, jamais ils ne seraient devenus des amis proches.

Cela n'empêchait pourtant pas les commérages ou les

spéculations sur leur relation. Or elle ne voulait surtout pas que Rik partage ces suppositions.

— Il n'y aura jamais que de l'amitié entre Bas et moi.

Le morceau de musique touchait à sa fin maintenant, et l'orchestre passa sans transition de la valse au fox-trot, si bien que Grace s'attendit à ce que Rik la laisse partir. Au lieu de la lâcher, il l'entraîna dans cette nouvelle danse.

— J'ai l'impression que vous portez un intérêt certain à Bas, reprit-elle. Je me trompe ?

— Vous avez raison, fit brusquement Rik. Si je suis ici, à l'hôpital royal de Thorncroft, c'est que j'ai obtenu une place dans le programme d'échange chirurgical Jansen.

— Ah, je vois ! Vous essayez d'apprendre à connaître vos futurs patrons.

— Mmm, quelque chose comme ça.

Quel genre de chirurgien Rik pouvait-il bien être ? En général, ceux qui remportaient une place dans le programme d'échange chirurgical Jansen étaient bons. Plus que bons, même. Ils devaient avoir le potentiel de changer le cours de la pratique chirurgicale, quel que soit leur domaine. Comme Magnus et maintenant Bas, qui avaient révolutionné la chirurgie plastique.

— Quelle est votre spécialité ? demanda-t-elle tout à trac.

Avec un visage et un corps pareil, elle imaginait Rik plasticien lui aussi…

— Chirurgie plastique, répondit-il avec une moue affligée.

Elle rit à gorge déployée.

— Ça ne m'étonne pas !

S'il s'était renseigné sur les Jansen, c'était donc pour mieux connaître ceux avec lesquels il serait amené à collaborer. Sans doute Rik se dévouait-il à sa carrière.

Serait-il capable de se mesurer à ses talentueux confrères ?

— Je peux vous donner un petit conseil ? lança-t-elle.

— J'en serais ravi.

— N'écoutez pas les ragots de l'hôpital. Oui, Bas a une

réputation de play-boy, mais c'est un chirurgien hors pair. Il y a un fondement à la réputation des Jansen.

— Je n'en doute pas. Magnus Jansen a été un précurseur de la chirurgie plastique, ces trente dernières années. Il a développé des techniques de pointe.

Grace hocha la tête.

— Magnus Jansen est un bon chirurgien. Un grand chirurgien, même. Il ne fait aucun doute qu'il a repoussé les limites de son domaine. Mais ces dix dernières années, c'est à Bas qu'on doit les plus grosses avancées. C'est lui qui vous apprendra le plus de choses. S'il n'avait pas été là, je ne serais pas médecin.

Rik garda le silence pendant de longues secondes, visiblement tendu.

— Vous semblez très protectrice à son égard, pour une simple amie.

Grace voulut s'expliquer, puis se ravisa. Le fox-trot touchait à sa fin et Rik la libéra. L'heure n'était plus aux déambulations sur la piste.

— Merci pour ces danses, dit-elle avec un sourire. Je dois rentrer, maintenant.

Une lueur brilla dans le regard de Rik.

— Ne me dites pas que vous êtes Cendrillon, obligée de quitter le bal avant minuit.

Il subsistait une pointe de tension dans sa plaisanterie. Elle s'efforça pourtant de sourire à nouveau.

— Je ne suis pas Cendrillon. Mais je dois bel et bien quitter ce bal. Ou cette collecte de fonds, si vous préférez.

Il sembla hésiter un moment.

— Dans ce cas, je vous raccompagne.

Elle brûlait d'accepter. À vrai dire, elle aurait bien aimé qu'il ne se contente pas de la raccompagner. Elle qui avait plutôt la réputation d'être coincée ne se reconnaissait plus en présence de cet homme.

— Non, voyons, restez vous amuser. Le gala ne s'achèvera pas avant quelques heures.

— Pas pour moi, répliqua Rik, une main dans le creux de

ses reins pour la guider hors de la piste de danse. Croyez-le ou non, j'allais partir aussi.

Elle le dévisagea, sceptique.

— Vous n'aviez pas l'air de partir. Vous aviez l'air de chercher quelqu'un.

À sa grande surprise, le regard de Rik s'assombrit. Juste un peu.

— Je cherchais Magnus. Je voulais me présenter avant de le rencontrer officiellement lundi. Mais après ce que vous m'avez dit, je devrais peut-être aussi me mettre en quête de Bas.

L'explication avait beau sembler tout à fait logique, pourquoi avait-elle l'impression qu'il ne lui disait pas tout ?

Elle repensa à Bas et à Naomi, la femme qui, comme son ami venait de le découvrir, portait son enfant. Pourvu qu'ils aillent bien tous les deux.

— Bas n'est pas là ce soir. Quant à Magnus, je doute qu'il vous sache gré de vous présenter à lui. Surtout à un gala comme celui-ci.

Elle se tut, choquée par ce qu'elle venait de laisser échapper. Inutile de prévenir Rik que son nouveau patron serait bien plus intéressé par n'importe laquelle des belles femmes présentes ce soir que par son nouveau chirurgien.

Grace n'avait pas pour habitude de critiquer ses collègues, surtout les chirurgiens expérimentés. Sauf auprès de Bas, bien sûr. Il avait toujours été son confident, quand la vie hospitalière la frustrait. Tout comme elle avait été sa confidente, face à un père trop exigeant.

Si Magnus était un grand chirurgien, il était un père cruellement déficient.

Qu'y avait-il chez Rik qui la poussait à partager des informations privées ? Elle n'avait pas l'habitude de s'épancher de la sorte.

— J'ai parlé à tort et à travers. Oubliez ce que je viens de dire. Bonne nuit, Rik. Merci encore pour ces danses.

Mais alors qu'elle se dirigeait vers la sortie, elle sentit sa présence virile à ses côtés. Sa longue foulée décontractée se calait facilement sur la cadence de son pas.

Apparemment, elle allait devoir attendre un peu pour se débarrasser de lui. Ce dont son traître de corps se réjouissait…

# 3.

À peine sortis de la salle de bal, ils furent accostés par un concierge à l'air paniqué.

— Vous êtes médecins ? Une femme est en train d'accoucher dans l'ascenseur !

Grace connaissait la bonne réponse à cette question : en dehors de l'hôpital, il n'était jamais conseillé d'admettre que l'on était médecin, sauf impératif absolu. Trop de médecins bien intentionnés avaient été poursuivis en justice après avoir tenté d'apporter leur aide sur une urgence.

Seulement, ce type de comportement allait à l'encontre de tout ce en quoi elle croyait.

— Où est la patiente ?

Il s'agissait de faire ce qui était juste. Déjà, son esprit passait en mode professionnel.

— Par ici, répondit le concierge en se tournant vers Rik. On a appelé une ambulance, mais elle n'est pas encore là. Suivez-moi.

— Je ne suis pas obstétricien, répliqua Rik.

Grace apprécia qu'il n'ait pas l'arrogance de vouloir prendre les choses en main.

— Moi, si, murmura-t-elle.

Ils se hâtèrent de quitter la salle de bal pour emprunter un couloir tapissé d'une moquette luxueuse, avant de gagner le hall principal. Le concierge les conduisit aux ascenseurs, où un jeune serveur, choqué, bloquait les portes d'une cabine pour les empêcher de se fermer.

À l'intérieur, une jeune femme pliée en deux se cramponnait aux amies qui l'accompagnaient.

— Nous ne savions même pas qu'elle était enceinte, s'écria l'une des femmes.

— On était censés passer un week-end en célibataires, ajouta l'autre. Elle se marie la semaine prochaine !

— Elle n'a jamais eu le moindre petit ventre, reprit la première. Bon, sa robe de mariée était un peu serrée au dernier essayage et elle était contrariée parce qu'elle ne savait pas comment elle avait pris ces kilos. Rien de plus.

Grace leur adressa un sourire apaisant.

— Ce n'est pas grave. Je suis médecin, je m'occupe de bébés tous les jours et je suis là pour l'aider. Je peux la voir ?

Les deux femmes échangèrent un regard. Il était évident qu'elles rechignaient à abandonner leur amie.

— Vous avez deux amies très loyales, intervint Grace en prenant le contrôle. Vous voulez appeler quelqu'un d'autre ?

Sur quoi elle se dirigea vers le côté de l'ascenseur où il y avait le plus de place et détacha doucement les mains de l'une des jeunes femmes, qui refusait toujours de bouger.

— Peut-être le futur marié ? suggéra Rik en s'approchant doucement pour éloigner cette dernière.

Ce faisant, il jeta un regard entendu à Grace : sans même proférer un mot, il lui indiquait qu'elle pouvait se concentrer sur l'accouchement ; il s'occupait du reste.

Toute gêne entre eux avait disparu, Dieu merci !

— Oh ! bon sang, on n'y avait même pas pensé, s'écria l'amie que Rik éloignait. C'est mon frère. Je vais l'appeler tout de suite et lui expliquer ce qui se passe.

— Bien, super. Asseyez-vous sur cette chaise, d'où vous pourrez voir votre amie.

Grace reporta son attention sur sa patiente.

— Bien, ma belle, voyons ce que veut ce bébé. Vous vous en sortez très bien, et nous sommes ici à vos côtés, maintenant. Je m'appelle Grace, et vous ?

— Elle s'appelle Emma, répondit l'autre amie.

— Je ne me doutais de rien, lâcha l'intéressée entre deux

halètements. Je pensais que c'était le stress du mariage… qui avait supprimé mes règles…

Un voile de sueur lui couvrait le front. Elle poussa un faible gémissement, en proie à une nouvelle contraction.

— Bien, Emma, dit Grace. Dites-moi : vos contractions sont espacées ?

— J'ai cru que… c'étaient des douleurs de règles, reprit Emma, le souffle court. Qu'elles revenaient enfin et qu'elles se calmeraient si on allait faire du shopping. Je n'essayais pas de cacher mon état. C'est juste que… je l'ignorais.

— Je ne vous juge pas, ma belle. J'ai simplement besoin de savoir si vos contractions sont espacées et si vous pouvez marcher.

Emma secoua vivement la tête.

— Non. Je… ne peux pas bouger.

Elle gémit. De toute évidence, les contractions étaient très rapprochées. Au moins, le linoléum de l'ascenseur était moins dur que le granit du hall.

— Ne vous inquiétez pas, je vais simplement vous examiner pour voir où en est le bébé, d'accord ?

— D'accord.

— Vous prenez des médicaments ?

— Non.

— La pilule ?

— Non, j'ai arrêté il y a environ un an. On devait se marier il y a six mois, mais le mariage a été reporté à cause des restrictions de l'époque. On…

Elle laissa échapper un cri aigu. Grace lui passa une main réconfortante dans le dos.

— Prenez votre temps. Vous vous débrouillez très bien.

La future maman lui adressa un sourire reconnaissant, bien qu'épuisé.

— On allait… essayer d'avoir un bébé juste après notre mariage.

Donc ils voulaient tous les deux un enfant. Cela devrait atténuer un peu le choc de cette naissance.

— C'est bien, l'encouragea Grace. Des antécédents de maladies dans la famille ?

— Rien, répondit Emma au bout de plusieurs secondes.

Après quelques questions et un examen de sa patiente, Grace fut aussi rassurée que possible : il ne devrait pas y avoir de complications. Le col d'Emma était complètement dilaté et le bébé, tête en bas, sur le point d'arriver. Elle leva les yeux vers Rik.

— Vous pourriez vous renseigner pour savoir où se trouvent les urgentistes et les informer que nous avons une femme de vingt-cinq ans, primipare, et qu'il s'agit d'une naissance imminente ? lui lança-t-elle avant de revenir à sa patiente. Tout va bien. Et tout va bien se passer.

— Peut-on la transférer dans une chambre ? demanda le concierge de l'hôtel.

Grace secoua la tête.

— C'est trop risqué : le bébé est prêt à naître. Pouvez-vous aller me chercher des serviettes-éponges, de l'eau et des serviettes en papier ?

— Je ne pense vraiment pas…

— Et des gants, aussi, le coupa-t-elle. Ce serait très utile.

Quelles que soient les objections du concierge à l'idée d'une femme accouchant dans l'ascenseur de son hôtel, il allait devoir les ravaler. Il était hors de question qu'elle prenne le risque de déplacer la future maman quand la naissance était aussi imminente.

— C'est bien, Emma. Continuez à faire confiance à votre corps, vous vous en sortez très bien.

Alors que le concierge s'éloignait en marmonnant et que le jeune serveur tenait toujours les portes ouvertes, Grace s'accroupit, prête à recevoir le bébé.

Quelques secondes plus tard, Rik arrivait avec tout le matériel demandé, ainsi qu'un grand parasol en provenance du jardin du restaurant.

— Pour donner à notre future maman un peu d'intimité, expliqua-t-il. Maintenant, que voulez-vous que je fasse ?

Grace ne put s'empêcher d'apprécier la considération qu'il manifestait envers sa patiente.

— Où en est son amie ?

— Elle parle encore à son frère, le futur marié, mais j'ai dit au concierge de rester avec elle, ajouta-t-il en baissant un peu la voix pour qu'elle seule puisse entendre. Il m'a semblé surtout soucieux de faire sortir Emma du hall de son hôtel…

— En effet, murmura Grace.

Elle fut interrompue par un grognement sourd. Emma devait être sur le point d'accoucher. Grace s'en convainquit après un nouvel examen.

— Emma, vous vous en sortez très bien. À la prochaine contraction, poussez un peu et la gravité fera le reste.

— Mais mon bébé…

— Je vais le rattraper, ne vous inquiétez pas.

— Elle ne devrait pas être allongée ? demanda l'autre amie, inquiète.

Grace lui sourit pour la rassurer.

— Tout va bien. En fait, la position debout facilite l'accouchement en élargissant le chemin du bébé à travers le bassin. C'est ça, Emma, vous vous débrouillez très bien.

Emma poussa un autre grognement.

— Continuez, ma belle, c'est génial. Cela ne fait pas si longtemps que les femmes accouchent en position allongée, vous savez.

Quelques minutes plus tard, le bébé atterrissait dans les bras de Grace, qui s'empara de la serviette tendue par Rik pour le nettoyer.

— Vous ne coupez pas le cordon ? demanda-t-il.

— Pas encore. Ça laisse le temps au sang du bébé de revenir de son côté du placenta et ça lui permet d'avoir un peu plus de fer pour fabriquer ses globules rouges.

— Combien de temps attendez-vous ?

— Au moins quelques minutes, jusqu'à ce que le cordon ombilical cesse de battre.

Elle sourit lorsqu'un grand cri déchira l'air.

— Une sacrée paire de poumons, constata Rik en souriant à la nouvelle maman, qui balançait entre rire et larmes.

— C'est une fille, annonça Grace, en coupant finalement le cordon. Dix doigts et dix orteils parfaits.

Elle enveloppa le bébé pour le remettre à une Emma encore sous le choc. La jeune femme fixait toujours la minuscule créature rose, comme si elle n'arrivait pas à y croire.

Bientôt, le concierge revint en courant.

— Les urgentistes sont là ! annonça-t-il, l'air soulagé.

Grace sourit à l'équipe qui arrivait au pas de course.

— Par ici, les gars.

Il s'agissait de collègues qu'elle connaissait assez bien. Tous deux lui adressèrent un bref salut avant de s'accroupir près de la nouvelle maman. Grace leur passa le relais tout en leur livrant les informations qu'elle avait récoltées auprès d'Emma.

— La maman et le bébé auront besoin d'un examen complet à l'admission, conclut-elle. Et il faudrait conseiller aux parents une consultation psy avant la sortie d'hôpital.

— Merci, Grace, on s'en occupe, maintenant ! lui dit l'urgentiste, pressé de conduire Emma et son nouveau-né à Thorncroft.

Elle remercia l'équipe et attendit que la mère et l'enfant soient installées dans l'ambulance, puis elle se dirigea vers les toilettes pour dames afin de se nettoyer. Avant de s'engouffrer dans la pièce, elle entendit Rik adresser un mot de remerciement aux femmes de ménage venues nettoyer l'ascenseur, ce qui redoubla la sympathie qu'il lui inspirait…

Quand elle ressortit des toilettes, une dizaine de minutes plus tard, elle s'attendait à ce que Rik soit parti mais il était toujours là.

— Eh bien, voilà une épreuve pour le moins inattendue ! fit-il avec son sourire à faire fondre le cœur.

— C'est le moins qu'on puisse dire.

— Je serais prêt à parier que vous avez préféré ça au gala.

— En fait, oui. Et à propos du cordon ombilical…

— Je n'avais pas l'intention de vous critiquer, la coupa-t-il.

Il était évident que vous saviez ce que vous faisiez. J'étais juste curieux. Ça fait longtemps que je n'ai pas fait de stage en obstétrique.

Elle apprécia le compliment tout autant que son désir d'apprendre. Il n'y avait rien de pire qu'un chirurgien arrogant, mais Rik n'en était clairement pas un.

— Il faut que j'y aille, dit-elle.

— Comment comptez-vous rentrer chez vous ?

— Je vais demander à la réception de m'appeler un taxi.

De nouveau, elle sentait ce courant entre eux, intense et troublant. À moins qu'elle ne prenne ses désirs pour la réalité ?

Balayant ces pensées importunes, elle se dirigea vers la réception.

— Je suis désolé, madame. Il y a eu une panne dans le métro, tous les taxis sont complets pour les deux prochaines heures. L'hôtel garde son restaurant ouvert, si vous souhaitez dîner…

— Non, merci.

Grace sourit, tandis que son cœur tambourinait dans sa poitrine à l'idée de ne pouvoir partir.

— Il est donc temps pour moi de vous offrir ce verre ! annonça Rik.

— En effet, répondit-elle, contre toute raison.

Alors qu'ils se dirigeaient vers le bar, le concierge accourut à leur rencontre.

— Euh, madame, excusez-moi ?

Grace et Rik s'arrêtèrent.

— Notre ami est visiblement encore contrarié, murmura Rik, ce qui la fit pouffer comme une écolière.

— Vous ne pouvez pas entrer dans le bar, fit l'homme.

— Je crois que si. Et veuillez appeler madame « docteur », rétorqua Rik d'une voix calme mais teintée de réprobation.

Le concierge fit une petite moue offensée.

— Vous pouvez bien sûr entrer, monsieur, mais je crains que ce ne soit pas le cas de votre compagne.

— Je pense plutôt que nous l'avons mérité, non ? objecta-t-elle prudemment.

— Votre robe est couverte de sang, madame. Vous ne pouvez déranger nos autres clients simplement parce que vous pensez mériter un verre.

Grace s'immobilisa, transpercée par la honte et l'humiliation, qu'elle s'était pourtant efforcée de bannir de sa psyché pendant des années. Avec l'aide de Bas, elle pensait même avoir réussi à les surmonter.

— Je… n'avais pas réalisé, bafouilla-t-elle. J'ai juste…

— Ce que vous essayez de dire, coupa Rik, le regard braqué sur le concierge, c'est que vous êtes incroyablement reconnaissant au Dr Henley pour son intervention. Sans son expertise, cet incident aurait tourné à la tragédie. Cela étant, poursuivit-il sans laisser au concierge le temps de répliquer, le Dr Henley ne voudrait surtout pas déranger vos autres clients. Vous avez donc, je suppose, une solution à nous proposer ? D'autant que nous sommes filmés.

Il tourna la tête vers les deux téléphones portables pointés dans leur direction. Grace se faufila derrière lui pour dissimuler sa tenue. Le concierge afficha un sourire crispé.

— Bien sûr, monsieur, répondit-il d'un air poli. L'hôtel ne serait que trop heureux de vous offrir l'usage gratuit de la suite Thistle, où le Dr Henley et vous pourrez prendre un verre en toute tranquillité.

Grace faillit s'étouffer. Généralement réservée aux invités VIP, la suite Thistle était l'une des plus convoitées et des plus chères de la ville.

Rik opina.

— Peut-être le Dr Henley aimerait-elle se voir offrir des vêtements de rechange, dans la boutique de l'hôtel ?

— Ce serait très aimable, déclara-t-elle.

— Cela va de soi, concéda le concierge. Vous pouvez aussi envoyer votre robe au pressing, si vous le souhaitez.

Grace suivit l'homme jusqu'à la réception.

— Pour info, murmura-t-elle à Rik, cette robe, je ne l'ai

pas achetée. Je l'ai louée. Je fais cela depuis que je suis étudiante en médecine.

— Je ne pense pas avoir assisté à beaucoup de galas quand j'étais étudiant…

— Si j'ai participé à ces événements, c'est que j'y étais invitée chaque année par un ami. Il souhaitait que je m'y fasse des contacts et aussi que je lui serve d'alibi auprès de son père lorsqu'il s'éclipsait de la fête avec une femme.

— C'était gentil de sa part, constata Rik.

Pourtant, elle nota une étrange tension dans sa voix. Probablement le fruit de son imagination.

— En effet. Sans lui, je ne serais pas arrivée là où j'en suis.

Rik fronça les sourcils.

— Je suis sûr que vous devez votre place à votre talent et à votre travail acharné.

— Je ne dis pas que je n'ai pas eu à travailler dur. J'aurais fini par y arriver seule, mais ces contacts m'ont facilité les choses.

— Par ici, je vous prie.

Grace suivit le concierge jusqu'aux ascenseurs. Rik, lui, marchait d'un pas tranquille, comme si ce genre de scène lui était familier. C'était peut-être le cas, d'ailleurs.

Lorsqu'ils parvinrent à la suite, Grace avait presque réussi à dominer sa tension. Puis l'homme ouvrit la porte et elle resta pantoise quelques instants. Rien de ce qu'elle avait entendu sur la suite Thistle ne l'avait préparée à sa démesure.

— C'est un espace comme un autre, chuchota Rik.

Elle lui adressa un sourire reconnaissant. Il était manifestement habitué au luxe. Autrement dit, il devait être un chirurgien plasticien réputé. Peut-être même appartenait-il au même monde que les Jansen ?

Un frisson la parcourut à l'idée de se retrouver dans une chambre d'hôtel avec un homme aussi charismatique.

— Allez prendre votre douche, suggéra Rik. C'est à trois pièces d'ici, mais si vous préférez, je peux attendre en bas.

Non, ce n'était pas son cœur qui battait la chamade.

— Bien, merci. Je serai aussi rapide que possible et je vous laisse tranquille juste après.

Elle fut obligée de se rappeler que ce n'était qu'une tournure de phrase lorsque, de sa voix grave, Rik lui enjoignit de prendre son temps.

# 4.

Rik resta plusieurs minutes les yeux fixés sur la porte après le départ de Grace, à essayer de comprendre ce qui se passait.

L'arrivée d'une bouteille de vin offerte, ainsi que de vêtements pour Grace, le tira enfin de sa torpeur.

Il avait passé toute sa vie à garder les gens à distance – c'était le moyen le plus sûr de les gérer. Et pourtant, dès qu'il avait vu Grace Henley, l'attirance magnétique qui le poussait vers elle l'avait pris au dépourvu.

Une seule danse avec elle et il s'était senti affamé, fiévreux, et bien plus encore, lorsque son corps exquis et parfaitement galbé s'était collé au sien.

Déstabilisé, il ne parvenait pas à se rappeler quand une femme lui avait fait un tel effet. Une chose était sûre : Rik en voulait plus. Il la voulait, elle.

Il but une gorgée de vin. Dommage que ce ne soit pas un breuvage plus fort. Plus riche. Quelque chose qui stopperait ce sentiment inexplicable de… jalousie… qu'il sentait tourbillonner en lui. Bon sang, il avait l'air ivre, alors qu'il avait à peine touché son verre !

Peut-être était-il temps d'aller se coucher. Lui toujours si inaccessible avait eu récemment l'impression de voir le bloc de glace érigé autour de son cœur se craqueler. Découvrir sa véritable identité, identifier ce qui restait de sa soi-disant famille, l'avait fragilisé.

Enfin, il avait retrouvé son frère ! Ou presque. Il ne devait pas perdre son objectif de vue ni se laisser distraire, pas même par une femme aussi captivante que Grace Henley…

Et dire que, pendant près de trente ans, il avait refoulé ses souvenirs parce qu'ils étaient trop douloureux. Le cerveau humain était si complexe, la mémoire si riche de secrets enfouis !

Son côté sauvage, amusant et libre, était mort au moment où il avait perdu son frère bien-aimé. Rik avait passé la majeure partie des trois dernières décennies à pleurer son frère audacieux et plein de vie ; plus de vingt ans à le rechercher activement ; et ces derniers mois à attendre le moment précis où ils seraient enfin réunis.

Or il était là, si près du but qu'il pouvait pratiquement le toucher, tout en luttant pour retenir la foule de souvenirs et d'émotions qui menaçaient de s'abattre sur lui.

Le choix du gala pour approcher Bas avait-il été le meilleur ? Il lui avait semblé judicieux d'opérer en terrain neutre, en dehors de l'hôpital où celui-ci travaillait.

Or plus le moment de revoir son frère approchait, plus il se demandait pourquoi ce dernier n'avait répondu à aucune de ses lettres. La pensée que Bas ait pu l'ignorer délibérément lui était insupportable.

Son frère lui manquait depuis trois décennies. Il avait imaginé des retrouvailles merveilleuses, sans envisager que Bas puisse ne pas ressentir la même chose. Et si Bas avait… *oublié* son jumeau ?

Le cœur de Rik se serra à l'idée qu'il puisse à nouveau être rejeté. Pourtant, il était trop tard pour faire machine arrière. Bientôt, il reverrait Bas.

Mais avant cela, rien ne l'empêchait de profiter de la compagnie de la séduisante Grace.

On frappa à la porte juste au moment où Grace glissait les pieds dans les jolis escarpins plats fournis avec les vêtements de rechange qu'on avait déposés pour elle. Elle lissa le magnifique pantalon de jersey souple, gris acier, et ajusta les manches flottantes du délicat haut couleur crème.

Puis elle alla ouvrir la porte.

Les quelques minutes passées seule n'avaient pas suffi à atténuer l'impact de son face-à-face avec Rik Magnusson.

— Je ne voulais pas vous déranger, mais…

Tandis qu'il se rapprochait, Grace réalisa qu'elle avait cessé de respirer. Pendant ce qui lui sembla durer une éternité, elle n'osa pas bouger sous le regard gourmand de Rik.

Elle se sentait ridiculement troublée.

— Vous êtes éblouissante, lui chuchota-t-il d'une voix rauque.

Grace s'efforça d'en rire, comme pour lui prouver qu'elle n'était pas l'une de ses innombrables admiratrices.

— Je ne pense pas que ce soit notre ami concierge qui ait choisi les vêtements, si ?

— Ah bon ?

Rik semblait toujours aussi distrait.

— Je pense que c'est à la vendeuse de la boutique qu'on doit ce choix, poursuivit-elle. Mais peut-être que je me montre injuste envers cet homme.

— *Han var en pompös röv,* commença Rik avant de traduire : c'est un âne pompeux. La réception vient d'appeler pour nous offrir un dîner gratuit, reprit-il, et je me demandais si vous aimeriez manger quelque chose avec moi.

— Vous n'êtes pas obligé. Il est… minuit passé. Vous pouvez aller vous coucher.

Trop tard ! La dernière chose dont elle avait besoin, c'était imaginer Rik à moitié nu. Grace tenta de canaliser la vague de chaleur qui l'envahissait. Heureusement, Rik ne semblait pas avoir remarqué qu'elle rougissait.

— Et vous laisser dîner seule après les émotions de la soirée ? Ce ne serait pas chevaleresque de ma part. Alors, on y va ?

Son estomac gronda pour lui rappeler qu'elle n'avait pas mangé correctement depuis la veille.

— Si vous êtes sûr… votre compagnie me serait… très agréable.

Ce qui était loin d'exprimer le trouble qu'elle ressentait à l'idée de passer une soirée en compagnie de cet homme…

Après avoir récupéré la clé de la suite, ils la quittèrent ensemble.

— Alors, reprit Rik pendant qu'ils empruntaient le couloir. Parlez-moi de Thorncroft.

— Thorncroft, répéta-t-elle.

La réalité s'imposa à elle : voilà donc pourquoi il l'avait invitée à dîner. Il voulait en savoir plus sur la fameuse « équipe Jansen », comme les étrangers avaient tendance à l'appeler. Elle aurait dû s'en douter.

— Vous voulez des informations sur lequel en premier ? répliqua-t-elle avec un vague sourire.

— Lequel ?

Bien tenté, mais elle n'était pas idiote.

— Magnus ? Ou Bas ?

— Ni l'un ni l'autre.

Elle haussa les épaules.

— Ne craignez rien, j'ai l'habitude. Tout le monde veut se renseigner sur Magnus et Bas Jansen. Même les nouveaux collègues qui ne font pas partie du programme d'échange chirurgical.

— Et pourtant, ce que je veux savoir, c'est ce qui vous a amenée à Thorncroft, *vous*.

— Moi ?

— Vous, docteur Grace Henley. Racontez-moi votre histoire, *älskling*. J'ai envie de tout entendre.

Même si elle aurait voulu le croire intéressé, la sceptique en elle lui rappelait de rester sur ses gardes. En aucun cas, elle ne lui permettrait de l'utiliser pour obtenir des informations sur Magnus et Bas.

Ce n'était pas du tout ainsi que Rik avait envisagé cette soirée lorsqu'il avait pris l'avion pour le Royaume-Uni, direction le bal des Jansen. Pourtant il n'en regrettait pas un seul instant, pas en compagnie de cette femme.

Contrairement à son frère, il n'avait rien d'un play-boy.

Il ne séduisait pas les femmes dans les bars pour une nuit d'abandon sauvage au fond de sa tanière. Il n'était pas un moine, bien sûr, mais il choisissait ses compagnes avec soin. Toutes étaient tournées vers leur carrière, comme lui-même l'était. Ainsi, elles n'exigeaient rien de plus que ce qu'il était prêt à donner. Il les choisissait séduisantes, aussi.

Malgré son expérience, jamais il n'avait éprouvé une alchimie aussi intense que celle ressentie avec Grace. Dans la suite, il avait eu toutes les peines du monde à se retenir de la déshabiller !

Et pour cause : elle le désirait autant qu'il la désirait. Il avait remarqué le rose à ses joues, ses pupilles dilatées et son pouls erratique. Quand ils avaient dansé, son corps s'était moulé de façon si exquise au sien…

Il aurait pu se raconter qu'il ne l'avait amenée au restaurant que pour essayer d'en savoir un peu plus sur son frère et son père, mais cela aurait été un mensonge. Il voulait passer du temps avec elle.

— Un autre café ? demanda-t-il alors qu'elle replaçait la tasse délicate sur la soucoupe.

Voilà qu'il cherchait à prolonger leur tête-à-tête. Que lui arrivait-il, bon sang ?

Elle pencha la tête et son joli chignon blond s'inclina avec elle. Déjà, il imaginait ses cheveux tombant en cascade sur ses épaules nues.

— Je n'aurais même pas dû boire celui-là. Je ne vais pas dormir de la nuit.

Il refoula les images qui l'assaillaient, mais comprit qu'il n'avait pas été le seul à fantasmer quand elle rougit.

— Je devrais aller voir s'il y a des taxis disponibles, maintenant.

— Bien sûr. Allons nous renseigner à la réception.

Dieu ! qu'il avait du mal à se conduire en gentleman ! Il se leva pour la laisser passer devant lui. Ses yeux bleus étaient toujours aussi brillants lorsqu'ils rencontrèrent les siens. Puis il plaça une main au creux de ses reins pour la guider et elle frémit contre lui. Rik sut alors qu'il n'y avait plus de raison de lutter. Ni pour l'un ni pour l'autre.

Sans se concerter, ils quittèrent le restaurant encore très fréquenté, traversèrent le hall et se dirigèrent vers les ascenseurs plutôt que vers la réception.

Ce ne fut qu'une fois à l'intérieur de la cabine, lorsque les portes se furent refermées, que Rik la fit pivoter vers lui et qu'elle noua les bras autour de son cou.

— Tu es sûre, *älskling* ? fit-il d'une voix rauque.

Avec satisfaction – et non sans un certain triomphe –, il vit les bras de Grace se couvrir de chair de poule.

— J'ai l'air d'hésiter ? le défia-t-elle, tout en se rapprochant de lui.

Grace avait-elle seulement idée de son pouvoir de séduction ? Elle était un concentré de tous ses fantasmes et plus encore. Bien plus.

Lorsqu'elle se hissa sur la pointe des pieds pour presser les lèvres sur les siennes, il se sentit incroyablement téméraire. Ce n'était pas un sentiment auquel il était habitué, lui qui avait passé toute sa vie d'adulte – et une grande partie de son enfance – à être la voix de la raison auprès de sa mère. À cet instant, toutefois, Grace lui apparaissait comme la récompense pour toutes ces années de contrôle. Elle l'amenait à se sentir… libre. Vivant.

Incapable de résister à la tentation, Rik la plaqua contre la paroi de l'ascenseur. Il la dévorait, ivre de sa bouche. Comme s'il l'avait attendue toute sa vie.

Ce constat aurait dû suffire à l'arrêter – ce n'était pas pour cela qu'il avait travaillé si dur et sacrifié autant ! Au contraire, il avait l'impression de faire exactement ce qu'il fallait.

Impossible de savoir comment ils réussirent à se séparer, quelques instants avant que les portes de l'ascenseur s'ouvrent. Ou comment ils parcoururent l'interminable couloir jusqu'à sa chambre. Mais dès que la carte-clé fut activée, ils franchirent la porte en trombe, enfiévrés.

Rik en voulait plus. Il voulait la toucher, la goûter, la faire sienne – surtout quand elle ouvrit la bouche au contact de sa langue tout en se frottant contre son érection.

Combien de temps restèrent-ils là, contre la porte de la chambre d'hôtel, à s'embrasser comme deux adolescents passionnés ? Peut-être une vie entière. Mais à la seconde où Grace enroula les jambes autour de ses hanches, comme si elle avait été spécialement conçue pour lui, il se rendit compte qu'il ne voulait plus attendre.

À peine l'eut-il déposée sur le lit qu'il la débarrassa de ses vêtements.

— *Härlig,* souffla-t-il. Tu es éblouissante, *älskling*. Je veux goûter chaque parcelle de ton corps.

— Vas-y.

Rik n'avait pas besoin d'autre invitation.

Un instant plus tard, ses propres vêtements atterrissaient par terre avant que son corps recouvre délicieusement le sien. Ils avaient attendu ce moment toute la soirée.

— Rik…, murmura-t-elle.

Son sexe dressé effleurait à présent la partie la plus douce, la plus chaude, la plus humide de son anatomie ; elle était prête pour lui.

S'il ne bougeait pas maintenant, il perdrait le contrôle. Il la désirait si fort que c'en était douloureux.

Alors, il déposa une pluie de baisers à la base de son cou tandis qu'elle soupirait et explorait ses biceps et les muscles de ses épaules.

Lentement, il pressa les lèvres sur chaque courbe, chaque ligne de cette magnifique créature, se délectant des frissons qui parcouraient son corps lorsqu'elle se cambrait à sa rencontre.

Puis il embrassa le renflement tentant de sa poitrine, dessinant des volutes avec sa langue avant d'atteindre un sein parfait, au mamelon rose, et de lui prodiguer une attention qui mit Grace en émoi.

Il utilisa ses doigts, sa langue, et même ses dents, très légèrement, pour lécher, jouer et taquiner. Et quand elle cria son nom, il reporta simplement son attention sur l'autre sein.

Rik perdit toute notion du temps. Il n'y avait que Grace, et lui, et la longue nuit qui s'étendait, complice, devant eux.

Il traça un chemin de baisers jusqu'à l'intérieur de ses cuisses, avant de remonter, lentement. Jusqu'à ce qu'enfin – enfin ! –, il parvienne là où il avait le plus envie de la goûter.

En proie à cette exquise torture, il se força à ralentir encore.

Relevant la tête, il promena une main sur la peau sensible de son entrejambe. Elle haussait les hanches à sa rencontre alors qu'il ne faisait qu'effleurer son intimité brûlante.

Son prénom, qu'elle gémissait, était probablement le son le plus sexy qu'il ait jamais entendu.

Devinant qu'aucun d'eux ne pourrait en supporter davantage, il enfouit la tête entre les jambes de Grace et donna un coup de langue sur son sexe. La sensation était divine et il la goûta encore, la taquina, sentant la pression monter en elle au rythme de ses hanches et de son corps qui ondulait.

— Rik…, murmura-t-elle, presque comme une question.

Mais son corps lui disait tout ce qu'il avait besoin de savoir. Il glissa alors les mains sous ses fesses parfaites, la léchant toujours jusqu'à ce qu'elle glisse les doigts dans ses cheveux et se tortille contre sa bouche.

Son érection durcissait encore au gré des gémissements de Grace – plus forts et plus rapides désormais. On aurait dit qu'aucune femme n'avait encore compté.

Bientôt, il la sentit au bord du gouffre, se tordant contre lui, tantôt haletant, tantôt criant. Alors Rik glissa un doigt en elle tout en suçant son clitoris.

Vaincue, elle cria son nom avant de jouir.

Le son le plus parfait qu'il ait jamais entendu.

Le temps que Grace revienne à elle, comblée, Rik se mouvait déjà sur elle. Cette musculature solide raviva son envie de le toucher. De lui offrir un plaisir aussi fort que celui qu'elle venait de recevoir.

L'idée qu'elle était désormais perdue pour tout autre homme

s'insinua en elle. Aucune de ses précédentes rencontres n'avait été comparable. Et elle soupçonnait qu'aucun homme à l'avenir ne l'égalerait jamais.

Mais elle s'en moquait. Si ce devait être la plus belle expérience qu'elle ait la chance de vivre, alors elle se délecterait de chaque instant.

— C'était…, commença-t-elle, espérant qu'il n'entendrait pas le léger tremblement dans son rire.

— Ce n'est que le début, la coupa Rik avant d'embrasser sa gorge, son cou et le creux sensible sous son oreille.

Elle soupira de plaisir, tout en se tortillant sous lui. Enfin, il fut entre ses jambes. Son étourdissante érection se blottissait contre son sexe encore sensible. Il lui donnait envie – besoin – de plus.

Alors seulement, une alarme retentit dans sa tête. Faible. Étouffée. Mais bien distincte.

— Attends, murmura-t-elle en se redressant. Tu as… une protection ?

— Une protection ?

Il la regarda une seconde, stupéfait. De toute évidence, lui aussi avait été pris dans l'action jusqu'à oublier l'essentiel.

— Il doit y avoir ce qu'il faut dans la salle de bains, dit-il enfin.

Déjà, il traversait la pièce sans la moindre gêne. Il revint vite avec un sachet dans la main. Il enfila le préservatif si habilement qu'elle en eut le souffle coupé, puis il revint entre ses jambes, comme si rien ne s'était passé.

Relevant les genoux, Grace caressa son dos aux muscles sculptés et s'arqua vers lui.

— Pas besoin de se précipiter, murmura-t-il.

Mais ce fut la crispation de sa voix qui l'excita le plus. Comme s'il se retenait à peine. Comme s'il la désirait trop.

— Tu appelles ça « se précipiter » ? se plaignit-elle, le souffle court. Les glaciers bougent plus vite.

— Tu me nargues ?

Son regard s'assombrit. Riche et délicieux.

— En effet, fit-elle, toujours haletante.

— Vraiment, *älskling* ? Parce que ça marche dans les deux sens…

Son regard était presque noir à présent, son ton faussement égal. Menace ou promesse ? Les deux, plus probablement.

Un frisson parcourut Grace. Il avait prévu de relever ce défi.

— Comme tu veux, rétorqua-t-elle.

Son pouls s'accéléra alors qu'il faisait glisser un doigt le long de son corps. S'il voulait gagner, elle était d'accord. En fait, tout lui convenait tant que…

Elle haleta de plaisir en sentant Rik la pénétrer. Doucement, lentement, profondément.

Son sexe était énorme. Il lui faisait ressentir des choses encore inédites pour elle. Non pas que ses précédents petits amis aient été mauvais au lit. Ils n'avaient tout simplement pas été aussi bons que lui. Aussi intenses, incroyables, que Rik.

Il commença à aller et venir, et toutes les autres pensées désertèrent son cerveau. Il n'y avait plus que l'instant présent.

Il poursuivit ses va-et-vient sans la quitter du regard, ses yeux hypnotiques reflétant la faim brute qui coulait dans ses veines à elle. Le monde entier s'écroula alors que Grace s'abandonnait à cet homme captivant.

Tout ce qu'elle pouvait faire, c'était s'accrocher. Enrouler les bras, les jambes, autour de lui et le laisser les emmener où bon lui semblait, dans l'enchevêtrement de leurs souffles.

Les poussées de Rik s'accélérèrent, s'intensifièrent, chacune la propulsant vers un nouveau sommet. Elle devait maintenant lever la tête pour presser les lèvres contre son cou, goûter le sel de sa peau, l'effleurer des dents.

Il gémit – un son grave qui sembla se répercuter à travers elle – et s'enfonça plus profondément. Grace haleta, hissa les hanches pour le rejoindre, se délectant de ce rythme plus rapide.

Alors, elle sentit la vague se dresser au-dessus d'elle, menaçant de s'écraser et de l'engloutir. Elle était prête. Elle en avait besoin. Glissant les mains le long de son dos, elle cambra le corps, Rik fit quelque chose de magique… et elle fut perdue.

Criant son nom, elle s'envola dans une jouissance béate, bientôt rejointe par Rik.

# 5.

Rik balaya du regard l'amphithéâtre Jansen de l'hôpital universitaire.

— Bonjour. Je m'appelle Rik Magnusson et je suis ici dans le cadre du programme d'échange Jansen.

Il jeta un nouveau coup d'œil à l'assistance. Ni son père ni son frère n'étaient présents, ce qui n'avait rien d'étonnant. Il n'était même pas déçu.

Ce qui le prit au dépourvu, en revanche, ce fut qu'il se surprit à chercher Grace dans le public, alors qu'elle était censée n'avoir été qu'une diversion, inattendue mais agréable, à la déception de ne pas voir son frère au gala Jansen.

Peu importait ce que cela disait de lui. Tout ce qu'il savait, c'était qu'être ici, au Royaume-Uni, à deux pas de son frère disparu, lui jouait des tours.

Sans qu'il parvienne à se l'expliquer, il avait envie de partager les raisons de sa présence à Thorncroft avec cette femme, alors qu'il n'avait jamais parlé à quiconque de son enfance, ni de son frère jumeau.

Au lieu de quoi, il préféra s'adresser aux médecins et chirurgiens qui seraient ses collègues pour les trois prochains mois.

— Mais la raison de ma présence ici n'a pas grand intérêt, n'est-ce pas ? Vous voulez prendre connaissance du cas que j'ai apporté avec moi. Alors, commençons.

Un petit rire parcourut la salle et Rik lança le programme sur son ordinateur portable, dont les images défilèrent sur l'écran principal de la scène.

— Voici Kenny, un garçon de neuf ans qui présentait une craniosynostose occulte… Comme la plupart d'entre vous le savent, il s'agit de la soudure prématurée des sutures crâniennes. Est-ce que l'un des internes ici présents pourrait me dire ce qui rend ce cas particulièrement intéressant ? Oui, vous. Allez-y.

— La craniosynostose concerne environ une naissance vivante sur deux mille. Elle est généralement diagnostiquée et traitée au cours de la première année de vie.

Le jeune médecin avait parlé avec assurance.

— Bien, acquiesça Rik. Un diagnostic tardif de craniosynostose, au-delà de ces douze premiers mois, est rare. Cependant, comme vous pouvez le voir sur cette photo, notre patient se présente comme un enfant de neuf ans au cerveau relativement normal. Il ne montre aucune des anomalies courantes dans la forme de la tête ni aucun des symptômes qui auraient dû alerter un pédiatre dans la petite enfance du patient.

Rik s'arrêta, distrait par l'ouverture inattendue de la porte au fond de la salle.

*Grace.* Bizarrement, il avait su que c'était elle avant qu'elle apparaisse. Il la suivit des yeux jusqu'à ce qu'elle se glisse élégamment sur un siège en bout de rangée. Soudain, il avait la sensation d'être plus grand. Plus léger.

*C'est ridicule !* Et pourtant, il dut consentir un énorme effort pour ramener son attention sur la salle.

— Le patient présentait des migraines de plus en plus invalidantes, un œdème du nerf optique et des troubles suggérant une augmentation de la pression intracrânienne. Et le scanner a montré une craniosynostose à sutures multiples. Des questions ?

— Y avait-il des antécédents familiaux ? demanda-t-on.

Rik hocha la tête.

— Le père biologique du patient souffrait depuis toujours de migraines invalidantes, mais sans qu'on lui ait diagnostiqué d'anomalies craniofaciales.

— Vous préconisez donc un remodelage de la voûte crânienne ? questionna un médecin.

— Étant donné que le père a peut-être souffert d'une craniosynostose occulte toute sa vie et étant donné les avantages discutables du remodelage crânien, je me demande comment vous en êtes arrivé à la conclusion que la chirurgie était la bonne solution, docteur Magnusson ? renchérit un autre.

— C'est une bonne question, convint Rik. Et je la trouve importante. Des idées ?

Un débat animé s'engagea entre ceux qui déconseillaient une intervention chirurgicale non vitale et ceux qui pensaient qu'elle valait la peine d'être tentée pour atténuer le problème.

Puis Grace prit la parole.

— Quel était l'impact du problème sur la vie du patient et sa capacité à mener une vie normale ?

Rik hocha la tête. Ce n'était peut-être pas le domaine de Grace, mais elle avait visé juste.

— Selon la famille, les migraines étaient devenues de plus en plus invalidantes au cours des deux dernières années.

— Il a neuf ans, reprit Grace, en le regardant droit dans les yeux. Qu'en est-il de sa scolarité ? A-t-elle été affectée ?

Il aurait aussi bien pu n'y avoir personne d'autre dans la salle. Il ne voyait qu'elle.

— Les migraines ont contraint le patient à manquer un nombre important de jours d'école, répondit Rik. Les apprentissages s'avéraient de plus en plus difficiles et le patient est devenu sujet à un nombre croissant de crises de violence – très probablement en raison de la douleur – qui ont abouti à son renvoi de l'école.

— Dans ce cas, conclut-elle, les yeux toujours rivés aux siens, je pense que l'intervention chirurgicale était le traitement à préconiser, afin de créer un espace où le cerveau pourrait s'étendre.

— C'est la conclusion à laquelle je suis arrivé, dit Rik.

Mais il lui fallut produire des efforts considérables pour quitter Grace des yeux et s'adresser aussi au reste de son auditoire.

Chaque seconde de leur nuit restait gravée en lui avec une intensité folle. S'il fermait les yeux, il la voyait encore, la sentait encore. Et il la désirait toujours avec une fébrilité qu'il ne pouvait s'expliquer, au point d'en avoir mal physiquement.

Alors qu'on le disait froid, il avait l'impression d'être en feu depuis le gala !

Non sans peine, il parvint à terminer sa présentation et reçut ensuite des remerciements et des demandes d'assistance au bloc.

Enfin, il n'y eut plus que Grace et lui, seuls dans le vaste amphithéâtre…

— Intervention très intéressante, le complimenta-t-elle alors qu'il déconnectait son ordinateur portable. Ils te mangeaient dans la main.

— C'est un cas intéressant.

Il esquivait pour éviter de l'attirer dans ses bras. Là où était sa place.

L'attirance entre eux était si intense qu'il était tenté de l'explorer durant les trois mois qu'il passerait là.

Seulement, Rik devait d'abord retrouver son frère et avoir avec lui la conversation qui aurait dû se tenir des années plus tôt.

Alors seulement, il pourrait dire la vérité à Grace. Il détestait lui mentir. Combien de fois l'avait-elle interrogé sur lui, l'obligeant à détourner la conversation parce qu'il n'était pas capable de lui répondre comme il l'aurait voulu ?

Il était réputé pour ne pas dévoiler ses cartes et pourtant, dès le premier soir, il avait eu envie de révéler à Grace les secrets qu'il n'avait confiés à personne.

Il était logique que l'imminence de ses retrouvailles avec son frère, après des décennies de séparation, le perturbe sur le plan émotionnel. Mais cela ne signifiait pas qu'il devait partager ses pensées les plus intimes avec une étrangère.

Plus vite il retrouverait et parlerait à son insaisissable frère, mieux ce serait.

Grace s'était toujours considérée comme une femme ordinaire. Discrète, elle se consacrait à sa carrière plus qu'à sa vie privée. Elle ne pouvait pas se qualifier de nonne, mais n'avait pas de grandes attentes en matière de sexe.

Jusqu'à sa rencontre avec Rik. Depuis ce bal, un désir

tumultueux et fébrile semblait déferler et rouler sous chaque centimètre carré de sa peau.

Parce qu'elle se languissait de lui, elle avait même assisté à sa conférence ! Alors qu'elle se croyait immunisée contre le charme masculin, elle s'était retrouvée dans le couloir menant à l'amphithéâtre avant même de s'en rendre compte.

Lorsqu'il avait levé les yeux pour la voir descendre les marches, elle avait presque oublié qu'ils n'étaient pas seuls et avait failli avancer droit vers l'estrade.

Maintenant que les auditeurs avaient quitté la salle, elle se retrouvait à discuter chirurgie plastique avec lui, pour masquer son trouble et le désir fou que cet homme lui inspirait.

— Tu ne m'avais pas dit que tu faisais autorité en matière de craniosynostose, fit-elle.

— Nous n'avons pas beaucoup parlé, tous les deux.

Elle s'empourpra. Ce qu'il ne manqua pas de remarquer. Et pour ne rien arranger, elle s'avéra incapable de répliquer.

— Tu t'intéresses à ce domaine de la médecine ? demanda-t-il finalement, afin de lui venir en aide.

Elle hocha la tête avec un peu trop d'enthousiasme.

— J'ai parmi mes patients un enfant de deux mois, qui pourrait souffrir de craniosynostose.

Ça, au moins, c'était vrai.

— Ma spécialité, c'est le diagnostic tardif de cette malformation, objecta Rik.

— J'ai bien compris, mais tu as dû pratiquer de nombreuses interventions chirurgicales sur des bébés, avant de te spécialiser dans les diagnostics tardifs ?

— Certes.

Comment se retenait-elle de presser les lèvres sur les siennes, juste pour voir s'il avait aussi bon goût que dans ses souvenirs ?

— Il est hospitalisé, en ce moment ? demanda-t-il.

Grace secoua la tête.

— Non, mais j'ai son dossier médical. J'aimerais te le montrer, si tu acceptes de quitter l'aile Jansen. Je préfère te prévenir que le reste de l'hôpital est loin d'être aussi luxueux !

— J'imagine ! dit Rik. Même si j'avais entendu dire que la clinique Jansen était un établissement de premier ordre, je ne m'attendais pas à ce qu'elle soit aussi fastueuse. Même les machines à café sont ultramodernes. Et avec barista, s'il te plaît !

Grace sourit.

— Tout est haut de gamme, ici. Des sols en marbre aux luminaires dernier cri dans les salles de bains. Il y a même deux héliports sur le toit, un pour les urgences et l'autre pour les clients VIP.

— Évidemment, soupira Rik. Et le petit immeuble adjacent à l'hôpital ? Avec les jardins verticaux ?

— Il appartient exclusivement à l'aile Jansen, répondit-elle. Les étages inférieurs hébergent la rééducation, les piscines de luxe, les spas et les salles de sport ; les niveaux supérieurs sont réservés aux patients VIP et à leur entourage.

— Donc un hôtel de luxe pour les patients, leurs stylistes et leurs attachés de presse ?

— Non, pas seulement. Les niveaux intermédiaires sont réservés aux consultants de passage. C'est là que tu aurais été logé si tu n'avais pas opté pour le Marham.

— J'ai demandé à être logé dans un hôtel, précisa-t-il aussitôt. Je n'ai jamais demandé qu'il soit aussi luxueux que le Marham.

Elle aurait bien aimé, elle aussi, habiter en dehors de Thorncroft, car c'était agréable de pouvoir rentrer chez soi. Ce qui la ramenait à son envie récente de changer complètement de décor.

— Je savais que les cliniques Jansen choyaient leur clientèle célèbre, nota Rik. Mais je n'avais pas réalisé l'ampleur du phénomène.

Non, sans doute pas, en effet.

— Magnus fait gagner de l'argent aux établissements Jansen en pratiquant certaines des meilleures interventions chirurgicales du pays. Pour cela, il doit attirer l'élite. Bas, lui, a utilisé ces revenus pour repousser les limites de la chirurgie réparatrice, et il opère certains des patients les plus démunis du monde entier.

— Donc, en fait, Bas donne au nom de Jansen ses lettres de noblesse médicales, tandis que Magnus gagne une fortune ?

— On peut dire ça comme ça.

— Je vais avoir du mal à rivaliser avec eux, constata-t-il.

Elle appréciait sa modestie. En fait, elle aimait beaucoup Rik Magnusson.

— De toute évidence, tu es déjà très exigeant envers toi-même, répliqua-t-elle en rougissant. Sans quoi, tu n'aurais pas été sélectionné pour ce programme d'échange. En tout cas, sache que ton cas de craniosynostose va faire le tour de l'hôpital.

Il la dévisagea quelques secondes.

— Si ça t'intéresse, pose ta candidature pour travailler avec moi sur une opération.

— Je suis obstétricienne, objecta-t-elle, surprise. Pas chirurgienne plasticienne.

— Tout comme la moitié des médecins qui se trouvaient dans l'amphithéâtre, et tu as fait beaucoup de bonnes suggestions. Et puis, cet hôpital n'est-il pas censé être un lieu d'enseignement ?

Elle se mordilla la lèvre. L'idée était tentante, mais Rik lui faisait-il cette proposition parce qu'il pensait que l'expérience lui serait utile ou simplement parce qu'ils avaient fait l'amour et qu'il voulait poursuivre leur liaison ?

La voix de Rik l'arracha à ses pensées.

— Bon, j'ai une autre réunion, mais on pourrait peut-être se retrouver ce soir pour dîner ? Disons à 19 h 30 ?

Elle sentit les battements de son cœur redoubler.

— L'idée me plaît bien. Mais tu ne pourras pas voir les dossiers de mes patients.

Comment faisait-elle pour avoir l'air si calme ?

— Dans ce cas, on pourrait se retrouver vers midi dans le café que j'ai vu au rez-de-chaussée ?

— Le Julian's ? Très bien. Mais disons plutôt vers 12 h 30 ?

— Donne-moi ton numéro, au cas où l'un de nous serait retenu, répondit Rik en sortant son portable.

*Seigneur, il est trop parfait.*

— D'accord. Attends… je peux ?

S'emparant du téléphone de Rik, elle prit une inspiration pour se calmer. Puis, après avoir rapidement tapé son numéro, elle lui rendit l'appareil.

Quelques instants plus tard, il lui envoyait un émoji ridicule qui la fit bêtement sourire.

— Je dois retourner dans mon service, à plus tard !

Sur ces mots, elle quitta la salle à toute vitesse. Elle n'aurait pas dû être aussi troublée, pourtant, alors qu'elle remontait le couloir au pas de course, elle souriait toujours.

Qu'est-ce qui l'empêchait de savourer l'instant présent ? Depuis ses seize ans, et l'erreur qu'elle avait commise, elle était toujours si prudente… Surtout en matière d'hommes.

Il était peut-être temps pour elle de prendre un risque. Car jamais encore elle n'avait rencontré quelqu'un comme Rik.

# 6.

— Comment ça va ?

Grace entra dans la pièce où Bas se lavait les mains après l'une de ses interventions.

— L'opération s'est bien passée, déclara-t-il d'un ton neutre.

Grace retint une grimace. C'était bien Bas, ça, d'exclure les gens, même s'il ne le faisait pas avec elle, d'ordinaire.

— Je ne parlais pas de l'opération, insista-t-elle. Je parlais de toi.

Pendant un instant, elle se demanda s'il allait répondre, car il se contenta d'abord de passer les bras sous l'eau.

Grace attendit, ne sachant quoi dire. Ces derniers mois, quelque chose avait… changé entre eux.

Il avait reçu une lettre : il pensait qu'elle ne l'avait pas remarquée, mais si. Elle l'avait vue posée un matin sur son luxueux bureau de l'aile Jansen. Dans l'après-midi, la lettre était au fond de la poubelle. Sans avoir été ouverte.

Depuis, il avait commencé à s'éteindre. Petit à petit.

C'était l'une des raisons pour lesquelles elle n'avait pas voulu lui révéler qu'elle envisageait de quitter Thorncroft. Et puis aussi parce qu'elle avait peur d'effectuer un si grand saut dans le vide.

S'il n'y avait pas eu l'échographie de Naomi le soir du gala, elle se serait confiée à Bas à ce moment-là. Tel était le plan. Seulement, rien ne s'était déroulé comme prévu. Elle avait rencontré Rik, tandis que Bas se montrait plus distant que jamais.

Allait-il exclure Naomi de cette façon ? La voix profonde de son ami la ramena au présent.

— Tu veux savoir si tout va bien, à part le fait que mon futur bébé va devoir être opéré quelques jours après sa naissance ?

— Je suis vraiment désolée, répliqua-t-elle, sincère. Je ne peux qu'imaginer ce que vous traversez, Naomi et toi.

— Merci, répondit-il d'une voix qu'elle faillit ne pas reconnaître, avant de comprendre que l'émotion lui nouait la gorge. Les résultats de l'amniocentèse ne sont pas tombés ?

— Pas encore, fit-elle en fronçant les sourcils. Seddon a accéléré les choses, mais ça prend du temps, tu le sais. Est-ce que Naomi et toi savez déjà ce que vous allez faire ? Pour ce qui est d'élever le bébé, je veux dire ?

Il lui lança un regard noir.

— Tu veux savoir à quel point je vais m'impliquer ? C'est mon enfant, Grace. Ou tu partages l'avis de Naomi et penses que je vais juste « me contenter de faire des apparitions dans leur vie » ?

C'était donc ce qui le dérangeait ?

— Naomi ne pense pas que tu sois fiable ?

Pas étonnant que cela énerve Bas. Mais elle comprenait aussi le point de vue de Naomi.

— Elle m'a demandé ce que tu sous-entendais quand tu as dit que je n'étais pas comme Magnus.

Grace ne répondit pas tout de suite. Si elle avait su que Naomi écoutait leur conversation téléphonique, elle aurait peut-être été un peu plus prudente. Pourtant, ce n'était pas une mauvaise chose pour Bas que d'être obligé de s'ouvrir un peu plus. Après tout, Naomi portait son bébé. Pour le meilleur ou pour le pire, leurs vies allaient être définitivement liées. Elle méritait sûrement d'en savoir un peu plus sur le père de son enfant à naître.

Grace doutait que Naomi ait cherché à piéger Bas. Et quelque chose en elle avait immédiatement plu à Grace. Ce n'était pas une amatrice de rencontres d'une nuit. Tout comme elle…

*Jusqu'à l'autre nuit,* songea-t-elle soudain, alors qu'une image érotique de Rik surgissait dans son esprit.

Elle s'empressa de la repousser.

— Tu ne lui as pas répondu ?

— Je ne vois pas en quoi ça la regarde.

Elle se sentait presque désolée pour son amie. *Presque.*

— Tu te rends compte de l'absurdité de ton commentaire ? Naomi est la mère de ton enfant à naître. Que tu le veuilles ou non, elle a le droit d'en savoir un peu plus sur toi.

— Ah bon ? rétorqua Bas. Ce n'est pas comme si on avait choisi d'être ensemble. S'il n'y avait pas eu cette grossesse, on ne se serait probablement jamais reparlé.

Elle l'aurait cru s'il n'y avait eu cette ombre étrange sur son visage.

— Vraiment ? hasarda-t-elle.

— Qu'est-ce que c'est censé vouloir dire ?

Grace s'efforça de choisir ses mots avec soin.

— Eh bien, je ne t'ai jamais vu agir comme tu le fais avec Naomi. Tu es différent, pas seulement parce qu'elle est enceinte ou que votre bébé a un souci de santé.

— N'importe quoi, lança Bas.

Sauf qu'il manquait de conviction. Comme s'il ne faisait que jouer un rôle. Mais pour tromper qui ?

— Je pense que tu l'aimes bien, Bas. Et à mon avis, tu le penses aussi.

Il la regarda d'un air furieux, puis, de manière révélatrice, changea brusquement de sujet.

— Comment s'est passé le gala ? demanda-t-il, en s'éloignant pour se sécher les mains.

— Très bien. Tout le monde voulait savoir où tu étais, naturellement, mais j'ai répondu que tu avais à faire ici. Et la levée de fonds a battu des records.

— Rien d'autre à signaler ?

Lisait-il dans ses pensées ou était-ce l'effet de son imagination ? Elle le regarda avec méfiance.

— Tu veux parler du nouveau médecin de votre programme d'échange ?

Le visage de son ami se peignit d'une expression si sombre qu'elle fut prise au dépourvu.

— Il était là ? s'écria Bas. Tu l'as rencontré ?

Bas était-il au courant ? Et si c'était le cas, qu'est-ce que ça pouvait bien lui faire ?

— Oui, admit-elle. Je n'aurais pas dû ?

— Il était vraiment là ? Il a eu ce culot ? Et tu n'as pas pensé à m'appeler ou à en parler ?

Il criait presque. Qu'est-ce qu'elle avait bien pu manquer ? Cela n'avait aucun sens !

— Je pensais que tu avais assez de choses à gérer, répliqua-t-elle sèchement.

— Ce n'est pas plus important que Henrik qui se pointe, rétorqua Bas.

Grace se figea. Les pensées tourbillonnaient à toute allure dans son esprit. Il ne pouvait pas vouloir dire…

— Attends. Henrik ? répéta-t-elle. Tu veux dire « Rik » ?

Elle connaissait l'existence de Henrik. Elle était peut-être l'une des seules personnes avec qui Bas avait partagé des informations sur son passé – tout comme elle avait partagé le sien avec lui. Or Henrik Jansen n'était certainement pas un individu que Grace avait envie de rencontrer !

La façon dont il avait trahi son frère, même s'il était alors enfant, avait été horrible.

— Rik ?

— Le Dr Rik Magnusson, dit-elle d'une voix faible. Le nouveau chirurgien.

Oh ! Seigneur… elle ne l'avait pas seulement rencontré. Elle avait couché avec lui.

Non, ça n'avait aucun sens.

Une vague de nausée enfla en elle. Les yeux étincelant de fureur, Bas ricana.

— C'est comme ça qu'il se fait appeler ?

— Quand tu dis Henrik, tu ne veux pas dire… ? Mais son nom de famille n'est pas Jansen…

Elle s'interrompit, craignant d'avoir l'air stupide.

— Le nom de mon père est Magnus. Il doit trouver malin de se faire appeler Magnusson. Et d'abréger Henrik en Rik.

En dépit des apparences, Grace se refusait à y croire. Mais un soupçon d'hésitation chez son ami l'amena à se demander s'il ne s'était pas souvenu d'autre chose.

— Peut-être qu'il essaie d'être discret, suggéra-t-elle. Afin de ne pas causer d'esclandre.

— S'il ne voulait pas d'esclandre, il n'aurait pas dû venir ici. Il aurait dû rester à l'écart en voyant que je ne répondais à aucune de ses lettres.

Sauf que la colère avait soudain disparu de la voix de Bas. Comme s'il était un peu moins sûr de lui.

Grace ravala un cri de frustration. Si seulement Bas l'avait mise au courant, elle aurait pu être sur ses gardes avec Rik… ou Henrik.

Elle connaissait Bas depuis longtemps, sa loyauté envers lui était absolue. Aussi forte que soit son attirance pour Rik, elle n'aurait jamais mis cette amitié en péril pour une aventure d'un soir, si elle avait connu son identité.

Mais, bon sang, Bas ne lui avait rien dit ! Son sentiment de culpabilité se mua en colère. Si son ami lui avait fait assez confiance, tout cela ne serait jamais arrivé.

— Rik t'a écrit ? demanda-t-elle.

Elle regretta aussitôt sa question, comme Bas la fusillait du regard. Certes, ces yeux-là avaient une couleur différente des prunelles bleu-vert de Rik, mais comment n'avait-elle pas décelé des similitudes entre les deux hommes ? Notamment, cette expression autoritaire.

Quoi qu'il en soit, jamais Bas ne l'avait fait se sentir aussi sensuelle, aussi féminine, que Rik. Il était pour elle comme un grand frère protecteur. Avec Rik, elle avait éprouvé quelque chose de sublime, de tout à fait différent.

— Rik ? répéta sèchement Bas. Tu le connais ?

Le silence s'éternisa entre eux.

D'un côté, elle avait envie de lui avouer la vérité, peut-être même de s'expliquer. Mais de l'autre, elle aspirait à conserver la douce perfection de cette nuit avec Rik. Ne serait-ce qu'un tout petit peu plus longtemps.

Pourtant, même ce souvenir risquait d'être terni, désormais. Parce que, aussi merveilleuses qu'aient été les heures passées avec Rik, elle devait se rendre à l'évidence : il lui avait menti. Il n'était pas Rik Magnusson, mais Henrik Jansen. Le frère de son ami le plus proche. Le seul homme qui lui était totalement interdit.

Son cœur battait à tout rompre. Elle prit une profonde inspiration et raffermit sa position. Non, elle ne méritait pas d'être attaquée.

— Je ne savais pas de qui il s'agissait ! s'écria-t-elle enfin.

Mais le sous-entendu était clair et le visage de Bas afficha le plus parfait dégoût.

— Tu as couché avec lui ? demanda-t-il froidement. Parmi tous les candidats possibles, tu as choisi mon frère ?

— Comment j'aurais pu savoir ?

Elle n'arrivait même pas à déterminer ce qui la mettait le plus en colère. D'avoir fait du mal à Bas ? Qu'il ne lui ait pas fait confiance ? Ou la perspective de ne plus revoir Rik ?

— Je t'ai demandé d'y aller à ma place et de faire attention à tout ce qui était inhabituel. Un invité importun, par exemple.

Pendant un long moment, ils restèrent à se dévisager. Puis la colère de Grace se calma et elle examina son ami d'un œil critique.

— Je ne pouvais pas deviner qu'il s'agissait du frère que tu n'as pas vu depuis trente ans. Ni conclure que l'étranger rencontré par hasard, un homme parfaitement… normal, se faisant appeler Rik et chirurgien comme tant d'invités à ce gala, était quelqu'un d'« inhabituel ».

— Tu crois qu'il est tombé sur toi par hasard ? ironisa-t-il. Toi, la personne dont je suis le plus proche ?

Il lui fallut un moment pour comprendre ce qu'il insinuait. Et la nausée revint alors avec une force décuplée. Elle secoua vigoureusement la tête. Comme si cela pouvait empêcher ces mots d'être vrais.

— Tu veux dire qu'il m'a cherchée délibérément ?

Bas garda le silence pendant de longues secondes. Grace voyait presque les rouages tourner dans sa tête, tandis qu'elle-même cherchait encore fébrilement à assimiler la dernière phrase de Bas.

Rik – ou Henrik – s'était-il vraiment servi d'elle ? Savait-il qui elle était quand il l'avait abordée au gala ? Avait-il couché avec elle parce qu'il voyait en elle un moyen d'atteindre son frère ?

Son instinct lui soufflait que ce n'était pas le cas. Elle ouvrit la bouche puis se ravisa, ravalant son déni parce qu'elle n'était pas vraiment réputée pour sa perspicacité en matière de relations.

Avant qu'elle ait pu s'excuser, Bas avait repris la parole :

— Il faut que j'y aille. Mais tu dois revoir Henrik.

Elle lui jeta un regard horrifié.

— Quoi ? Non !

— Si, s'entêta-t-il d'un air sombre. Je dois savoir ce qu'il fabrique ici.

Grace le regarda, consternée.

— Pas question que j'espionne Henrik. Si tu veux savoir pourquoi il est ici, tu vas devoir lui parler, Bas.

Il ne lui parut guère convaincu.

— S'il te plaît, Grace, je te le demande en tant qu'ami. Je dois me concentrer sur Naomi pour le moment. Mon bébé est ma principale préoccupation.

— Bas, ce que tu me demandes…

Le pire, c'était qu'une partie d'elle se réjouissait de ce prétexte pour revoir Rik. En dépit de ce qu'elle savait.

— Je ne te demande pas de recoucher avec lui, bon sang ! lança Bas, comme s'il lisait dans ses pensées. Juste de le distraire. Fais-lui visiter l'hôpital ou la ville.

— Lui servir de guide touristique, résuma-t-elle, perplexe.

— Tu pourrais même lui demander de prendre ma place à la fête de l'hôpital, cette année.

— Tu veux vraiment que Rik… Henrik s'implique dans les activités caritatives de l'hôpital ?

— Pas particulièrement. Mais tu sais comme c'est chronophage. Toutes ces heures, je pourrais les passer avec Naomi.

Si elle acceptait, elle pourrait revoir celui qui l'avait tant fait vibrer, toutefois elle n'aimait pas l'idée de jouer le rôle d'intermédiaire entre les deux frères.

— Je ne sais pas, Bas, dit-elle.

— Tu as couché avec mon frère, Grace. Je pense que tu m'es redevable.

C'était un coup bas. Pourtant, même si elle aurait voulu protester, elle s'en abstint, de peur de se trahir.

Peut-être qu'elle pourrait le faire. Pour avoir des réponses autant à ses propres questions qu'à celles de Bas. Elle brûlait de savoir si Rik savait qui elle était cette nuit-là et s'était servi d'elle.

Rien que d'y penser, elle en était malade. Ce serait la deuxième fois qu'on la manipulerait de cette manière. Au moins, vu que Rik avait utilisé un préservatif, elle n'en paierait pas le prix fort, cette fois.

Sans prévenir, le chagrin s'abattit sur elle. Et avec lui, la culpabilité. Elle devait énormément à Bas. S'il n'avait pas été là, elle ne serait sans doute pas une obstétricienne réputée dans un hôpital lié à l'un des centres médicaux les plus prestigieux du pays.

Bas l'avait sauvée sans même le savoir. Elle n'avait pas été capable de partager son terrible secret avec lui, bien qu'il l'ait tirée de la fosse obscure qui l'engloutissait depuis des années.

Elle lui était redevable. Et si espionner son frère faisait partie de sa dette, alors elle le ferait.

— D'accord, murmura-t-elle. Je vais essayer de le distraire. Mais pas indéfiniment, Bas. Je te donne une semaine.

— Un mois, répliqua-t-il, l'air aussi triste qu'elle.

Un frisson la parcourut, tandis qu'une voix perfide lui susurrait qu'elle apprécierait le temps qu'elle passerait avec Rik.

— Une quinzaine de jours. Pendant ce temps-là, fais ce qu'il faut pour Naomi, Bas. Trouvez ensemble une solution.

Elle redoutait qu'en passant beaucoup de temps avec Rik elle finisse par oublier la raison première de son accord.

Elle avait besoin de réponses. Et surtout pas de tomber amoureuse du dernier homme sur Terre qu'elle devait trouver attirant.

— Marché conclu, fit Bas avec un petit signe de tête. Et merci, Grace.

Un instant plus tard, elle se retrouvait seule.

Pour ne rien arranger, son téléphone se mit à vibrer dans sa poche. Sans trop savoir comment, elle devina que c'était Rik avant d'avoir jeté un coup d'œil à l'écran et coupa la communication.

Comment en était-elle arrivée là en l'espace de quelques minutes ? C'était trop. Quel que soit son accord avec Bas, il fallait qu'elle annule leurs rendez-vous – le rendez-vous pour les dossiers de patients et le dîner – jusqu'à ce qu'elle recouvre ses esprits et trouve le moyen de passer du temps avec Rik sans qu'il se rende compte que quelque chose ne tournait pas rond.

# 7.

Non sans se demander s'il avait déjà fait quelque chose d'aussi inhabituel, Rik frappa à la porte en bois. Fort.

Quelques instants plus tard, le battant s'ouvrit et Grace apparut, pieds nus, les cheveux décoiffés. Bon sang, l'instinct de possession que ce spectacle éveillait en lui !

— Oh ! je ne m'attendais pas à te voir…

Quelque chose se noua dans les tripes de Rik lorsqu'il vit l'inquiétude se peindre sur le beau visage de Grace. Il avait vu juste : elle n'avait pas annulé leurs rendez-vous à cause d'une urgence médicale.

— Tu attendais qui ?

Elle hésita et le nœud se resserra dans le ventre de Rik.

— Je pensais qu'il s'agissait d'une livraison.

Il n'aurait pas dû se sentir aussi soulagé.

— Bien. Alors je peux entrer ?

Elle avait le regard fuyant, comme si elle était… en train de se battre contre elle-même.

— J'aimerais mieux pas.

Elle se posta dans l'embrasure de la porte, mais ne fit que se rapprocher encore de lui. Étant donné les soubresauts de son pouls à la base de son cou, il n'était pas le seul à ressentir cette chaleur familière.

L'air entre eux crépitait presque. Devait-il se consoler avec l'idée que, quelle que soit la raison pour laquelle elle avait annulé leurs rendez-vous, ce n'était pas parce qu'elle n'était plus attirée par lui ?

— Tu peux me dire ce qui se passe ?

Au moins avait-il retrouvé son habituelle maîtrise, même s'il était en proie à tout un tas d'émotions inconnues.

Elle se tourna vers lui, juste une fraction de seconde, puis détourna de nouveau le regard.

— Je suis concentrée sur ma carrière en ce moment, déclara-t-elle sans la moindre conviction. Je n'ai pas le temps de… flirter.

— N'importe quoi.

Sans en avoir eu l'intention, il lui releva le menton pour pouvoir la regarder droit dans les yeux. La chaleur entre eux était si intense…

— D'accord, fit-elle dans un souffle. Alors on devrait peut-être commencer par le fait que ton vrai nom est Henrik Jansen.

— Ah !

La culpabilité le submergea.

— *Comme tu dis !* Bas est mon ami et tu es son frère. Autrement dit, tu m'as menti.

— Non, rectifia-t-il. J'ai juste omis de te le dire.

— C'est ça, ton excuse ?

Devant le dédain de Grace, sa culpabilité augmenta.

— Tu as raison. Et je voudrais m'excuser.

Comme s'il pouvait tout arranger d'un coup de baguette magique !

— Alors pourquoi ? insista-t-elle devant son silence. Tu m'as ciblée parce que tu connaissais notre amitié ? J'étais un moyen de te rapprocher de lui ?

— Non ! s'insurgea-t-il.

Combien de personnes avaient donc utilisé Grace dans le passé, dans l'espoir de se rapprocher de Bas ? Des femmes, sans aucun doute, mais des hommes ? Possible, s'il s'agissait de chirurgiens désireux d'étudier auprès du réputé Bas Jansen.

— J'en conclus que coucher avec moi était ta façon d'agacer ton frère ? répliqua-t-elle, le regard noir.

— C'est absurde, s'emporta-t-il, malgré ses efforts pour rester calme.

— Ah bon ? s'écria-t-elle. Bas pense…

— « *Bas* pense » ? répéta-t-il avec incrédulité. C'est *mon frère* qui t'a fourré une idée pareille dans le crâne ?

— Il veille sur moi.

— Il ne pense qu'à lui, rétorqua Rik.

Il détestait laisser ses vieilles peurs s'exprimer et s'efforça vaillamment de les refouler. Il n'avait pas fait tout ce chemin pour ressusciter une vieille dispute avec ce frère qu'il avait perdu depuis longtemps. Au contraire, ce voyage était censé les conduire sur la voie de la réconciliation.

Or voilà qu'une femme mettait l'opération en péril. Il devait s'en aller sur-le-champ.

Il en fut incapable.

— Et où est le problème ? ajouta-t-il. Tu as peur que je parle à Bas de ta petite aventure ?

— De mon… « aventure » ?

— Reconnais-le : tu es inquiète de ce qui se passera quand Bas apprendra que tu as passé la nuit avec moi !

Malgré tous ses efforts, la flèche de la jalousie se fichait dans son cœur qu'il croyait glacé.

— C'est faux.

— Donc tu ne verrais pas d'inconvénient à ce qu'il sache ce qui s'est passé entre nous ?

— Aucun, répondit-elle en se mordillant la lèvre.

— C'est bien ce que je pensais…

— Attends… non ! s'écria-t-elle alors qu'il s'éloignait. Ce n'est pas ce que tu crois.

— Encore des mensonges, *älskling* ? Laisse-moi deviner, mon frère aussi t'appelle « *älskling* » et tu pensais que ce n'était destiné qu'à toi ?

Grace cilla, l'air stupéfait. Pourquoi ne pouvait-il s'arrêter de parler ? Sa volonté de fer l'avait abandonné dès l'instant où il avait rencontré cette femme.

— J'ai entendu Bas l'utiliser, admit-elle. Mais rarement. Et certainement pas à mon intention.

— C'est vrai ?

Alors seulement, Grace releva la tête pour croiser son regard.

— Je t'ai déjà dit que lui et moi n'avons jamais été qu'amis.

— Vu sa réputation, je trouve ça difficile à croire.

Même s'il en avait envie.

— C'est pourtant la vérité, répliqua Grace sans s'émouvoir.

Rik peinait à soutenir son regard si expressif. Car il la désirait encore, malgré les émotions étranges et dérangeantes qu'elle éveillait en lui.

— Nous sommes deux adultes, fit-il. Nous avons eu des rapports sexuels – incroyables, je dirais. Or maintenant que tu connais mon identité, tu sembles prête à tout pour éviter que mon frère apprenne ce qui s'est passé entre nous. Si Bas et toi n'êtes pas ensemble, explique-moi ce qui pose problème.

Face à son silence, il décida d'insister… juste au moment où un mouvement détourna son attention. Un chat venait de s'échapper de l'appartement de Grace.

— Cooper ! s'écria-t-elle.

Sans réfléchir, Rik s'élança à la poursuite de l'animal et se jeta dans l'ascenseur au moment où les portes se refermaient sur lui. Quand il eut la petite boule grise entre les bras, il lui chatouilla le menton, la faisant ronronner.

Comme Rik regagnait avec son nouvel ami l'appartement de Grace, elle eut un petit rire. Il n'en fallait pas davantage pour que la glace soit à nouveau brisée entre eux.

— Merci, dit-elle lorsqu'il lui tendit le félin. Mon chat est un vrai vagabond, il sort beaucoup. Il serait revenu, mais c'était très gentil de ta part de lui courir après.

— Je devrais protester contre le qualificatif de « gentil », même s'il me paraît suffisant pour que tu m'invites à entrer…

Grace se mordilla la lèvre, avant de lui céder le passage.

— Tu ne l'as pas depuis longtemps, je suppose ? Cooper, je veux dire.

— Il a onze ans.

— Vraiment ? Je pensais qu'il était beaucoup plus jeune.

Surpris, Rik regarda le chat d'un peu plus près.

— Il est petit, reconnut Grace. Mais toujours très actif.

Son doux sourire était presque fier. À l'évidence, Cooper était un bon chemin vers son cœur.

— Je l'ai depuis qu'il est chaton, reprit-elle avant de marquer une pause. Bas a son frère.

Rik se figea. Avait-il bien entendu ?

— Un soir d'été, continua Grace, juste au moment où la nuit commençait à tomber, Bas a aperçu un sac en plastique sous le pont, alors qu'on traversait le canal en revenant de l'hôpital. Il s'est précipité vers les buissons et il a découvert trois chatons à l'intérieur du sac-poubelle. L'un d'eux était mort, mais les autres respiraient encore.

— Mon frère a sauvé des chatons abandonnés ?

Ça ne ressemblait pas à l'homme dont il avait entendu parler ces derniers mois, mais c'était tout à fait typique du frère dont il se souvenait.

— On a emmené les chatons chez le vétérinaire, poursuivait Grace. Qui nous a dit qu'ils étaient vraiment trop petits et trop faibles pour survivre. Ils auraient eu besoin de soins continuels or, malheureusement, la clinique vétérinaire ne disposait pas du personnel requis.

— Alors mon frère les a pris en charge ?

Rik connaissait la réponse avant même de l'entendre. Il voyait sans mal le frère qu'il avait connu s'occuper des chatons et les soigner.

Grace hocha la tête.

— Au début, il fallait les nourrir toutes les deux ou trois heures, et Bas s'en est chargé. Il a risqué son poste en médecine pour les soigner. Je l'ai aidé chaque fois que j'avais du temps, mais je ne pouvais pas me permettre de perdre ma place à l'université.

— Magnus a-t-il été un bon père pour Bas ?

Cela signifierait que Bas avait au moins eu le parent qu'il méritait, après ce que leur mère lui avait infligé quand il n'était qu'un enfant innocent. Rik, hélas, n'avait jamais pu échapper à cette femme cruelle.

— Tu devrais parler à Bas de sa relation avec Magnus, répondit Grace, le visage fermé.

— Elle a dû être relativement bonne, non ? insista Rik.

Il avait besoin d'en savoir plus. De comprendre.

— Avoir Magnus pour le guider a été un avantage, non ? L'équipe Jansen jouit d'une renommée mondiale, poursuivit-il malgré le regard noir que Grace lui lançait. Tout le monde a entendu l'histoire du grand Magnus Jansen emmenant son fils de dix ans au bloc opératoire, pour qu'il assiste à ses opérations.

— Il ne faut pas croire tout ce qu'on lit, répliqua-t-elle.

Et cela ne fit qu'attiser sa curiosité. Il voulait savoir comment Bas avait réussi à s'en sortir avec un père qui les avait ignorés pendant les sept premières années de leur vie. Et comprendre quelle était la nature exacte de la relation entre cette femme et son frère.

— Tu sous-entends que Magnus n'a pas aidé Bas ? insista-t-il, sans pitié.

— Si, il l'a aidé, admit-elle enfin. Et bien sûr, être autant exposé a contribué à faire de Bas le chirurgien qu'il est aujourd'hui. Mais il s'est toujours agi de l'ego de ton père.

— Je pense que Bas a un sacré ego, lui aussi.

— Oui. Peut-être. N'empêche qu'il ne pense qu'à ses patients. Parce qu'il a accompagné son père au bloc, à une époque où il l'idolâtrait, Bas a vu grandir en lui une vocation pour la chirurgie.

Elle marqua une pause avant de poursuivre :

— Mais Magnus n'a pas fait de cadeau à son fils quand celui-ci, à dix-huit ans, est allé étudier la médecine à l'université. Et encore moins quand Bas a voulu se spécialiser en chirurgie plastique.

— Bas dirige pourtant l'aile Jansen de cet hôpital, avec son nom sur la porte et la réputation d'être l'un des chirurgiens les plus prometteurs, non ?

— Tu devrais vraiment parler de tout ça avec ton frère, répondit-elle simplement.

— Je veux avoir ton point de vue, objecta Rik. Puisque tu sembles y accorder un intérêt particulier.

— Absolument pas.

Elle s'était penchée pour caresser le chat, un moyen pour elle de se ressaisir.

— Tu as l'air de bien connaître mon frère.

— Tout ce que je peux te dire, c'est que Bas a dû être deux fois meilleur que n'importe quel autre chirurgien pour que son père l'autorise à travailler dans l'aile Jansen. Magnus ne lui a laissé voix au chapitre que le jour où il a réalisé que Bas lui rapporterait une fortune. Votre père est obsédé par l'argent.

— Et Bas, non ? répliqua Rik, ironique.

— Pas particulièrement. Comme je te l'ai dit, il ne pense qu'à ses patients.

— Et aux femmes.

Il la vit bouillonner de colère.

— Écoute, *Henrik*, les rumeurs et les histoires qui se racontent peuvent te laisser croire que tu connais Bas, mais c'est faux. Tu ne l'as pas vu pendant trente ans, alors sache qu'il n'a jamais vraiment eu d'enfance. Il a grandi avec des nounous, ou dans les galeries d'observation des blocs opératoires pendant que Magnus pratiquait son art. Les seules choses qui intéressaient votre père, c'étaient sa carrière et les femmes.

— Tel père, tel fils.

— Pas vraiment. Mais tu es libre de le penser. Bas t'est bien supérieur, à l'évidence.

— Pourquoi ? Parce qu'il a tout risqué pour élever deux chatons ? rétorqua Rik avec mépris.

— Non, protesta Grace. À mon avis, ce geste, c'était juste une tentative pour récupérer un peu de la jeunesse qu'il n'a jamais eue.

— Pourquoi ?

Mais Grace se taisait déjà, regrettant visiblement d'en avoir trop dit.

— Tout ce que je peux te dire, c'est que Bas avait déjà des années d'avance sur tous les autres étudiants et des notes excellentes dans presque tout ce qu'il entreprenait, si bien que toutes les tentatives pour le faire renvoyer de l'université ont finalement échoué. Les chatons, qui n'auraient jamais dû survivre, ont commencé à s'épanouir. On les a appelés Sonny et Cooper. Bas en a pris un, et moi, l'autre.

Un déclic se fit soudain dans la tête de Rik, quelque chose qui se fraya un chemin à travers le brouillard tombé sur son cerveau.

— Si je comprends bien, quand tu dis que tu es amie avec Bas, tu ne veux pas dire en tant que collègue.

Elle se passa une main sur le front.

— Non, je veux dire qu'on est amis. De vrais amis. Du genre à qui l'on confie sa vie.

Il hésita, tant ses pensées étaient enlisées dans la mélasse.

— Je n'avais pas saisi.

— Je sais. Pourtant, j'étais sincère, l'autre soir, quand je t'ai dit que si Bas n'avait pas été là je ne serais pas médecin. Tu ne m'as pas crue, pourtant c'est la stricte vérité.

— Je m'excuse aussi pour ça. On pourrait peut-être recommencer de zéro. Je m'appelle Henrik Magnusson, conclut-il en lui tendant la main.

— Tu mens encore ! s'écria-t-elle en se dirigeant vers la porte qu'elle rouvrit d'un coup sec. Tu es un Jansen. Henrik *Jansen.*

Pourquoi tenait-il autant à se défendre sur ce point ?

— Je ne t'ai pas menti sur mon nom, déclara-t-il. Si je n'ai pas utilisé le nom de Jansen, c'est que jusqu'à récemment je ne savais même pas que mon père s'appelait ainsi. J'ai été élevé en tant que Henrik Magnusson.

— Et Bas ?

— Il s'appelait Bas Magnusson, qu'il s'en souvienne ou non. Si je ne t'ai pas dit que Bas était mon frère au départ, c'est que je voulais lui parler avant de dévoiler mon identité. C'était la seule raison de ma présence au gala ce soir-là.

— Pourquoi m'as-tu poursuivie, alors, quand je t'ai dit que

lui et moi étions amis ? Parce que tu pensais que je t'aiderais à atteindre ton frère ?

— Absolument pas.

Elle secoua la tête.

— Je ne le trahirai pas. Bas et moi serons toujours là l'un pour l'autre. Je le lui dois. Et surtout, il est mon ami.

— Il est aussi mon frère.

— Non, grommela-t-elle, lui glaçant le sang. Parce que tu… n'existes pas pour lui après ce que tu as fait.

Les mots vinrent percuter Rik de plein fouet. Ses pires craintes prenaient forme.

Son frère se croyait-il la victime de l'histoire, alors qu'il était celui qui en avait réchappé ? Comment Bas pouvait-il le détester au point de nier son existence ?

Non seulement c'était absurde, mais Rik en éprouvait une douleur et une vulnérabilité qu'il avait étouffées depuis ce jour terrible où son frère lui avait été enlevé.

Pour se protéger, il s'était arraché le cœur et l'avait enterré dans le trou noir le plus profond, le plus sombre qui soit. Mais en entendant ce que ce frère idolâtré racontait de lui, Rik se sentit à deux doigts de s'effondrer. Comme il l'avait fait quand il était petit – juste une fois –, avant que Bas le relève et lui fasse jurer de ne plus *jamais* laisser leur mère, ou qui que ce soit, le traiter comme s'il n'était rien.

Rik avait tenu bon.

— Tu n'existes pas pour Bas, continuait Grace. Donc, tu n'existes pas pour moi. Alors maintenant, s'il te plaît, va-t'en.

Mille choses encombraient son cerveau et sa poitrine à cet instant, si enchevêtrées qu'il ne pouvait les démêler. Il ne savait même pas par où commencer.

Alors Rik fit la seule chose à sa portée : il partit.

# 8.

— On prépare le patient pour le scanner, lança Rik en quittant la salle de réanimation afin de contacter un autre chirurgien plasticien expérimenté qu'il savait de garde. Je vais avoir besoin de ces images pour savoir s'il reste des os sur lesquels travailler. Et réservez une salle d'opération, s'il vous plaît.

Un interne le rattrapa alors qu'il quittait la zone, s'assurant qu'ils étaient hors de portée de voix du patient ou de sa famille.

— Vous pensez vraiment pouvoir sauver sa main ?

— Ça s'annonce mal, mais je ferai mon maximum, répondit Rik sans s'embarrasser de circonlocutions.

L'opération s'annonçait périlleuse. La main de l'homme avait été sectionnée en deux endroits et ne tenait plus que par de minces lambeaux de peau et d'os. S'il voulait avoir une chance de sauver la main de son patient, il allait devoir opérer au plus vite, avant la nécrose.

Il tenta de joindre son collègue plusieurs fois, sans succès. Peut-être y aurait-il un plasticien de garde dans l'aile Jansen ?

*Un médecin qui ne soit ni mon père ni mon frère.*

Il regagnait la salle de réanimation quand il entendit Bas parler à l'infirmière chef, de l'autre côté du rideau.

— Réservez un bloc.

Apparemment, quelqu'un avait déjà contacté l'aile Jansen, et le destin avait décidé de lui jouer un tour. Mais ce n'était pas le moment de songer à cela. Son patient comptait sur lui pour sauver sa main.

Régulant sa respiration, Rik s'avança.

— C'est fait.

Son frère se figea, puis se retourna lentement. Et Rik eut l'impression que le temps suspendait son cours.

Il avait passé des années, des décennies, à imaginer cet instant. Mais cette rencontre était surréaliste.

Les yeux de Bas avaient la même couleur que dans son souvenir, mais ils n'exprimaient plus l'amour et l'attention de jadis.

— Qu'est-ce que tu fabriques ici, Henrik ? s'écria Bas.

Rik voulut répondre, mais toutes ses phrases lui venaient en suédois. Il n'arrivait pas à se souvenir d'un mot d'anglais.

— Je suis là grâce au programme d'échange Jansen, répondit-il enfin. Je t'ai écrit trois lettres.

L'hostilité dans les yeux de Bas ne fléchit pas.

— Je sais. Et je les ai jetées une à une à la poubelle.

Rik grimaça. Non par faiblesse, mais en raison de l'amertume qu'il percevait dans la voix de son frère.

— C'est ma faute, reprit ce dernier, j'aurais dû te dire plus clairement de me ficher la paix.

— De la même façon que je dois ficher la paix à Grace ?

Bas le regarda fixement.

— Grace est adulte. Elle prend ses propres décisions. Et je ne lui ai jamais dit de rester loin de toi.

— En effet, concéda Rik. Tu lui as simplement dit que je l'avais abordée pour mieux t'atteindre.

Bas se renfrogna, mais ne nia pas. Il n'avait jamais été un menteur.

— Et alors ? Ce n'était pas le cas, peut-être ?

Rik n'avait pas le temps de s'étendre. Leur patient était en route pour le scanner.

— Je suis allé à ce gala pour te voir, Basilius. J'ignorais qui était Grace quand je lui ai adressé la parole, ce soir-là.

Bas le considéra d'un œil scrutateur.

— En revanche, tu savais qui elle était quand tu as couché avec elle, non ?

Rik ne répondit pas, trouvant cette question indigne, mais son frère prit son silence pour une confirmation.

— C'est bien ce que je pensais ! s'exclama-t-il, dégoûté.

— Que représente Grace, pour toi ? demanda Rik. Tu l'aimes ?

Bas s'arrêta, décontenancé.

— Grace est une amie. Rien de plus. Elle te l'a dit, non ?

— En effet. Mais je ne suis pas un imbécile, Bas. Je sais que tu l'as envoyée pour me surveiller. Alors, je te repose la question : est-ce que tu tiens à Grace ? Parce que je suis prêt à me battre pour elle !

Sidéré lui-même par cette déclaration inattendue, Rik en vint à penser, au silence de Bas, qu'il l'avait réellement écouté. Mais un rictus se dessina sur les lèvres de son frère.

— Tu n'es pas capable de te battre pour elle. Ou pour qui que ce soit. Tu ne sais pas ce qu'est l'amour, Henrik. La seule chose que nous connaissons, toi et moi, c'est cette version tordue de l'amour qu'*ils* nous ont apprise.

Si Rik se moquait de ce que son frère disait de leur mère, ou de l'homme qu'elle avait fait passer pour leur père pendant des années, il était affligé que Bas ne croie plus du tout en lui.

Une vague de tristesse s'abattit sur lui.

— C'est vraiment ce que tu penses ? demanda-t-il.

— Je le sais, répliqua Bas, le regard noir. C'était peut-être toi qu'elle préférait, n'empêche que son idée de l'amour était des plus dangereuse, à le donner sous condition.

— Et Mme P ? Et Bertie ? Leur amour était-il lui aussi toujours assorti de conditions ? Les as-tu oubliés ?

Son frère n'avait quand même pas enterré tous ses souvenirs de la douce Mme P, leur cuisinière. Ni la gentillesse avec laquelle elle et son mari, Bertie, les avaient traités ?

Ce couple avait été la famille stable que Bas et lui n'avaient jamais eue. Jusqu'à ce que leur propre mère en conçoive de la jalousie.

— Ils nous ont abandonnés, rétorqua Bas.

L'expression sombre au fond de ses yeux indiquait qu'il le pensait sincèrement.

— Ils ne sont pas partis, murmura Rik. C'est nous qui

avons décampé. On est allés vivre dans un appartement en ville. Tu ne te souviens pas ?

Son frère secoua la tête. Mais Rik eut l'impression que la mémoire commençait peut-être à lui revenir.

— Maman a toujours été jalouse d'eux, insista-t-il. Tu ne te souviens pas d'avoir couru jusque chez eux en rentrant de l'école ? Ils nous attendaient avec du lait et des cupcakes faits maison ? Parfois, on les décorait avec eux.

Bas cilla et, à son grand étonnement, Rik crut distinguer des larmes dans les yeux de son frère. Mais Bas les refoula d'un battement de cils. Croisant les bras, il s'obligea à relever la tête.

Rik fut à deux doigts de renoncer. Mais à deux doigts seulement.

— C'est pour ça que tu m'as fait appeler sur ce cas ?

La voix de Bas était à nouveau froide. Pourtant, elle ne dissimulait pas tout à fait les émotions que Rik devinait tapies sous la surface.

— Je ne t'ai pas fait appeler.

— J'ai été bipé, pourtant.

— J'ai demandé un chirurgien en renfort, répliqua Rik en haussant les épaules. Je ne pouvais pas savoir que ce serait toi. C'est une urgence.

Il était clair que Bas ne le croyait pas, mais ils ne pouvaient se permettre d'attendre plus longtemps. Un patient avait besoin de soins urgents et, que cela plaise à Bas ou non, il allait être forcé de travailler avec lui.

— Bien, grommela-t-il finalement. Explique-moi le cas.

Ce n'était pas exactement ce que Rik avait espéré, mais c'était un début. Il lui tendit sa tablette et ses notes.

— Des tests préliminaires ont été effectués, ainsi qu'un scanner. Plus tôt je l'opérerai, mieux ce sera, mais l'intervention risque de se prolonger tard dans la nuit. Si deux chirurgiens travaillent ensemble, la procédure sera plus rapide et moins lourde pour le patient.

Une opération comme celle-ci pouvait durer jusqu'à quinze heures. L'alliance de deux chirurgiens s'avérait alors très efficace : l'un pouvait prélever des greffons sur les membres inférieurs pendant que l'autre travaillait sur la main.

Rik voyait cependant son frère peser le pour et le contre. Son travail à Thorncroft lui avait appris que Magnus et Bas n'aimaient guère partager leurs patients.

— J'ai déjà vu des cas de ce genre, mais celui-ci est probablement l'un des pires, déclara Bas d'un ton sec. Je te suggère de me le confier. Je peux faire appel à un chirurgien de mon équipe pour me seconder.

Rik garda son calme. Tant pis, ils ne travailleraient pas ensemble.

— Si tu ne te sens pas capable de m'accompagner, rétorqua-t-il, envoie-moi un membre de ton équipe. J'ai déjà pratiqué plusieurs opérations de ce genre, par le passé. La dernière fois, j'ai prélevé un lambeau de peau au niveau d'une aine pour permettre à la peau d'une main de se régénérer.

Bas se raidit et Rik comprit que son frère approuvait, même s'il se refusait à l'admettre.

— Tu as prélevé des greffons veineux et nerveux sur une jambe pour reconstruire une main ?

— Ainsi que des tendons et des artères, répondit Rik. Et je sais que vous l'avez fait aussi. C'est donc à toi de décider si tu veux travailler avec moi sur ce patient ou non. Mais pour l'instant, il faut le conduire au bloc. Tu m'y rejoins ou tu envoies quelqu'un d'autre ?

De toute évidence, Bas n'était pas habitué à jouer le rôle d'assistant chirurgien. Mais Rik non plus. Et c'était son patient. Sentiments personnels mis à part, pas question que le chirurgien en lui renonce à pareil défi.

— J'ai déjà travaillé plusieurs fois sur ces réparations microchirurgicales, déclara Bas. C'est assez épuisant. Tu devras être bon.

— Et toi aussi.

Ils se toisèrent, avec le désir pathétique de ne pas être le premier à baisser les yeux.

— Il faut être réaliste sur le pronostic, dit son frère, hautain.

Ce ne sera jamais une main normale mais, avec du temps et de la kiné, il pourra retrouver un peu de force.

— J'ai fait comprendre à sa famille que tenir un stylo sera une victoire, convint Rik. Il aura besoin de plusieurs opérations dans les mois voire les années à venir.

— Avec le temps, il sera peut-être capable d'une prise de force.

Rik s'interdit de sourire : Bas énonçait exactement la pensée qu'il avait eue. Et s'ils étaient d'accord, leur collaboration s'en trouverait nettement facilitée.

— Chaque chose en son temps, nuança-t-il. Quoi qu'il en soit, je dois commencer, donc décide-toi, Bas. Tu m'assistes ou pas ?

Bas finit par acquiescer. Ils avaient des heures d'opération devant eux et, pour la première fois depuis longtemps, Rik était impatient d'y être.

Lentement, méthodiquement, ils se plongèrent dans le travail jusqu'à ce que, enfin, quatorze heures plus tard, ils ôtent leur blouse et leurs gants, après une opération réussie.

— Bon travail, lui murmura son frère à contrecœur, en roulant sa blouse et ses gants pour les jeter à la poubelle.

Avant que Rik ait pu répondre, il avait franchi les portes du bloc opératoire pour aller se laver. Quand Rik le rejoignit après avoir débriefé l'équipe, Bas avait presque terminé.

— Tu serais d'accord pour te joindre à moi et annoncer le résultat à la famille ? demanda Rik.

Bas hésita mais soudain, son portable sonna. Il prit l'appel, puis quitta précipitamment la pièce sans même daigner prendre congé de son frère.

Chasser Rik de son esprit pendant la journée était difficile, mais la nuit, c'était impossible. Il envahissait toujours ses rêves et l'invitait à revivre chacune des heures parfaites qu'ils avaient passées ensemble.

Lasse, Grace se hâta de franchir les portes du service de réa.

Heureusement que son travail offrait une distraction bienvenue à ses pensées vagabondes, même s'il s'agissait d'urgences.

Cherchant le médecin qui l'avait bipée cinq minutes plus tôt, elle traversa rapidement la pièce.

— Tu as appelé l'obstétrique ?

Le réanimateur était une femme, Alison, que Grace connaissait très bien.

— Salut, Grace. Janine est une jeune femme de vingt-quatre ans, dans son troisième trimestre de grossesse, primipare. La maman ne perçoit plus les mouvements du bébé, le liquide amniotique est méconial, le travail n'avance pas.

— Il aurait fallu l'amener directement dans l'aile Maternité.

— Je suis d'accord, mais si Janine a été conduite ici, c'est parce qu'elle est déjà venue la nuit dernière, après un léger accident de la route. Elle se trouvait dans une voiture à l'arrêt sur un parking quand un autre véhicule a embouti le sien. Elle n'a subi aucune blessure apparente, mais elle était bouleversée parce que c'était la voiture de son père. Comme les échographies n'ont pas montré de détresse chez le fœtus, on l'a autorisée à repartir.

— Compris, acquiesça Grace. S'il n'y a rien d'autre, je l'emmène en salle de travail.

Cette jeune femme allait probablement devoir subir une césarienne.

— Si, encore une chose, intervint Alison, en baissant la voix. La patiente a un abdomen fortement contracté, des suites d'une brûlure dans l'enfance. La césarienne va être compliquée, à mon avis.

Grace prit en compte la nouvelle information.

— Elle est d'accord pour que j'y jette un coup d'œil ?

— Un peu réticente.

S'avançant de quelques pas, Grace sourit à la patiente.

— Bonjour, Janine, je m'appelle Grace. Je suis obstétricienne. Cela vous dérange-t-il que j'examine votre ventre ?

La patiente opina et Grace souleva la tunique pour inspecter la zone endommagée. Alison avait raison, les brûlures avaient été assez graves.

— L'abdomen est visiblement contracté, murmura-t-elle. Est-ce que vous me permettez de sentir un peu votre bébé ?

Une fois de plus, la patiente hocha la tête, et Grace procéda à un examen rapide.

— Je vous fais mal ?

La jeune femme secoua la tête.

— Mon fils va s'en sortir ?

— Ah, vous connaissez donc son sexe ! s'exclama Grace, affichant un grand sourire.

C'était le moyen idéal pour distraire et détendre la mère pendant qu'elle effectuait une échographie et vérifiait les battements du cœur.

— Oui, répondit la jeune femme entre sourire et sanglots. S'il vous plaît, prenez soin de mon bébé.

— Nous allons tout faire pour vous aider, répondit Grace, sans rien promettre.

Son examen terminé, elle rabaissa la tunique et s'éloigna d'Alison, sans cesser de sourire, jusqu'à ce que le reste de l'équipe soit revenu.

— Il y a un battement de cœur fœtal, mais le bébé est en détresse. Je dois le faire sortir maintenant. Vous avez contacté la chirurgie plastique ?

— Oui, répondit Alison. En fait, il vient d'arriver.

Grace n'eut pas besoin de se retourner pour savoir qu'il s'agissait de Rik. Mais peu importaient leurs problèmes personnels, ici, Rik ne serait rien d'autre qu'un professionnel averti.

Et elle aussi.

— Docteur Henley. Grace, la salua-t-il avant de se présenter à Alison. Rik Magnusson.

— Ravie de vous rencontrer enfin. Je m'appelle Alison.

La réaction de sa collègue n'était que professionnelle, mais Grace la connaissait assez pour remarquer que son sourire était un peu plus… éclatant que d'habitude.

La poitrine de Grace se serra, au souvenir des derniers

mots qu'elle avait jetés au visage de Rik. « Tu n'existes pas pour moi » : ces paroles étaient si contraires à la vérité qu'elle aurait souhaité pouvoir les retirer.

Sauf qu'il ne s'agissait pas seulement d'elle, mais de sa loyauté envers Bas.

Elle s'obligea à garder son calme pendant qu'Alison mettait Rik au courant de l'affaire et qu'il procédait à son tour à un examen de la patiente. Quelques minutes plus tard, il revint vers Grace.

— Tu as vu que les cicatrices de ses brûlures s'étendent de l'abdomen jusqu'au pubis, avec une certaine déformation de la zone inférieure ? lui demanda-t-elle.

Il opina.

— Étant donné les battements de cœur faibles du fœtus, je voudrais pratiquer une césarienne d'urgence, mais l'incision ne sera pas facile à refermer.

— La contracture est sévère, déclara Rik après réflexion. Et une reconstruction sera peut-être nécessaire, mais si tu dois faire une césarienne maintenant, je m'en accommoderai.

— Tu es confiant ? demanda Grace.

— Oui, répondit-il sans hésitation. Je vais te montrer quelles incisions pratiquer dans l'idéal. Le reste de la césarienne devrait pouvoir se faire de la manière classique.

— Tu crois ?

— Oui. Une fois l'utérus et la paroi abdominale antérieure refermés comme d'habitude, j'interviendrai pour remodeler l'abdomen.

— Ce sera aussi simple que ça ? fit Grace, impressionnée malgré elle.

Elle était heureuse de retrouver Rik, même s'il s'agissait pour eux de travailler ensemble. Rik n'était pas son ennemi à elle, il était celui de Bas. Et elle ne pouvait s'empêcher de mettre cette dernière assertion en doute.

— Il est possible que je doive prélever des greffons de peau sur ses cuisses, afin de réduire les cicatrices sur son abdomen, conclut Rik.

— D'accord. Emmenons la patiente au bloc pour mettre au monde ce bébé.

Déjà, Grace avait hâte de partager une salle d'opération avec cet homme.

# 9.

— Beau travail, lança Rik, tandis que Grace et lui jetaient gants et blouses à la poubelle.

Le bébé avait été mis au monde, remarquablement fort et en bonne santé, au bout du compte. Grace avait confié le nouveau-né à l'une de ses collègues afin d'assister Rik jusqu'à la fin de l'intervention.

S'il savait que personne n'aurait laissé passer une telle occasion d'apprendre, une partie de lui voulait croire que Grace était aussi restée parce que c'était lui, le chirurgien.

— C'était… stupéfiant, commenta Grace.

Ses mots n'auraient pas dû le réchauffer de cette façon.

— À propos de l'autre nuit…, poursuivit-elle.

— Je pense qu'on devrait oublier ce qui s'est passé.

— Passer à autre chose ? suggéra-t-elle, perplexe.

— Ou peut-être recommencer de zéro.

Grace lui lança un regard indéchiffrable.

— Je pense que ça me plairait, admit-elle après réflexion.

Ils demeurèrent silencieux pendant quelques secondes.

— Je comprends maintenant pourquoi tu as été sélectionné pour le programme Jansen, reprit Grace. Tu es vraiment… un grand chirurgien.

Lisant entre les lignes, il grimaça.

— Après tout ce que tu m'as dit sur le refus de Magnus d'aider Bas à devenir chirurgien, tu as cru qu'il m'avait accepté dans ce programme parce que j'étais son autre fils ?

Elle fit la moue, le temps de soupeser l'hypothèse.

— Pas tout à fait, non. Mais je me suis posé la question.

Curieusement, il éprouva le besoin de se défendre.

— Je ne sais même pas s'il est au courant de ma présence ici. Je doute qu'il lise les dossiers des candidats. Une équipe doit s'en charger et prendre les décisions à sa place.

En tout cas, l'homme n'avait pas tenté d'entrer en contact avec lui.

— Il est au courant, lui dit Grace. Personne n'entre dans l'un des trois blocs opératoires Jansen sans qu'il le sache. C'est son grand œuvre, il surveille tout ce qui se passe.

— Dans ce cas, il a choisi de ne pas s'occuper de moi.

— Je suis désolée, je n'aurais pas dû…

— Ne t'excuse pas, répliqua-t-il, sincère. Je m'en moque. C'est Bas que je suis venu voir. Pas un homme que je n'ai jamais rencontré.

— N'empêche…

— Bas et moi étions proches. Magnus est le père que je n'ai jamais eu. Après que mon frère est parti vivre avec lui, j'ai conçu l'espoir enfantin qu'il vienne me chercher moi aussi. Mais non, il n'a jamais eu envie de me connaître.

— Il ne sait pas ce qu'il perd, chuchota Grace.

Et soudain, il sentit que cette marque d'empathie réconfortait son âme meurtrie. Il se hâta d'étouffer ces émotions. Pas question de lui laisser voir son point faible.

— Si ça ne te dérange pas, je préfère réserver cette conversation pour mon frère.

À supposer que Bas arrête de l'éviter.

— Rik… les choses que tu as dites, sur le fait d'avoir ignoré ton vrai nom…

— C'est une discussion que je dois avoir avec Bas, *älskling*, déclara-t-il fermement.

— Je comprends, mais Bas croit…

— Tu ne dois pas te retrouver prise entre nous deux, la coupa-t-il.

Ils se turent pendant plusieurs minutes. Puis Grace se redressa enfin.

— Il y a une fête… un festival, que l'hôpital organise

chaque année, et Bas et moi participons en général à son organisation. Mais cette année, il ne peut pas.

— Il ne peut pas ? Ou il ne veut pas ?

— *Il ne peut pas*, affirma-t-elle.

— Pourquoi ?

— C'est une longue histoire et ce n'est pas à moi de te la raconter. Mais sache qu'il y a une place libre si tu veux participer.

Il croisa les bras.

— C'est une manière de t'excuser ?

— Quelque chose comme ça, marmonna-t-elle. Oublie ça, je n'aurais pas dû demander.

L'absence de son frère ne l'empêchait pas de prêter son concours à l'organisation de ce festival, surtout si cela lui permettait de passer du temps avec Grace.

— Si tu n'avais pas demandé, je n'aurais pas pu accepter.

— Tu vas le faire ? dit-elle, l'air perplexe. Mais tu as bien compris que Bas ne serait pas là ?

— Tu as été parfaitement claire à ce sujet. Et puis, il y a plus d'une façon d'apprendre à connaître quelqu'un – à travers ses amis par exemple.

— Tu veux parler de moi.

Rik hocha la tête.

— On dit de mon frère que c'est un play-boy invétéré, qui passe d'une femme à l'autre et fuit tout engagement. Mais le fait qu'il t'ait choisie comme amie me raconte une tout autre histoire.

— C'est vrai ? fit-elle d'une voix délicieusement rauque.

— Oui.

Il était à deux doigts de la prendre dans ses bras, de la jeter par-dessus son épaule à la manière d'un homme des cavernes pour la ramener dans sa grotte privée de luxe.

Il en avait eu des partenaires dans sa vie, mais aucune ne l'avait jamais excité comme Grace. Il devait essayer de ramener la conversation sur un sujet neutre.

— Alors… comment vais-je me rendre utile pour ce festival ?

Elle sourit.

— Tu répares de vieux stands, tu en rafraîchis d'autres et tu tiens quelques attractions pendant le festival.

— Bas répare les stands ? Il ne sous-traite pas ?

— C'est pour une œuvre de charité, donc ce que nous pouvons faire gratuitement permet de garder plus d'argent pour ceux qui en ont besoin.

Il s'efforça de paraître décontracté.

— Tu fais ça depuis quelques années, alors ?

— Oui, presque dix ans. Bas est un bon bricoleur quand il veut, mais ne t'inquiète pas si tu n'es pas aussi bon.

Elle le taquinait et Rik découvrit qu'il aimait ça.

— J'ai construit ma propre maison en Suède, donc je peux aider à réparer quelques stands.

— Tu as construit ta propre maison ?

Il songea à la bâtisse et à son magnifique environnement.

— C'est plutôt une cabane en rondins, en plein dans la forêt près du parc national de Tyresta. Je m'y rends quand je veux échapper à la vie moderne. Pas d'Internet, pas de télé, peu de confort.

— Ça paraît assez isolé, remarqua-t-elle sans enthousiasme.

Avant qu'il s'en rende compte, sa main écartait une mèche égarée sur la joue de Grace.

— Tu dis ça comme si c'était un élément négatif, murmura-t-il. Tu es citadine à ce point ?

— Jusqu'au bout des ongles.

— Où vivais-tu avant Thorncroft ? demanda-t-il sans trop savoir pourquoi.

— Ici et là, éluda-t-elle, se rembrunissant soudain.

La méfiance de Grace n'aurait pas dû l'affecter autant.

— Donc… tu répares des stands pour une fête de charité ?

— J'aime l'idée de donner un peu en retour, répondit-elle en haussant les épaules.

— Et tu fais ça avec mon frère ?

— Oui, affirma-t-elle. Cela te surprend ?

— Non, admit-il après quelques secondes de réflexion.

Combien de fois son frère et lui s'étaient-ils arrêtés pour

aider quelqu'un après l'école ? Bas avait toujours eu à cœur d'aider les autres.

— J'ai un jour de libre ce week-end, dit-elle. Ça te tente ?

Il aurait voulu s'arranger pour parler enfin à son frère, mais il imagina une journée entière en compagnie de Grace.

— D'accord. Un jour, ce week-end, ça me paraît bien.

— Vous n'avez pas besoin de me baratiner, docteur, je peux supporter la vérité.

Le vieil homme étouffait ses larmes en observant la chambre d'isolement où était allongé son fils.

Rik n'avait pas besoin de consulter l'horloge pour savoir qu'il était en retard pour son rendez-vous « peinture » avec Grace, mais ses patients passaient en premier. Toujours.

Elle comprendrait. Plus il travaillait à ses côtés, plus l'image qu'il avait d'elle se précisait. Grace était calme, pas du genre à avoir des aventures d'un soir. Elle était loyale à l'excès, en particulier vis-à-vis de son frère. Et elle était dévouée à son travail.

Il ne l'en appréciait que davantage.

— Ce n'est pas du baratin, dit-il doucement au vieil homme.

— J'ai été pompier, j'ai vu beaucoup de mes gars avec des brûlures au troisième degré.

— Vous savez aussi que la médecine s'améliore d'année en année, répliqua Rik. Je m'occupe de brûlures tous les jours et les chances augmentent lorsque la greffe est effectuée dans les trois premiers jours après la blessure initiale. À plus de quatre-vingt-dix pour cent.

Pendant un long moment, l'homme se contenta de regarder par la fenêtre.

— Il est tout ce que j'ai, murmura-t-il.

Il y eut un nouveau silence, puis l'homme se retourna vers Rik.

— Alors, quelles sont les options ?

— La greffe de peau ou le substitut cutané, répondit Rik.

Dans le premier cas, nous prélevons de la peau saine sur le patient, tandis que dans le second cas, le substitut est un mélange de cellules et de tissu artificiel.

— Vous parlez d'un substitut de peau pour mon fils, alors ?

— Je préconise une greffe de peau d'épaisseur variable.

— Vous n'en trouverez pas assez sur mon fils, objecta l'ancien pompier.

— En effet, convint Rik.

— Mais alors ?

Avec un père comme cet homme, qui avait sans doute vu nombre de blessures et de morts horribles, plus il donnerait d'informations, mieux ce serait.

— Alors, nous avons une autre option connue sous le nom de greffe de maillage. Nous pratiquons des fentes dans la greffe de peau pour lui permettre de s'étendre sur une plus grande surface. Parfois jusqu'à quatre fois plus vaste. Un autre avantage de cette méthode est que le maillage peut empêcher la formation de sérosité et d'hématome sous la greffe. Toutefois, cette méthode peut entraîner une cicatrice importante, un resserrement des tissus au niveau du site et un risque accru d'infection.

— Mais mon garçon pourrait survivre, chuchota l'homme.

— Les chances sont meilleures, oui.

Le vieil homme finit par secouer la tête comme s'il essayait de repousser ses pensées.

— Et le substitut de peau ? Le tissu artificiel ?

— Les substituts que j'étudie sont des produits biosynthétiques qui couvrent temporairement la plaie et que nous retirons ensuite, avant la greffe de peau.

Il envisageait également une greffe de membrane amniotique comme pansement à court terme. Dans tous les hôpitaux, le coût du dépistage des virus en faisait une option prohibitive. Mais c'était l'un des avantages qu'il y avait à travailler avec le centre Jansen, doté de ressources presque illimitées, même s'il devrait passer par Magnus ou Bas pour avoir leur approbation définitive.

— Et ça marche ? demanda soudain le vieil homme.

Il cherchait une réassurance. Rik ne pouvait pas lui en vouloir : il s'agissait de son fils unique. Toutefois il devait se montrer honnête.

— Il n'y a pas de garantie à cent pour cent. Et même si les greffes de peau fonctionnent, il faudra arbitrer entre les résultats cosmétiques et fonctionnels.

— N'empêche qu'il sera en vie.

— Je vous laisse réfléchir, déclara Rik. En attendant, mon équipe va continuer à débrider la blessure.

— Et si j'ai d'autres questions ?

— Vous pouvez parler à n'importe qui ici, de jour comme de nuit : il y a toujours un personnel de liaison disponible au centre Jansen. Un membre de mon équipe – ou moi-même – sera là pour vous expliquer tout ce que vous voudrez savoir.

Et sur un signe de tête discret à l'infirmière du poste, Rik quitta le service.

Il était en retard. Il n'était pas censé travailler, il était juste passé par acquit de conscience avant de sortir retrouver Grace. Mais en avisant le vieil homme, il avait compris qu'il ne pourrait s'en aller sans lui avoir parlé.

Il devinait néanmoins que Grace le comprendrait parfaitement.

— Tu es en retard, constata Grace quand Rik franchit la porte. Je commençais à penser que tu avais changé d'avis.

Cette perspective l'avait-elle consternée ? Son attitude semblait suggérer que non. Mais il avait cru voir ses yeux s'éclairer quand il était entré. Juste un peu.

— Je voulais vérifier l'état d'un de mes patients et je suis tombé sur un membre de sa famille, qui avait besoin de réponses, expliqua-t-il en s'armant d'un pinceau.

— Ah, fit Grace comme si ça n'avait pas d'importance. Bon, tu as dit que tu savais manier la scie, non ?

— En effet.

Rik jeta un coup d'œil à la salle. D'énormes pièces de bois

et de plastique étaient appuyées contre les murs de l'entrepôt, tandis que plusieurs panneaux de deux mètres de haut brillaient déjà, repeints de frais.

Visiblement, Grace n'avait pas chômé.

— Tu vois ce panneau sur ta droite ? reprit-elle. Tu pourrais le réparer ? Le matériel est de l'autre côté de ce mur.

Loin d'elle. Était-ce délibéré ? Essayait-elle de maintenir une certaine distance entre eux ?

— Ce ne serait pas plus facile s'ils étaient à portée de main par ici ? Il y a beaucoup de place.

— Maintenant, oui. Mais dans quelques semaines, nous serons plus nombreux. On sera à l'étroit, et de la sciure se mêlera à la peinture si on ne sépare pas les opérations.

Il n'était pas sûr d'aimer l'idée de voir plus de monde dans cet espace. Il préférait l'idée d'être seul avec Grace.

— Pigé.

— Parle-moi de la cabane que tu as construite, lança Grace dans l'espoir d'en apprendre plus sur lui.

Et pour retrouver le Rik qui lui avait donné la sensation d'être… si féminine.

— Qu'est-ce que tu veux savoir ?

— Tout ce que tu voudras bien me dire.

Mais il eut l'air déçu.

— Eh bien, rien à voir avec cette ville lumineuse. Et clairement pas ta tasse de thé.

Elle se hérissa aussitôt.

— Peut-être que cet endroit n'est pas vraiment mon truc non plus. Je songe à partir, figure-toi.

Pourquoi lui faisait-elle cet aveu ? Sans doute parce qu'elle voulait qu'il la connaisse mieux et la comprenne.

— Pour aller où ? demanda-t-il, visiblement intéressé.

— Peu importe. N'importe où.

Avant de se sentir obligée de retourner à Thorncroft, son rêve d'enfant avait été de voyager. Elle avait passé la moitié de ses années de formation à compulser les livres que ses parents lui avaient mis sous le nez, et l'autre moitié à parcourir des guides touristiques, rêvant des endroits qu'elle visiterait quand elle serait plus grande.

— Et ta famille ? s'étonna Rik.

La question n'aurait pas dû être aussi douloureuse. Grace s'obligea à sourire.

— Elle n'entre pas vraiment en ligne de compte.

— Désolé, fit-il en la scrutant avec intérêt.

Elle se sentit plus exposée que jamais.

— Ils ne sont pas morts. Juste… éloignés.

— Ils doivent être fiers de toi, non ?

— Bien sûr, répondit-elle machinalement.

Mais en vérité, c'était faux. Rien n'avait trouvé grâce à leurs yeux : ils ne lui avaient pas pardonné la façon dont elle s'était fourvoyée à l'adolescence.

— Donc, mon frère a été la famille que tu n'as jamais eue.

— C'est une façon de voir les choses. Ça te surprend ?

— Pas vraiment. Je retrouve le frère dont je me souviens. Gentil. Empathique. Il se dressait toujours contre les brutes.

— Et toi, tu étais comment ? demanda-t-elle. Je suppose que vous vous ressembliez.

L'éclat de rire de Rik la fit sursauter.

— Maintenant, peut-être, mais à six ou sept ans, j'étais haut comme trois pommes alors que Bas tenait plus du tank. Je le suivais partout.

Elle fronça les sourcils.

— J'ai du mal à t'imaginer tremblant de peur, tu es tellement… toi.

— Je n'ai jamais dit que j'avais peur, protesta-t-il en affichant un sourire diabolique. Mais Bas était toujours le plus audacieux, le premier à se jeter dans la mêlée.

Là, oui, elle se figurait la scène. Rik, le prudent. Force tranquille face à son frère impulsif.

— Bon allez, au travail, lança-t-il, coupant court à la conversation.

Et Grace le laissa faire. Pourchasser l'ouragan qu'était Rik s'avérait peut-être exaltant, mais c'était aussi épuisant.

# 10.

Il ne lui fallut pas longtemps pour décider de la marche à suivre pour effectuer les réparations. La radio diffusait de la musique et, au bout de quelques minutes, Rik sourit en entendant Grace fredonner puis chanter.

Le bonheur et la liberté dans sa voix firent remonter des souvenirs inattendus qui le mirent de bonne humeur.

Elle semblait même avoir oublié sa présence.

— Tu fais ça tous les ans ?

Grace leva les yeux vers lui, surprise.

— Oui… Enfin, je ne suis pas seule, on est toute une équipe, des membres de l'hôpital et de la communauté au sens large.

— Pourtant il n'y a personne d'autre, là.

— Il est encore tôt, répliqua Grace en riant. Mais quelqu'un va forcément se présenter. Un groupe a travaillé la nuit dernière, pendant que nous étions de garde.

— Et toi, tu donnes un coup de main sur les stands ? demanda-t-il, intrigué.

— Si je ne travaille pas, oui. Ces deux dernières années, j'ai tenu le stand de lancer d'éponges sur une cible, avec ton frère.

— Bas tient un stand ?

— Et comment ! répondit-elle en souriant. Il y a toujours la queue devant le sien et il récolte des sommes folles. Bas est très investi dans cette opération caritative.

Rik n'était pas étonné. Ce portrait de Bas ressemblait à l'homme qu'il avait passé des décennies à imaginer. Bien davantage que l'image du play-boy qui lui collait à la peau à l'hôpital.

— Et toi, *älskling* ? Qu'est-ce que tu aimes faire en dehors du travail ?

Lentement, elle abaissa son pinceau, l'air songeur.

— Le travail ne me laisse guère de loisir.

— Tu dois bien avoir une passion ?

Le silence s'installa entre eux.

— J'aime… aller courir, dit-elle enfin. Et lire. Parfois, je fais du patin à glace quand une patinoire est installée dans le centre-ville à Noël.

— C'est tout ? insista-t-il.

Pourquoi avait-il l'impression qu'elle lui cachait quelque chose ?

— Comme je te l'ai dit, je n'ai pas beaucoup de temps, répliqua-t-elle, mal à l'aise.

— Tu ne vas même pas danser ?

Sur ces mots, il traversa la pièce pour aller monter le volume de la musique.

— Qu'est-ce que tu fais ? demanda-t-elle en serrant son pinceau plus fort.

— Le soir du gala, tu savais visiblement danser. Tu te cantonnes à la danse de salon ?

— Pourquoi cette question ?

— Je te trouve bien méfiante, Grace, rétorqua-t-il, amusé.

— Pas du tout ! Simplement, je ne saisis pas le rapport entre la danse et la peinture de ces stands.

— Il n'y a aucun rapport, tu as raison. Mais quand mon frère et moi étions enfants, notre cuisinière nous a appris à danser le *jive* et le *lindy hop*.

— Adorable ! répliqua Grace avec ironie.

Mais son intérêt était visiblement piqué.

— J'aimerais bien réessayer.

— Tu m'invites à danser ?

— Non. J'ai oublié ces danses, avoua Rik. Je te demande de me les réapprendre.

— Je ne pense pas…

— Juste quelques minutes pour s'amuser, la coupa-t-il.

De toute évidence, elle était tentée. Il lisait si facilement en elle que c'en était déroutant.

— Ici ? demanda-t-elle finalement.

— Pourquoi pas ? Ce n'est pas la place qui manque.

— Bon, ce n'est pas exactement le studio de Mlle Beverley… C'est là que j'ai appris le ballet et les claquettes, avant que mes parents décident que c'était une occupation trop frivole.

Grace se tut brusquement. Mais Rik voulait en savoir davantage que les informations qu'elle venait de laisser échapper.

— Quel âge avais-tu ? demanda-t-il.

— Oublie ce que j'ai dit.

Il s'approcha, l'emprisonnant entre ses bras. L'eût-elle vraiment voulu, elle aurait pu s'esquiver, cependant.

— Tu m'as dit avoir rencontré mon frère à l'université et déménagé ici pour terminer ta formation ?

Grace inspira, les yeux étincelant d'émotions indéchiffrables.

— La vérité, c'est que je suis née ici. À l'hôpital royal de Thorncroft, pour être exacte.

— Pourquoi tous ces mystères ? Et prétendre que tu n'as emménagé ici qu'à l'âge de vingt ans ?

Elle haussa les épaules, comme si ce n'était pas grave, mais son corps crispé racontait une autre histoire.

— Parce que personne ne le sait. Nous sommes partis quand j'avais seize ans. Mes parents ont été nommés dans une autre université. J'ai toujours eu envie de revenir.

— Tu as encore de la famille ici ?

Grace secoua la tête, mais Rik ne put s'empêcher de remarquer que ce n'était pas un démenti total.

— Alors, quand mon frère t'a suggéré de terminer ton internat à Thorncroft… ?

— Je l'ai rejoint parce que j'y ai vu un signe du destin.

— Pourquoi ?

Cette fois, elle releva le menton pour le regarder fixement.

— Ça n'a pas d'importance.

Ils savaient tous deux qu'elle mentait, mais il était clair qu'elle voulait en rester là. Rik s'écarta donc.

— Tout s'est bien passé jusqu'à présent, fit-il. Je ne veux pas tout gâcher en fouillant dans ta vie privée.

Il voulait connaître cette femme. La comprendre. Pourtant, elle était censée n'être qu'une agréable diversion. Cela n'avait aucun sens.

— Je ne demanderai rien de plus, promis. Attends, j'adore cette chanson…

Il lui tendit la main, heureux qu'elle s'en saisisse après une brève hésitation.

— Voyons si tu es bonne professeure. Ensuite, si je me débrouille bien, je te laisserai peut-être m'emmener danser.

— Comme c'est charmant, lança-t-elle avant d'éclater de rire.

Ce rire lui avait manqué, mais il n'avait pas encore réalisé à quel point.

Ils dansèrent sur plusieurs morceaux, et Rik fut surpris de la rapidité avec laquelle les leçons de Mme P lui revenaient. Et puis, ce moment de légèreté avait permis de restaurer l'agréable badinage entre Grace et lui.

— C'était plus amusant que dans mes souvenirs, avoua-t-il, après la dernière chanson.

Grace attrapa une bouteille d'eau et s'effondra sur un tabouret.

— Tu es un bon danseur…

— On dirait bien que je n'ai pas tout oublié. C'était très agréable, et pour te remercier, je t'invite à dîner demain. Je passerai te prendre à 19 h 30.

Pour son plus grand plaisir, Grace ne chercha pas à protester.

Grace considéra la façade du restaurant, éblouie. Le Cherry Icing était l'un des meilleurs restaurants de la ville, et sa liste d'attente courait sur plusieurs mois.

— On ne va pas dîner ici, tout de même ?

Rik ne l'avait invitée que la veille. Même le nom de Jansen n'aurait pu produire un tel miracle.

— Mauvais choix ? s'enquit Rik avec un sourire ironique. On m'a pourtant affirmé que c'était une expérience fabuleuse.

— Mais comment as-tu réussi à obtenir une table ?

— Il s'avère que j'ai opéré le fils du patron quand je suis arrivé ici. Et sans vouloir me vanter, j'ai réussi non seulement à le sauver, mais aussi à lui redonner un usage presque complet de la main.

— Ce que tu es modeste, le taquina-t-elle.

Ne devrait-elle pas s'inquiéter davantage de la facilité avec laquelle les choses se déroulaient entre eux ? Le sourire de Rik s'élargit.

— En tout cas, le père de mon patient m'a fait promettre de venir dîner chez lui pendant mon séjour, ajoutant qu'il aurait une table pour moi quand je le voudrais.

Il avait donc utilisé cette invitation pour elle. Grace se sentit ridiculement spéciale.

Prenant son bras pour la conduire à l'intérieur, Rik se pencha et lui murmura à l'oreille :

— Promets-moi juste une chose.

Grace humecta ses lèvres soudain sèches.

— Quoi ?

— Tu ne te contenteras pas de commander trois feuilles de salade que tu feras tourner dans ton assiette.

— Si je n'avais pas passé les cinq dernières années à rêver de dîner ici, je me sentirais offensée.

Rik éclata de ce rire grave et riche qui la faisait chavirer. Mince, elle était censée l'observer, puis faire son rapport à Bas, pas profiter de chaque minute passée en compagnie de ce Viking !

Pourtant, quand il lui ôta son manteau et la dévisagea avec une admiration sincère, elle oublia tout de nouveau.

— Tu es magnifique, dit-il avant de lui déposer un petit baiser sur la joue.

Elle tenta vaillamment d'étouffer le délicieux frisson qui l'envahissait. Raté !

— Merci, murmura-t-elle. Tu n'es pas mal non plus.

Il lui posa une main dans le creux des reins tandis qu'ils

suivaient le maître d'hôtel jusqu'à leur table. Elle se sentit spéciale et sensuelle comme jamais auparavant.

Une fois assise, Grace coula quelques regards discrets autour d'elle.

— Je ne suis jamais venue ici auparavant, avoua-t-elle.

— Tant mieux. Lève les yeux.

Le spectacle qu'elle découvrit lui coupa le souffle.

— L'architecture des lieux est inspirée de la Renaissance italienne. Probablement basée sur le travail de l'architecte Inigo Jones, à Londres.

— Je l'ignorais. Les critiques que j'ai entendues se concentraient plutôt sur la nourriture que sur le cadre.

— Ici, tu as les deux. Jones, comme beaucoup d'hommes instruits du XVIe siècle, a beaucoup voyagé, notamment à Rome.

— Comment tu sais tout cela ?

Il lui semblait que plus elle en apprenait sur l'homme plus il y en avait à apprendre.

— Ça m'intéresse, voilà tout. Considère cela comme un hobby. À une époque, j'ai même envisagé de devenir architecte.

— Qu'est-ce qui t'a fait changer d'avis ? demanda-t-elle, intriguée.

Il ne répondit pas sur-le-champ, mais la dévisagea attentivement, comme pour déterminer ce qu'il allait partager. Avant qu'il puisse se décider, ils furent interrompus par leur serveur.

Trop tard. Déjà, Rik se penchait sur son siège avec cette désinvolture qui mettait en valeur sa masculinité.

— Dis-moi, fit-il, en dehors de ton travail et de la peinture de vieux stands destinés à des fêtes de charité, qu'est-ce que tu aimes faire, docteur Henley ?

— Pas grand-chose, répondit-elle en riant.

— Dans ce cas, qu'est-ce que tu faisais avant que ta vie soit si remplie ?

— Elle est remplie ?

Grace s'interrompit brusquement. Ce n'était pas ce qu'elle avait eu l'intention de dire et Rik l'observait maintenant avec curiosité.

— Je ne pense pas que ma vie colle à ce que j'avais imaginé, avoua-t-elle. Ce qui ne veut pas dire que je n'aime pas être médecin. Pour être honnête, c'est la seule partie de ma vie dont je sois sûre. Mais quand j'étais enfant, je rêvais de bien plus.

— Par exemple ? insista-t-il devant son silence.

Elle voulut balayer la question d'un haussement d'épaules, cependant, une fois de plus, elle entendit sa voix prononcer des mots qu'elle ne s'était même pas autorisée à penser.

— Je rêvais de voyager. Je voulais visiter Florence, ajouta-t-elle en levant les yeux vers le plafond. J'ai imaginé marcher autour des pyramides d'Égypte, me tenir devant le Taj Mahal… Pardonne-moi, c'est idiot.

Elle se tut brusquement.

— Ça n'a rien d'idiot, répliqua Rik. Pourquoi ne l'as-tu pas fait ?

Elle fut sur le point de lui dire la vérité. De confesser l'histoire qu'elle n'avait racontée à personne. De lui révéler pourquoi elle s'était sentie obligée de revenir ici.

Elle se censura juste à temps. Comment aurait-elle pu décrire ce lien probablement imaginaire qui l'empêchait de partir ? Le doute qui lui interdisait d'avancer dans la vie ?

— Mon travail est ici, à Thorncroft.

Elle s'était efforcée de paraître décontractée, mais les mots sonnaient faux, même à ses propres oreilles.

— On peut être obstétricien n'importe où, objecta Rik.

Elle n'avait rien à répondre, elle le savait. Mais, alors que le silence commençait à s'installer entre eux, il vint à sa rescousse.

— J'ai voyagé dans ces endroits, je peux donc te dire ceci : si c'est ce que tu as envie de faire, fais-le. On n'a qu'une vie !

— Je croyais que tu préférais les choses simples. Une existence tranquille… Tu n'as pas dit que tu avais construit une cabane en rondins ?

Rik sourit.

— C'est vrai, j'aime le calme, et mon chalet est isolé. Pas sûr que tu aimerais, toi la citadine invétérée…

— C'est vrai, j'aime la ville, avec ses lumières vives et sa vie nocturne. Il y a toujours quelque chose à faire, un endroit ouvert.

— Mais… ? la pressa-t-il, quand elle s'arrêta.

— Je ne sais pas. Je n'ai pas l'impression que ça me… correspond, acheva-t-elle sur un petit gloussement.

— Dans ce cas, change.

— C'est ce que je fais. Du moins j'étais partie pour, rectifia-t-elle en levant les yeux vers lui. Je me préparais à faire un pas en avant il y a quelques mois, mais ensuite…

Elle s'adossa à son siège, sentant le poids du regard de Rik peser sur elle, alors qu'elle jouait avec le pied de son verre à vin.

— Bref, elle se trouve où, ta cabane ? Dans une forêt ?

Rik sembla hésiter. Sans doute n'aimait-il pas évoquer cette maisonnette qui était son refuge à lui. Son havre de paix.

Alors qu'elle s'apprêtait à changer de sujet, il se remit à parler :

— Oui. Près du parc national de Tyresta. À environ trente kilomètres de Stockholm.

Oserait-elle approfondir la question ?

— Qu'est-ce qui t'a poussé à l'acquérir ?

Il la fixa du regard, comme pour évaluer ses motivations, mais elle demeura silencieuse.

— J'ai rencontré un nouvel obstacle dans la recherche de mon frère, avoua-t-il tout à trac. J'ai commencé à enchaîner les opérations, sans doute pour essayer de reprendre un peu le contrôle. Toujours est-il que j'ai soigné un patient qui m'a raconté que sa femme et lui avaient toujours voulu faire le tour du monde, mais qu'ils avaient repoussé ce projet par manque de temps, d'argent ou de famille.

— On dirait moi ! s'exclama-t-elle.

Devinait-il qu'elle commençait à trouver son existence étouffante – y compris quand elle était à l'hôpital ?

— Mon patient m'a dit que, s'il se rétablissait, il avait l'intention de vendre un terrain que sa famille possédait depuis près d'un siècle et qu'ils partiraient. Alors, je lui ai proposé un marché : si je le guérissais, je lui achetais son terrain.

— L'affaire a été aussi simple que ça ? s'enquit-elle, incrédule.

— Tout à fait, répondit-il avec un sourire. J'ai acheté ce terrain un jeudi, j'y suis allé le vendredi suivant et j'ai campé toute la nuit dans la forêt. Lorsque j'ai repris mon poste, le dimanche, j'avais dessiné les plans d'une maison.

— Et c'est comment, dans ta forêt ?

Il croisa son regard.

— C'est incomparable. Un paysage époustouflant, sculpté par l'ère glaciaire, avec une forêt de conifères où l'on trouve des arbres géants vieux de quatre cents ans.

Captivée, elle prêtait tout autant attention à ses paroles qu'à son expression. Elle visualisait l'endroit avec une telle acuité qu'elle aurait presque pu y être.

— Et on peut patiner tout l'hiver sur les lacs du parc ! acheva-t-il.

Grace sourit, ne sachant si c'était l'idée de la cabane ou cet homme qui l'envoûtait le plus.

# 11.

— Je n'avais aucune idée de ce que serait cette fête, lança Rik avec gaieté, avant même qu'ils entrent sur le terrain.

Grace acquiesça. Il y avait des tas de manèges, mini-montagnes russes, tasses tournantes, un énorme toboggan gonflable et une pléthore de stands différents. Leurs séances de peinture au cours du mois précédent avaient porté leurs fruits.

— C'est super, non ?

Elle s'imprégna de l'ambiance de carnaval. Tout était plus joyeux quand Rik était là.

— Je ne m'attendais pas à une telle extravagance, je dois l'admettre.

Ils jetèrent un coup d'œil à la multitude de stands, de manèges et de kiosques à musique qui se dressaient dans les champs derrière l'hôpital royal de Thorncroft.

— C'était un peu comme ça quand j'étais petite, dit-elle. Mais cet événement semble devenir plus grand tous les ans. Cette année, il y a un nouveau trampoline que je n'oserai jamais essayer.

— Je ne t'imagine pas terrifiée par quoi que ce soit.

Même si sa voix demeurait égale, il la fixa pendant de longues secondes, comme si elle… comptait pour lui. Elle repoussa cette idée stupide.

— Eh bien, je pense que je vais m'en tenir au lancer de fléchettes sur un mur de ballons.

— Avant ou après le lancer d'éponges ?

— Après. On n'ouvre pas cette attraction avant qu'il fasse plus chaud, disons vers midi.

— Ah bon ? fit Rik avec un sourire qui lui donna des frissons. Qu'est-ce que je peux faire d'autre, alors ?

— De la peinture sur visage.

— Pardon ?

Elle ne chercha même pas à dissimuler son amusement et le conduisit au stand où elle prit la relève de ses deux collègues, plus que prêts à faire une pause.

La file des enfants serpentait sur le chemin.

— Donc, tu prends ton éponge et tu étales la peinture blanche comme ça. Bien. C'est ça.

Le sérieux de Rik fit sourire Grace.

— Maintenant, tu appliques du blanc le long du nez, et autour de la bouche. Super, et pour finir, deux oreilles de tigre au-dessus des sourcils, comme ça.

Elle recula pour inspecter son travail et celui de Rik. Il avait fait du bon boulot. Trop bon pour un débutant.

Elle le regarda avec méfiance, pas dupe de son air innocent.

— Tu as déjà fait de la peinture sur visage ?

— Jamais de la vie. Et maintenant, je fais quoi ?

S'il n'y avait pas eu de petites oreilles attentives autour d'eux, elle lui aurait fait une autre réponse.

— Maintenant, tu imbibes ton éponge avec du jaune. Voilà.

Ils travaillèrent ensemble pendant un quart d'heure environ, Grace procédant lentement pour lui donner le temps de copier. Le résultat final ressemblait vraiment au tigre prévu et Rik se pencha pour admirer son œuvre.

— J'ai dit que tu devais être précis, mais ce n'est pas l'ouverture d'une galerie au Louvre, tu sais. Regarde la file d'attente.

On n'en voyait même plus la fin.

— Accélère, lui conseilla-t-elle. On a beaucoup de choses à faire avant que tu te prépares pour le lancer d'éponges.

Sur quoi, ils se concentrèrent sur leur mission.

— Tu as faim ? demanda-t-elle alors que deux collègues venaient les relever.

Rik déposa sa brosse dans le bac de nettoyage.

— Je suis affamé. Quelle heure est-il ?

— Bientôt celle de déjeuner. On a une heure de libre et ensuite tu enchanteras la foule de ton torse nu.

— J'en meurs d'impatience. Tu suggères qu'on mange où, alors ?

— Il y a deux camionnettes, à l'entrée du champ, qui vendent de la bonne nourriture.

Rik jeta un regard sceptique alentour.

— Ça m'étonnerait.

— Quel snob tu fais ! s'exclama-t-elle. Il ne va rien t'arriver de mal à manger ici. Vis dangereusement.

Au bout de longues secondes, Rik laissa échapper un gémissement théâtral.

— Très bien, tu m'as convaincu. Lequel suggères-tu ?

— Le chili maison de Xavier.

— Va donc pour Xavier, acquiesça Rik.

La cuisine mobile était impeccable, et leur nourriture leur fut rapidement servie, accompagnée de petits quartiers de citron vert et d'un tourbillon de crème aigre.

Ils se dirigèrent vers une série de tables et s'assirent.

— C'est vraiment incroyable ! s'exclama Rik, après la première bouchée.

Grace ferma les yeux pour mieux savourer son plat.

— Imagine ce que tu aurais manqué, si je t'avais laissé faire ton snob.

Voilà qu'elle le taquinait à nouveau, comme si c'était la chose la plus naturelle du monde.

— Je retiendrai la leçon.

Ils poursuivirent leur repas pendant quelques minutes.

— Tu sais, je crois que je vais devoir me procurer cette recette et l'essayer moi-même un jour, déclara finalement Rik.

Grace le regarda quelques secondes, interloquée, avant de demander :

— Tu cuisines ?

Rik tourna très lentement la tête, pour la dévisager à nouveau. Pendant un instant, elle ne fut même pas sûre qu'il répondrait.

— Oui, dit-il enfin.

— Ton frère aussi, déclara-t-elle. Et incroyablement bien. Je suppose que le mérite en revient à la cuisinière dont tu m'as parlé. Celle qui vous a appris à danser ?

Elle vit sa mâchoire se contracter. Puis il se détendit à nouveau.

— Oui.

— Tu avais quel âge ? Sept ans ?

S'ensuivit un autre long silence, et Grace craignit de s'être montrée indiscrète. Elle n'avait aucune envie d'évoquer les terribles événements dont Bas lui avait parlé.

— On a déménagé juste avant notre septième anniversaire. Mais jusque-là, notre cuisinière a été présente. Elle nous a d'abord appris la pâtisserie. Les cupcakes. Puis, quand elle a compris qu'il nous arrivait de n'avoir rien à manger à la maison, elle nous a appris à concocter des repas de base. C'est sans doute de là que nous vient l'amour de la cuisine. Mon frère aime ça aussi ?

— Il invente des tas de plats qui mettent l'eau à la bouche, répondit-elle avant de froncer les sourcils. Comment ça, il n'y avait « rien à manger » chez vous ?

Mais Rik choisit de rester évasif.

— Mme P nous a appris plus que la cuisine. Elle nous a appris à être des hommes bien. C'est Mme P qui a fait de nous les adultes que nous sommes aujourd'hui. Du moins, leur meilleure partie.

— Je… je l'ignorais, murmura Grace.

— Mon frère ne t'a jamais parlé d'elle ?

— Peut-être qu'il l'a oubliée ? suggéra-t-elle. Après tout, il n'avait que sept ans.

— Non. Il n'a pas pu oublier Mme P. Ni ce qui s'est passé avec notre mère.

Il y avait une certitude calme et sombre dans cette déclaration. Et… quelque chose qui ressemblait beaucoup à de l'angoisse.

Incapable de s'en empêcher, Grace prit la main de Rik dans la sienne.

— Si Mme P est en partie responsable de l'éloignement dont Bas a été victime, il valait peut-être mieux qu'il l'oublie.

— C'est précisément pour cela qu'il doit se souvenir. Je ne comprends pas pourquoi il me reproche ce qui s'est passé. Ni pourquoi il a choisi d'oublier Mme P et son mari. Tu dois l'aider.

— Je ne peux pas.

— Il faut que tu l'aides à retrouver le chemin de la vérité.

— Il ne m'écoute plus vraiment.

Si tant est qu'il l'ait jamais fait.

Ils avaient été amis, mais elle l'avait écouté plus que l'inverse. Sans trop savoir pourquoi, Grace avait l'impression que Naomi exercerait une plus grande influence sur Bas.

Ils cessèrent de parler, le temps de manger en paix. Ce silence n'avait cependant rien de gênant.

Grace se sentait si proche de Rik, plus qu'elle ne l'avait jamais été de Bas… Or d'ici quelques semaines, il serait reparti en Suède.

Cette perspective lui noua le ventre. Pour se donner du courage, elle visualisa un Rik ruisselant, pieds et torse nus, dans un jean trempé qui lui moulerait les jambes d'une manière sexy.

Ce n'était pas du tout ce qu'elle était censée faire. Mais elle avait abandonné sa mission de surveillance depuis longtemps. Sans doute depuis le jour où ils avaient dansé au lieu de peindre, riant et s'amusant, comme s'ils formaient un vrai couple. Ou du moins deux personnes sincèrement attirées l'une par l'autre.

Elle chassa ces pensées. Il lui faudrait trouver le moyen de tout expliquer à Rik sans pour autant révéler ce qui se passait dans la vie de son frère, qui attendait un bébé surprise. Cette partie de l'histoire n'était pas la sienne.

Se secouant mentalement, Grace laissa tomber sa fourchette dans un bol presque vide et lança un sourire malicieux à Rik, qui la récompensa d'un regard sombre.

— Dépêche-toi, je veux m'essayer aux quilles et gagner

un jouet qui couine pour Cooper. Ensuite, nous aurons un bel après-midi sur le stand de lancer d'éponges.

Ils rirent ensemble, et brusquement, Grace se demanda ce qui la retenait de profiter de l'instant présent auprès de cet homme qui la faisait vibrer.

Certes, Rik la quitterait bientôt mais avant cela, elle avait envie de vivre, tout simplement.

Grace s'enfonça dans la banquette de cuir souple de la limousine affrétée pour les VIP de l'aile Jansen et ferma les yeux de bonheur lorsque Rik se glissa à côté d'elle.

— Ça va mieux ? demanda-t-il en refermant la portière pour les envelopper d'obscurité.

— J'ai mal partout, avoua-t-elle en riant.

— Je crois me souvenir que tu t'es beaucoup amusée, lança-t-il d'un air faussement accusateur. Chaque fois que l'éponge touchait la cible et que la trappe s'ouvrait sous moi.

Grace pinça les lèvres pour s'empêcher de rire à nouveau. Il se sentit retomber sous son charme.

Non, il ne le fallait surtout pas.

— Tu ne sais pas que toute action a ses conséquences, *älskling* ? murmura Rik, avant d'éclater de rire devant ses yeux écarquillés.

— Quelles conséquences ?

— Je vais te montrer.

Avant qu'il puisse s'en empêcher, ou même réfléchir, il l'avait assise sur ses genoux pour écraser la bouche sur la sienne. Et la revendiquer comme il avait rêvé de le faire toute la journée.

Tout le mois.

Il s'était vaguement attendu à ce que Grace lui résiste, mais elle ne fit même pas semblant. Elle se serra contre lui et noua les bras autour de son cou.

— Voilà qui est bien, murmura-t-elle. Parce que je te

réserve aussi quelques « conséquences », vu la façon dont tu m'as délibérément éclaboussée chaque fois.

— Vraiment, *älskling* ?

Elle hocha la tête sans écarter son front du sien.

— Tout à fait, fit-elle en souriant. Et certaines leçons peuvent être longues.

Il n'en fallut pas plus pour que Rik oublie tout, y compris la promesse qu'il s'était faite.

Qu'y avait-il de mal à s'amuser une dernière fois avant de rentrer chez lui dans quelques semaines ? À cet instant, il n'avait qu'une envie : se perdre dans la femme assise sur ses genoux.

Tout en lui rendant son baiser avec énergie, elle s'assit à califourchon sur lui, et il se demanda furtivement qui donnait une leçon à qui.

En réalité, il s'en moquait. Du moment que ça continuait.

Elle lui enfonça les doigts dans les cheveux, pressant son corps contre le sien, comme pour abolir le moindre millimètre d'espace entre eux. Rik gémit.

Lorsqu'ils arrivèrent sur le site de l'hôpital, ils purent tout juste descendre de la limousine, remercier le chauffeur et se diriger vers les appartements de Rik. Où ils entrèrent en titubant, exactement comme lors de leur première nuit ensemble dans la suite de l'hôtel.

Ils avaient déjà ôté leurs vêtements avec une économie de mouvements choquante, lorsqu'ils pénétrèrent dans l'élégant salon. S'il ne parvenait pas à reprendre le contrôle, ils allaient faire l'amour ici, à même le parquet.

Sans prévenir, il la prit dans ses bras pour l'emporter directement jusqu'à la chambre.

— Tu ferais mieux de t'accrocher, *älskling*, murmura-t-il en la déposant sur le grand lit.

Mais alors qu'il la rejoignait, il se demanda lequel d'entre eux avait le plus besoin de s'accrocher. Surtout lorsqu'il s'allongea sur le dos, pour qu'elle le chevauche à nouveau.

Jamais elle ne se lasserait de Rik, pensa Grace un peu plus tard alors qu'il la portait, épuisée et frissonnante, jusqu'à une magnifique douche à l'italienne.

Si ce qui s'était passé entre eux le soir du gala avait été spectaculaire, elle n'avait pas de mots pour décrire ce qui venait de se produire, là. Parce que c'était encore mieux.

Elle avait encore son goût sur la langue. Elle revoyait son visage quand elle avait semé des baisers sur son torse, qu'elle avait utilisé ses doigts pour jouer avec les quelques poils avant de lécher le V appétissant où ses obliques rencontraient ses abdominaux.

Un sentiment de puissance l'avait submergée lorsqu'elle avait baissé la tête pour le prendre dans sa bouche, sans le quitter des yeux. Les halètements de Rik l'avaient guidée et fait vibrer, tout à la fois.

Bon sang, comme elle avait aimé ça ! L'exciter et le célébrer en même temps. Le prendre profondément dans la chaleur de sa bouche, puis le relâcher pour laisser l'air frais lui envelopper le sexe avant d'y passer la langue.

Jamais elle n'oublierait ses râles gutturaux. Elle avait eu le contrôle de la situation et l'expérience s'était avérée grisante.

Pourtant, sans surprise, il ne l'avait pas laissée aller jusqu'au bout. Pas de la façon dont elle aurait voulu, en tout cas. Pas d'une façon qui aurait signifié un abandon total de sa part.

Grace se rendit compte qu'elle ne supportait pas l'idée qu'il ne lui fasse toujours pas confiance.

— Tu viens avec moi ?

Le bruit de la douche avait des notes de chute d'eau, sa vapeur emplissait la pièce. Alors, quand il tendit le bras, elle n'hésita pas un instant et le rejoignit, se délectant de ses mains savonneuses qui cherchaient à nouveau son corps.

— Tu veux que je te savonne ? demanda-t-elle, la voix rauque.

Avec un sourire, Rik glissa les bras autour d'elle. La friction de leurs corps nus l'un contre l'autre était délicieuse.

— Ça se pourrait, dit-il d'une voix gutturale.

Elle s'adossa à la paroi vitrée, déjà réchauffée par l'eau, et l'attira à elle.

— Montre-moi comment faire, ordonna-t-elle.

Et elle aima le voir obéir consciencieusement.

# 12.

Grace se tenait sur le balcon de la chambre de Rik, d'où elle contemplait les lumières scintillantes de Thorncroft. L'air était humide, mais même la pluie qui était tombée toute la soirée n'avait pas réussi à entamer son moral d'acier.

Ce sentiment s'était insinué en elle depuis la nuit du gala où elle avait rencontré Rik, lentement au début, de sorte qu'elle ne l'avait pas remarqué, toutefois il était désormais si intense qu'elle ne pouvait plus passer outre.

Elle était heureuse. Pas seulement heureuse, elle nageait dans la béatitude. Si heureuse qu'elle sentait comme une chaleur la réchauffant de l'intérieur.

Et le mérite en revenait à Rik. Ces dernières semaines n'avaient ressemblé à rien de ce qu'elle avait pu imaginer. Il l'avait aidée à se débarrasser de l'idée poussiéreuse de l'amour qu'elle avait héritée de ses parents en lui montrant quelque chose d'intense et d'incroyable.

Mieux encore, elle commençait à réaliser qu'elle avait peut-être eu le même effet sur lui.

La seule ombre au tableau était ce sombre secret qu'elle voulait tant lui révéler. Comment ce qu'il y avait entre eux pourrait-il être réel si elle n'arrivait pas à lui parler de l'événement qui avait marqué sa vie ?

— Reviens te coucher.

Elle entendit Rik remuer dans son dos et frissonna.

— Viens plutôt me rejoindre, murmura-t-elle. Tu as une sacrée vue d'ici.

S'ensuivirent quelques secondes de silence, puis elle l'entendit se glisser hors du lit et enfiler un pantalon.

Elle s'efforça de garder le regard résolument braqué sur les lumières de la ville, de peur de perdre contenance.

— Magnifique, non ?

— Incroyable, convint Rik, même s'il la regardait, elle, et non le panorama.

Il aurait été si facile de se taire. Pourtant, elle devait lui dire la vérité. Un besoin profond la poussait à parler, mais pas à n'importe qui : à Rik.

Elle ouvrit la bouche, espérant trouver les mots pour se lancer.

— Ma fille est dans cette ville, déclara-t-elle. Quelque part.

Ces mots, qu'elle n'avait jamais prononcés à haute voix, roulaient bizarrement sur sa langue.

— Pardon ?

— Je veux dire… peut-être, fit-elle avec émotion. J'aime le penser, en tout cas.

Le silence se prolongea, insupportable. Combien de temps attendit-elle la réponse de Rik ? Toute une vie ? Deux peut-être. Et puis, enfin…

— Tu as une fille ?

Ces mots semblaient si… *réel*s venant de lui.

— Oui.

— Tu as eu un bébé ?

Elle sentit les larmes affluer à ses paupières de façon inattendue.

— Je n'en ai encore jamais parlé à quiconque. *Jamais.*

— Je t'écoute…, dit Rik d'une voix rassurante.

Alors elle se lança.

— J'ai eu un bébé. Il y a longtemps. Elle va avoir quatorze ans.

Puis elle s'arrêta, ignorant comment continuer.

— Et elle est là, quelque part ? demanda Rik juste au moment où elle se pensait sur le point de flancher.

Grace saisit la bouée de sauvetage avec gratitude.

— Oui, et non. Enfin… peut-être.

— Peut-être ?

Pendant d'autres secondes incroyablement longues, Grace

sentit le regard de Rik qui la fixait. Elle vit ses propres articulations devenir blanches sur la rambarde. Et elle se demanda si ses jambes allaient se dérober.

— C'est donc le fameux événement qui s'est produit quand tu avais seize ans, dit-il d'un ton neutre, sans trace de jugement. La raison du départ de ta famille loin de Thorncroft.

— Oui, répondit-elle, la gorge soudain sèche.

— Et c'est la raison pour laquelle tu es revenue ici, il y a dix ans. Quand mon frère a suggéré que vous poursuiviez votre formation à Thorncroft, tu y as vu un « signe du destin ». Tu es revenue pour ta fille.

— En effet.

C'était un soulagement incroyable de pouvoir enfin l'admettre à haute voix. Grace sentit un sanglot monter dans sa poitrine, mais elle l'étouffa.

— Tu ne l'as pas encore rencontrée ?

Elle secoua la tête.

— Non. En fait, quand je dis qu'elle est quelque part, je n'ai aucune certitude. J'ai pu la croiser dans la rue. Ou bien elle vit peut-être à l'autre bout du monde, maintenant.

— Tu n'as pas cherché à savoir ? demanda Rik.

— Je n'ai jamais été autorisée à le faire.

— Tu n'as jamais été autorisée à savoir où vit ton enfant ?

Grace se permit enfin un rire triste dont même elle percevait l'amertume.

— Je t'ai dit que mes parents étaient des universitaires, ni méchants ni durs, mais ils croyaient aux règles, aux études... Pas aux jouets frivoles, aux sorties non éducatives, aux fêtes.

Rik n'intervint pas. Comme s'il lui accordait du temps. Et de l'espace.

— L'année de mes seize ans, je suis allée à une fête, ma toute première. Elle se tenait chez des élèves de mon lycée dont les parents étaient partis en week-end.

— Les tiens ne devaient pas être d'accord, commenta Rik.

— En effet. Ils me l'ont interdit, bien sûr. Mais comme je tenais à tout prix à y aller, je me suis faufilée hors de la maison. Juste pour une nuit, je voulais être comme tous les autres adolescents. Mais…

— Mais tu as rencontré un garçon, tu as couché avec lui et tu es tombée enceinte, acheva Rik.

— J'étais stupide, surexcitée, et je ne suis pas sûre d'avoir su ce que je faisais vraiment. J'ai même dû penser que je ne pourrais pas tomber enceinte la première fois.

— C'était ta première fois ?

Ses joues s'enflammèrent de honte.

— Oui.

Rik poussa un son rauque qui, même à l'oreille inexpérimentée de Grace, avait des accents de possessivité.

— Il m'a fallu sept mois pour l'admettre, poursuivit-elle avec effort. J'ai caché ma silhouette sous des vêtements de plus en plus amples. Jusqu'à ce que je ne puisse plus le cacher à mes parents. Ils ont été horrifiés, bien sûr.

— Que s'est-il passé ? s'enquit Rik d'un ton protecteur.

Comme s'il s'inquiétait pour elle, au lieu de la condamner.

— Mes parents ont décrété que je donnerais le bébé à l'adoption, qu'ils changeraient d'université et que nous recommencerions notre vie ailleurs. Et c'est ce qui s'est passé. J'ai accouché d'une fille que je n'ai jamais pu tenir dans mes bras. Mes parents l'ont emportée sans que je la voie. Et nous n'en avons plus parlé.

Rik resta muet quelques secondes.

— Pourquoi revenir à Thorncroft si tu n'es pas sûre qu'elle y vive ? demanda-t-il enfin.

Grace regarda les lumières de la ville.

— Je ne sais pas. Probablement parce que c'est ici qu'elle est née. Pour me rapprocher d'elle. C'est le seul réconfort que j'ai.

— Tu n'as pas cherché à la retrouver ? En entrant ton nom dans une des bases de données ?

Grace se cramponna plus fermement que jamais à la balustrade.

— J'en ai eu envie, avoua-t-elle. Des tas de fois. Mais…

Comment expliquer la terreur qui se logeait dans sa poitrine chaque fois qu'elle était sur le point de contacter le service des adoptions pour consulter le registre ? Elle ignorait si sa fille pouvait s'y inscrire avant l'âge de dix-huit ans. Surtout, elle craignait que son enfant la rejette.

— Je tenais à ce que tu saches la vérité, conclut-elle. J'ai détesté la garder pour moi comme un secret honteux mais, jusqu'à maintenant, j'ignorais comment te le dire…

Il ne demanda pas pourquoi et Grace lui en fut reconnaissante.

— Je suis honoré que tu te sois confiée à moi, répondit-il.

Alors seulement, elle s'écarta de la balustrade. Rik plongea aussitôt les yeux dans les siens. Ils restèrent ainsi pendant de longues secondes, assez longues pour qu'elle se reprenne.

— Cela fait un moment que je songe à quitter Thorncroft. Mais je ne sais pas si j'en suis capable. Et puis, maintenant que tu es là, je ne pense plus en avoir besoin. Peut-être qu'il est simplement temps pour moi de prendre… un nouveau départ.

Le regard de Rik changea en un éclair. Ce regard qu'elle ne lui avait encore jamais vu la fit frissonner.

— Un nouveau départ ?

La gorge nouée, Grace se força à continuer. Pour entendre les mots qu'elle redoutait de la bouche de Rik.

— Je pensais que toi et moi… ici, à Thorncroft…

— Grace, la coupa-t-il, une fois le programme d'échange terminé, je retourne en Suède. Rester ici avec toi n'a jamais été une option pour moi. Je pensais que tu l'avais compris.

Rik se détestait.

Il voyait la douleur gravée sur le beau visage de Grace, et il en était la cause. Quel genre d'homme était-il pour faire ça ? Surtout après qu'elle avait partagé avec lui ce qui devait être son plus lourd secret. Hélas, quelle autre option avait-il ?

— Je suis désolé, bredouilla-t-il. On a passé du bon temps ensemble, *älskling*. Et on a tous les deux partagé des choses qu'on n'avait encore jamais confiées à qui que ce soit, non ?

Elle le regarda d'un œil méfiant.

— Oui, murmura-t-elle.

— Mais ma place n'est pas à Thorncroft. Ce n'est pas un endroit pour moi, indépendamment de mon frère.

— Et si moi, je désire que tu sois là, ça ne compte pas ? Parce qu'il y a quelque chose entre nous, Rik, tu ne peux pas le nier.

— J'en conviens, répondit-il. Mais quoi que l'on puisse penser ou ressentir, cette… *chose* entre nous est basée sur un mensonge.

— Qu'est-ce que tu racontes ?

— Je t'ai déjà demandé si tu passais du temps avec moi parce que tu en avais envie ou parce que mon frère t'avait chargée de me surveiller.

Il vit qu'elle voulait répliquer, mais aucun son ne sortit de sa bouche.

— Tu m'as affirmé que ça n'avait rien à voir avec lui. Mais ce n'était pas vrai, n'est-ce pas ? Tu veillais à ce que je reste loin de lui jusqu'à la fin de mon séjour à Thorncroft.

— Tu te trompes, protesta-t-elle.

— Non, je le sais, mais je me suis dit que ça n'avait pas d'importance parce que tu n'étais qu'une passade. Et comme Bas refusait de me parler, tu me permettais de le comprendre un peu mieux.

Elle blêmit, si bien que Rik s'en détesta davantage.

— Donc… tu t'es servi de moi, lança-t-elle, l'air éperdu.

— Je me suis convaincu que c'était le cas, tout comme tu as dû te répéter que tu n'étais avec moi que pour aider mon frère.

— À ceci près que la personne que je trompais le plus était moi-même, rétorqua-t-elle avec raideur.

— Peut-être, mais…

— Au fond de moi, j'ai toujours su que j'étais attirée par toi. Depuis le soir du gala, avant même de savoir qui tu étais. Et je sais que tu as ressenti la même attirance, conclut-elle en lui plantant un doigt accusateur dans la poitrine.

— Peu importe, marmonna-t-il, l'air sombre.

— Au contraire ! s'écria Grace.

Il secoua la tête.

— Toute notre relation est basée sur un mensonge. À l'image de ma vie entière, Grace. Les mensonges, la tromperie, la trahison. C'est mon lot, malheureusement.

— Plus maintenant, répliqua-t-elle.

— C'est bien là le problème. *Si ça ne l'est plus, c'est que ça l'a été.* Il est trop tard, notre relation a déjà été entachée par le mensonge.

— Pas nécessairement, rétorqua Grace. Et je suis désolée du rôle que j'ai joué là-dedans.

Il y avait une telle sincérité dans son regard qu'il faillit la croire. Quelque chose se brisa en lui, qu'il n'était pas encore prêt à reconnaître.

— Tu n'as pas à t'excuser, dit-il. Ta loyauté envers mon frère est admirable.

— Ma loyauté envers ton frère n'est pas la raison pour laquelle j'ai couché avec toi.

Il ouvrit la bouche, mais Grace se rapprocha de lui, et l'odeur familière de son après-shampoing fit remonter une dizaine de souvenirs qui le paralysèrent aussitôt.

Il tenta désespérément de faire marche arrière, parce que, même s'il détestait l'admettre, Grace méritait mieux qu'un homme comme lui.

— Je te l'ai dit, je n'ai jamais ressenti avec un homme ce que j'éprouve avec toi, fit-elle d'une voix qui se brisa. Et je n'aurais jamais couché avec toi sur commande, pas même pour rendre service à mon ami le plus proche.

Alors, Rik se sentit indigne. Qu'ils se soient mutuellement utilisés, ou non, Grace avait en tout cas beaucoup plus à perdre que lui dans leur relation. Il lui avait fait assez de mal. S'il était l'homme bien qu'il avait toujours cru être, il devait la laisser partir.

— Tu avais raison quand tu m'as reproché mon égoïsme, lança-t-il. Tu m'as dit et répété que mon frère était ton ami et que tu ne voulais pas le blesser, mais je t'ai quand même poursuivie. Parce que je te désirais.

Rik avait pensé qu'il lui serait difficile d'admettre la vérité, mais elle sortait naturellement, maintenant qu'il avait commencé à parler.

— C'est vrai ?

Il poussa un profond soupir.

— Oui. Sauf qu'une partie de moi devait quand même vouloir se venger de lui.

Sans prévenir, Grace combla l'écart entre eux, et la chaleur qui émanait de son corps parut se propager dans le sien, droit vers le bloc gelé qu'il pensait avoir à la place du cœur.

— Tu viens de te contredire, Rik. Tu as été avec moi parce que tu en avais envie. Les considérations relatives à ton frère n'étaient qu'un prétexte.

S'était-il contredit ? C'était bien possible.

— Tu ne t'es pas conduit en égoïste, poursuivit-elle. J'ai eu tort de te le reprocher. Les faits et gestes de ta mère t'ont infligé autant de mal qu'à Bas. Pourquoi en irait-il autrement ?

— Je suis resté et je l'ai laissée chasser Bas, mon propre frère.

— Aucun de vous n'aurait pu prédire ce qui s'est passé cette nuit-là.

— Peut-être pas, mais j'aurais dû m'y opposer davantage, répliqua-t-il d'une voix pleine de dégoût de soi. C'était mon *frère*.

— Tu avais sept ans, rétorqua Grace, en lui prenant le visage entre les mains, comme si *elle* cherchait à le réconforter.

Alors qu'ils savaient tous les deux que ça aurait dû être l'inverse.

— J'étais censé être le plus raisonnable. J'aurais dû attendre qu'elle se calme, puis trouver un moyen de lui parler.

— Tu exiges beaucoup d'un enfant, objecta Grace. Même quand cet enfant-là, c'était toi.

— Peut-être, mais cela fait partie de l'homme que je suis aujourd'hui. Je ne suis pas irréprochable.

— Personne ne l'est, Rik. Tu devrais rester et vous laisser le temps de mettre les choses à plat, avec ton frère. Depuis combien de temps tu te punis, au point de ne pas pouvoir nous accorder une chance ?

— Tu te méprends sur la situation.

Mais, doutant de ce qu'il ressentait exactement, il sentit soudain sa gorge se nouer. Si Grace n'avait pas été là, il n'aurait jamais ouvert ce puits d'émotions.

— Quoi qu'il en soit, je ne peux pas rester à Thorncroft, Grace. Je dois repartir. Ma vie est en Suède.

— Ce n'est pas une obligation.

— Si, murmura-t-il.

Sans réaliser ce qu'il disait, il ajouta :

— Viens avec moi.

Il n'aurait su dire qui de Grace ou de lui fut le plus choqué.

— En Suède ?

— Pourquoi pas ? Tu as dit toi-même que tu voulais partir et voir du pays.

— Et j'étais sincère, admit-elle. Mais je n'arrive pas à lâcher prise.

— À renoncer à ta fille qui ne vit peut-être pas dans cette ville ? Ni même dans ce pays ?

Grace hésita avant d'opiner. Rik soupira.

— Nous sommes donc dans une impasse.

— On dirait bien…

Même si quelque chose dans son cerveau lui hurlait de se battre pour elle, il n'y arrivait pas. Il s'était battu pour son frère pendant si longtemps qu'il ne lui restait plus rien.

Sans mot dire, Rik enfila le reste de ses vêtements et prit son portefeuille avant de se diriger vers la porte. Le mutisme de Grace lui disait tout ce qu'il avait besoin de savoir.

— Pars quand tu veux. Je vais rester à l'hôpital, cette nuit.

Et sans lui laisser le temps de répondre, il sortit.

# 13.

— Bonjour, Kate. Je suis ici pour voir votre bébé.

Sourire rassurant aux lèvres, Grace s'approcha de sa patiente en plein travail. Pourtant, elle avait encore du mal à sourire. Elle n'était pas sûre d'y être parvenue au cours de la première semaine après sa « rupture » avec Rik. La deuxième semaine, elle avait dû trouver un moyen de sourire à ses patientes. Et cette semaine, elle avait moins de mal à faire semblant.

Qui aurait cru qu'on puisse éprouver un tel vide après le départ d'une personne aimée ?

La seule autre fois où elle avait éprouvé un néant pareil, c'était quand, adolescente, elle avait hurlé en voyant un médecin anonyme sortir avec le bébé qu'elle n'avait même pas eu la chance de voir et encore moins de tenir dans les bras.

— La sage-femme m'a dit que le cordon ombilical était enroulé autour du cou du bébé, balbutia Kate, en attrapant la main de son mari.

— C'est exact, répondit Grace. C'est ce que nous appelons un « cordon nucal », mais le phénomène est très courant, il concerne environ une naissance sur trois.

— Le cordon ne va pas étrangler notre bébé ?

Grace secoua la tête.

— Il reçoit toujours l'oxygène et les nutriments dont il a besoin par ce cordon. Il n'aura pas besoin de prendre une vraie respiration avant d'être au monde.

Elle regarda Kate et Darren, son époux, se cramponner l'un à l'autre.

— Le cordon ombilical a certaines propriétés, reprit-elle. Il est rempli d'un fluide gélatineux, qui protège tous les vaisseaux à l'intérieur et les empêche d'être comprimés.

— Donc, on va juste… laisser le cordon comme ça ?

— Pour m'assurer que le bébé va bien, j'ai une machine appelée « oxymètre de pouls ». Je vais insérer le capteur dans votre corps, Kate. De cette façon, je pourrai surveiller les niveaux de saturation en oxygène de votre bébé et m'assurer qu'il n'est pas dans une détresse excessive.

Ils acquiescèrent en échangeant un regard plein d'affection. Pour une raison inexplicable, la scène lui fit penser à Rik. Elle s'empressa de chasser cette pensée. Leur relation n'avait pas été réelle, si ? Rien à voir avec le couple en face d'elle.

Rik ne l'aurait jamais fréquentée sans son frère, et elle ne lui aurait jamais demandé de l'aider à préparer la fête caritative si Bas ne l'avait pas exigé.

Sauf que l'attirance entre Rik et elle était là depuis la soirée de gala, avant que Bas entre en jeu.

Elle se concentra sur la tâche à accomplir.

— Les niveaux de saturation en oxygène sont bons, commenta-t-elle. Votre bébé va bien.

Pourtant, l'inquiétude la tenaillait. Pour l'instant, le cordon n'était pas serré au point de faire chuter le rythme cardiaque du bébé à chaque contraction, mais cela pouvait changer.

La porte s'ouvrit juste au moment où elle vérifiait l'heure. C'était la sage-femme qu'elle avait assignée à Naomi Fox. Grace lui indiqua d'un signe de tête qu'elle l'avait vue et se concentra à nouveau sur sa patiente. Si Kate n'avait pas accouché d'ici une demi-heure, il faudrait peut-être envisager d'autres méthodes.

À voix basse, elle transmit l'information à la sage-femme affectée au couple, puis elle emprunta le couloir immaculé de l'aile Jansen, où son autre collègue l'attendait.

— Où en sommes-nous avec Naomi ? chuchota Grace. Le bloc est libre ?

— Oui, il est en cours de préparation et on est prêts à commencer.

Un mélange de soulagement et de malaise envahit Grace.

— Un proche va assister à la naissance ?

Jusqu'à présent, Naomi et Bas avaient été très discrets. Son ami s'était plié aux desiderata de la mère de son enfant : même si cela lui avait énormément coûté, il n'avait pas assisté aux tests hebdomadaires de réactivité fœtale.

Mais vu les résultats alarmants du test du jour, Naomi l'avait sûrement appelé pour l'avertir de ce qui se passait : elle avait des contractions et le bébé semblait souffrir. Grace n'avait pas d'autre choix que de pratiquer une césarienne. Or si elle effectuait l'opération en l'absence de Bas, il ne le lui pardonnerait jamais.

Stop ! En fin de compte, c'était Naomi sa patiente. Pas Bas.

— Sa sœur devrait arriver d'une minute à l'autre, annonça la sage-femme, sans se douter des ruminations de Grace.

Le couple avait dû se brouiller, si Naomi avait contacté sa sœur au lieu de Bas, et cela affectait Grace bien plus que de raison.

Elle avait vraiment commencé à croire en leur couple. L'idée que Bas soit capable de surmonter ses démons pour être avec la mère de son futur bébé l'avait réconfortée : s'il y parvenait, il y avait peut-être de l'espoir pour elle aussi.

Et peut-être même pour Rik et elle.

Elle avait décroché cinq ou six fois son téléphone, sans jamais se résoudre à passer l'appel. Elle avait même garé sa voiture devant chez Rik, avant de repartir.

Sur une profonde inspiration, Grace adressa un bref signe de tête à sa collègue, puis entra dans la chambre de Naomi.

— Je suis en train d'accoucher, Bas, disait sa patiente d'une voix angoissée.

Découvrir Bas au chevet de Naomi emplit Grace de soulagement. Il lui caressait doucement les cheveux.

Apparemment, la sœur de Naomi avait eu la présence d'esprit d'appeler Bas. Lequel ne remarqua même pas Grace qui se dirigeait vers le moniteur fœtal pour vérifier les derniers résultats.

— Les contractions n'ont rien d'inhabituel, murmura Grace. Malgré l'inconfort que tu as ressenti jusqu'à présent…

— Autrement dit, il faut qu'elle garde le lit, l'interrompit Bas. Tu peux lui donner quelque chose pour arrêter les contractions, Grace ? Des bêtamimétiques, par exemple ?

— Le col de l'utérus commence déjà à changer et votre petit ne tolère pas très bien les contractions, répondit Grace en regardant les futurs parents. Nous allons devoir faire une césarienne, Naomi.

— Je file me préparer, déclara Bas en se levant, comme s'il était le chirurgien plutôt que le papa.

— Tu vas attendre ici, lui ordonna Grace. Je m'occupe d'elle. On t'appellera dès qu'on sera prêts.

Il lui lança un regard noir, mais elle tint bon. C'était son domaine d'expertise à elle et il devait lui faire confiance. Ils le savaient tous les deux, même si Bas avait désespérément besoin de se sentir aux commandes.

— Vas-y, grommela-t-il avant de déposer un baiser sur le front de Naomi.

Prévenant. Aimant. Le Bas que Rik lui avait dépeint.

Mais il n'y avait pas de temps à perdre. Grace fit asseoir son ami et demanda à son équipe d'aider Naomi à se relever. Il était préférable pour elle et son bébé qu'elle continue à bouger, d'autant que la salle d'accouchement se trouvait juste au bout du couloir.

Puis elle entreprit de préparer Naomi pour la césarienne, tout en la rassurant autant que possible. Le temps qu'un membre de son équipe aille chercher Bas, Naomi était déjà installée en salle d'opération…

Bientôt, le bébé vit le jour et fut conduit avec sa maman dans l'unité de soins intensifs néonatals.

— Merci, fit Bas en se dirigeant vers Grace.

— À ton service, répliqua-t-elle, la gorge nouée par l'émotion.

Elle ne pouvait s'empêcher de penser à la naissance de sa propre fille, aux précieuses minutes qu'on lui avait volées en la lui arrachant sans même qu'elle la voie. Cette douleur de perdre brutalement son enfant ne l'avait jamais quittée ; elle l'avait empêchée de passer à autre chose.

Rik avait raison : Grace avait *besoin* de la retrouver.

Ou de faire son deuil.

— J'ai été surpris de recevoir ton appel, avoua Rik à son frère.

Le terme « surpris » ne disait pas tout à fait le choc qu'il avait ressenti lorsque, en train de faire ses valises pour repartir du Royaume-Uni, il avait vu un numéro inconnu s'afficher sur son téléphone. Il avait décroché aussitôt, espérant que c'était Grace. Il s'agissait en fait de Bas qui l'appelait pour lui demander de le rencontrer avant son départ pour l'aéroport.

Rik se trouvait donc maintenant dans la cafétéria de l'hôpital. Sans doute Bas ne voulait-il pas quitter les lieux alors que la mère de son bébé était encore en convalescence.

Tout cela était bien loin des retrouvailles qu'il avait envisagées pendant des décennies. Mais il y avait renoncé depuis longtemps. Ce rêve s'était dépouillé de toute importance lorsqu'il avait perdu Grace, la femme qu'il n'aurait jamais espéré voir débouler dans sa vie.

Il regarda son frère. L'animosité qui émanait de lui semblait avoir disparu.

Bas paraissait changé.

Sans doute grâce au bébé dont tout l'hôpital parlait, ainsi que de la femme qui l'aurait finalement apprivoisé.

— Qu'est-ce que ça fait d'être père ? demanda Rik, à son propre étonnement.

La poitrine de Bas se gonfla de fierté et, brusquement, Rik comprit que leurs retrouvailles étaient en quelque sorte dues à Naomi et à son bébé. Grace n'y était pour rien, comme il l'avait d'abord pensé.

— C'est bien, commença Bas. En réalité, je n'avais jamais pensé devenir père un jour, mais j'apprends. Je commence à comprendre ce qu'aimer signifie.

— Tu ne le savais pas, jusque-là ? demanda Rik, la gorge nouée.

Le visage de son frère s'assombrit.

— Comment j'aurais pu ? Je n'avais jamais connu ça. Il m'a fallu jusqu'à maintenant pour le comprendre.

— Alors je t'envie, répliqua Rik.

— Tu m'envies ? J'imagine que tu plaisantes ?

Et voilà qu'elle menaçait de sortir, la vérité qui hantait Rik depuis si longtemps.

— Je t'ai toujours envié. Et toi, tu t'es enfui.

— Je me suis enfui ? répliqua son frère avec colère. C'est moi qui t'enviais.

Rik fronça les sourcils. Cela n'avait aucun sens.

— Je ne vois pas trop pourquoi.

Alors Bas explosa :

— Tu avais tout. Tu étais celui qu'elle voulait, qu'elle couvait de son amour, quand elle me rejetait.

— Répète, ordonna Rik, furieux, mais son frère passa outre.

Tout au fond de son esprit, Rik entendit la voix de Grace, lui disant que Bas avait été blessé par les événements de cette fameuse nuit.

— Tu étais celui qu'elle voulait garder, alors que j'étais celui dont elle avait hâte de se débarrasser, dit Bas.

*C'est de la folie,* songea Rik. Bas avait complètement déformé les événements.

— Tu as vraiment oublié ce qui se passait quand notre beau-père était contrarié ? demanda-t-il. Tu as songé qu'après ton départ j'étais le seul punching-ball qui lui restait ? Tu t'es imaginé qu'elle allait soudain cesser de fermer les yeux sur ses colères ?

— C'était ta décision de rester. C'est toi qui as dit aux autorités que je mentais. Au moins, toi, elle voulait te garder, tandis que moi, j'ai fini par être envoyé chez un père qui se moquait bien de mon sort.

— Tu penses vraiment ce que tu dis ?

Des émotions bouillonnaient en lui. Il avait du mal à assimiler ce qu'il entendait, mais Bas le regardait d'un œil mauvais, à l'évidence convaincu de ce qu'il disait.

— Que ressent un fils si horrible que même sa mère ne peut pas l'aimer, à ton avis ? reprit celui-ci. J'ai passé des années à me demander ce qui clochait… chez moi. Mais toi, tu as toujours été le fils parfait.

— C'est… absurde.

Rik essayait de contrôler sa colère. Comment son frère pouvait-il croire une chose pareille, après tout ce qui s'était passé ? Après que, cette nuit-là, il s'était placé à portée des poings de leur beau-père, parce qu'il avait peur que celui-ci tue Bas.

Ce dernier croisait les bras, sur la défensive.

— C'est la vérité. Les derniers mots qu'elle m'a dits, c'est que toi et moi avions beau être jumeaux, je n'avais pas ta gentillesse. Pour elle, je n'étais qu'un horrible petit bâtard que personne ne pourrait jamais aimer.

— C'est ce que tu penses vraiment ? C'est comme ça que tu te souviens de notre passé, Basilius ? Elle m'aurait en quelque sorte favorisé ?

— Parce que ça n'a pas été le cas ?

— Non, répliqua Rik. Notre mère était une experte en manipulation. Elle me disait que je manquais de personnalité, à la différence de toi. Que j'étais un garçon pathétique et que personne ne pourrait jamais m'aimer.

Ils se turent pendant un moment. N'avait-il pas accusé Grace de l'avoir manipulé, lors de leur dernière conversation ? Comment avait-il pu la traiter ainsi ? Il se sentait malade rien que d'y penser.

Mais ce n'était pas le moment d'analyser sa relation avec Grace.

— Tu as vraiment oublié comment était notre mère ? continua-t-il. Tu as oublié qu'elle s'amusait à nous dresser l'un contre l'autre ?

— Je n'ai rien oublié, répondit Bas. Ni son attitude ni que tu lui as donné l'attention qu'elle réclamait.

— J'essayais de ne pas l'énerver, nuança Rik en secouant

la tête. Surtout quand il est arrivé et qu'il a commencé à jouer des poings.

— Tu n'en as jamais vraiment fait les frais, si ? lança Bas.

Sous son arrogance, l'angoisse était perceptible.

— Pas autant que toi, je sais, murmura Rik. Tu as fait en sorte de prendre les coups à ma place.

Il marqua une pause, attendant la réponse de son frère, mais Bas demeurait silencieux.

— Tu as oublié ? demanda Rik, confus. Tu t'accusais de mes erreurs. Si on n'avait plus de lait. Si une lumière était restée allumée…

— Je m'en souviens, mais je ne me souviens pas d'avoir pris les corrections à ta place.

Et Rik comprit pourquoi Bas n'avait pas les mêmes souvenirs que lui. Quelle ironie !

— Eh bien, si. Presque tout le temps. Tu as toujours été protecteur, Basilius. La seule raison pour laquelle tu n'as pas essayé de me protéger ce jour-là, c'est parce que tu avais une commotion. Même si aucun de nous ne l'a compris à l'époque.

— Redis-moi ça !

— Tu t'étais fait tabasser la veille, tellement fort que tu avais été malade. Tu m'as dit que tout était devenu noir. Si tu avais été vaillant, tu aurais encore pris les coups à ma place.

Bas lui jeta un regard noir. Mais il y avait une lueur dans ses yeux, signe qu'il cherchait désespérément à se souvenir.

— Alors pourquoi m'as-tu trahi ? demanda-t-il brusquement. Pourquoi, lorsque l'Aide sociale à l'enfance s'est présentée chez nous, tu as soutenu la version de notre mère plutôt que la mienne ?

Rik le regarda, incrédule. La commotion était-elle si grave qu'il avait tout oublié ? Pas étonnant que Bas n'ait pas voulu reprendre contact avec lui, si c'était ainsi qu'il voyait leur passé.

L'heure était venue de rétablir la vérité.

— C'est ce que nous avions convenu de faire tous les deux ! expliqua Rik.

Il aurait pu deviner que son frère ne le croirait pas.

— De quoi tu parles ? Pourquoi on aurait décidé une chose pareille ?

Rik se sentait à vif. Cette conversation remuait tant de sombres souvenirs…

— Tu as oublié ? On a pensé que si l'Aide sociale à l'enfance nous prenait on finirait par être séparés. Et on ne le voulait pas.

— N'importe quoi, répliqua Bas. On a été séparés, de toute façon.

— À l'époque, nous ignorions jusqu'à l'existence de Magnus. L'idée, c'était de nous débarrasser de l'Aide sociale à l'enfance, puis de nous enfuir et d'aller retrouver Mme P et Bertie. Tu ne t'en souviens vraiment pas ?

— Non, parce que c'est ridicule.

— Ça doit être la commotion cérébrale, fit remarquer Rik.

Il voyait que son frère détestait cette explication. Mais en même temps, il y avait en lui quelque chose comme de l'acceptation.

— Tu leur aurais dit que je mentais pour qu'ils s'en aillent ?

Rik acquiesça et ils restèrent un moment sans rien dire.

— J'ai essayé de te retrouver, reprit Rik, après un long silence. Mais j'ignorais par où commencer. Je l'ai interrogée, sauf qu'elle ne m'a jamais rien lâché, bien sûr.

— C'est difficile à croire. À l'époque déjà, Magnus Jansen s'était fait un nom comme chirurgien.

Rik secoua la tête ; il devait être franc avec son frère.

— Jusqu'à la mort de notre mère, je pensais que mon nom était Henrik Magnusson. J'ai passé une décennie à chercher tous les Magnusson de Suède. Je ne savais même pas que vous étiez au Royaume-Uni, et encore moins que je devais m'intéresser au nom de Jansen. La seule chose que j'ai réussi à lui soutirer, c'est qu'il était chirurgien. Alors je m'y suis cramponné : c'était mon seul lien avec toi.

— Au point de devenir chirurgien ?

— Oui.

La simplicité de sa réponse parut ébranler Bas : peut-être s'était-il en effet fourvoyé pendant toutes ces années.

— Tu veux me faire croire que tu n'as découvert la vérité que sur le lit de mort de notre mère ?

— Je te donne seulement les faits tels que je les connais. Et sache qu'elle ne m'a rien dit, que ce soit sur son lit de mort ou ailleurs.

— Comment tu as su, alors ? demanda Bas.

— Quand elle est morte, Mme P a vu sa nécrologie dans le journal et pris contact avec moi. Je lui ai raconté ce qui s'était passé, au fil des années, et elle a comblé certaines lacunes. C'est ainsi que j'ai pu te trouver.

Bas semblait avoir pris un coup. Et Rik avait l'impression d'en avoir reçu un.

— Mme P est toujours en vie ? chuchota Bas.

— Oui.

— Et Bertie ?

— Il est mort, il y a une dizaine d'années. Apparemment, ils espéraient que nous les retrouverions un jour.

— Ils se sont bien gardés de nous retrouver, eux, maugréa Bas comme s'il s'en moquait.

Mais Rik commençait à reconnaître son frère d'autrefois, celui qui lui avait tant manqué.

— Ils ne savaient pas où nous étions partis, Basilius. Et ils ne voulaient pas risquer de nous causer d'autres problèmes en ravivant la jalousie de notre mère.

Bas marmonna quelques mots indistincts.

— Elle serait ravie de savoir que tu es avec Naomi. Je ne peux qu'imaginer sa joie en apprenant la naissance de ta fille.

Bas leva brusquement la main pour lui intimer le silence, visiblement désireux de donner un sens à tout ça.

Mais Rik poursuivit :

— Tu sembles penser que tu es le seul à avoir été rejeté, *bror*. Mais, de mon point de vue, c'est toi qui t'en es le mieux tiré. Tu t'es éloigné d'elle. Magnus n'était peut-être pas aimant, mais il ne s'est jamais servi de ses poings, lui.

Bas lui jeta un regard lugubre.

— Combien de temps es-tu resté ?

— Je me suis enfui quand j'ai eu quinze ans et je me suis engagé dans l'armée, où j'ai reçu mon éducation.

Il ne pouvait pas se résoudre à en dire plus. Pas encore, alors qu'il n'avait rien révélé à Grace.

— Et lui ? demanda Bas. Où est-il, maintenant ?

Rik ricana avec un haussement d'épaules.

— Qui sait ? Privé de ses punching-balls, il s'est retourné contre elle. Elle l'a attaqué en justice avant de divorcer.

Erin Sundberg n'avait rien trouvé de mal à rester avec un homme qui frappait ses enfants, mais elle n'avait pas supporté de devenir une cible à son tour.

En regardant Bas, Rik sut que ce dernier ne laisserait personne poser le doigt sur son enfant. Il le protégerait comme il avait autrefois protégé son frère.

Cette certitude emplit le cœur de Rik d'un nouvel espoir. Si Bas pouvait aimer, pourquoi lui en serait-il incapable ?

Il aimait Grace, et il se battrait pour elle.

— *Bror*, j'ai besoin de ton aide.

# 14.

— Où va-t-on ? demanda Grace à Rik, alors qu'ils déambulaient dans un quartier touristique de la ville.

— Vois ça comme mon dernier cadeau avant que je reparte en Suède, répondit-il. Mes excuses et mes adieux, en même temps. Au fait, tu es absolument magnifique.

Gênée, elle passa les mains sur son pantalon caramel et son pull crème à mailles fines. Comme il n'avait pas précisé le lieu de leur rendez-vous – non pas que ce soit un rendez-vous au sens romantique du terme –, elle avait pensé que c'était l'option la plus sûre. Chic mais décontractée.

Perdue dans ses réflexions, Grace faillit trébucher lorsque Rik s'arrêta brusquement devant un petit café où il la fit entrer. Puis, après avoir jeté un bref coup d'œil alentour, il la guida vers une table.

Grace n'aurait su dire pourquoi son cœur s'emballa. Ses yeux vagabondaient partout en attendant qu'il parle… Ce qu'il n'avait visiblement pas l'intention de faire avant qu'ils aient commandé leurs boissons.

Enfin, l'interminable attente prit fin.

— J'ai parlé avec mon frère, l'autre jour, annonça Rik.

— Oui, on me l'a dit, admit Grace en prenant une gorgée de sa boisson chaude. Mais c'est tout ce que je sais. Avec Naomi et leur bébé, ils sont dans leur bulle depuis la naissance. C'est adorable.

— Je pense que tout ira bien pour eux. J'ai retrouvé des bribes du frère que je connaissais.

— Donc, vous vous êtes réconciliés ?

Sa poitrine enfla de bonheur, sans qu'elle sache si c'était pour Rik, pour son ami ou pour les deux.

— Cela prendra du temps, mais je crois que nous sommes sur la bonne voie.

— Je suis heureuse pour toi.

— Je n'en doute pas, répliqua Rik sans hésiter.

— Cela signifie que tu vas rester, finalement ?

Mais où cela pourrait-il les mener, de toute façon ? Pour qu'ils aient une chance, encore faudrait-il qu'elle sorte de la torpeur dans laquelle elle était enfermée. Et que Rik s'ouvre au bonheur lui aussi.

— L'invitation de venir me rejoindre tient toujours.

— Merci, murmura-t-elle, émue.

Dieu ! qu'elle aurait aimé avoir le courage de suivre Rik. Soudain, il posa une main sur la sienne.

— C'est à toi de décider, ajouta-t-il.

Si seulement cela pouvait être aussi simple !

— Rik…, commença-t-elle, avant de s'interrompre.

Mais sa force lui revint quand il lui souleva le menton d'un doigt, pour qu'elle plonge son regard dans le sien.

— D'ici dix minutes, ta fille franchira cette porte.

Le choc fut si rude qu'il lui coupa le souffle.

— Ne panique pas, murmura-t-il en lui serrant la main. Ce n'est pas un traquenard. Tu n'es pas ici pour la rencontrer. Tu peux partir maintenant, si tu veux.

— Pourquoi tu… ?

— Je te montre juste que tu as eu raison de revenir à Thorncroft. Elle est là depuis le début.

Tout se bousculait dans sa tête au point qu'elle était incapable de parler. Mais peu importait, parce que Rik répondait à toutes les questions qu'elle ne formulait pas.

— Il y a quelques années, elle a contacté l'agence d'adoption avec l'accord de sa mère adoptive. Elle veut savoir qui tu es. Ce café est tenu par sa famille d'adoption. Avec mon argent et les contacts de mon frère, on a pu retrouver ta fille.

— Tu l'as dit à Bas ?

Elle n'avait rien trouvé d'autre à dire. Les émotions fusaient en elle, trop nombreuses et trop fortes pour qu'elle puisse les identifier.

— Tu m'as dit souhaiter révéler ton secret et puisque Bas est ton meilleur ami…

Grace hocha la tête, incapable de parler.

— Tu veux qu'on y aille ? demanda-t-il finalement.

La tête lui tournait. Elle n'était pas prête à rencontrer sa fille, mais se refusait tout autant à partir.

— Elle ne sait pas que je suis là ?

— Elle n'a pas la moindre idée de qui tu es. Je t'ai amenée ici pour essayer de t'aider, tout comme tu m'as aidé avec mon propre frère. Parce que tu ne peux pas continuer à mener cette vie dans les limbes. Crois-moi, je sais ce que tu ressens.

Il avait raison : elle devait aller de l'avant. Aujourd'hui, elle n'était pas seule. Rik était avec elle.

Grace attendit donc…

Et puis, soudain, la porte s'ouvrit. La jeune fille qui en franchit le seuil était à n'en pas douter celle à qui elle avait donné naissance : la copie conforme de l'adolescente de quatorze ans qu'elle-même avait été.

— C'est elle ? fit-elle en serrant plus fort la main de Rik.

— Oui.

Des larmes lui brûlèrent les yeux, sa gorge se serra, et Grace regarda, médusée, la jeune fille traverser la pièce, déposer un baiser sur la joue de la femme qui les avait servis, puis se glisser derrière le comptoir pour se préparer une boisson. Un milk-shake à la fraise. Et pendant tout le processus, elle ne cessa de discuter avec celle qui était manifestement sa mère adoptive.

Sa vraie mère, se rappela Grace.

Parce que c'était cette femme qui avait fait de sa fille une jeune personne joyeuse et sûre d'elle.

— Elle a l'air… heureuse, murmura-t-elle.

Son cœur se gonflait d'une émotion qui ressemblait au

soulagement. Des larmes chaudes se mirent à ruisseler sur ses joues, et elle les refoula avec impatience.

— Elle est belle.

— Tu veux savoir son nom ?

— Son nom ? s'étonna-t-elle, avant de jeter un coup d'œil à la jeune fille.

— Ils l'ont baptisée Amelia. Mellie pour faire court.

— Mellie, répéta Grace. Ça lui va bien.

C'était la plus belle fille que Grace ait jamais vue. Et en plus, elle était heureuse et en bonne santé.

Rien ne pourrait être plus parfait pour elle, non ?

— Il faut qu'on parte.

Elle arracha brusquement sa main à celle de Rik, le cœur tambourinant dans sa poitrine, puis elle fila presque en courant vers la porte. Dès qu'elle fut dehors, elle fonça dans la cohue, esquivant les badauds et traversant la rue.

Quand Rik la rattrapa finalement, elle aurait été bien incapable de dire où elle se trouvait. Levant les yeux vers son visage inquiet, elle étouffa un sanglot.

— Je me suis trompée sur toute la ligne.

— Comment cela ? demanda-t-il d'une voix douce.

Elle s'efforça de donner un rythme plus régulier à sa respiration.

— Mes parents ont eu raison. Je les ai détestés pour m'avoir enlevé ma fille, mais regarde-la. Elle est heureuse, aimée… parfaite.

— Tout ce que tu as toujours voulu pour elle, constata Rik. C'est bien, non ?

Lentement, elle releva la tête pour lui répondre.

— C'est plus que je n'aurais pu lui donner. L'amour qu'elle partage avec sa mère, cette affection, je n'aurais jamais pu lui offrir ça.

— Bien sûr que si, mais ce n'est pas le sujet.

— J'en aurais été incapable, s'entêta-t-elle. Je te l'ai dit, mes parents m'aimaient à leur manière, sans affection. J'avais oublié à quel point leur comportement était dur jusqu'à ce que je voie Mellie avec sa mère. Sa vraie mère.

— Grace…

— Mon enfance a été vide d'affection et j'aurais été une mère froide, moi aussi. Je me suis ouverte à l'amour progressivement, peut-être parce que je l'ai côtoyé de près au fil de ma carrière. Mellie est exactement là où elle doit être, et mes parents le savaient.

— Grace…

— Je ne sais plus qui je suis, Rik, avoua-t-elle, soudain submergée par une énorme vague de regrets.

— Cette visite était censée t'aider, balbutia-t-il. Pas redoubler ton malaise.

— D'une certaine manière, je me sens mieux. Je suis heureuse qu'elle ait une famille aimante…

— Mais ?

Une profonde tristesse s'abattit sur elle.

— Je regrette de m'être autant trompée, poursuivit-elle. En me l'enlevant, mes parents lui ont permis d'avoir une vie meilleure.

— Tu avais seize ans, lui fit remarquer Rik. Et peut-être que s'ils avaient géré ça différemment… s'ils t'avaient permis de parler d'elle, il en aurait été autrement.

— Peut-être, concéda-t-elle. N'empêche que je ne suis plus sûre de qui je suis. Et ça peut te sembler fou…

— Ce n'est pas le cas, la coupa-t-il. Je suis bien placé pour savoir que la famille, les séparations et les pertes sont inextricablement liées à ce que nous sommes.

Il se montrait si gentil et compréhensif…

— J'ai l'impression d'avoir tout perdu, avoua Grace. De ne plus savoir quoi faire.

— Ne te précipite pas, lui conseilla-t-il. Prends le temps de réfléchir. Je suis avec toi, si tu as besoin de moi.

Rik avait tenté de l'aider mais, soudain, elle se retrouvait plus paralysée que jamais.

— Ce dont j'ai besoin..., commença-t-elle avant de s'interrompre.

Chaque fibre de son corps criait sa protestation, mais elle poursuivit quand même.

— Ce dont j'ai besoin, c'est de faire ce travail pour moi. Seule.

Le regard que Rik lui lança fut une pure torture.

— Tu as besoin d'espace et de t'éclaircir les idées.

Elle acquiesça sans mot dire.

— Alors viens avec moi en Suède, reprit-il. Tu as dit que tu étais prête à quitter Thorncroft. Il n'y a rien d'autre que de l'espace et de l'air frais dans ma cabane.

— Il y a toi, aussi, souligna-t-elle.

— C'est important ?

Évidemment, parce qu'elle avait cru l'aimer alors qu'elle ne savait pas vraiment comment aimer. L'amour, n'était-ce pas faire ce qu'il y avait de mieux pour l'autre ? Or ses parents, froids et sans affection, s'étaient avérés meilleurs juges pour son bébé.

Grace se sentait inutile, désormais. Et rejetée. Puis, comme elle aurait dû être heureuse que sa fille n'ait pas besoin d'elle, elle se sentit coupable.

— Je dois découvrir qui je suis. Et je dois le faire seule.

Rik la dévisagea pendant de longues secondes. Elle faillit plusieurs fois retirer ses paroles, mais elle se retint à temps. Alors, d'un signe de tête, il acquiesça.

Elle ne sut comment interpréter la facilité avec laquelle il la laissait partir.

Rik avait enfin recousu son patient après une longue opération visant la seconde ablation d'une tumeur chez un homme déjà opéré. L'IRM de contraste lui avait offert une image claire du lit de la tumeur et son choix d'une micro-anastomose s'était avéré judicieux.

Cela étant, ces jours-ci, il bénissait toute opération qui l'aidait à ne plus penser à *elle*.

Cela faisait trois mois qu'il était revenu en Suède. Les plus longs de sa vie. Il aurait voulu se battre pour elle, bon sang ! Mais il *devait* résister, lui qui avait pris l'habitude de se battre pour tout. De ne jamais abandonner.

Accorder à Grace le temps et l'espace dont elle avait besoin avait probablement été la chose la plus difficile qu'il ait eu à faire. Car il aimait Grace, il le savait désormais.

Or il s'agissait pour l'heure de ce dont *elle* avait besoin.

Alors il l'attendait – et l'attendait encore –, espérant qu'elle finirait par lui revenir.

Même si Bas et lui s'étaient appelés deux fois en vidéo, leurs conversations avaient surtout tourné autour de sa magnifique petite fille. Ils n'avaient pas beaucoup évoqué Grace, mais son frère avait rappelé à Rik un adage cher à Mme P : « Si tu aimes quelqu'un, laisse-le libre… »

Cela n'avait jamais été la façon de faire de Rik, pourtant il avait réussi à être patient. À accorder du temps à Grace.

C'était donc la dernière personne qu'il s'attendait à voir lorsqu'il entra dans sa salle de consultation.

Pendant quelques secondes, il se demanda s'il n'était pas victime d'une hallucination. Puis, refermant la porte sans bruit, il la dévora des yeux.

Elle portait un jean qui épousait ses courbes à merveille et un T-shirt à col en V très flatteur. Rien à voir avec la femme policée à laquelle il était habitué.

Cette Grace était différente. Plus douce. Elle semblait mieux dans sa peau.

Mais une chose n'avait pas changé : la voir lui donnait toujours envie de la débarrasser de ses vêtements. Il faillit céder à la tentation, avant de recouvrer son sang-froid.

— Te voilà !

— Me voilà, fit-elle en écho, d'une voix rauque qui le mit sur les charbons ardents.

Il la désirait avec une telle intensité qu'il pensa se noyer dans ce désir. Mais il devait savoir, comprendre exactement pourquoi elle était là.

Temporairement ? Ou pour de bon ?

— J'ai enfin rencontré Amelia, annonça-t-elle, les yeux brillants. Elle est incroyable.

— C'est ta fille.

Grace secoua la tête mais, cette fois, sans la tristesse qu'elle avait montrée à Thorncroft.

— Pas vraiment. Elle est la fille de l'homme et de la femme qui l'ont élevée. Cependant, elle avait envie de me connaître. Sa mère, qui a été adoptée aussi mais ne l'a découvert qu'à l'âge de dix-huit ans, a toujours été franche sur le sujet avec Mellie. Elle a encouragé sa fille à rencontrer sa mère biologique, à me rencontrer moi.

— Et donc, cette rencontre a été… une bonne chose ?

Grace opina.

— Mellie a une vie merveilleuse, dans une famille qui la soutient. Elle n'a pas besoin d'une seconde maman, mais elle veut me connaître. Comme eux tous. Et je tiens à faire partie de sa vie autant qu'elle me le permettra.

Autrement dit, Grace n'était en Suède que temporairement. À cette pensée, Rik sentit son cœur se briser.

— Tu as l'air différente, dit-il.

— Ah bon ? J'ai suivi les conseils de quelqu'un et j'ai un peu visité le monde, notamment les endroits dont j'avais toujours rêvé.

— Tu as fait le tour du monde ? s'enquit-il, sidéré.

— Pas exactement, répondit-elle avec un petit rire gêné. Je n'ai visité qu'une dizaine de pays.

— Mais tu n'as pas démissionné de l'hôpital ?

— Nous avons passé un accord. Grâce à Magnus, j'ai participé à un projet d'ambassadeur Jansen, en travaillant dans différents endroits, notamment dans un hôpital mobile en Inde, un orphelinat au Cambodge, une clinique pour femmes au Vietnam. J'ai un sacré CV, à présent.

Elle le taquinait, mais il ne savait pas trop ce qu'il en pensait.

— Donc tu as voyagé dans le monde entier ? Seule ?

— J'avais besoin de comprendre qui je suis. Comme tu l'as dit… Amelia est heureuse, mais elle n'a pas besoin de moi. Il est temps que j'aille de l'avant. Et la vie que je veux mener ne se trouve pas à Thorncroft. Alors j'ai dressé la liste des endroits qui m'attiraient et j'y suis allée.

— Et maintenant tu es là, marmonna-t-il. Pour combien de temps ?

— Je marchais sur le Pont d'or, au Vietnam, quand j'ai réalisé que je n'avais personne avec qui partager cette expérience. Et j'ai compris à ce moment-là que la seule personne avec qui j'avais envie d'être, c'était toi.

— C'est faux, répliqua-t-il.

Grace se contenta de sourire.

— Je sais ce que je veux, Rik. Il m'a fallu du temps, mais je le sais.

— Grace…

— Et devine quoi ? J'ai découvert que l'endroit qui m'intriguait le plus était une cabane en rondins dans une forêt près du parc national de Tyresta. Tu connais quelqu'un qui pourrait m'y conduire ?

Rik devait se ressaisir. S'il se perdait dans ces yeux voilés et cette bouche sensuelle, une carte ou une boussole ne l'aideraient guère à en sortir.

— Pourquoi es-tu vraiment ici, Grace ?

— Pour toi, bien sûr.

Quelque chose céda au fond de Rik. Il brûlait de la croire, mais cela semblait presque trop beau pour être vrai.

Il devait être sûr.

Elle leva les yeux vers lui et la sincérité de son expression le bouleversa. Ses émotions se brouillèrent et enflèrent en lui, avant de plonger dans un abîme sombre d'où, soudain, quelque chose de nouveau commença à s'élever. *De l'espoir.*

— Je ne sais pas si je peux te donner tout ce que tu mérites, ni si je suis capable de t'aimer comme tu le mérites.

— Bien sûr que si, murmura-t-elle. C'est ton amour pour ton frère qui t'a guidé toutes ces années. Tu es bien plus capable d'aimer que tu ne le penses.

Grace le regardait fixement. L'étincelle au fond de ses yeux ne faisait qu'aviver la douleur dans la poitrine de Rik.

— C'est de toi dont je veux être aimée, Rik. Car c'est toi que j'aime. Avant notre rencontre, j'étais uniquement concentrée sur ma carrière, mais tout a changé.

Rik l'attira dans ses bras.

— Je te préviens, je ne te laisserai jamais repartir, déclara-t-il d'une voix méconnaissable.

— Ma place est auprès de toi, dit Grace.

La lumière qui brillait dans ses beaux yeux et l'*amour* qui en émanait achevèrent de le convaincre.

— Tu comptes rester combien de temps ? demanda-t-il, la gorge nouée.

— Aussi longtemps que tu voudras de moi, répondit-elle sans la moindre hésitation.

— Et si je te voulais pour toujours ?

— Alors je devrais m'assurer que tu voudras aussi de mon chat, Cooper.

— J'ai un jardin parfait pour accueillir vingt Cooper. Et avec toi pour me guider, *älskling*, il y a peut-être de l'espoir, après tout.

— On ne sera pas toujours d'accord. Il nous arrivera de nous disputer. Parfois, ce sera même difficile. Mais je ne vois pas de plus bel avenir que celui qui s'offre à nous. Ensemble, nous sommes tellement plus forts et heureux !

Rik sourit tandis que Grace poursuivait :

— Le jeu en vaut la chandelle. Tant que tu m'aimeras, Rik, ça en vaudra la peine.

Un millier d'émotions le traversèrent. Grace était si belle, si intelligente, si parfaite pour lui.

— Je te promets de te montrer chaque jour à quel point je t'aime, Grace.

Les yeux baignés de larmes, elle se lova contre lui.

— C'est la plus belle des promesses, murmura-t-elle.

Alors Rik l'embrassa, décidé à lui prouver combien il l'adorait.

Aujourd'hui et pour toujours.

Vous avez aimé *Le défi d'un chirurgien* ?
Retrouvez en numérique l'histoire de Bas,
le frère de votre héros, dans *Une si tendre attache*
de Charlotte Hawkes.

JULIETTE HYLAND

# Irrésistible vétérinaire

*Traduction française de*
GABY GRENAT

BLANCHE

HARLEQUIN

*Titre original :*
THE VET'S UNEXPECTED HOUSEGUEST

# 1.

Le Dr August Rhodes descendit de sa voiture juste sous la pancarte de la clinique vétérinaire que le vent agitait au-dessus de sa tête et leva le nez. Incroyable ! Elle était toujours du même bleu marine que celui qu'il avait utilisé pour la peindre quand il était adolescent. Ou bien cette peinture était d'une qualité irréprochable ou bien quelqu'un avait veillé à entretenir la couleur préférée de son père. C'était sans doute la seconde hypothèse la bonne car le Dr Jeffrey Rhodes n'était guère du genre à exécuter ce genre de bricolage. En revanche, il était extrêmement exigeant, qu'il s'agisse de sa clinique ou de son fils, et lorsque les résultats n'étaient pas à la hauteur de ses attentes, il était capable de se muer en un mur impénétrable. Ainsi, la dizaine de phrases qu'il avait prononcées quelques instants plus tôt était le plus long discours qu'August ait eu à entendre de sa part depuis sa remise de diplôme.

Ce jour-là, il avait eu droit à une impressionnante série de reproches, précédée d'une explosion de colère qu'il n'était pas près d'oublier.

Pourquoi tout cela ? Parce qu'il n'avait pas été classé dans la botte. Étant donné les résultats qu'il avait obtenus pendant l'année, August n'en avait pas été surpris. Il ne s'en souciait guère, d'ailleurs, puisque quel que soit son rang de sortie, avec son diplôme en poche, il pouvait exercer le métier de ses rêves. Hélas, Dr Jeff, son père, était loin de partager cette satisfaction. Il tenait à ce que sa clinique et sa réputation soient les meilleures de la région. Or, August n'avait jamais été le meilleur, nulle part. Pire, il n'avait même fait aucun effort pour atteindre les objectifs fixés par son père. Aux yeux de ce dernier, c'était là une faute impardonnable.

Pourtant, August avait pris beaucoup d'intérêt à ses études. Au lycée, la biologie et tout ce qui concernait les soins à donner aux animaux l'avaient passionné au point qu'il avait décidé d'embrasser la carrière de vétérinaire. À vrai dire, il espérait aussi que ce choix améliorerait les relations houleuses qu'il entretenait avec son père. Grave erreur. Tout en réussissant de manière tout à fait honorable, August ne s'était jamais trouvé en tête de promotion. Contrarié par ce qu'il considérait comme une manifestation de médiocrité, Dr Jeff n'avait pas daigné venir assister à la remise de diplôme de son fils alors que ce dernier lui avait envoyé une invitation en bonne et due forme, un peu comme on tend une branche d'olivier pour faire la paix.

À partir de ce moment-là, August s'était juré que plus jamais il n'essaierait de prouver quoi que ce soit à son père. Ni à qui que ce soit d'autre, d'ailleurs. On le prendrait tel qu'il était, point final.

Il chercha le trousseau de clés dans sa poche en hochant la tête.

*Mais alors, qu'est-ce que je viens faire ici ?*

Cette question le tracassait depuis qu'il avait franchi la frontière du Tennessee. Il avait même failli faire demi-tour à plusieurs reprises mais s'était ravisé à la pensée que son remplacement à la Stonybrook Clinic venait de s'achever. Il n'était pas question d'y retourner, même si cette petite clinique en Arizona avait été un changement bien agréable après son séjour dans les neiges de l'Alaska. Pourtant, quand on lui avait proposé un contrat de travail définitif, et même de devenir associé, il avait refusé.

Encore une fois, le caractère nomade qu'il avait hérité de sa mère avait pris le dessus. Sans cesse il avait besoin de découvrir de nouveaux horizons. La routine et même le confort n'étaient pas ce qui le rendait heureux. Aussi, il avait préféré dire au revoir à ses collaborateurs désolés et prendre la route.

Sans doute faisait-il partie de ces gens qui n'avaient pas

besoin de racines puisque l'amour de son métier suffisait à son bonheur. En tant que vétérinaire remplaçant, il pouvait organiser son emploi du temps comme il le souhaitait, travailler où il voulait et quand cela lui convenait. Pour lui, c'était le rêve !

Il ne ressemblait pas à son père, loin de là. Le travail qu'il effectuait en clinique et les clients auxquels il avait affaire lui apportaient beaucoup de satisfactions mais il refusait de les laisser envahir sa vie privée comme cela avait été le cas pour ce dernier. August aurait pu compter sur les doigts d'une main les moments qu'il lui avait consacrés pendant son enfance. Il en avait encore gros sur le cœur et pour rien au monde il ne désirait suivre le même chemin.

*Et pourtant, je suis ici… Si quelqu'un appelait mon père en pleine nuit pour lui dire que je viens d'être hospitalisé, est-ce qu'il se précipiterait à mon chevet ?*

Question douloureuse, qu'il valait mieux ne pas trop se poser…

Un coup de téléphone lui avait appris quarante-huit heures plus tôt que son père avait été victime d'un accident de voiture. Une hospitalisation de plusieurs semaines s'avérait nécessaire et devrait être suivie d'une période de rééducation. Ces informations données, le plus naturellement du monde, l'infirmière lui avait demandé quand il pensait arriver à Foxfield.

À cette question, l'amertume avait envahi August au point de lui donner envie de répondre « jamais ! », car c'était très certainement la réponse qu'aurait donnée son père si les rôles avaient été inversés. Puis, peut-être par pur esprit de contradiction, il s'était entendu répondre « je serai là dans deux jours ».

Une fois ces mots prononcés, il s'était senti moralement lié. Ne serait-ce que pour se prouver qu'il ne ressemblait pas à l'homme qui l'avait engendré. Cet homme qui avait éloigné tous ses proches à force de leur imposer des exigences inaccessibles.

Dès son arrivée à Foxfield, il s'était arrêté à l'hôpital. Étant donné sa fatigue, il aurait sans doute mieux fait de remettre cette épreuve à plus tard mais au fond de lui-même, malgré toutes les déceptions qu'il avait connues, il était encore le petit garçon toujours à la recherche de l'affection paternelle. Pourtant, tout en se dirigeant vers la chambre de son père, il s'était juré que c'était la dernière fois qu'il laissait ses émotions diriger sa conduite.

Celui-ci lui avait paru fatigué, bien plus vieux qu'il ne s'y attendait, mais malgré sa faiblesse, il lui avait parlé aussi sèchement qu'autrefois. Pas un mot affectueux malgré leur longue séparation. Pas un mot de regret. Encore moins d'excuses.

Non, rien de tout cela. August n'avait entendu de la bouche paternelle que des directives concernant la clinique. Il ne voulait pas avoir recours au vétérinaire remplaçant qu'il avait employé quelques années plus tôt quand une mauvaise grippe l'avait obligé à suspendre son activité, parce qu'il s'était avéré insuffisamment compétent. Cette fois, Dr Jeff ne voulait pas que les animaux qu'on lui confiait pâtissent d'un manque de professionnalisme. Il s'inquiétait pour eux. En outre, si cette situation se répétait, la réputation de sa clinique risquait d'en pâtir et cela, c'était tout à fait hors de question.

Son père ne se souciait pas des personnes mais de ses clients à quatre pattes et de la bonne renommée de son établissement. Ce n'était pas une découverte pour August qui partageait pourtant avec lui ce profond amour des animaux. Voilà pourquoi sans doute il se trouvait aujourd'hui ici, devant cette clinique où il avait pourtant juré autrefois de ne plus jamais remettre les pieds.

Il comprenait parfaitement que, pour beaucoup de personnes, les animaux de compagnie faisaient réellement partie de la famille et méritaient les meilleurs soins. Puisque son père n'était pas en état de les leur accorder, il acceptait pendant quelques jours de le faire à sa place en attendant d'avoir trouvé une meilleure solution. Mais c'était vraiment à contrecœur.

Les clés que son père venait de lui remettre lui brûlaient la main et l'envie de tourner les talons le plus vite possible ne le quittait pas.

Il considéra le trousseau avec un soupir résigné. La plus grosse clé était celle de la clinique. La seconde, celle du cottage qui se trouvait dans le jardin arrière et que son père louait aux auxiliaires capables de remplir les exigences qu'il attendait d'eux.

Ainsi donc, en lui confiant cette clé, Dr Jeff le traitait comme n'importe quel remplaçant puisqu'il ne lui avait même pas proposé de venir s'installer dans la maison familiale. À vrai dire, August ne mourait pas d'envie d'y retourner mais tout de même il aurait apprécié que son père lui propose de reprendre sa chambre de jeune homme pendant quelque temps.

D'un geste de l'épaule, il s'efforça de chasser les émotions négatives qui l'envahissaient. De toute façon, cette petite maison serait nettement plus agréable qu'un séjour dans une chambre d'hôtel. Il était ici pour s'occuper des animaux et rien d'autre. Pas de sentimentalité déplacée. Ce serait du temps et de l'énergie perdus.

*Concentre-toi sur l'essentiel, August…*

La soirée étant déjà bien avancée, la clinique avait fermé quelques heures plus tôt. Il étouffa un bâillement. Une fois la visite à l'hôpital terminée, la sagesse aurait été de se diriger vers le cottage et de se mettre au lit puisqu'il aurait tout le temps le lendemain de revoir la clinique. Elle n'avait certainement pas beaucoup changé car Dr Jeff avait horreur de toute modification dans quelque domaine que ce soit, mais August avait tout de même envie de la revoir. Histoire d'y retrouver ses marques en solitaire.

Tout en se préparant mentalement à l'afflux de souvenirs qui ne manqueraient pas de surgir dans un instant, il se remémora l'irritation manifestée par son père plusieurs années auparavant, quand il lui avait proposé de repeindre la salle d'attente. La couleur jaune que sa mère avait choisie quand elle vivait encore avec Dr Jeff avait mal vieilli et aurait eu grand besoin d'un rafraîchissement. Mais ce dernier avait estimé que tout allait très bien comme ça et qu'il était inutile de changer quoi que ce soit. Les clients venaient chez lui parce qu'il était le meilleur vétérinaire de la région, pas à cause de la couleur des murs, n'est-ce pas ? La discussion n'était donc pas allée plus loin.

*Allons, August…*, se dit-il en considérant la porte d'entrée. *Ce n'est pas en restant planté là sur le parking que tu vas reprendre contact avec les lieux !*

Pour se donner du courage, il pensa à la douche chaude et au bon lit qui l'attendaient une fois qu'il aurait terminé sa reconnaissance.

Il alla donc ouvrir le coffre de son véhicule, attrapa son sac de voyage et s'avança en direction du bâtiment.

Une fois la porte ouverte, il chercha le bouton électrique, prêt à replonger dans le passé.

Sauf que…

Il ne reconnaissait rien du tout ! La salle d'attente était repeinte en bleu pâle. Des photos d'animaux tous plus adorables les uns que les autres décoraient les murs. Une fiche de conseils destinée aux « parents » des animaux était placée bien en vue sur la table basse.

*Les « parents » des animaux ?*

Jamais son père n'aurait utilisé pareille expression ! La pièce était chaleureuse, accueillante, apaisante. August eut la surprise de constater que ce changement le mettait de mauvaise humeur. Pourquoi Dr Jeff avait-il attendu le départ de son fils pour améliorer son cadre de travail ?

Pour le plaisir de le faire sans lui. En parfait autocrate. Car c'était bien ce qu'il était !

À moins que le nouvel hôpital pour animaux qui s'était ouvert récemment à l'entrée de la ville ne l'ait incité à faire un effort de décoration pour conserver sa clientèle ? August était passé devant en arrivant. La bâtisse toute neuve l'avait impressionné. Ses expériences dans les cliniques les plus diverses lui avaient appris que souvent les propriétaires, bien qu'animés des meilleures intentions, se souciaient davantage de l'apparence des locaux que de la qualité des soins qui y étaient dispensés. Beaucoup de gens amenaient leurs animaux de compagnie dans ce qu'ils pensaient être des cliniques haut de gamme, persuadés que la compétence des intervenants était à la hauteur de la décoration.

Une fois la surprise de la rénovation de la salle d'attente surmontée, August s'avança vers les salles d'examen. Elles étaient propres et joyeusement décorées elles aussi de photos en couleurs. Perplexe, il hocha la tête. Ou bien Dr Jeff avait loué les services d'un designer de qualité ou bien il avait complètement changé de personnalité depuis le départ de son fils... Étant donné la manière qu'il avait eue tout à l'heure de lui donner des ordres d'une voix impérieuse alors qu'il était cloué sur son lit d'hôpital, August n'hésita pas un instant : c'était la première hypothèse qui était la bonne.

Quant aux manifestations du désordre et du laisser-aller causés par les divers assistants à propos desquels son père se lamentait tout à l'heure, il n'en apercevait pas la moindre trace. Par contre, il avait été surpris de ne pas entendre Dr Jeff mentionner de problèmes relationnels avec le vétérinaire qui l'assistait en ce moment. Voilà qui était tout à fait inhabituel.

Son regard s'arrêta un instant sur l'étagère en verre qu'il connaissait si bien. Son estomac se serra en y retrouvant alignés les récompenses et les trophées obtenus par son père. Ils étaient là pour rappeler que Dr Jeff était excellent en tout. August soupira. Ce n'était pas son cas. Il n'avait jamais excellé en rien...

Tout au moins, pas de cette façon qui permettait de faire graver son nom sur des plaques ou des statuettes, que Dr Jeff affectionnait. August ravala sa salive. Et en même temps, l'agacement qu'il sentait monter en lui. Non, il n'allait pas s'engager dans cette voie pleine de rancune et de ressentiment. Il n'était pas venu pour un règlement de comptes.

Tout en jouant avec le trousseau de clés qu'il tenait dans sa main, il se dirigea vers la porte arrière de la clinique et considéra la petite maison où son père lui avait dit qu'il pouvait s'installer. Les haies étaient mal taillées et les fleurs poussaient comme si on les avait semées au hasard. Le jardin paraissait négligé depuis longtemps. Il haussa les épaules. Quelle importance ?

L'absence de locataire expliquait cette situation et étant donné le peu de temps que lui-même comptait passer à Foxfield, il avait bien l'intention de laisser les choses en l'état. Sans le moindre remords ! Mais dans quel état allait-il trouver l'intérieur de l'habitation ? Si c'était trop sale, il irait loger à l'hôtel. Tant pis pour son père que la proximité du cottage avec la clinique rassurait certainement puisqu'en cas d'urgence, le remplaçant se trouvait immédiatement disponible. Tout de même… pourquoi ne lui avait-il pas proposé de loger dans leur maison ? Encore une fois, les animaux passaient avant le fils.

Connaissant son père comme il le connaissait, pareille omission n'aurait pas dû surprendre August et encore moins lui faire de la peine. Pourtant, il n'arrivait pas à chasser la douleur qui lui serrait la poitrine. Rhodes Animal Services était l'unique centre d'intérêt du Dr Jeffrey Rhodes. C'était une obsession contre laquelle sa mère s'était dressée le jour où, ses valises faites et posées devant elle, elle avait mis son mari en demeure de choisir entre employer d'autres vétérinaires pour le seconder ou la perdre.

Dr Jeff n'avait même pas hésité une seconde avant de lui répondre qu'il refusait de prendre un associé et que si elle voulait partir elle était libre de le faire.

Ils n'avaient pas divorcé mais n'avaient ensuite plus jamais dormi sous le même toit.

August s'appliqua à se remémorer le visage de sa mère. Le temps l'avait un peu effacé. Par contre, le souvenir des voyages qu'ils avaient effectués ensemble demeurait bien vif. C'était une femme qui aimait le mouvement, l'aventure, et qui avait fini par se lasser d'attendre que son mari l'accompagne de temps à autre. Elle avait donc souvent invité son fils à profiter de ses escapades.

C'est ainsi qu'August avait découvert Boston, l'Angleterre, l'Afrique du Sud, l'Alaska. Parfois, elle choisissait son voyage les yeux fermés, en pointant du doigt un lieu sur une carte du monde. August avait adoré toute cette fantaisie.

Et puis un jour, alors qu'elle était partie seule faire une

randonnée dans les Appalaches, elle avait disparu dans une tempête de neige. August s'était retrouvé seul avec l'homme qui l'avait toujours considéré comme un poids inintéressant. Voilà pourquoi, une fois diplômé, il n'était jamais revenu à Foxfield. Pourquoi prendre le risque de faire resurgir quantité de souvenirs désagréables ? Ce qui lui arrivait en ce moment lui prouvait à quel point il ne s'était pas trompé.

Le mieux était de mettre tout cela entre parenthèses…

Il jeta un nouveau regard autour de lui sur le jardin mal entretenu tout en gravissant les quelques marches qui conduisaient à l'entrée du cottage. Sa décision était prise depuis longtemps. Il ne resterait que quelques jours. Une semaine au maximum. Pour tenir le coup, il lui suffirait de garder cette idée à l'esprit.

Ce serait ensuite un jeu d'enfant de trouver parmi ses relations professionnelles quelques vétérinaires remplaçants susceptibles d'être intéressés par quelques semaines dans le Tennessee. Il ferait la proposition à son père dans quelques jours.

Toujours est-il que celui qui secondait ce dernier en ce moment devait être un saint ou un genre de phénomène caractériel lui aussi. Sans cela, il était impossible de travailler avec le Dr Jeffrey Rhodes plus de quelques mois. Le record battu par le plus résistant avait été de huit mois !

Tout en tapant ses semelles terreuses sur le paillasson, August se rappela que ce souci n'était pas la priorité. Ce dont il avait besoin, c'était d'une bonne douche, d'un lit confortable et d'au moins huit heures de sommeil ininterrompu. Une fois les paupières closes, il ne penserait plus à tout ce qui le contrariait.

Il ouvrit donc et pénétra dans le cottage.

L'entrée de la maison lui réservait une bonne surprise. Avec ses murs peints du même bleu pâle que ceux de la salle d'attente, elle était fort accueillante. Quant à la pièce de séjour, garnie de meubles confortables mais visiblement pas de la première jeunesse, elle était aussi chaleureuse que bien des cottages qu'il avait trouvés sur les sites de locations de vacances.

Une fois dans la cuisine, il ne put retenir un sourire. La petite table ronde et le papier peint fleuri à l'allure vieillotte lui donnèrent l'impression de rentrer chez lui. C'était vraiment le comble de l'ironie puisqu'il était logé dans une location plutôt que dans la maison où il avait passé son enfance ! Malgré cette réflexion, le sentiment de bien-être et de sécurité ne le quitta pas.

La bouilloire posée sur la cuisinière se mit à siffler. August sursauta. Normalement, une bouilloire dans une maison vide ne devait pas contenir d'eau…

— Qu'est-ce que vous venez faire chez moi ? cria une voix aiguë dans son dos.

August se retourna brusquement en entendant ces mots prononcés d'une voix fort peu avenante. Il posa son sac par terre et leva les bras comme le font les voleurs pris sur le fait. Puis, plutôt amusé, il considéra la petite jeune femme brune qui le dévisageait d'un regard courroucé, une batte de base-ball à la main, l'air bien décidée à l'utiliser si nécessaire.

Tout en maintenant la batte de base-ball au-dessus de sa tête d'un air qu'elle voulait inquiétant, le Dr Kit Bedrick priait le ciel pour que, en dépit de sa petite taille, son attitude menaçante impressionne le séduisant géant qui se tenait debout, l'air ahuri, devant sa bouilloire.

Un instant, elle envisagea de s'enfuir par la porte d'entrée restée entrouverte, mais Bucky se trouvait dans la cuisine. Impossible de laisser son jeune malinois tout seul avec un étranger, impossible aussi de partir avec lui. Elle ne lui avait pas encore appris à rester calmement à côté d'elle sans être tenu en laisse. Dès qu'il se trouvait à l'extérieur, Bucky partait en gambadant chasser les écureuils ! Comment lui en vouloir puisqu'il n'avait pas encore un an ? Toujours était-il que cela compliquait sa situation en ce moment précis.

Afin de dissimuler le tremblement de ses bras, elle répéta d'une voix qu'elle souhaitait assurée :

— Qu'est-ce que vous venez faire chez moi ?

Comme si cette scène devait atteindre le sommet du ridicule, Bucky, enfin réveillé de sa sieste, arriva en bondissant à côté d'elle en quête d'une caresse. Puis, voyant qu'elle gardait les bras levés et ne pouvait donc satisfaire son besoin d'affection, il commença à batifoler autour de l'intrus.

Non content de cette marque de convivialité parfaitement déplacée, il se mit à se rouler aux pieds de l'homme en retroussant les babines sur ses éclatantes dents de jeune loup, dans cette sorte de sourire qui la faisait chaque fois fondre de tendresse. Le problème, c'était qu'il avait affaire à un parfait étranger… un étranger qui avait l'air aussi stupéfait de la trouver dans cette cuisine qu'elle-même l'était de le découvrir.

— Quel drôle de chien de garde vous avez là ! hasarda l'intrus, les bras toujours levés.

Elle le fusilla du regard en ayant soin de ne pas baisser la garde.

— Kit ?

En entendant l'inconnu prononcer son prénom, elle envisagea d'abandonner son attitude menaçante mais elle se ravisa. Foxfield s'était bien agrandi depuis quelque temps mais n'importe qui pouvait connaître son prénom. Ce qui ne lui donnait pas pour autant le droit de pénétrer dans sa cuisine !

— Répondez à ma question ! Qu'est-ce que vous faites ici ?

La peur ne la quittait pas. La bouilloire continuait à siffler. Son cœur battait trop vite. Et son nigaud de chien faisait la fête à l'intrus…

— Bucky, au pied !

Bucky reconnut son nom. Il regarda sa maîtresse en agitant la queue de contentement mais ne quitta pas pour autant les pieds de l'envahisseur.

— Bucky !

Rien à faire. Décidément, il était urgent de parfaire l'entraînement de cet élève indocile. Tenu en laisse, il se comportait de façon fort civile, mais une fois lâché dans la maison, son caractère joueur de jeune chiot reprenait le dessus et il n'écoutait plus rien.

L'air plus amusé qu'inquiet, l'homme s'approcha d'un pas.

— Mon père, le Dr Jeff Rhodes, m'a donné la clé de la

maison. Il a sans doute oublié qu'il te l'avait louée. À moins qu'il te l'ait vendue ?

— August ?

Kit cligna des yeux. Le ton de la voix éveillait en elle de lointains souvenirs. Non… C'était impossible ! Comment l'homme qui se tenait devant elle pouvait-il être le rebelle qui avait quitté Foxfield en jurant de ne plus jamais y revenir ?

— August Rhodes ?

— Exactement. Je te jure que je ne savais pas que la maison était louée. Mon père…

Il se passa la main sur la nuque, embarrassé.

— Il aurait au moins pu m'avertir de ta présence !

Pourtant, dans le fond, cet oubli ne surprenait guère Kit. Elle connaissait suffisamment le Dr Jeff Rhodes pour savoir que, mis à part la clinique et les animaux qui s'y trouvaient, son radar personnel n'enregistrait rien ni personne.

En revanche, ce qui la laissait sans voix, c'était de découvrir que le fils rebelle du vétérinaire de Foxfield était rentré au bercail. Bien que ne faisant pas partie de la même bande d'amis, ils avaient terminé le lycée la même année. Kit fréquentait les premiers de la classe alors qu'August… bref, August avait des amis un peu différents !

Apparemment, suite à son accident, Dr Jeff l'avait finalement appelé.

Quel étrange personnage que Dr Jeff ! Il ne l'avait jamais exprimé à haute voix mais Kit savait que son fils lui manquait. Elle avait aperçu une photo d'August dans le tiroir de son bureau.

— Kit, est-ce que tu me permets enfin de baisser les bras ? J'ai grande envie de caresser cet adorable Bucky qui se roule à mes pieds comme si nous étions des amis de toujours !

Le sourire qu'elle connaissait bien apparut sur le visage d'August. Un sourire à fossettes qui avait fait tourner la tête à de bien nombreuses lycéennes. Diable… il était encore plus séduisant qu'autrefois.

Ce qui ne lui donnait absolument aucune excuse pour débarquer ainsi dans sa maison.

*Il ne l'a pas fait volontairement, Kit…*

Bien sûr, elle pourrait faire des reproches au Dr Jeff Rhodes, mais pour l'instant, cette perspective n'était guère utile. D'ailleurs, il n'y avait rien d'étonnant à ce qu'il ait voulu loger August ici plutôt que chez lui. Dr Jeff était un homme d'humeur sempiternellement revêche.

Certes. Mais Kit se doutait que ce n'était là qu'une façon de dissimuler une solitude qu'il ne voulait avouer à personne. Les quelques femmes qui l'avaient approché depuis qu'il était veuf avaient vite compris que rien ne l'intéressait à part sa sacro-sainte clinique à laquelle il ne fallait pas toucher. Quand Kit avait proposé de lui apporter quelques remaniements afin de la rendre plus accueillante, elle avait essuyé maintes lamentations et moult reproches. D'après Dr Jeff, rien de tout cela n'était nécessaire. L'insistance de sa jeune collaboratrice avait tout de même porté ses fruits puisqu'il lui avait finalement accordé la liberté de rénover les lieux à son goût.

Cet environnement rajeuni et bien plus chaleureux n'avait pas modifié le caractère ombrageux du vieux vétérinaire, mais il avait pris l'habitude d'écouter les propositions qu'elle lui soumettait. Il avait même commencé à parler de prendre sa retraite.

*Enfin !*

Kit espérait pouvoir supporter leur collaboration encore une année ou deux pour avoir le temps de le convaincre de lui vendre sa clinique. À un moment donné, elle avait envisagé d'acheter la clinique Love Pets Vet qui se trouvait de l'autre côté de la ville et appartenait à ses ex-beaux-parents. Oui, Love Pets Vet avait réellement été son rêve et celui de Leo, son mari. Hélas, parfois la vie vous obligeait à renoncer à ce qui vous tenait le plus à cœur…

Désormais, Kit était décidée à faire de Rhodes Animal Services la meilleure clinique vétérinaire de la ville. Son souhait le plus cher était donc de remporter le Foxfield Finest Award, décerné chaque année, et de le proclamer haut et fort.

Cette récompense faisait partie d'un ensemble de compétitions organisées par Foxfield. Elles s'adressaient à des professions bien différentes, depuis les boulangers jusqu'aux mécaniciens. Hélas, depuis que Kit y travaillait, la clinique du Dr Jeff Rhodes n'avait jamais obtenu le prix. C'était chaque fois Love Pets Vet qui l'emportait, au grand désespoir du père d'August. Perversement, l'ex-belle-mère de Kit n'oubliait jamais de le mentionner dès qu'elle en avait l'occasion, mais au lieu de se sentir découragée, Kit était au contraire incitée à travailler encore plus et mieux, persuadée qu'elle finirait bien par l'obtenir à son tour.

Alors peut-être ses anciens beaux-parents comprendraient quelle énorme erreur ils avaient commise en la chassant de leur clinique après la mort de Leo. Oui, un jour, c'est elle qui pavoiserait, elle qui obtiendrait la première place alors qu'elle était jusque-là demeurée au second plan.

Mais pour cela, il y avait une condition incontournable : il lui fallait demeurer dans les bonnes grâces de Dr Jeff. Voilà pourquoi elle ne lui reprocherait pas de lui avoir causé la frayeur de voir un inconnu débarquer chez elle au milieu de la nuit.

Encore sous le coup de la surprise, elle considérait August, sa mâchoire bien dessinée, sa carrure imposante, mais aussi son sourire enfantin et son regard très doux. Non, franchement, il n'avait rien de menaçant ! Comment pouvait-elle avoir eu peur de lui ?

— C'est bon, August, tu peux caresser Bucky.

Elle posa la batte de base-ball contre le mur.

August s'était déjà penché pour frotter le ventre du jeune chien qui s'était couché sur le dos et gigotait de plaisir.

— Oh… le gentil toutou… trop gentil pour défendre sa maîtresse…

Il parlait avec cette voix qu'on utilise pour s'adresser aux bébés et aux animaux de compagnie. Bucky paraissait apprécier au plus haut point cette conversation à sens unique.

Comment rester insensible devant pareil spectacle ? Kit sentait son cœur fondre d'attendrissement. C'était toujours ce qui lui arrivait lorsqu'elle découvrait qu'un colosse dans le genre d'August adorait les animaux. Avec ses tatouages sur le bras gauche, sa barbe de deux jours et son vieux T-shirt, cet invité surprise n'avait vraiment pas le physique d'une personne disposée à bêtifier en chatouillant le ventre d'un jeune chien. Et pourtant, c'était exactement ce qui se passait !

Kit comprit que tenter de ramener Bucky auprès d'elle était un combat perdu d'avance. À partir de maintenant, il était évident qu'il ne quitterait plus August d'une semelle. Autrement dit, elle devait au plus tôt trouver le temps d'éduquer son petit malinois. Pas question qu'il continue à préférer un inconnu, aussi sympathique soit-il, à sa propre maîtresse !

Elle tourna vers son visiteur un visage inquisiteur.

— Je peux savoir pour quelle raison ton père t'a donné la clé de la maison que je lui loue ?

Tout en continuant à caresser Bucky, August haussa les épaules.

— Comme si j'en avais la moindre idée ! J'aurais préféré t'épargner cette frayeur, mais je n'y suis pour rien, je te le jure.

Sur ce, il lui adressa un sourire parfaitement désarmant.

— Je peux arrêter la bouilloire ?

— Oui, je t'en prie.

Kit soupira en le regardant s'exécuter. Comme c'était étrange… Elle se trompait peut-être mais August ne ressemblait plus du tout à l'adolescent arrogant qui s'appliquait à faire exactement le contraire de ce que son père lui demandait. Le souvenir d'une scène qui avait eu lieu sur le parking du lycée lui revint en mémoire. Dr Jeff s'était fâché contre son fils parti pour le lycée avec un jean déchiré. Pareil laisser-aller ne cadrait pas du tout avec les standards d'élégance du vétérinaire qui n'avait pas mâché ses mots pour le signaler à son fils. Le résultat avait été que ce jean était devenu l'étendard de la révolte de l'adolescent qui s'était appliqué à le porter le plus souvent possible.

Le jeune August Rhodes avait d'ailleurs été le cauchemar de nombreux professeurs. Il séchait les cours plus souvent qu'à son tour et omettait régulièrement de rendre ses devoirs. Sans doute avait-il changé ? Après tout, le temps avait dû faire son œuvre. On n'était plus le même près de vingt ans après ses années de lycée !

Après avoir retiré la bouilloire de la plaque, August désigna du doigt la tasse que Kit avait préparée à côté. Comme elle approuvait d'un signe de tête, il versa l'eau chaude sur le sachet de thé.

— Kit, je suis désolé de t'avoir causé pareille frayeur. En me donnant les clés du cottage, mon père m'a demandé de m'installer dans la chambre d'amis. Cette expression aurait dû me mettre la puce à l'oreille et me faire comprendre que la chambre principale était déjà occupée mais je n'ai pas saisi la nuance.

Il lui adressa un nouveau sourire susceptible de faire fondre un iceberg.

— À ma décharge, je te rappelle que les deux jours passés au volant de ma voiture avant d'arriver ici m'ont sans doute un peu ramolli les neurones.

*La chambre d'amis ?*

Kit avait oublié cette clause du contrat de location.

— C'est vrai que le contrat stipule que ton père peut disposer de la chambre d'amis s'il le souhaite.

Comme Dr Jeff ne l'avait jamais utilisée, elle avait imaginé qu'il ne le ferait jamais. Donc, c'était elle qui était en tort.

Elle tendit la main vers la tasse que lui proposait August avant de s'avancer vers la table.

— J'imaginais qu'au moins il me préviendrait !

Un rire contrarié lui échappa.

— Maintenant que je le connais, je réalise que je ne devrais pas être surprise qu'il n'ait pas pensé à m'en parler avant ton arrivée.

— Rassure-toi, je ne vais pas rester longtemps, déclara August en se laissant glisser sur une chaise. Si cela ne te dérange pas trop, permets-moi de dormir ici cette nuit, et demain, je chercherai un motel où me poser.

— Non, tu peux rester sans problème. La chambre en question se trouve en haut au bout du couloir et elle dispose de sa propre salle de bains. Tu trouveras des draps et du linge de toilette dans le placard. C'est juste que… ton arrivée m'a prise au dépourvu.

Elle ne voulait surtout pas contrarier Dr Jeff. Il y avait trop longtemps qu'elle travaillait à entrer dans ses bonnes grâces pour tout gâcher maintenant. D'ailleurs, le vieux vétérinaire faisait preuve de pas mal de cordialité envers elle, ce qui n'était pas le cas pour la majorité de son équipe. Il allait bien un jour ou l'autre prendre sa retraite, et la clinique deviendrait enfin sienne.

Jusqu'à présent, elle s'était contentée d'apporter de menus changements mais une fois qu'elle serait chez elle, elle prendrait des initiatives de bien plus grande envergure. Ce jour approchait à grands pas, elle le sentait. Et si pour cela il lui fallait héberger son fils quelques jours, elle le ferait. Après tout, ce ne serait pas la fin du monde !

Sans compter qu'August n'était pas du tout désagréable à regarder…

En sentant la chaleur picoter sa nuque, elle pencha la tête en arrière. D'accord, il était séduisant, mais cela n'avait aucune importance. Si elle l'avait croisé dans la rue ou au restaurant, elle aurait peut-être pris plaisir à le dévisager un instant, mais étant donné qu'il se tenait debout dans sa cuisine, en invité inattendu, cela était hors de question.

*Absolument hors de question.*

Depuis la mort de Leo, dix ans auparavant, elle vivait seule. Si son corps paraissait réagir, là, c'était simplement une question d'adrénaline qui surgissait hors de propos. Elle allait gérer ça, vite fait, bien fait.

Au bout d'un moment, un peu apaisée, elle leva le regard vers son ancien camarade de lycée.

— C'est vrai, August, il n'y a pas de problème. Ça ne me dérange pas du tout que tu restes. Et en plus, comme je te l'ai dit, cela fait partie du contrat que j'ai signé avec ton père.

August jeta un coup d'œil sur son sac de voyage.

— Écoute, je te propose que nous improvisions pendant un jour ou deux pour voir comment se passe notre cohabitation. De toute façon, je n'ai pas l'intention de m'éterniser à Foxfield. Juste le temps de voir comment se débrouille le futur remplaçant, pour faire plaisir à mon père. Parce que, évidemment, il est persuadé que personne n'est capable de se débrouiller sans lui !

Cette réflexion amena un sourire sur les lèvres de Kit. Dr Jeff avait effectivement tendance à se croire irremplaçable, ce qui le poussait à exiger de ses collaborateurs souvent plus qu'il n'aurait dû. Elle comprenait cela d'autant mieux qu'elle-même avait grandi auprès d'une mère qui exigeait la perfection en tout. Et le destin avait voulu que ses beaux-parents soient encore pires si c'était possible.

Seul Leo l'avait aimée pour elle-même, comme elle était. Lui seul avait su partager ses rêves et comprendre qu'elle en attendait plus de joie que d'argent. Hélas, il y avait dix ans qu'il était mort. Ils n'avaient même pas eu le bonheur de fêter leur premier anniversaire de mariage. Depuis, elle était restée seule pour affronter la vie.

Malheureusement, le père d'August avait raison quand il estimait qu'elle ne pourrait pas s'occuper des patients toute seule alors qu'ils travaillaient tous les deux à plein temps. Des dispositions urgentes devaient être prises pour pallier son absence.

L'accident lui avait brisé la jambe gauche en plusieurs endroits. Même en admettant qu'il se remette complètement, il devrait attendre des mois avant de pouvoir reprendre une activité normale. En supposant qu'il le désire.

De son côté, même si elle refusait de l'admettre, Kit avait du mal à assumer tout le travail qui lui était imparti, mais elle le faisait avec une compétence sans faille. Même Dr Jeff ne lui avait jamais rien reproché.

Pourquoi donc August devait-il s'assurer qu'elle faisait bien son travail ?

Autant qu'elle se souvenait, il était parti étudier à l'université et avait ensuite disparu. Il n'était jamais revenu à Foxfield, et Dr Jeff ne parlait jamais de lui. Était-il capable de porter un œil de professionnel sur une clinique vétérinaire ? Un établissement de ce genre, même bien géré, pouvait facilement avoir des allures chaotiques aux yeux de quelqu'un peu habitué à ce milieu. Pour un non-initié, il était tout à fait possible de confondre un jour parfaitement normal avec un cauchemar de désorganisation.

— Je m'en sors très bien mais j'apprécie la sollicitude de ton père, déclara Kit en posant une main sur la tête de Bucky qui était enfin revenu s'asseoir près d'elle.

Elle espérait que ce contact apaiserait les émotions diverses qui menaçaient de la submerger.

*Tout va bien. Je vais bien. Très bien.*

Peut-être qu'à force de se le répéter elle finirait par le croire ? C'était le mantra qu'elle avait choisi pour l'accompagner au cours de ses années d'études, et la plupart du temps, la manœuvre avait fonctionné. Nettement moins bien tout de même depuis la mort de Leo.

Non, elle n'allait pas permettre à la tristesse de l'envahir. Pas ce soir. Et pas en présence d'August Rhodes.

S'il était surpris de découvrir qu'elle était devenue vétérinaire, il ne le montrait pas. Son regard allait du chien allongé à ses pieds à la tasse de thé qu'elle tenait à la main, puis à son visage. Ce regard la fit frissonner. Depuis combien de temps un homme ne l'avait-il pas regardée de cette façon ?

De manière imperceptible, elle haussa les épaules.

Il était hors de question qu'elle cherche à répondre à cette interrogation.

— Ça va, Kit ? demanda August en croisant les bras. Tu parais fatiguée.

— Non, tout va bien, répondit-elle en se ressaisissant.

— Tu sais, en arrivant, j'ai eu du mal à reconnaître cette ville que je connaissais pourtant par cœur. Malgré la présence d'une nouvelle clinique vétérinaire en ville, je pense que la charge de travail qui incombe à Rhodes Animal Services est trop lourde pour un seul vétérinaire. Foxfield s'est considérablement agrandi depuis mon départ.

— La clinique Love Pets n'est pas si nouvelle que cela pour quelqu'un qui vit ici. Elle existe depuis plus de dix ans. Onze ans, pour être exacte.

Avec peine, elle avala sa salive dans l'espoir de desserrer quelque peu l'étau qui lui serrait la gorge.

— Depuis quatre ans, il y a même une nouvelle école dans ce quartier qui s'est beaucoup développé.

August leva un sourcil en se penchant vers elle.

— Tu essaies de changer de sujet de conversation ?

Kit se sentit rougir. Elle se redressa pour boire une gorgée de thé.

*Pourquoi sa présence me met dans un tel état ?*

— Non, pas vraiment. Même si je dois reconnaître qu'il est plus facile de parler de la taille de la ville que de faire des paris sur les chances de voir ton père prendre un remplaçant. Pour l'instant, je suis le seul véto que la clinique a à mettre à la disposition de ses patients.

Elle leva le menton, provocante. August allait-il la contredire ?

Avant de parler, il se frotta longuement le menton.

— Je pense que cette idée ne le réjouit pas du tout. Au moins tant qu'il ne sait pas s'il va pouvoir reprendre son travail ou pas.

— Et s'il ne revient pas ?

— Eh bien… j'imagine qu'il fermera la clinique. Je n'arrive pas à croire qu'il acceptera de la vendre à qui que ce soit. Cet endroit est sa vie. Sa vie tout entière. Je le pense incapable de laisser quelqu'un d'autre que lui y poser ne serait-ce qu'un pied en tant que propriétaire.

Comme il prononçait ces mots, Kit se crispa.

— Il m'a pourtant laissée espérer que je pourrais la lui racheter…

C'était assez vrai. Dr Jeff l'avait écoutée quand elle lui avait parlé de cette possibilité, même s'il ne lui avait fait aucune proposition concrète par la suite.

— Mon père t'a dit une chose pareille ?

Il la dévisageait, les yeux agrandis de surprise. Kit remarqua qu'il avait la même manière de pencher la tête que son père, mais avec un visage beaucoup plus avenant.

— Kit ?

— Il ne m'a pas dit non.

Elle souffla sur son thé qui était déjà froid.

August émit un petit grognement, puis un gros soupir.

— La nouvelle clinique m'a semblé assez grande pour pouvoir s'occuper de toute la patientèle de la ville.

— Il ne faut pas confondre grandes dimensions avec compétence, assena Kit en fronçant les sourcils.

L'idée que Rhodes Animal Services puisse fermer avec le départ à la retraite de Dr Jeff la contrariait au plus haut point. Elle se sentait parfaitement capable de prendre sa suite. Et de s'adjoindre un autre vétérinaire pour l'aider à satisfaire toute la demande. Et aussi de faire en sorte que la ville entière sache qu'en matière de soins aux animaux le Dr Kit Bedrick était le meilleur choix possible.

Elle avait bien l'intention de rester à Foxfield. Ses frères et ses neveux y résidaient, Leo y était enterré. Elle ne pouvait pas les abandonner. Quitter Foxfield reviendrait un peu à cela. Cette pensée lui était insupportable. Autrement dit, il fallait absolument que Dr Jeff se décide à lui vendre la clinique un jour ou l'autre.

August considérait Kit d'un air qu'elle trouva déplaisant.

— Je suis sûr que Love Pets t'engagerait. Ils disposent sûrement des appareils les plus modernes alors que la clinique de mon père…

— … a tout ce qu'il faut pour soigner parfaitement les animaux ! le coupa brusquement Kit. Nous avons une salle d'opération parfaitement équipée, un labo maison et un appareil à rayons X.

Elle croisa les bras et se mordilla la lèvre. Parmi ses projets, elle avait prévu d'ajouter les consultations d'un cancérologue et un radiologue à temps partiel, mais même sans eux, Rhodes Animal Services était tout à fait au point.

— Par contre, ce dont je n'ai vraiment pas besoin, c'est que le fils prodigue fasse sa réapparition et profite de l'accident de son père pour l'inciter à vendre dans l'espoir de toucher son héritage.

C'était un coup bas qu'elle venait d'administrer à August, mais si jamais il encourageait son père à vendre à quelqu'un d'autre qu'elle-même, que deviendrait-elle ?

— Je ne veux rien de mon père, répondit aussitôt August.

— Si c'était vrai, tu ne te trouverais pas ici !

À ces mots, le regard d'August étincela, mais elle ne retira pas ce qu'elle venait de dire. Peut-être ne voulait-il pas reconnaître qu'il attendait quelque chose de son père, mais les actes comptaient plus que les paroles.

Pourtant, qui était-elle pour se permettre ainsi de le juger ? Sa mère n'habitait qu'à quelques kilomètres. Elle la voyait seulement aux vacances ou lorsque cette dernière décidait de faire un saut chez elle pour venir la critiquer à propos d'une erreur, réelle ou imaginaire, peu importait.

Ses deux frères étaient au sommet de leur carrière. Stephen en tant que responsable financier d'une société de technologie. Il avait deux petits garçons très mignons et une femme adorable. Quant à David, il avait fondé une société spécialisée dans les appareils d'intelligence artificielle.

Et, bien qu'étant une vétérinaire compétente et reconnue, Kit était le mouton noir de la famille. Elle ne possédait pas sa propre clinique et vivait en location. Bref, exactement le contraire de ce que sa mère attendait d'elle maintenant qu'elle avait dépassé la trentaine.

— Combien de patients as-tu vus aujourd'hui ? demanda August.

La question flotta entre eux un instant tandis qu'elle s'efforçait de l'analyser. Pourquoi avait-elle toujours le sentiment qu'on allait lui reprocher quelque chose ?

— Une quarantaine. Peut-être même un peu plus, mais

je n'ai pas réussi à caser tous les patients que ton père devait recevoir.

— Quarantc ?

August secoua la tête tout en caressant Bucky qui était revenu près de lui.

*Dire que les chiens ont la réputation d'être des compagnons fidèles !*

Kit fit claquer ses doigts dans l'espoir que l'infidèle reviendrait s'allonger près d'elle, mais il fit comme s'il n'avait rien entendu.

*Sale gosse !* murmura-t-elle en son for intérieur.

— Tu ne pourras pas tenir à ce rythme, Kit.

Il se frottait l'arête du nez, avec l'air de réfléchir intensément.

— Je peux t'aider pendant quelques jours tout en lançant quelques pistes sur ma liste de remplaçants pour voir si l'un d'eux serait intéressé par une période de travail à Foxfield.

— Tu es véto, toi aussi ?

La surprise de Kit était totale.

— J'imagine que mon père a oublié de le mentionner quand il parlait de moi…

Dr Jeff ne parlait jamais de son fils. Mais ce n'était sûrement pas le moment de le mentionner. Elle préféra continuer sur sa lancée.

— Tu as une spécialité ?

— J'ai beaucoup bourlingué, ce qui m'a amené à travailler avec toutes sortes de bestioles. Mais à part pour les chiens, les félins et les chevaux, je n'ai aucune autre spécialisation officielle.

Kit hocha la tête, toujours sous le coup de la surprise.

— En fait, poursuivit August, dans l'Idaho, j'ai travaillé avec des vaches et mis au monde un certain nombre de veaux. Et bien sûr, quand je vivais en Floride, j'ai eu affaire à toutes sortes de lézards et de serpents.

Voilà qui était intéressant. La plupart des vétérinaires aimaient les animaux, mais bien peu savaient s'occuper de reptiles. Très rarement, la clinique en voyait arriver un. Si jamais cela se produisait pendant le séjour d'August, elle lui laisserait volontiers le soin de s'en occuper.

— Je travaille comme remplaçant depuis que j'ai mon diplôme, reprit August, mais je n'ai jamais voulu m'installer.

L'idée d'avoir de l'aide, au moins provisoirement, apporta un immense soulagement à Kit. Elle avait besoin de plus de repos qu'elle ne voulait l'admettre, pourtant elle n'avait pas le temps de s'offrir ce luxe. Love Pets Vet avait déjà soustrait un huitième de la clientèle de Dr Jeff. Pour la première fois cette année, ils étaient en train de remonter la pente et de regagner des clients. Ce n'était certainement pas le moment de ralentir son effort.

— J'apprécierais réellement que tu me donnes un coup de main pendant quelques jours. Demain matin, je partirai de bonne heure à la clinique, viens quand tu veux si tu as envie de me rejoindre.

— Demain matin ? Mais c'est samedi demain. La clinique ouvre donc le matin ?

— Non, elle ouvre toute la journée. De 9 heures à 17 heures. Je travaille sept jours sur sept. Le dimanche, à part les urgences, je ne reçois pas de patients mais il y a tous les papiers à remplir…

Elle lui adressa un sourire, toute fière d'avoir organisé un tel emploi du temps. La clinique et les animaux étaient toute sa vie. Pourtant, l'expression qui traversa le visage d'August la laissa penser qu'il ne trouvait pas cette organisation si remarquable.

Son estomac se serra à cette idée mais elle s'efforça de ne pas en tenir compte. C'était un malaise qu'elle ressentait chaque fois qu'elle avait l'impression de décevoir quelqu'un. Mais si elle décevait August Rhodes, quelle importance cela avait-il ? Absolument aucune !

Il n'était qu'un remplaçant temporaire, prêt à s'échapper de Foxfield. Déjà, au lycée, ils n'appartenaient pas au même groupe d'amis. Il était clair qu'aujourd'hui encore ils n'avaient pas les mêmes objectifs.

August repoussa sa chaise, se mit debout et ramassa son sac.

— Je comprends pourquoi mon père et toi avez pu travailler ensemble plus de quelques mois. Je m'occuperai de ses patients demain, mais dimanche est un jour de repos. Comment veux-tu faire correctement ton travail si tu es épuisée ?

Kit eut du mal à retenir une réplique. Non, elle n'allait pas débattre du bien-fondé de son emploi du temps. De toute façon, elle était persuadée qu'il ne serait pas d'accord.

— Je vais prendre une douche et m'écrouler sur le lit, déclara August. La journée a été longue…

— Comme je te l'ai dit tout à l'heure, c'est la chambre au bout du couloir, à l'étage. La salle de bains communique avec elle.

Après lui avoir adressé un signe de tête, August se dirigea vers l'escalier.

Kit avala les dernières gorgées de son thé froid. Le commentaire qu'August avait fait sur la durée de sa collaboration avec Dr Jeff n'était pas un compliment, elle l'avait bien compris. Une nouvelle fois, son estomac se serra douloureusement. C'était stupide. Que cet intrus tombé du ciel ne partage pas sa vision du travail ne devrait pas la contrarier ! Pourtant, le doute qui germait dans son cerveau la fit frissonner.

Allons, ce qu'August Rhodes pensait d'elle comptait pour rien. Elle jeta un coup d'œil sur la petite ardoise qu'elle avait accrochée à l'un des placards de la cuisine : « Faire toujours mieux ! » avait-elle écrit à la craie blanche.

Elle savait ce qu'elle voulait dans la vie. Ce qu'August Rhodes en pensait n'avait aucune importance.

*Point final.*

# 2.

August serrait très fort les paupières dans l'espoir que cela l'aiderait à se rendormir. Sa nuit n'avait pas été particulièrement reposante. Il avait passé la plus grande partie à se tourner et se retourner dans son lit en revenant en pensée sur la conversation qu'il avait eue avec Kit.

Quelle surprise pour lui de lire sur le visage de cette dernière une expression de fierté quand elle lui avait annoncé passer toute la journée de samedi à la clinique ! Lui-même n'aurait jamais eu l'idée de se vanter de travailler sept jours sur sept… Cela lui était arrivé au cours de certains remplacements quand la clinique était débordée par des patients victimes d'une catastrophe naturelle, inondation, incendie… mais cela n'avait jamais constitué une routine hebdomadaire. Il ne l'aurait pas accepté.

La lycéenne super bosseuse et super consciencieuse qu'il avait connue était devenue une adulte super bosseuse et super consciencieuse. C'était écrit d'avance. Tant mieux pour elle ! À chacun ses goûts, ce n'était pas son problème.

Pourtant, dans le regard de Kit, il avait lu quelque chose qui ressemblait à de la tristesse. Avec cette façon de se mordiller la lèvre et de se balancer sur sa chaise pendant qu'elle essayait de se justifier, elle ne lui avait pas semblé aussi comblée qu'elle voulait le paraître. Apparemment, elle n'en était pas consciente, mais elle lui avait paru épuisée. Épuisée et pourtant continuant à travailler comme si de rien n'était. Comme si elle avait besoin de faire ses preuves. Ses preuves devant qui ? Le savait-elle seulement ? Ce serait intéressant d'en discuter avec elle plus tard.

Voilà qui l'amenait à se questionner sur son propre parcours. Était-il libéré du carcan de perfection que son père avait fait peser sur lui pendant sa jeunesse ? Certainement, puisque depuis longtemps il n'essayait plus de prouver quoi que ce soit à qui que ce soit.

Kit l'inquiétait. Les quelques jours qu'il allait passer auprès d'elle l'aideraient à souffler mais elle devrait faire face sans lui très vite car il avait déjà hâte de reprendre la route. Un remplacement à Washington le tentait beaucoup. Il y avait très longtemps qu'il n'était pas allé sur la côte Est. Le décès prématuré de sa mère lui avait appris que la vie était courte. Et on n'en avait qu'une. Aussi avait-il prévu autant que possible de concilier travail et loisir.

À part son père, il doutait fortement qu'une fois arrivés au terme de leur existence beaucoup de gens regrettent de ne pas avoir passé plus de temps à travailler !

Après tout, pourquoi ne proposerait-il pas à Kit de prendre un jour de repos ? Il y avait des gens comme ça … il fallait le leur demander pour qu'ils l'envisagent comme quelque chose de possible.

Mais il changea bien vite d'avis. Il n'était pas revenu à Foxfield pour jouer les bons Samaritains. Pas question de s'inquiéter pour la santé de l'adorable bourreau de travail sous le toit duquel il allait passer quelques jours.

Il se tourna pour regarder le réveil. 7 heures. Il se passa la main sur les yeux. Rien de spécial ne l'attendait. Il ne faisait pas partie de ces gens qui vivaient avec en permanence une liste d'obligations à remplir. Histoire de contrarier son père encore et toujours ? Peu importait. Aujourd'hui, il allait donner un coup de main à la clinique, c'était largement suffisant, mais rester plus longtemps au lit ne lui apporterait rien.

Demain dimanche, il irait peut-être explorer le parc naturel de la région qu'il avait arpenté dans sa jeunesse. Ce serait amusant de voir s'il se souvenait des divers sentiers de randonnée.

Il roula hors du lit, attrapa un T-shirt et son jean. Son esprit fonctionnerait mieux quand il aurait bu une tasse de café. Sur la pointe des pieds, il passa devant la chambre de Kit, dont la porte était fermée. Finalement, la femme qui essayait tant bien que mal hier soir de lui cacher sa fatigue s'accordait un peu de sommeil ce matin. Elle était donc plus raisonnable qu'il ne l'avait cru. Il veillerait à ne pas faire de bruit en ouvrant et refermant les placards de la cuisine pour lui permettre de prolonger sa grasse matinée.

Mais à peine la porte de la cuisine poussée, il découvrit un paquet de café moulu, un bol de sucre et une tasse placés en évidence sur la table. Tiens… voilà qui était surprenant mais attentionné. Une sensation qu'il ne réussit pas à nommer s'installa au creux de son estomac.

Est-ce que Kit avait préparé tout cela hier soir avant d'aller se coucher ? Elle avait pourtant l'air aussi fatiguée que lui. Ou alors, elle avait voulu éviter qu'il la réveille en tâtonnant pour trouver le nécessaire pour son petit déjeuner ?

Dans l'évier, il aperçut la tasse qu'elle avait utilisée la veille pour son thé. À côté se trouvait une autre tasse avec un reste de café dans le fond.

Elle avait donc déjà pris son petit déjeuner…

August secoua la tête tout en remplissant la bouilloire qu'il mit à chauffer. Kit faisait partie de ces personnes qui estimaient que le monde appartient à ceux qui se lèvent tôt… Grand bien leur fasse !

En attendant que l'eau chauffe, il balaya la cuisine du regard, et ses yeux s'arrêtèrent sur l'ardoise qui affichait, écrit à la craie, en une belle ronde appliquée : « Faire toujours mieux ! »

La bouilloire se mit à siffler mais son regard resta fixé sur le message. Faire toujours mieux !

*Mieux !*

Ce mot avait hanté sa jeunesse. Depuis, il avait appris qu'il ne recouvrait qu'un rêve parce que le but ne cessait de se déplacer. Ce qui apparaissait comme le meilleur à certains était le pire pour d'autres. Un but impossible à atteindre. Mais il n'était pas surpris de trouver cette maxime chez Kit, la super bosseuse, affichée qui plus est dans la pièce où elle était censée manger et se détendre. Voilà qui en disait long !

Il s'avança dans le séjour. Les bibelots qu'il avait à peine aperçus la veille retinrent son attention. Un petit tableau portait l'inscription « Mets ta journée à profit ! ». Comme s'il était nécessaire de toujours garder en tête l'idée que notre travail du jour préparait nos succès de demain.

Il prit une gorgée de café, puis s'avança sur le perron pour respirer la fraîcheur du matin. Mais à peine fut-il dehors, sa tension monta d'un cran : la clinique était éclairée ! À 7 h 30 du matin, un samedi…

Décidément, c'était trop.

Leur profession, comme toutes celles du domaine de la santé, était soumise à plus de stress que bien d'autres. Établir un équilibre entre travail et vie personnelle était indispensable. Apparemment, Kit ne l'avait pas compris. Sans réfléchir davantage, August se dirigea vers la clinique.

Jamais il n'avait réussi à persuader son père de profiter d'un moment de détente, mais il aurait peut-être plus de succès avec Kit. Pour commencer, il allait l'inviter à venir prendre une tasse de café avec lui.

À peine ouvrit-il la porte que Bucky se mit à aboyer en agitant la queue de plaisir, mais il resta sagement couché dans son panier.

— Bucky, dis-moi où est ta jolie maîtresse ?

Bucky se leva, regarda dans la direction du bureau mais ne quitta pas son panier.

— Très bien, Bucky ! le complimenta August en lui tapotant la tête.

Kit avait dû lui apprendre à ne pas bouger quand elle était à la clinique et il tenait à renforcer cette bonne habitude.

— Oui, je sais, madame Clingman, Bentley est un membre à part entière de votre famille… Je vous comprends tout à fait.

Les mots prononcés par Kit parvenaient jusqu'aux oreilles d'August.

Incroyable ! Kit avait déjà commencé à recevoir des clients ? Elle n'avait donc mis de barrières nulle part ?

Il s'avança vers le bureau.

Le visage de Kit s'éclaira dès qu'elle l'aperçut.

— Docteur Rhodes ! Ce pauvre Bentley vient d'être renversé par une voiture. Tu voudras bien m'aider à lui faire passer une radio ?

August s'efforça de prendre un peu de recul par rapport à la scène qu'il était en train de vivre. Il était tôt, une fin de semaine. Rhodes Animal Services n'était pas un établissement dédié aux urgences et il n'avait pas encore pris son petit déjeuner. Certes. Mais un animal souffrait et avait besoin qu'on s'occupe de lui.

— Avec plaisir !

Les mots lui avaient échappé. Il n'avait pas vraiment le choix mais il se demanda à quelle fréquence Kit se laissait prendre à ce piège.

— Bentley est un membre de notre famille, répéta Mme Clingman en voyant August emboîter le pas à Kit. Les enfants sont dans tous leurs états. Quant à moi…

Ses larmes et sa voix brisée parlaient pour elle.

— Nous allons faire notre possible pour l'aider à se rétablir très vite, déclara August en considérant la cliente bouleversée.

Il n'avait pas encore vu le chien en question et n'avait pas la moindre idée du pronostic, mais le plus important était d'apaiser sa maîtresse.

Dans ce genre d'accident, tout un éventail de blessures était possible, depuis des membres cassés jusqu'à l'hémorragie interne, et de nombreux facteurs entraient en jeu pour mettre l'animal sur la voie de la guérison. August avait énoncé la seule vérité à sa disposition, à savoir que Kit et lui-même allaient faire leur possible pour sauver l'animal.

Une fois arrivé dans la salle de soins, August eut la surprise de découvrir un énorme saint-bernard allongé sur le sol alors que, sans aucune raison, il avait imaginé que le Bentley en question était un chien de petite taille. En le voyant arriver, le chien souleva la tête, puis la laissa retomber. C'était déjà le signe qu'il pouvait la bouger.

— Comment avez-vous pu amener Bentley jusqu'ici, madame Clingman ?

Le chien devait peser plus de cinquante kilos !

— Grâce au traîneau que votre père s'est procuré il y a quelques années, même si malgré son âge il fait son possible pour éviter de l'utiliser.

August serra les dents, contrarié par cette découverte. Comme si le fait d'utiliser un appareil était contraire à la déontologie ! Lui-même était jeune et en pleine forme mais il ne lui viendrait pas à l'idée de manipuler sans aide un saint-bernard blessé.

Pourtant, ce n'était pas le moment de s'étendre sur les manies de son père.

— Qu'est-ce que Mme Clingman a pu te dire de l'accident ? demanda August en se penchant sur le chien.

Bentley cligna des yeux et remua légèrement la queue.

— Attends un peu avant de remuer ! lui conseilla August. Le Dr Bedrick va d'abord s'assurer que tu n'aggraves pas ta blessure.

— Bentley jouait dans le jardin avec Piper, ma plus jeune fille qui a huit ans. Quand son ballon a roulé dans la rue, elle lui a couru après. Une voiture arrivait à ce moment-là, Bentley s'est précipité devant pour protéger Piper.

Elle s'interrompit un instant.

— Piper n'a rien. Bentley est ici…

— Pauvre toutou, murmura August en caressant la tête du chien. Tu es un véritable héros !

Kit lui tendit une muselière qu'il plaça délicatement sur la tête du saint-bernard. Même les chiens les plus gentils du monde étaient susceptibles de mordre quand ils souffraient. Les vétérinaires devaient eux aussi penser à leur sécurité.

— Nous allons lui faire passer une radio et un scanner, proposa Kit, pour voir s'il n'y a pas d'hémorragie interne. Ce qui est sûr par contre, c'est que sa patte arrière est cassée. Espérons que ce sera une fracture nette.

August caressait toujours la tête du chien.

*Et que nous ne découvrirons rien de plus grave*, pensa-t-il.

Comme il ne connaissait pas les appareils utilisés dans cette clinique, il laissa Kit évoluer sans intervenir. La meilleure façon pour lui de se montrer efficace était de garder le chien aussi calme que possible.

Bien qu'il lui ait dit la veille qu'il était vétérinaire lui aussi, August eut l'impression qu'elle hésitait un instant avant de le faire collaborer. Pourtant, étant donné la variété des établissements dans lesquels il avait travaillé, il était sans doute plus expérimenté que son père.

— Tu vas d'abord radiographier la colonne vertébrale, proposa Kit.

— Bien sûr.

C'était une évidence, mais comme ils ne se connaissaient pas en tant que partenaires de travail, Kit manifestait une certaine méfiance à son égard, semblant attendre qu'August fasse ses preuves devant elle.

Aussitôt, cela le plongea dans le malaise. Il s'était juré depuis longtemps qu'il ne chercherait jamais l'approbation de quiconque. Il travaillait parce que cela lui plaisait et pas pour gagner l'estime de qui que ce soit.

Pendant qu'il ravalait ses réflexions pour mieux se concentrer sur sa tâche, Kit sortit de la pièce. Après s'être enveloppé dans le tablier de plomb, il positionna l'appareil sur Bentley.

— Allez, mon vieux, il y en a juste pour une minute !

Il prit les clichés de la colonne vertébrale et de la patte arrière qui pendait lamentablement. Restait à espérer que la fracture était franche, sous peine de complications qui risqueraient de conduire à l'amputation.

Cela dit, il avait déjà vu des chiens courir sur trois pattes avec autant d'aisance que s'ils étaient nés ainsi.

Comme il se faisait cette réflexion, on frappa à la porte.

— Je peux entrer ?

— Oui, je viens d'arrêter la machine.

Kit le rejoignit et afin d'obtenir une lecture aussi claire que possible, elle commença par raser le ventre de Bentley avant de passer la sonde de l'appareil à ultrasons.

C'était là l'examen le plus important. Bentley pouvait lever la tête et remuer la queue, donc sa colonne vertébrale était intacte. Des pattes cassées ou des côtes brisées se soignaient très bien. Par contre les blessures internes étaient beaucoup plus graves.

August sentit son estomac protester. Il n'avait rien mangé depuis le déjeuner de la veille. C'était vraiment un peu tôt pour se trouver là, le ventre vide de surcroît, mais bon... La vie ne laissait pas toujours le choix !

— Bentley, nous savons que tu as été très courageux, murmura August d'une voix basse et calme.

Il savait très bien que le chien ne comprenait pas ce qu'il lui disait mais peu importait. C'était la meilleure façon de le maintenir au repos pendant que Kit faisait son travail.

— Ta maîtresse nous a dit combien tu es important pour elle et pour toute sa famille. J'aimerais bien que tu puisses nous expliquer ce que tu ressens ! C'est agréable d'être reconnu comme quelqu'un d'important par sa famille, non ?

Sur ce, il adressa un clin d'œil à Kit.

— Ne compte pas sur moi pour te donner la réponse ! répondit-elle, le visage soudain extrêmement pâle.

August regretta ses paroles. À la fin de ses études au lycée, Kit était arrivée à la seconde place. Elle avait été couverte de récompenses de toutes sortes et de félicitations. Elle était devenue vétérinaire. Comment sa famille pouvait-elle ne pas la considérer comme un membre important ?

Elle étala du gel sur le ventre de Bentley tandis qu'August s'efforçait d'écarter le sentiment de malaise qui l'avait envahi depuis la réaction de Kit. Ensuite, il la regarda passer lentement la sonde et examiner les images qui apparaissaient sur l'écran. Il redécouvrait son ancienne camarade de classe.

En dépit de sa petite taille, Kit avait beaucoup de présence car on la sentait déborder d'énergie. Ses cheveux noirs, qu'elle n'avait sans doute pas pris le temps de coiffer ce matin, étaient coupés très court. À voir comme ils étaient hérissés, il était facile de deviner qu'elle s'était précipitée à la clinique dès qu'elle avait appris l'accident de Bentley.

Comme aucune raideur ne se manifestait dans ses épaules qu'elle gardait tournées vers l'écran, August en déduisit qu'elle n'apercevait rien de grave. Malgré la fatigue accumulée dans ce corps menu, qui lui avait paru si évidente la veille et était encore perceptible ce matin, il la trouvait belle. Les cernes sous ses yeux l'émouvaient plus qu'ils ne l'auraient dû, surtout quand il imaginait à quel point son père avait dû se montrer exigeant avec elle pour l'amener à ce point d'épuisement.

Il faut dire qu'une collaboratrice qui, comme Kit, gardait comme un mantra affiché dans sa cuisine le commandement « Faire toujours mieux » était l'acolyte de rêve pour Dr Jeff, lui-même bourreau de travail invétéré. Mais qui se souciait de Kit et de sa santé ?

Apparemment, pas sa famille. À vrai dire, il avait connu un peu la même situation et en voulait encore à son père de s'être si peu occupé de lui quand il était jeune. Même s'il reconnaissait avoir été un adolescent difficile et révolté, pareille indifférence n'était pas excusable.

Après la mort de sa mère, qui l'aimait tel qu'il était et n'exigeait pas l'impossible de sa part, il s'était senti réellement déboussolé. La réaction de son père qui était demeuré distant avec lui malgré cette perte douloureuse et qui s'était plongé encore plus dans son travail l'avait fait beaucoup souffrir. Le seul moyen qu'il avait eu à sa disposition pour attirer l'attention de ce dernier avait été de se conduire comme un rebelle.

Kit au contraire avait été une jeune fille modèle. Travailleuse, intelligente, elle réussissait dans tout ce qu'elle entreprenait. Pendant plusieurs années, elle avait été présidente du conseil des élèves et avait géré de main de maître les relations parfois tendues entre ces derniers et le corps enseignant.

La voix de Kit le ramena au blessé.

— Regarde, August, il n'y a rien de sérieux.

Penché à son tour sur l'écran où apparaissaient les images, August fut tout à fait de cet avis.

— En effet. La patte arrière est cassée, quelques côtes aussi, mais étant donné la gravité de l'accident, Bentley a eu beaucoup de chance.

Kit laissa échapper un gros soupir de soulagement.

— Désolée, je n'ai jamais réussi à me débarrasser de cette réaction quand tout va bien.

— On dirait que je te rends nerveuse, lança August sur un ton taquin.

Elle se détourna pour tapoter la tête du saint-bernard mais aussi pour cacher le rose qui lui était monté aux joues.

— Je… heu…

August haussa les épaules.

— Désolé, Kit, ma plaisanterie n'est pas de très bon goût. Je comprends bien que tu étais inquiète pour Bentley. Moi aussi. Quand je suis rassuré, je ne peux pas m'empêcher de dire des bêtises.

Ce n'était pas un mensonge. Plaisanter, pas toujours de manière très adaptée ni convenable, était la manière qu'August avait adoptée pour décompresser. Dans l'une des cliniques où il avait travaillé quelques mois, on l'avait même surnommé « Le plaisantin de service ».

Mais si effectivement il troublait Kit au point de la faire rougir, pourquoi ne pas se laisser aller au petit jeu de la séduction ? Elle ne le laissait pas indifférent. Peut-être l'émotion qu'il ressentait en la regardant était-elle liée au fait que son père l'avait amenée au bord du burn out ? Dans le fond, il avait un peu pitié d'elle. Oui, c'était certainement là la cause de sa réaction inattendue.

Kit leva le visage vers lui.

— Franchement, c'est une bonne surprise. Il nous suffira

de plâtrer la patte, le reste cicatrisera tout seul. Je vais tout de même garder Bentley à la clinique en observation et si tout va bien, Mme Clingman pourra le ramener chez elle demain.

Avec un sourire, elle ajouta :

— Merci d'être venu me donner un coup de main de si bonne heure. C'était bien agréable de ne pas me retrouver seule pour m'occuper de ce gros chien.

August était persuadé qu'elle s'en serait très bien tirée sans son aide, mais c'était gentil de la part de Kit de faire cette remarque.

— C'est pour cela que je suis ici, Kit. Au moins pour quelques jours…

Il avait rajouté les derniers mots après une légère hésitation. Bizarrement, il n'avait pas eu de plaisir à les prononcer. Pourtant, c'était bien la vérité.

Kit avait besoin d'aide, c'était évident. Même en travaillant sans répit, il était impossible qu'elle réussisse à répondre à toutes les demandes des clients de la clinique. Il fallait vraiment engager un remplaçant.

*Et si je restais ?*

Vite, il repoussa cette hypothèse. Il avait toute la compétence requise et ferait volontiers équipe avec Kit, mais travailler dans la clinique de son père n'était pas envisageable. Même en l'absence de ce dernier, il se sentirait sans cesse jugé. Ce vieux réflexe dévastateur était déjà en train de refaire surface. Non, il ne retomberait pas dans ce piège. Mieux valait trouver quelqu'un d'autre pour assurer ce remplacement.

D'ailleurs, à voir le rythme de travail de la clinique, un vétérinaire remplaçant ne suffirait pas à la tâche. Un vétérinaire supplémentaire pour les fins de semaine ne serait pas un luxe. C'était d'ailleurs ce que faisaient la plupart des cliniques où il avait travaillé. Déjà, il inventoriait les arguments qu'il utiliserait pour convaincre son père d'accepter ce projet.

Malgré les gargouillements en provenance de son estomac qui signalaient à Kit combien elle avait besoin de se sustenter, elle ne voulait pas laisser Bentley sans surveillance pour l'instant. Sa réserve de barres nutritives était épuisée. Il lui faudrait passer à l'épicerie la reconstituer ou passer une commande. Encore un nouvel élément à rajouter sur son interminable liste de choses à faire !

Le bon côté de cette journée avait été la présence d'August. Grâce à lui, la garde de ce samedi s'était déroulée agréablement. Bien plus qu'avec Dr Jeff. C'était facile de converser avec August, il plaisantait sans arrêt tout en manifestant une efficacité hors pair. Malgré la fatigue et le va-et-vient incessant des clients, une ambiance heureuse régnait dans la clinique aujourd'hui.

Cela lui donnait un aperçu de ce qu'elle souhaitait instaurer de façon permanente lorsque, enfin, la clinique serait sienne. Les transformations qu'elle avait réussi à faire accepter par Dr Jeff n'étaient que des modifications superficielles. Le vrai changement viendrait avec la nouvelle manière d'accueillir l'équipe de travail et la patientèle. L'humeur grincheuse du vieux vétérinaire retentissait forcément de manière désagréable sur l'atmosphère de la clinique. Aujourd'hui, elle avait compris que ce qu'elle souhaitait depuis si longtemps était effectivement réalisable.

Voilà qui aurait dû la faire se sentir détendue. Or, paradoxalement, elle était encore plus contractée que d'habitude. La présence accommodante d'August avait rendu la clinique plus agréable. Son rire avait charmé tout le monde et pourtant… tout cela, bien que parfaitement positif, avait dérangé sa vie si parfaitement contrôlée.

Et pas d'une manière professionnelle. Pas du tout. Elle avait découvert qu'elle recherchait la présence d'August. Elle avait adoré leur complicité, les mimiques amusées qu'ils avaient échangées en essayant de persuader le capricieux perroquet de Mme Dolhen de bien vouloir quitter le dessus du placard où il s'était perché. Le plus dérangeant avec ce patient fantaisiste, c'était que chaque fois qu'ils l'appelaient pour l'amadouer et le faire venir vers eux il émettait des bruits de sirène qui provoquaient les aboiements affolés de tous les chiens présents dans la clinique. August lui avait demandé le plus sérieusement du monde si c'était vraiment nécessaire de se prendre pour une ambulance quand il venait pour se faire soigner !

Les petits signes de tête et les sourires échangés chaque fois qu'ils se croisaient après avoir pris soin d'un animal ou lorsqu'ils examinaient ensemble le même patient étaient des manifestations normales entre deux collaborateurs. Par contre, ce qui n'était pas du tout professionnel, c'était la chaleur qui montait aux joues de Kit chaque fois que le regard vert d'August se fixait sur elle.

D'une certaine manière, il lui rappelait son mari. Comme lui, August adorait les animaux, en prenait soin avec la plus grande attention mais n'en était pas pour autant démuni d'humour. Elle arrivait maintenant à penser à Leo sans pleurer mais il faisait encore partie de sa vie.

Aujourd'hui, elle avait connu à la clinique un jour parfait. Quel bonheur de ne pas avoir à se soucier des sautes d'humeur de Dr Jeff ! Elle n'avait pas eu à apaiser les clients mécontents de s'être entendu vertement réprimander quand ils s'étaient montrés négligents alors qu'ils auraient aimé échanger avec lui dans le calme et la bienveillance.

August et elle avaient tout de suite formé une équipe soudée. À tel point qu'elle avait parfois eu l'impression de travailler à nouveau avec Leo.

*Est-ce que c'est pour cette raison que mon cœur se met à battre trop vite quand nous sommes l'un près de l'autre ?*

C'était la première réponse qui lui venait à l'esprit. Durant leur si court mariage, Leo et elle avaient pratiquement vécu dans la clinique. C'est là qu'ils avaient échafaudé tous leurs rêves. Des rêves définitivement envolés par la faute d'un chauffeur ivre.

Un soupir plein de tristesse lui échappa. Elle s'était retrouvée veuve deux semaines avant leur premier anniversaire de mariage. Et avant même qu'elle ait eu le temps d'affronter cette perte, de trouver sa place au milieu des décombres qu'était devenue sa vie, ses beaux-parents avaient contacté un avocat. Moins d'un mois après les obsèques de Leo, elle s'était retrouvée expulsée de la clinique sans ménagement car c'était à lui qu'ils avaient prêté de l'argent et non pas à elle.

Le pire dans cette situation cauchemardesque, c'était qu'elle n'en avait pas été surprise. Ses ex-beaux-parents, Karen et Robert, n'avaient jamais caché qu'ils avaient espéré que leur fils épouserait l'une des jeunes femmes qu'ils avaient préselectionnées pour lui. Ils n'avaient pas davantage caché leur déception quand Leo avait choisi comme elle les études de vétérinaire au lieu de faire médecine et se lancer dans la chirurgie comme son père.

Malgré cela, elle avait tout de même espéré qu'après leur mariage ils accepteraient de la considérer comme un membre de la famille. Espoir parfaitement vain. À la mort de Leo, ils l'avaient chassée pour devenir eux-mêmes propriétaires de Love Pets. Cette clinique leur appartenait donc mais ne les intéressait pas. Les vétérinaires qui la géraient étaient bardés de diplômes irréprochables car tous sortaient des meilleures universités mais Karen et Robert n'avaient jamais cherché à faire leur connaissance.

C'est ainsi que Kit s'était retrouvée auxiliaire du vieux vétérinaire bougon qui faisait fuir tous ses collaborateurs. Il continuait néanmoins à avoir beaucoup de travail grâce à tous ses anciens clients dont il avait soigné les animaux avec une compétence sans faille et à la réputation que ceux-ci lui avaient créée.

Aujourd'hui, c'était la première fois que Kit avait trouvé agréable le travail à la clinique. Le premier jour qu'elle s'était sentie elle-même.

Mais August n'était pas Leo. C'était avec Leo qu'elle aurait aimé travailler, pas avec le séduisant nomade qui avait débarqué chez elle la veille au soir.

August n'avait caché à personne son intention de quitter rapidement Foxfield. Perspective qui avait paru attrister plus d'une cliente car en plus de le voir se révéler attentionné et apaisant pour les animaux qu'il soignait, elles l'avaient sans aucun doute trouvé fort bel homme et auraient aimé avoir le temps de lui présenter leur fille ou leur petite-fille.

Cette perspective n'enchantait guère Kit non plus. Elle aussi trouvait August attirant, doté de ce charme particulier qui accompagnait les hommes qui se dépensaient en plein air plutôt que dans une salle de sport. Par moments, elle en arrivait à oublier Leo. Puis, sagement, elle s'efforçait de se rappeler qu'il était inutile de rêver, la réalité ne s'accommodant guère de châteaux en Espagne, même sentimentaux.

Dans l'espoir que cela l'aiderait à refréner le trouble qui l'envahissait chaque fois qu'August s'approchait d'elle, elle commença à dresser mentalement la liste de toutes les différences qu'elle remarquait entre August et Leo.

Pour commencer, August avait affiché un air horrifié quand elle lui avait déclaré rester à la clinique le lendemain pour mettre à jour le travail administratif accumulé dans la semaine. Comme si la montagne de dossiers allait disparaître d'elle-même ! Leo comprenait très bien au contraire la nécessité de se maintenir à jour.

Au lieu de travailler comme elle ce dimanche, August avait prévu de faire une excursion dans la montagne environnante. Il avait même décidé de se coucher de bonne heure pour être au point de départ de la randonnée le lendemain au lever du soleil. Kit avait été un peu vexée qu'il ne l'invite pas à l'accompagner. Bien sûr, elle n'aurait pas accepté, mais elle aurait apprécié la proposition qu'elle aurait déclinée fort poliment mais tout aussi clairement.

Allons… elle avait décidé de faire la liste de ce qui différenciait August de Leo, pas de se désoler sur son sort.

En fait, la solitude lui pesait. Depuis la mort de Leo, elle avait brièvement fréquenté quatre hommes mais n'avait jamais poursuivi la relation passé la troisième rencontre.

Le dernier en date lui avait dit qu'elle l'intimidait. Que les buts qu'elle se fixait étaient si élevés qu'elle aurait bien de la chance si elle rencontrait un jour un homme capable de les accepter. Kit avait trouvé cette remarque assez cruelle et elle ne s'était pas privée de le lui dire avant de rompre. Ensuite, elle s'était juré de ne plus chercher de compagnon.

Pourquoi insister ? Elle avait eu la chance de rencontrer un homme qui l'avait aimée pour elle-même. Sa belle-famille ne lui avait pas emboîté le pas, mais il avait résisté à leur influence. Personne au monde ne l'avait aimée comme Leo. Même pas sa propre mère ! Voilà qui devait lui suffire pour le restant de sa vie. Point final.

— Kit ?

Elle jeta un coup d'œil sur sa montre. Il n'était que 19 heures. August était allé faire un tour, elle ne s'attendait pas à ce qu'il rentre si tôt. Il pénétra dans la clinique par la porte de derrière en lui tendant un sac en papier brun.

— J'ai pensé que tu devais avoir faim !

L'émotion fit monter des larmes aux yeux de Kit. Depuis quand quelqu'un s'était-il soucié d'elle ? Avait imaginé qu'elle pouvait être fatiguée ou qu'elle n'avait pas pris le temps de manger ?

— Tu m'as apporté de quoi dîner ?

— Rassure-toi, pas de quoi faire des folies gastronomiques ! Je t'ai juste fait un sandwich avec ce que j'ai trouvé dans ton réfrigérateur. Pain, concombre, carotte, et une bouteille d'eau. Tu vois, rien d'extraordinaire, mais mieux que rien tout de même.

Kit avait la gorge serrée.

Rien d'extraordinaire ? Quelle importance ? On avait pensé à elle.

— Tu veux qu'on partage ? Tu dois avoir faim toi aussi.

— Non, c'est pour toi.

Il sortit un autre sac en papier de son sac à dos.

— J'ai aussi apporté mon dîner.

Oh… quelle délicieuse odeur s'échappait de son sandwich ! Elle se pencha pour découvrir de quoi il était fait. Un blanc de poulet grillé accompagné de courgettes sautées dans de la sauce tomate.

— Je suis allé me fournir à l'épicerie du coin. Je n'ai pas voulu piocher dans tes réserves qui m'ont paru au plus bas.

— C'est vrai. Il faut que je refasse le plein.

Très reconnaissante envers August pour son attention délicate, Kit trouvait tout de même que son sandwich faisait triste mine à côté du sien.

— J'avais l'intention d'aller faire des provisions aujourd'hui mais je n'ai pas trouvé le temps. Ce soir, je passerai une commande par Internet.

August lui tapota l'épaule.

Le frisson que suscita chez elle ce geste purement amical ne lui échappa pas.

Comme elle devait souffrir de la solitude pour qu'une attention aussi terre à terre qu'un simple sandwich la mette dans pareil état !

— Si tu n'es pas trop difficile, reprit August, n'hésite pas à te servir dans les provisions que j'ai faites. Je crois que j'ai vu grand en faisant les courses.

Il jeta un coup d'œil sur son sandwich appétissant, puis sur celui de Kit, qui l'était beaucoup moins.

— Si tu veux, on échange ! J'ai utilisé tes provisions en me disant que tu avais peut-être un régime à suivre et que tu faisais tes courses en conséquence. L'un de mes amis a des maux d'estomac terribles s'il ne respecte pas strictement les indications du nutritionniste. J'ai pensé que c'était peut-être la même chose pour toi.

Kit éclata d'un rire nerveux. Cette remarque n'était pas drôle, elle était adorable. Tout simplement.

— Non, je n'ai aucune restriction alimentaire, c'est juste que je suis arrivée au bout de mes provisions de la semaine. Mais… je me sentirais vraiment gênée de te voler ton repas !

August tendit la main vers le sandwich de Kit. Lorsque leurs doigts se frôlèrent, un frisson intense la parcourut de la tête aux pieds.

Lorsqu'il lui tendit son sandwich, elle leva les yeux vers lui, perplexe.

— Tu crois ?

— Oui, prends-le, j'insiste !

Sur ce, il mordit à belles dents dans le sandwich au concombre, ce qui mit fin aux hésitations de Kit.

— Merci…

Le mot resta en suspension dans l'air entre eux tandis qu'August la fixait de son regard vert. C'était le même vert que celui de son père mais il n'y avait pourtant rien de commun entre eux. Alors que celui de Dr Jeff jugeait, commandait, reprochait, le regard de son fils était plein d'humanité. August était un homme profondément bienveillant. Et séduisant. Kit sentait son corps se pencher naturellement vers lui, il l'attirait comme un aimant. Afin de résister à cette tentation, prosaïquement, elle mordit dans son sandwich.

Il était délicieux. Les saveurs du poulet et de la sauce éclataient dans son palais habitué au goût plus rustique, pour ne pas dire carrément insipide, de la nourriture qu'elle consommait d'ordinaire.

Tout en mangeant, August tourna la tête vers le chenil.

— Comment va notre patient ce soir ?

Bentley dormait du sommeil du juste en ronflant avec application.

— Il va bien. Il devra prendre des antalgiques pendant plusieurs jours mais il se remettra. Bientôt, il pourra recommencer à jouer avec les enfants.

Elle prit la carotte qu'August lui tendait et poursuivit :

— Tu te rends compte que les Clingman m'ont téléphoné trois fois aujourd'hui pour prendre de ses nouvelles ? Bentley est leur bébé !

— Un bébé géant, tout de même ! déclara August en riant. Cela dit, il sera sûrement content lui aussi de retrouver une famille où on l'attend avec tant d'affection.

— Oui, il a bien de la chance…

Kit n'avait pas prévu de prononcer ces mots et encore moins sur ce ton mélancolique. Mais il était trop tard pour les retenir.

Elle sentit le regard d'August se poser sur elle mais elle évita de le rencontrer.

Son malaise n'échappa pas à August.

— Ça me paraît difficile de croire que ta famille ne t'a pas accordé la place que tu mérites. Dans mon cas, c'est normal. J'étais celui qui a tout raté. Mais toi, Kit, tu étais parfaite !

— C'est ce que tu crois. Pour ma mère, on est parfait quand on est le meilleur. Je suis la seule des enfants Bedrick à n'avoir jamais été major de promo.

— Tu es toujours arrivée brillante seconde…

— Autrement dit, première perdante !

Kit avait lancé cette repartie en imitant la voix aigre de sa mère, telle qu'elle l'entendait encore dans ses cauchemars. Son inconscient lui-même n'arrivait pas à oublier les attentes qui avaient pesé sur elle sans qu'elle réussisse jamais à les combler.

— C'est ce que ma mère m'a toujours dit. Elle ne cesse de comparer ses enfants et j'arrive toujours bonne dernière. Chacun de mes frères a créé son entreprise. Ils sont propriétaires de leur maison. Ils ont été récompensés pour leur travail. Alors que moi… je n'ai même jamais réussi à remporter le Foxfield Finest Award alors que je n'ai qu'une seule clinique vétérinaire comme adversaire !

Elle laissa échapper un soupir désolé.

Pourquoi se laissait-elle ainsi contrarier ? Elle faisait de son mieux. Certains jours, il lui semblait que l'opinion de sa mère ne comptait plus à ses yeux, mais ce soir, elle n'avait pas le courage de se mentir.

August la regardait avec compassion.

— Pardonne-moi, Kit, mais je trouve ta mère stupide ! Tu es une femme merveilleuse et quiconque ne s'en rend pas compte devrait se faire dessiller les yeux.

Vaincue par cette gentillesse, Kit appuya son épaule contre celle d'August. C'était bien moins que ce qu'elle souhaitait et pourtant bien plus qu'elle n'aurait dû. Mais elle n'avait pas pu se retenir.

— Il me semble qu'on pourrait dire la même chose à propos de ton père, non ?

— Non. Mon père et moi avions de véritables comptes à

régler. Je lui ai causé de bien plus graves déceptions que celle de ne pas être premier de ma classe. Tu as oublié combien de fois j'ai fait l'école buissonnière au temps du lycée ? Ajoute à cela que j'ai passé toute ma jeunesse à prendre l'exact contre-pied de toutes les règles qu'il essayait de m'inculquer et tu comprendras que mon histoire est plus compliquée que la tienne.

Il mordit à nouveau dans son sandwich avant de balayer la pièce du regard.

— Il est loin d'avoir été juste envers moi, mais je dois reconnaître que je n'ai pas été un adolescent facile.

Kit secoua la tête. Comment lui expliquer qu'il n'aurait pas dû avoir besoin de gagner l'amour de son père ? Tout simplement parce qu'un parent devait offrir cet amour sans souhaiter de compensation. Hélas, tous les parents ne se comportaient pas de cette manière idéale. Elle-même qui avait pourtant été une enfant et une jeune femme cochant toutes les cases recommandées par la société n'avait pas réussi à gagner l'amour de sa mère. Elle aurait aimé le dire à haute voix mais qu'est-ce que cela aurait changé ? Rien. L'environnement dans lequel on avait grandi ne pouvait pas être modifié plus tard. Et la souffrance qui en résultait demeurait à vie dans le cœur de celui ou celle qui en avait souffert.

Aussi, au lieu de formuler cela avec des mots, elle se contenta de tourner la tête vers August. Leurs regards se rencontrèrent.

L'ambiance qui régnait dans la pièce changea brusquement du tout au tout. Kit retenait sa respiration, des étoiles dansaient devant ses yeux. Le désir, ou ce qu'elle croyait être du désir, prenait feu au creux de son ventre.

*Si je me laissais aller dans ses bras ?*

L'idée lui traversa l'esprit, mais instinctivement, elle se rejeta en arrière. Quelle idée saugrenue ! Ils se trouvaient à la clinique, en train de veiller sur un chien blessé. Comme deux collègues qui se connaissaient à peine. Si pareilles idées lui traversaient la tête, c'était seulement parce qu'elle souffrait de la solitude plus qu'elle ne l'avait cru. Inutile de chercher une autre explication.

Elle se redressa.

— Merci mille fois d'avoir pensé à m'apporter à dîner. Il y a bien longtemps que personne ne s'était soucié de savoir si j'avais mangé ou pas !

Pourquoi diable avait-elle prononcé cette dernière phrase ? Pouquoi lui faire pareille confidence ? Un simple « merci » aurait été suffisant. August Rhodes n'avait nul besoin de connaître les détails de son histoire personnelle. Ce qui les réunissait, c'était leur rencontre professionnelle à la clinique. Tout le reste n'était que rêverie déplacée.

— August, rentre te reposer. Tu n'as pas besoin de rester avec moi puisque tu veux partir en rando demain matin de bonne heure.

Elle parlait pour ne rien dire. Elle dont chaque mot d'ordinaire visait à l'efficacité. Qu'est-ce que ce collègue autrefois rebelle et maintenant si bienveillant était en train de dénouer en elle ? Quoi que ce soit, elle devait veiller à ne pas se confier plus que nécessaire.

— Ma chère collaboratrice, c'est là précisément l'autre raison pour laquelle je suis venu te retrouver.

— Tu n'es pas venu me demander des renseignements à propos des sentiers de randonnée, j'espère ! Il y a des années que je ne les ai pas pratiqués.

— Non, rassure-toi.

Kit sentit la déception lui serrer la gorge. C'était un comble ! Pourquoi avait-elle imaginé qu'August allait l'inviter à l'accompagner ? De toute façon, même s'il l'avait fait, elle ne pouvait pas se permettre d'abandonner la clinique le lendemain.

Pourtant, elle en mourait d'envie. L'idée d'être laissée sur la touche la faisait souffrir. C'était là une réaction enfantine, complètement idiote, certes, mais c'était comme ça, elle n'y pouvait rien. Son cœur, ou sa libido, ou quoi que ce soit d'autre, était en train de troubler la vie sous contrôle qu'elle s'était construite. La leçon à tirer était facile : elle devait limiter ses interactions avec August. Le plus vite serait le mieux.

Pendant qu'elle réfléchissait ainsi, August tira de son sac un moniteur de surveillance pour bébé.

— Tiens, dit-il avec un sourire, il n'en existe pas de meilleur sur le marché !

Kit ouvrit de grands yeux surpris.

— Franchement, tu aurais sorti un lapin vivant de ton chapeau que je n'aurais pas été davantage étonnée !

— Regarde, cet appareil comporte une vidéo. Autrement dit, si Bentley se met à gémir, il te réveillera et tu verras ce qui se passe. Étant donné la dose d'antalgique que nous lui avons administrée, je serais fort étonné que cela se produise mais au moins nous pourrons nous reposer tranquillement.

*Nous.*

Kit frissonna une fois de plus. Ce mot tout simple était terriblement puissant ! Il y avait si longtemps qu'elle n'avait pas fait partie d'un « nous ». Elle cligna vigoureusement des paupières pour chasser les larmes qui lui montaient aux yeux.

— Oui, ma chère Kit, dormir est important. Mener une vie équilibrée est *très* important !

— Merci beaucoup, August. Pour l'appareil et pour la leçon de morale…

Elle s'empara de l'appareil et le disposa sur la niche de Bentley. August était très attentionné mais elle allait très bien. Elle n'avait nul besoin de chercher un meilleur équilibre. Quoique… dormir dans son lit au lieu de camper à la clinique lui paraissait tout à coup une perspective extrêmement agréable.

Elle revint près d'August.

— Et merci encore pour le repas.

— À propos de repas… tu as une trace de sauce tomate, juste au coin de la lèvre…

D'un geste vif, Kit passa la main sur sa bouche, fort gênée.

— Attends, elle est toujours là.

Le pouce d'August effleura la bouche de Kit, qui se sentit fondre de plaisir.

— Voilà, je l'ai retirée.

Il lui souriait. Un sourire à faire fondre les glaciers. Elle n'en pouvait plus de lutter contre son trouble.

Car elle était réellement attirée par August. Heureusement, elle savait que toute attirance était fugace. En plus, August partirait d'ici quelques jours, c'était une certitude. Alors ? Alors le plus sage était de mettre un peu de distance entre eux deux. De tordre le cou aux désirs aussi déplacés que dangereux qui s'efforçaient de resurgir des lieux où elle les avait soigneusement enfouis. Cela fait, elle pourrait se concentrer sur la seule chose importante, la clinique Rhodes Animal Services. Rien d'autre ne comptait.

# 3.

Le Foxfield Finest Award vient d'être décerné. Une fois de plus, Love Pets Vet est élue la meilleure clinique vétérinaire. Il m'a semblé que tu préférerais le savoir au cas où Mom t'appellerait dans la journée.

Kit lut le texto que son frère David venait de lui envoyer et le remercia d'un court message. Inutile de lui dire qu'elle était déjà au courant. La date de remise du prix n'était pas sortie de son esprit. Pourtant, au lieu de se soucier du classement de Rhodes Animal Services, elle avait passé la nuit à penser à August. Zéro de conduite ! Voilà ce qu'elle méritait. Pas question de continuer dans cette voie. Elle devait travailler plus que jamais et non pas se laisser distraire par le trop séduisant vétérinaire venu la seconder.

Oui, travailler plus que jamais puisqu'elle n'avait pas réussi à déloger la clinique de ses ex-beaux-parents de la première place. Encore une fois, elle n'avait pas réussi à être la meilleure. Avec pour conséquence l'impossibilité renouvelée de prouver à sa mère qu'elle aussi méritait sa place dans cette famille vouée au succès.

Bien sûr, la boutique de sa mère avait remporté le premier prix de sa catégorie et les entreprises de ses frères David et Stephen également. Déjà, résonnait à ses oreilles la voix aigre de cette dernière en train de lui faire part de sa déception. « Ma chérie, faire des efforts ne suffit pas. Ce qu'il faut, c'est réussir. As-tu suffisamment travaillé pour remporter le prix ? As-tu été suffisamment exigeante envers toi-même ? C'est comme ça que j'assure le succès de ma boutique. Il n'y a pas de secret, pas d'autre méthode, crois-moi. »

Ces mots, elle les avait entendus tout au long de son enfance et de sa jeunesse. Chacun des trophées qu'elle avait remportés en arrivant deuxième avait été mis de côté tandis que tous ceux de ses frères, qui immanquablement arrivaient premiers, eux, étaient disposés sur le manteau de la cheminée.

Jamais elle n'avait réussi à s'y faire une place. Si seulement elle pouvait chasser de sa tête la déception qu'elle se causait ! Hélas, cette performance était toujours demeurée hors de sa portée. Pourquoi réussirait-elle cet exploit aujourd'hui ?

Malgré elle, ses yeux lorgnaient sur son ordinateur et ses doigts la démangeaient d'aller vérifier le palmarès sur le site. Comme si, cette fois, la réponse allait être différente !

Inutile de prendre ses rêves pour la réalité. Elle aurait beau se torturer les méninges, le résultat proclamé ne changerait pas.

*Bonne seconde.* Voilà ce qu'elle était, et franchement, ce n'était pas une consolation dans une compétition où il n'y avait que deux concurrents alors que le prix prévoyait d'en récompenser trois.

« Celui qui arrive en second est le premier perdant. » Encore une phrase aimable de sa mère qui lui revenait en mémoire pendant qu'elle se servait une tasse de café. Elle fit un effort pour considérer que cela n'avait aucune importance. Cette compétition était absurde. Sauf que… Rhodes Animal Services ne l'avait jamais remportée, ce que Dr Jeff déplorait ouvertement chaque année.

*Au moins, cette année, il n'est pas là pour me faire part de ses doléances.*

À cette pensée, elle se mordit la joue comme pour se punir de se réjouir de l'accident qui tenait le malheureux vétérinaire sur la touche pendant plusieurs semaines. Et qui avait amené August Rhodes chez elle.

Malgré tout, c'était une véritable bénédiction de ne pas avoir à entendre sa complainte. Quant à August, il n'accordait certainement aucune importance au classement de la clinique. À ses yeux, il ne s'agissait là que d'une opération commerciale, alors à quoi bon en faire cas ?

C'était déjà de cette manière qu'il se comportait autrefois au lycée. D'un haussement d'épaules, il balayait tout ce que l'on attendait de lui, parfaitement indifférent à l'opinion des autres.

Un souvenir amusant revint à la mémoire de Kit. August et elle avaient suivi en commun le cours de littérature anglaise de Mme Fornby. Assise au premier rang, elle avait passé l'année à boire les paroles de l'enseignante et à prendre des notes avec le plus grand soin. La tactique d'August était entièrement différente. Lui, c'était sur le banc du fond qu'il avait choisi sa place. La plupart du temps, il gardait la tête appuyée contre le mur, les yeux clos. Mais il ne dormait pas. Chaque fois que Mme Fornby lui posait une question, il répondait, souvent d'ailleurs avec une approche particulièrement perspicace sur l'interprétation du texte.

Encouragements et critiques de leur professeur le laissaient également de marbre. Kit s'était souvent demandé ce que l'on ressentait quand on avait pareille confiance en soi. Quand on n'attachait aucune importance au jugement de sa famille. Elle n'avait jamais trouvé la réponse

Elle jeta un coup d'œil sur la pendule. C'était le moment d'aller faire une petite visite à Bentley. August avait prévu de partir en randonnée de bonne heure mais elle n'allait pas perdre son temps à espérer le voir avant son départ. August Rhodes n'était pas ce qui devait occuper ses pensées. Sous aucun prétexte. Car aujourd'hui même commençait la course qui lui permettrait de gagner le titre de meilleure clinique vétérinaire de Foxfield l'année prochaine.

À ce moment-là de ses réflexions, le téléphone de Kit se mit à sonner. Le nom de sa mère apparut sur l'écran, bientôt suivi d'un message.

À retenter l'année prochaine ! David te donnera quelques conseils pour mieux t'en tirer. Il réussit tout ce qu'il entreprend.

Kit n'en attendait pas moins de la part de sa mère. Néanmoins, le message la blessait. Chez les Bedrick, la seconde place n'avait aucune valeur. Si vous n'étiez pas le premier, vous pouviez tout aussi bien être le dernier, cela ne changeait rien à l'opinion qu'on se faisait de vous. Kit considéra le message un moment, puis pensa que le laisser sans réponse allait agacer sa mère qui lui passerait alors un coup de fil. Et si elle n'y répondait pas, c'était la visite assurée. Et de cela, elle ne voulait à aucun prix.

J'étudierai les suggestions que David me fera.

Lire ces quelques mots la faisait souffrir. David était un homme d'affaires couronné de succès, mais les points communs entre son affaire d'informatique et la pratique vétérinaire étaient évidemment plus que réduits. À quoi bon le faire remarquer à sa mère ? Elle n'en tiendrait aucun compte.

Kit soupira. Ce qui comptait, c'était le nouveau départ qu'elle prenait dès aujourd'hui. Sur le placard de la cuisine, le panneau « Faire toujours mieux » demeurait en bonne place.

Elle y arriverait !

Au pied de l'escalier, elle marqua un temps d'arrêt et tendit l'oreille. Aucun bruit ne parvenait de la chambre d'August. Puis, agacée, elle se reprocha de se préoccuper de ce que faisait son colocataire et pénétra dans le salon.

De multiples coupes garnissaient le manteau de la cheminée. Toutes remportées par Dr Jeff.

Était-ce donc si nul d'arriver en seconde place ?

Elle secoua la tête. Non, elle n'allait pas se mettre martel en tête à cause de cette question. Tout de même… s'ils arrivaient enfin en premier, Dr Jeff accepterait peut-être de lui vendre la clinique ? Donc, autant se mettre à l'ouvrage tout de suite, il n'était pas question de prendre du retard.

August était tranquillement en train d'avancer sur son sentier de montagne quand son téléphone se mit à sonner. Les quelques randonneurs qui se trouvaient dans les parages lui adressèrent une grimace de mécontentement. Franchement, il ne pouvait pas les en blâmer. Normalement, lui-même aurait été furieux de voir gâché le calme qui régnait dans ce lieu sauvage.

Aujourd'hui était son jour de repos. Certes, il remplaçait son père mais cela ne signifiait pas qu'il devait rester rivé à la clinique. Il fallait savoir mettre des limites. Kit faisait comme elle voulait mais en ce qui le concernait, il était hors de question de travailler tous les jours. En ce moment, il était en train de recharger ses batteries et c'était aussi important qu'une journée de travail supplémentaire.

Ce matin, il était resté pour aider à charger Bentley dans le minivan de la famille Clingman, c'était largement suffisant.

Maintenant, il voulait se vider la tête de tout ce qui concernait la clinique pour se concentrer sur le paysage environnant.

C'était d'ailleurs ce qu'il faisait. Ou à peu près. Car ce n'était pas la clinique qui lui occupait l'esprit mais la femme qui y travaillait avec tant d'acharnement.

Kit.

Elle l'attirait. En dépit de son désir de faire toujours mieux, c'était facile de converser avec elle. Il avait même pris beaucoup de plaisir hier à travailler en sa compagnie. Elle riait volontiers, plaisantait, et lorsque hier au soir elle avait posé la main sur son genou, il en avait été tout heureux.

Franchement, le simple fait de lui avoir apporté un sandwich n'aurait pas dû déclencher pareille reconnaissance ! À un moment donné, il avait même pensé qu'elle allait se pencher pour l'embrasser. Diable ! Il en avait eu grande envie. Dommage qu'elle y ait renoncé.

Ce matin, sous prétexte qu'elle n'avait plus sommeil, elle était debout quand il s'était levé, mais il avait senti qu'il y avait une autre raison à ce lever matinal. Quelque chose qu'elle ne voulait pas lui avouer. Pourquoi d'ailleurs le devrait-elle ? Ils se connaissaient à peine.

En voyant les cernes sous ses yeux et ses traits tirés, il avait été à deux doigts de lui demander de l'accompagner. Il n'était pas nécessaire de connaître une personne intimement pour comprendre quand elle était épuisée. Kit avait besoin de repos. De détente. Une balade en plein air aurait sur elle un effet régénérant. Hélas, s'il avait passé beaucoup de temps la veille à chercher des arguments pour la convaincre de faire l'école buissonnière et de laisser tomber la paperasserie qu'elle proclamait devoir traiter dans la journée, il avait renoncé à y avoir recours ce matin. Kit lui avait paru plus que jamais décidée à boucler sa semaine de bourreau de travail en passant son dimanche à la clinique. À quoi bon insister ?

La veille, au moment de l'épisode du sandwich, quand il avait vu à quel point elle était sensible à son attention, il avait eu l'impression que les murs de défense qu'elle avait érigés autour d'elle commençaient à se craqueler. Mais il n'avait pas osé lui poser de question de peur de la mettre mal à l'aise et lui aussi en même temps.

Quelle étrange sensation il avait éprouvée ! D'ordinaire, si une femme n'était pas intéressée par sa compagnie, il n'en faisait pas un problème. Mais avec Kit, c'était différent.

Même s'il était incapable de comprendre pourquoi il éprouvait un tel désir de la protéger, pourquoi il avait envie de la voir sourire, quelque chose se passait entre eux. Il avait envie de rester près d'elle.

Hélas, la réciproque n'était pas vraie. Elle ne pensait qu'à la clinique ! Elle avait été très claire sur ce point en lui affirmant qu'elle avait du travail à terminer avant de lui souhaiter une bonne journée au grand air. Sur ce, elle avait tourné les talons et était partie s'enfermer dans son bureau.

Voilà pourquoi il aurait dû couper son téléphone. Si elle voulait vivre à la clinique, cela ne le regardait pas. Malgré tout, il décida de répondre. En apercevant un numéro inconnu sur le cadran, il fronça les sourcils.

Ce n'était pas Kit.

Un moment, il hésita, puis finalement, il prit la communication.

— Dr August Rhodes à l'appareil…

— Tu crois que c'est la peine de me le dire ? Je sais parfaitement qui je viens d'appeler !

La voix revêche de son père arriva aux oreilles d'August. Hélas, il était bien persuadé que s'il avait reconnu le numéro de l'hôpital d'où ce dernier appelait et répondu par un joyeux : « Salut, papa ! » Dr Jeff n'aurait pas été davantage satisfait. D'ailleurs, pourquoi n'utilisait-il pas son portable ? Ce malentendu aurait été évité. C'était un peu comme si, toujours, le vieux vétérinaire cherchait à prendre son fils en faute.

Malgré tout, et bien que cet appel trouble sa paisible matinée, August s'interdit de répondre sur le même ton. Il s'écarta un peu du sentier sur lequel il était engagé de manière à ne pas déranger les autres randonneurs, tout en ayant soin de ne pas trop s'en éloigner. Il n'avait pas envie de se perdre dans les bois, ce qui, hélas, arrivait à beaucoup trop de monde. Pas question de prendre le risque d'être injoignable par Kit. Bien que cela ne cadre pas avec son projet d'une journée de détente complète, il voulait rester à sa disposition.

Mais en ce moment, c'était son père qui se trouvait à l'autre bout du fil.

— Je suis en train de randonner sur le Highland Trail, papa. Qu'est-ce que je peux faire pour toi ?

— Je suis sûr qu'en mon absence la clinique a viré au chaos !

— Pas du tout.

C'était la stricte vérité. August se reprocha de se réjouir de la mine contrariée que son père devait afficher en entendant cette réponse. Bien que submergée de travail et en demande d'aide, Kit tenait la barre haut la main. Dommage pour la fierté de Dr Jeff, qui se flattait d'être indispensable. Personne ne l'était !

— Par contre, j'ai pu constater qu'étant donné le nombre de clients il faut réellement engager un vétérinaire supplémentaire pour aider Kit… je veux dire le Dr Bedrick. En fait, il en faudrait même deux : l'un pour la semaine et l'autre pour le week-end. Elle a besoin de se reposer.

— Quand je travaillais à la clinique, nous n'avons jamais éprouvé le besoin d'avoir recours à un vétérinaire supplémentaire !

Le ton de Dr Jeff était le même que celui qu'il utilisait autrefois quand August adolescent contestait une obligation qu'il voulait lui imposer.

*Tu n'as pas changé, papa ! Pourtant, c'est cette attitude qui t'a coûté ta famille…*

August s'abstint de rappeler cette évidence.

— Ce n'est pas maintenant que nous allons commencer, poursuivit Dr Jeff, d'une voix toujours aussi autoritaire.

L'entêtement était un trait caractéristique de ce dernier. Lui-même appelait cela « détermination ». August, lui, estimait que c'était folie pure. Il n'y avait rien de honteux à se faire seconder quand on en avait besoin. Kit se trouvait précisément dans cette situation.

— Kit a besoin d'aide. Vous vous êtes débrouillés à deux jusqu'à maintenant mais votre clientèle justifierait largement la présence d'un troisième soignant.

Déjà autrefois, un vétérinaire supplémentaire aurait été le bienvenu mais le caractère autoritaire et suspicieux de Dr Jeff avait fait fuir au bout de quelques mois tous les partenaires sollicités.

— Ta clinique est plus importante que ce que tu crois, papa.

August commençait à perdre patience. Il n'avait aucune envie que celui-ci lui gâche sa journée de détente. Après tout, il n'était plus l'adolescent décidé à se montrer plus fort que son père. Il était devenu son collègue. Un collègue qui avait travaillé dans de nombreuses cliniques dotées de spécialités si différentes que son CV était impressionnant.

— Pourtant, les clients n'ont jamais estimé que nous étions la meilleure clinique de Foxfield ! lança Dr Jeff sur un ton triomphant.

August serra les dents.

— Qu'est-ce que tu veux dire, papa ? Les clients nous confient leurs animaux de compagnie qu'ils considèrent comme des membres de leur famille. Ils nous font une confiance totale. Qu'est-ce que tu veux de plus ?

— Je veux dire qu'une fois de plus nous ne sommes arrivés qu'en seconde place au classement organisé par la ville.

August haussa les épaules. Comme toujours, son père accordait une importance démesurée à la reconnaissance officielle. Mais ce vote local n'avait aucune valeur aux yeux d'August. Qui sait d'ailleurs s'il n'était pas entaché de divers arrangements plus ou moins clairs dans lesquels son père avait toujours refusé de tremper ?

— Nous n'avons pas remporté le prix une seule fois depuis que Kit travaille à la clinique.

Cette fois, August sentit la patience l'abandonner.

— Est-ce que tu insinues que Kit n'est pas à la hauteur ?

— Non. Elle est parfaitement qualifiée et le travail ne lui fait pas peur. Mais…

— Mais ?

— Mais je me dis que le moment de vendre est peut-être arrivé…

Cette fois, la voix de Dr Jeff était devenue à peine audible. Comme si les mots lui avaient échappé malgré lui.

— Les propriétaires de Love Pets Vet m'ont contacté à plusieurs reprises, reprit-il. Ils m'ont offert un prix plus que correct.

La voix s'était faite basse et rauque.

Que répondre à cela ? August savait que Kit était très attachée à Rhodes Animal Services et qu'elle méritait d'y rester si son père était décidé à prendre sa retraite.

— Est-ce que Kit conserverait son poste s'ils étaient acquéreurs ?

Il avait senti Kit tellement investie dans son travail et dans les locaux où elle l'exerçait qu'il avait à cœur de faire son possible pour qu'elle conserve sa place.

— J'en doute, répondit honnêtement Dr Jeff. Ce sont ses ex-beaux-parents qui concluraient l'affaire. Le moins qu'on puisse dire est qu'il n'y a pas beaucoup d'affection entre eux et elle.

August se souvint que Kit avait été mariée et était devenue veuve. Peut-être était-ce la raison qui la poussait à travailler autant ? La pensée qu'elle risquait de perdre son poste si la vente dont parlait son père se faisait le dérangeait. Kit avait beaucoup travaillé, Dr Jeff lui-même le reconnaissait. Ce serait vraiment inélégant de la chasser quand il prendrait sa retraite. Elle méritait bien mieux. August avait promis à Kit qu'il parlerait en sa faveur si l'occasion se présentait.

Cette promesse n'était pas que des mots. Lui-même n'était pas du tout intéressé par la clinique, mais il ne voulait pas qu'elle échappe à la personne qui s'y était tant dévouée.

Mais avant qu'il ait pu commencer sa plaidoirie, son père reprit la parole.

— Il y aurait bien une autre solution…

August attendit qu'il poursuive mais le silence s'installa entre eux.

— Quelle est-elle ? demanda August pour relancer la conversation.

— Ce serait que tu me remplaces.

— Que je te remplace ?

August avait failli s'étouffer en se retenant de crier « Pas question ! ». Une envie féroce de raccrocher le tenaillait. Dire qu'il avait quitté Foxfield précisément pour ne pas marcher sur les traces de son père !

*Et aussi parce que je ne supportais plus de lire la déception sur son visage chaque fois que j'entreprenais quelque chose.*

Il réussit à se taire mais les émotions le submergeaient. Il y avait eu une période où il aurait été enthousiasmé d'entendre ces mots. Mais maintenant…

Sa vie avait pris un autre chemin. Un chemin qui lui convenait et qu'il n'avait nullement l'intention d'abandonner pour faire plaisir à un père qui l'avait renié parce qu'il n'obtenait pas les brillants résultats attendus de la part d'un fils portant son nom.

— Oui. Que tu me remplaces au moins en attendant que j'en aie terminé avec ma rééducation. C'est une question de six semaines. Huit au maximum. Ensuite, tu pourras renouer avec ta vie de nomade.

*Nomade…*

Le mot n'était pas élogieux. Répliquer mettrait fin à cette conversation mais ne résoudrait pas la question.

— Papa, le vrai problème est de savoir ce que tu feras quand tu prendras ta retraite. La même question se reposera à ce moment-là. Kit s'attend au moins à ce que tu lui fasses une proposition d'achat.

Si elle réussissait à devenir propriétaire de Rhodes Animal Services, tout le monde, famille et belle-famille comprises, verrait enfin à quel point elle était une excellente vétérinaire. Sa mère, enfin, la regarderait fièrement. Alors que pour lui, prendre la suite de son père ne lui apporterait rien. Il n'en serait pas davantage aimé.

— August, je te demande de rester jusqu'à la fin de ma rééducation. À ce moment-là, je lui proposerai de devenir mon associée. Elle aura le droit de dire son mot au moment où je déciderai de me mettre au vert.

*Elle devrait déjà avoir le droit de le faire !*

Encore une réplique ravalée amèrement.

— Je retiens ce que tu viens de dire, papa. Et je n'hésiterai pas à te le rappeler le moment venu.

— Bon, laisse-moi maintenant, je suis fatigué, répondit la voix lasse de Dr Jeff.

Et sur ce, sans un mot de plus, il raccrocha.

August rangea son téléphone dans la poche de son pantalon. Six semaines. Huit au maximum. En revenant à Foxfield, pendant son long voyage à travers le pays, il avait préparé un lot d'excuses destinées à lui permettre d'échapper à toute tentative de son père de l'y piéger. Et voilà qu'aujourd'hui, au lieu de se sentir en colère, révolté contre l'emprise que ce dernier tentait d'exercer sur lui, c'était une vague de bonheur qui montait dans sa poitrine !

Pour la énième fois, Kit apposa sa signature sur une des multiples factures à prendre en compte, puis elle se laissa aller contre le dossier de son fauteuil. Les yeux clos, elle sentait l'odeur de la clinique monter à ses narines. Désinfectant… anesthésiant… produits de soin… Elle aurait aimé respirer un air pur, dans son jardin.

*Ou sur un sentier de randonnée…*

L'image d'August vêtu de son pantalon en grosse toile et

de ses chaussures de marche lui vint à l'esprit. Il était beau. Très beau.

Elle se redressa, le rose aux joues. Non, elle n'avait aucune envie de randonner en compagnie d'August.

Sa place était à la clinique où elle faisait ce qu'elle aimait par-dessus tout.

*Sauf que… ce n'est pas vraiment la vérité.*

Cette découverte la cloua sur place.

Vite, elle reprit son stylo. Heureusement, l'agence d'emploi avait prévu de lui envoyer cette semaine un secrétaire qui ferait ce travail à sa place. Elle le lui laisserait bien volontiers pour se consacrer entièrement aux soins des animaux.

La sonnerie du téléphone retentit. On était dimanche et la clinique n'avait pas de service d'urgence, mais mieux valait répondre puisque Love Pets Vet avait mis un vétérinaire de garde les dimanches et jours de fête. Cela lui avait fait perdre un certain nombre de clients et expliquait sans doute leur succès au concours.

Elle décrocha donc.

— Rhodes Animal Services. Comment puis-je vous aider ?

— Ah… tu réponds donc au téléphone les fins de semaine ? Comme c'est bien !

La voix acide de son ex-belle-mère planta des piques dans le cœur de Kit. Comment une femme aussi inhumaine que celle-ci avait-elle pu élever un fils aussi aimant que Leo ? C'était un mystère que Kit n'avait jamais pu déchiffrer. Karen et Robert l'avaient toujours considérée comme une contrariété et depuis la mort de Leo, c'était encore pire.

— Qu'est-ce que je peux faire pour vous, Karen ?

— Je veux le numéro de portable de Dr Jeff. Nous lui avons fait une offre d'achat il y a quelques mois et il avait promis de reprendre contact. Ce qu'il n'a pas encore fait. Aussi, étant donné son accident et le classement que nous avons obtenu ce matin, nous avons décidé d'augmenter la somme que nous lui proposions.

En entendant ces mots, Kit eut l'impression de manquer

d'air. Non ! C'était encore un coup bas que Karen venait de lui porter. Exactement comme lorsqu'elle la critiquait d'offrir des chaussures de sport à Leo pour l'encourager à faire son jogging du matin. Pourtant, c'étaient eux qui avaient conservé toutes les médailles remportées par Leo.

Des années après sa mort, ils lui reprochaient encore d'avoir détourné Leo de ses études de médecine pour devenir vétérinaire comme elle, de l'avoir épousé alors que tant de jeunes filles de bonne famille n'attendaient que lui pour se faire passer la bague au doigt. Et pire encore, d'être la cause de sa mort puisque c'était en se rendant à une compétition de cross qu'il avait été renversé par un chauffard ivre.

Tout n'était pas faux dans leur liste de reproches. Leo avait effectivement fait des études pour être vétérinaire, comme elle. Mais de là à la rendre responsable de tout, il y avait un gouffre qu'ils franchissaient allègrement.

— Vous lui avez fait une offre pour la clinique ? balbutia-t-elle.

Comme elle levait les yeux, elle aperçut la silhouette d'August dans l'encadrement de la porte.

— Qui as-tu au téléphone ?

— Karen Lloyd, la propriétaire de Love Pets Vet. Elle demande le numéro de portable de ton père pour parler avec lui de leur proposition d'achat de la clinique.

La voix de Karen intervint :

— À qui parles-tu ?

Kit ignora la question pour dévisager August. Il lui avait promis qu'il encouragerait son père à lui vendre la clinique. Le problème était de savoir si elle aurait assez d'argent pour le faire.

C'était le cas, mais seulement si Dr Jeff lui faisait une proposition raisonnable. Si Karen et Robert voulaient faire monter les enchères, ils avaient les moyens de le faire. Très facilement.

August s'avança et prit le téléphone des mains de Kit.

— Dr August Rhodes à l'appareil. J'ai parlé avec mon père cet après-midi à ce sujet.

Kit s'était mise à trembler d'angoisse. Non, elle ne pouvait pas perdre son travail ici. Cette clinique était son but, son bonheur, sa raison de vivre. Des mouches noires dansaient devant ses yeux. Elle se cramponna à son bureau avant de regarder August.

— Il n'est pas dans un état de santé qui lui permette actuellement d'envisager cette possibilité. Nous avons convenu que j'allais le remplacer pendant sa période de rééducation.

Le corps de Kit était tout d'un coup devenu brûlant. August avait changé d'avis ? Quand il avait dit qu'il partirait le plus vite possible, elle avait prévu de garder ses distances avec lui pendant la durée de son séjour. Mais s'il restait plus longtemps…

Est-ce que ce serait si terrible ?

Elle refusa de réfléchir davantage à cette hypothèse. August restait, c'était bien pour la clinique. Son père n'envisageait pas de vendre pour l'instant. C'était bien aussi. Inutile de chercher à évoquer d'autres problèmes.

August lui rendit le téléphone.

— Eh bien ! Ton ex-belle-mère est un vrai dragon !

À coup sûr, Karen avait dû le gratifier de quelques mots bien sentis avant de raccrocher.

Kit se remémora la gentillesse de Leo, sa sollicitude envers elle. Non, il n'avait vraiment rien hérité de ses parents.

— Leo est mort dans un accident de la route dont Karen et Robert me tiennent responsable pour des raisons parfaitement incompréhensibles. Love Pets nous appartenait à tous les deux. Ses parents nous avaient prêté l'argent pour l'acheter, ou plus exactement, comme me l'a appris leur avocat, ils l'avaient prêté à Leo, ce qui m'a empêchée de la conserver. Il y a dix ans de cela mais leur rancœur à mon égard est toujours aussi forte.

Elle-même avait surmonté sa colère mais pas son désir de leur prouver, ainsi qu'à sa propre famille, qu'elle était capable de faire de Rhodes Animal Services la meilleure des cliniques.

L'année prochaine, c'est sa clinique qui arriverait en tête du vote. Elle avait tellement d'idées pour l'améliorer ! Malheureusement, Dr Jeff ne serait probablement pas très enthousiaste à leur sujet.

— Kit, je suis désolé. Je pensais que tu avais connu des moments difficiles. C'est encore pire ! Quelle cruauté de leur part !

Il lui passa un bras autour des épaules et la serra contre lui.

Ce geste apporta à Kit un réconfort immense qui n'avait rien du désir physique qu'elle avait éprouvé la veille. En ce moment, August lui offrait le soutien chaleureux dont elle avait besoin.

— Oui, c'est vrai.

Pourtant, elle ne souhaitait pas s'étendre davantage sur la bassesse des parents de Leo. Ce qu'elle devait retenir aujourd'hui, c'était que Dr Jeff ne vendait pas à Karen et Robert. Tout au moins, pour l'instant.

La tête appuyée contre l'épaule d'August, elle s'imprégnait de sa chaleur et de la paix que ce contact rassurant lui apportait.

Lorsqu'elle releva la tête, leurs regards se rencontrèrent et brusquement, le lien qui les unissait un instant plus tôt changea totalement de nature.

Kit se redressa pour s'écarter de la poitrine contre laquelle elle avait puisé un simple réconfort amical.

— Alors c'est décidé ? Tu restes ?

Ce n'était pas ce qu'il avait prévu mais cette perspective ne paraissait pas le contrarier.

*J'ai envie de croire qu'il est content de rester avec moi !*

— C'est l'accord que j'ai passé avec mon père aujourd'hui.

Son regard balaya le petit bureau avant de se poser sur Kit.

— Et j'ai hâte de travailler avec toi.

Des picotements de bonheur parsemèrent la peau de cette dernière. Puis, le mot « accord » lui revint à l'esprit. Autrement dit, Dr Jeff avait envisagé de vendre à Karen et Robert. August avait mis fin à ce projet. Pour l'instant.

— Que se passera-t-il quand ton père aura fini sa rééducation ?

Elle avait besoin de connaître la réponse. C'était impératif. Pour savoir si son projet de faire de cette clinique la meilleure de la région valait la peine d'être entrepris.

Il tendit le bras. Un instant, elle crut qu'il allait lui poser la main sur l'épaule mais il se la passa sur le front.

— Il m'a dit aussi qu'il envisageait de faire de toi son associée, mais…

— Mais ?

August hésitait à répondre.

— Mais tu n'as aucun moyen de l'obliger à tenir parole, c'est ça ? insista Kit.

Elle préférait connaître la vérité et était reconnaissante à August de ne pas chercher à la lui cacher.

Quand elle-même avait fait cette proposition à Dr Jeff après avoir travaillé quatre ans avec lui, il n'avait pas paru enthousiasmé. Il avait même carrément refusé en disant qu'il ne voulait pas d'associé. Une autre personne que Kit serait probablement partie, mais elle n'avait pas envie de s'éloigner de la ville où reposait Leo, ni de ses frères et encore moins de ses neveux qu'elle adorait.

Elle était chez elle à Foxfield. Elle n'en partirait pas. Point final.

Comme Dr Jeff avait dit qu'il vendrait au moment de partir à la retraite, elle s'était raccrochée à ce projet, avec l'espoir fou de le transformer en réalité.

— Autrement dit, reprit-elle, j'ai quelques semaines devant moi pour lui prouver par mon travail que je suis indispensable…

August afficha une moue qu'elle trouva déplaisante.

— Kit, personne n'est indispensable.

— Je refuse de le croire !

Elle croisa les bras.

— Mais je n'ai pas envie d'en débattre maintenant.

Comme pour lui donner raison, son estomac émit un grognement intempestif. Sans réfléchir, elle attrapa August par la main. Aussitôt, ce contact réveilla en elle une vague d'émotions troublantes.

*De l'espoir, de l'inquiétude, du désir…*

Oui, elle était attirée par August, oui, elle devait garder ses distances envers lui, mais ce soir elle n'avait pas envie de rester seule.

— Si au lieu de discuter nous allions manger quelque chose ? Tu n'as pas faim ?

— Une faim de loup !

Il retira rapidement sa main qu'il glissa dans la poche de son pantalon comme si lui aussi avait été ému par le contact de leurs peaux.

— Où veux-tu que nous allions ?

— N'importe où ! répondit Kit en attrapant son téléphone et ses clés.

En riant, elle lui adressa un clin d'œil et fourra elle aussi une main dans sa poche pour copier son attitude. Ce serait une soirée amicale, sans complication d'aucune sorte, après une journée passée à marcher pour l'un, et pour l'autre, avoir tenu tête à son ex-belle-mère.

Pourtant, Kit avait l'impression de s'avancer en territoire inconnu, comme si ce projet tout simple venait de repousser les murs que la mort de Leo avait dressés autour de son cœur. Demain, elle veillerait à les remettre en place.

Demain.

Le gravier craquait sous les pas d'August, les criquets stridulaient pendant qu'il suivait Kit vers le petit cottage qui allait être leur maison pendant les quelques semaines à venir. Bizarrement, la perspective de rester plus longtemps que prévu à Foxfield ne le contrariait pas.

Au moins pour l'instant.

En arrivant sous le porche, Kit se tourna vers lui. Son visage paraissait reposé. La conversation qu'ils avaient entretenue au cours de leur repas avait été agréable, loin de tous les soucis liés à la clinique ou à leur famille.

— Merci infiniment ! dit Kit.

— Merci pour quoi ? répliqua August.

Ils avaient partagé la note du repas. Comme elle lui avait laissé le soin de choisir le restaurant, August l'avait amenée dans celui où il allait souvent avec sa mère. Ils y avaient fait un repas tout simple à base de poulet grillé et de haricots verts avec pour terminer une glace à la fraise.

— Merci d'avoir passé un accord avec ton père, d'être sorti avec moi ce soir, de m'avoir prêté attention... Il y a longtemps que cela ne m'était pas arrivé. Non pas que j'en aie besoin, mais c'est agréable. Voilà. C'est pour ça que je te remercie.

August lui adressa un sourire étincelant.

— Ce dîner sans prétention n'est pas aussi dépaysant qu'une balade en montagne mais c'est tout de même une manière de changer d'air. Et je ne désespère pas de t'entraîner un de ces jours sur les sentiers de randonnée. Il me semble que tu aimerais ça.

— Certainement, approuva Kit, mais la clinique a besoin de moi.

Avant de glisser dans la serrure la clé qu'elle venait de prendre dans sa poche, elle effleura le bras d'August qui préféra ne pas se lancer dans une discussion. D'ici son départ, il trouverait bien le moyen de lui faire faire l'école buissonnière au moins une fois.

— Bonsoir, Kit.

Il la fixa du regard un long moment, comme pour imprimer dans sa mémoire le dessin que les taches de rousseur formaient sur son petit nez retroussé. Un de ces jours, bientôt, il l'embrasserait. Il suffisait de se donner encore un peu de temps pour apprivoiser cette trop consciencieuse collègue.

# 4.

Les gémissements rauques du husky continuaient à monter en intensité lorsque Kit passa de la salle d'examen à l'arrière de la clinique.

— Il faut couper les ongles de Jenkins, expliqua-t-elle à Missy, l'une de ses assistantes, en lui tendant la fiche du chien. Et comme tu peux t'en rendre compte, il a déjà commencé à nous jouer sa grande scène du désespoir.

— C'est la grande spécialité des huskys, déclara August en souriant. Je n'ai jamais rencontré meilleurs comédiens que les chiens de cette race !

Kit approuva d'un signe de tête.

— Je les case toujours en dernier rendez-vous de la journée sinon leurs hurlements et leurs gémissements sèment le chaos dans toute la clinique. Ce sont des chiens magnifiques mais dotés d'un talent exceptionnel pour jouer les martyrs !

— C'est bien vrai, approuva August. Cela dit, c'est bientôt l'heure de fermer boutique. Tu as prévu quelque chose pour ce soir ?

À chaque fin de journée de la semaine, August lui avait posé la même question, ce qui faisait que Kit avait de plus en plus de mal à trouver une excuse qui lui permettrait d'éviter de participer à ce qu'il avait envisagé. Jusqu'à présent, il était parti pêcher, marcher en pleine nuit, assister à un marathon… bref, il avait sans cesse de nouvelles idées pour se dépenser en plein air. Pour Kit, c'était tout simplement fascinant. Heureusement, le trouble physique qui les avait envahis au début avait disparu. Ils étaient devenus de simples collègues de travail, ce qui rendait leur relation plus simple à gérer.

Par moments, Kit se disait qu'elle avait seulement imaginé le désir dans le regard d'August. Elle n'avait pas grande expérience en la matière. Leo avait été son amoureux pendant toute la durée de leurs études. Ils s'étaient mariés tout de suite après avoir obtenu leur diplôme de vétérinaire. Ensuite, après sa mort, elle avait eu quelques rendez-vous, mais aucune étincelle n'avait jailli lors de ces rencontres.

Jusqu'à sa rencontre avec August.

Dans le fond, le fait qu'ils soient devenus de simples collègues sans ambiguïté lui convenait très bien. C'était exactement ce qu'elle souhaitait, et si son cœur battait un peu trop vite quand elle traînait un moment dans la cuisine le matin pour savourer son café en sa compagnie, cela ne signifiait strictement rien.

Elle appréciait seulement le fait de travailler en compagnie de quelqu'un qui appréciait son travail, qui ne l'accablait pas d'ordres lancés sur un ton comminatoire comme Dr Jeff, ou insinuait des critiques, ce dont sa mère s'était fait une spécialité.

« Bien sûr, ma fille, Bucky est un compagnon bien agréable, mais tout de même, un homme, ce serait mieux, tu ne penses pas ? »

« Tu n'as jamais envisagé de postuler pour une autre clinique à la recherche d'une associée ? En supposant bien entendu que tu sois capable de les intéresser… »

Dire que sa mère se demandait pourquoi Kit ne venait pas la voir plus souvent !

Revenant à la question posée par August, elle avoua franchement :

— Non, rien de spécial.

Au moment où elle commença à tailler les ongles de Jenkins, opération parfaitement indolore, le husky se mit à hurler à la mort de si bon cœur que Kit eut envie de se boucher les oreilles. Mais pour cette race de chien, tout prenait des proportions dramatiques.

— En voilà un qui sait se faire entendre ! commenta August. Mais mon client précédent ne valait guère mieux, regarde un peu…

Il montra à Kit la crotte dont le perroquet, furieux des soins qu'il lui dispensait, l'avait gratifié sur l'épaule de sa chemise.

— Et je te fais grâce de toutes les insultes dont il m'a agoni ! Il m'a envoyé au diable plus d'une fois.

— Frank a mauvais caractère et depuis que ses maîtres sont en instance de divorce, c'est pire que jamais. À tel point que leur avocat leur a conseillé de faire un effort pour enrichir son vocabulaire de mots plus aimables.

Pendant qu'August retirait sa chemise sale, Kit essaya de détourner le regard. D'ordinaire, il n'y avait pas de place pour la pudeur quand les vétérinaires se changeaient à la suite d'un dégât lié à la profession. Kit ne put s'empêcher de fixer la poitrine large et musclée de son collaborateur. Elle sentit la chaleur lui monter aux joues.

— Kit ? Tu m'écoutes ?

— Heu… oui.

— Je te demandais si ça te dirait de m'accompagner à Shady Springs Ranch pour une rando équestre de nuit.

Il se pencha pour flatter la tête de Bucky allongé à ses pieds. Par moments, Kit était presque jalouse de l'adoration que son chien vouait à August. Elle se sentait reléguée au second plan dans l'affection de cet animal dont elle s'était pourtant occupée dès ses premières semaines. En même temps, elle trouvait attendrissant de voir ce bel homme accorder autant d'attentions à son petit compagnon.

— Ah…

*Non, merci*. Les mots étaient déjà sur le bout de sa langue. Pourtant, à la place, elle s'entendit répondre :

— Pourquoi pas ?

Elle comprit qu'August s'attendait à ce qu'elle refuse, mais le sourire qui apparut sur son visage quand il entendit sa réponse lui fit chaud au cœur.

— Il faut s'être entraîné récemment pour y participer ?

Elle avait accepté trop vite. Déjà, elle s'en repentait. Elle avait tant à faire à la clinique ! Cette pile de formulaires à remplir…

— Parce que si c'est le cas, je ne…

— Eh ! Pas question de te défiler si vite ! la coupa August. Je vois déjà tous les petits engrenages qui se mettent à s'enclencher dans ta tête pour te persuader que tu n'as pas le temps de venir.

— Sérieusement, August, en plus des dossiers en retard, je dois faire une lessive et téléphoner à mes frères.

Elle avait croisé les bras comme pour se défendre, agacée de voir qu'August lisait si facilement en elle.

— C'est la première fois que tu n'inventes pas immédiatement une excuse pour refuser mon invitation ! Tu m'as dit que tu n'avais rien de spécial, je te prends au mot. Et non, nul besoin d'être championne d'équitation pour faire cette balade. Evie et Anya Mitchell la font une fois par semaine avec un petit groupe de cavaliers.

— Tu es sûr qu'ils auront un cheval disponible pour moi ?

— Oui, parce que je leur ai dit que je viendrais sans doute accompagné.

Il lui adressa un clin d'œil.

— Tu vois, j'avais bon espoir de te convaincre ! Tu as bien mérité de te détendre un peu, non ?

— Je…

La gorge serrée, Kit s'interrompit mais August acheva à sa place.

— Je sais. Tu n'as pas l'habitude qu'on s'occupe de toi, mais tant que je serai ici, supporte que je m'en charge !

Le regard qu'August lui adressa mit le sang de Kit en ébullition. Mais elle ne répliqua rien. Il avait raison. Depuis la mort de Leo, personne ne prenait plus soin d'elle. Toujours animée par le désir de faire mieux son travail, elle avait complètement perdu de vue la possibilité de prendre un peu de temps pour elle.

Ce n'était d'ailleurs même pas un sacrifice tant elle aimait ce qu'elle faisait, mais pour une fois, elle avait envie de se laisser aller. D'être seulement Kit, plus le Dr Bedrick, future propriétaire d'une clinique, future meilleure vétérinaire de la ville, future… Dieu sait quoi ! Non, pour une fois, elle allait se contenter de vivre dans l'instant présent et d'en profiter.

— Le rendez-vous au ranch est fixé à 19 heures. Si on mangeait avant ?

— Bonne idée. On pourrait aller au petit restau de tacos qui se trouve au coin de la rue ?

— Parfait.

Il jeta un coup d'œil à sa montre.

— Dépêchons-nous de ranger ici. Je ne veux pas être en retard pour notre…

Allait-il dire rendez-vous ?

— Pour notre balade.

Il croisa les bras.

— Je suis vraiment content que tu aies accepté de venir !

— Moi aussi.

C'était la vérité. La perspective d'une petite randonnée à cheval de nuit était bien plus amusante que celle d'une lessive ou d'une heure de paperasserie. Elle aurait bien le temps de retrouver tout cela le jour suivant. Tandis qu'August… August ne resterait pas chez elle éternellement.

Donc, autant profiter de sa présence !

Le cheval d'August se mit à hennir en entendant les hiboux ululer au-dessus de leur tête. August flatta l'encolure de sa monture qui continua à avancer. Kit se laissait aller au pas de sa jument, et au sourire qui se dessinait sur ses lèvres, August comprit qu'elle avait réussi à se débarrasser de ses scrupules pour être vraiment là.

Il avait encore du mal à le croire car chaque fois qu'il lui avait proposé quelque chose dans le courant de la semaine, elle avait systématiquement refusé. Heureusement, il ne s'était pas laissé décourager !

Quand il lui avait expliqué à quel point Kit s'impliquait dans sa clinique, Anya, la propriétaire du ranch, avait eu la gentillesse de réserver un cheval pour cette hypothétique participante, sans être certaine qu'elle serait disponible au dernier moment.

Evie, la sœur d'Anya, avait fait remarquer que Kit était la vétérinaire de leur haras mais que, jusqu'à maintenant, elle avait toujours refusé leurs invitations à participer à une sortie, ce qui les étonnait car elle avait été férue d'équitation pendant sa jeunesse.

Glaner cette information avait plu à August. C'était bien plus agréable que de savoir à quel point les ex-beaux-parents de Kit s'acharnaient à lui gâcher la vie. Cette obstination méchante lui avait donné envie de protéger Kit autant que cela lui serait possible mais en même temps, il trouvait cela ridicule. Kit était tout à fait capable de leur tenir tête ! Et lui-même avait sa propre vie à gérer, ce qui n'était pas forcément très facile non plus.

Ne serait-ce qu'en ce qui concernait l'attirance de plus en plus grande qu'il éprouvait pour Kit au fur et à mesure que les jours passaient. À plusieurs reprises, il avait eu envie de l'embrasser, mais ce n'était pas pour cela qu'il l'avait invitée à l'accompagner ce soir.

Tout au moins, ce n'était pas la raison principale.

Kit avait besoin de se détendre. S'il réussissait à le lui faire comprendre, son passage dans la clinique de son père n'aurait pas été inutile.

Ils continuèrent la balade tout en devisant. Dans l'obscurité, il avait du mal à distinguer les traits de Kit mais il l'entendait rire. C'était merveilleux !

— Tu sais, August, je suis venue ici monter à cheval pendant des années. J'ai souvent participé à des concours, bien sûr.

— Bien sûr ! s'amusa August.

Comme si Kit pouvait s'en tenir au simple plaisir de monter…

Elle se mit à rire.

— Ma mère avait décidé que je devais exceller dans un sport. Comme mon père nageait en compétition, j'ai essayé moi aussi mais je n'étais pas assez rapide. J'ai essayé le golf, mais j'étais nulle, quant au basket, avec ma petite taille, c'était ridicule !

Elle racontait tout cela avec humour et s'ils ne s'étaient pas trouvés à cheval, August l'aurait volontiers attirée dans ses bras. Il se rappelait Kit au temps du lycée. À quelle vitesse elle le quittait pour se précipiter dans la voiture de sa mère et filer vers ses activités périscolaires. Lui, jamais son père n'était venu le chercher à la sortie du lycée. Il enviait les élèves dont les parents s'impliquaient dans la vie de leurs enfants. C'était un bonheur qu'il n'avait pas connu.

— J'adorais le saut, expliqua-t-elle. Ma jument, Willow, était un amour. Elle me comprenait à merveille. Je passais des heures à m'occuper d'elle. D'ailleurs, c'est ici, dans cette écurie, que j'ai décidé de devenir vétérinaire. Ça fait six ans qu'elle est morte maintenant. Je ne l'ai jamais remplacée.

August n'était pas surpris de ce parcours. Plusieurs vétérinaires de sa connaissance avaient découvert leur vocation grâce à leur animal de compagnie. Ce n'était pas son cas. Lui, ce qui le fascinait, c'était la science.

— Tu as participé à des compétitions de saut et tu m'as demandé s'il fallait une expérience à cheval pour m'accompagner ce soir !

Il éclata de rire.

— Avoue que tu cherchais une porte de sortie…

— Je t'ai demandé s'il fallait s'être entraîné récemment, ce n'est pas la même chose !

Elle se mit à rire elle aussi.

— D'ailleurs, je n'étais pas excellente. Mon placard était rempli des trophées que j'ai remportés pour la deuxième place. Je n'ai jamais réussi à arriver la première, ne serait-ce qu'une fois, pour permettre à ma mère d'en exhiber un sur le manteau de la cheminée.

Le visage de Kit s'était assombri. Pourtant, quelle honte y avait-il à avoir accumulé des deuxièmes places en compétition ? Lui, il n'avait jamais rien gagné, puisqu'il avait toujours soigneusement évité toute compétition. Au moins ainsi, il ne courait pas le risque de décevoir son père !

Un lien invisible s'était tissé entre lui et Kit, un lien qu'il n'avait jamais expérimenté. Il faut dire qu'il n'était jamais resté suffisamment longtemps quelque part pour nouer une véritable relation. Il n'avait connu que des amourettes qui se terminaient d'un commun accord dès qu'il obtenait son changement pour une autre région.

Bien sûr, il avait déjà éprouvé du désir, mais jamais aussi intensément que face à cette petite jeune femme brune et pétillante. Car si Kit était belle, c'était sa personnalité affirmée qui l'attirait. Il se pencha vers elle.

— Kit…

Ils étaient arrivés à la porte de l'écurie quand la jument de Kit se mit à hennir.

*Encore une occasion de manquée !*

— Doucement, ma belle, chuchota Kit… Sinon tu vas te faire encore plus mal.

Elle mit pied à terre avec une aisance de professionnelle et tendit les rênes au garçon d'écurie qui se trouvait là.

— Allez, Patty, du calme… tout va bien.

Kit parlait d'une voix apaisante, mais la jument continuait à protester.

Une blessure sur son flanc gauche inquiéta August. Comment avait-elle pu se faire cela ?

— Evie, passe-moi ta trousse médicale, demanda-t-il.

— Tu crois qu'il faut lui administrer un calmant ?

Kit continuait à calmer la jument de sa voix douce mais au cas où cela ne serait pas suffisant, August préférait se tenir prêt. Car un cheval, surtout un cheval qui souffrait, pouvait causer beaucoup de dégâts autour de lui, ainsi qu'à lui-même, d'ailleurs.

— Patty, ma belle, sois gentille, on s'occupe de toi.

La jument avait arrêté de frissonner et ses oreilles n'étaient plus couchées en arrière. Apparemment, elle s'apaisait.

— Evie, donne-moi une serviette pour éponger sa sueur, demanda Kit.

Puis, se tournant vers August, elle ajouta :

— Il faut désinfecter la plaie et lui faire une piqûre d'antibiotique.

— Je ne comprends pas ce qui s'est passé, dit August.

Anya flattait l'encolure de la jument tout en lui offrant une friandise.

— Il se passe qu'en vieillissant Patty y voit de moins en moins bien.

— Quel âge a-t-elle ? demanda August.

— Bientôt vingt-huit ans. C'est très vieux.

Les chevaux vivaient plus longtemps que les chats et les chiens, mais vingt-huit ans était un âge plus que respectable.

— Quelque chose lui a fait peur quand elle est arrivée à l'écurie, elle a fait un écart et s'est écorchée contre le poteau de l'entrée.

Elle embrassa la jument sur le nez.

— Ma jolie Patty…

— La coupure n'a pas l'air profonde, déclara Kit qui venait de l'examiner.

August lui tendit la solution désinfectante.

Lorsque Kit l'appliqua, Patty se mit à piaffer, ce qui était une réaction tout à fait normale, dénuée d'agressivité, mais mieux valait tout de même prendre garde. August remarqua l'attention que Kit portait à chacun des mouvements de la jument, à chaque battement de sa queue. Un coup de sabot de cheval pouvait facilement briser la jambe de la personne qui s'occupait de lui, mais si August se sentait nerveux en regardant Kit s'activer, elle-même était sûre de ses gestes.

Les chevaux la connaissaient. C'était lui l'étranger dans cette écurie. Passer les médicaments à Kit était ce qu'il pouvait faire de plus utile pour ne pas créer de stress supplémentaire mais cela ne l'empêchait pas de s'inquiéter pour elle.

— L'antibiotique ! demanda Kit.

Anya continuait à caresser Patty, et August continuait à fixer Kit.

Comme elle levait la tête, leurs regards se croisèrent avant qu'elle se penche à nouveau sur sa patiente. Et là, un courant les traversa tous les deux, brûlant, exigeant, irrésistible.

La vie était vraiment trop courte pour l'ignorer.

Une fois installés dans leur voiture et prêts à prendre le chemin du retour, August alluma le chauffage. Il avait vu Kit frissonner dans l'écurie. C'était là encore un geste plein de gentillesse à son égard. Mais le plaisir que cela lui apportait était aussi un signal d'alarme : c'était dangereux pour elle de s'habituer à être ainsi entourée d'attentions puisque cette parenthèse prendrait bientôt fin.

En fait, les frissons qu'elle n'avait pas réussi à dissimuler n'étaient pas seulement dus au froid. La vérité était qu'elle avait de plus en plus de mal à dissimuler le désir qu'elle éprouvait pour August. Elle ne pouvait s'empêcher d'imaginer ce qu'elle ressentirait s'il la touchait, s'il la caressait. La solitude dans laquelle elle vivait depuis des années ne lui pesait pas, mais tout de même… tout à l'heure, quand il l'avait aidée à retirer sa bombe, il lui avait plaqué les cheveux en arrière d'un geste de la main. Elle en avait frémi de plaisir. Elle devait être horrible à regarder ! Pour une fois qu'elle faisait quelque chose avec August, il fallait qu'elle lui offre le triste spectacle de ses cheveux en désordre…

À croire que le monde n'en finirait jamais de se montrer injuste envers elle !

August n'avait pas subi cette malédiction. Ses boucles à peine dérangées lui conféraient l'air arrogant de ces beaux mannequins à l'apparence soigneusement négligée qui font la une des magazines de mode. Et pas du tout celle de cette pauvre-fille-toute-moche-qui-descend-de-cheval.

Enfin… August avait tout de même raison. Cette sortie avait réellement été une expérience agréable. Qui ne s'était pas exactement terminée comme elle l'aurait souhaité… Quand il s'était penché sur elle pour l'aider à retirer sa bombe, elle avait bien cru qu'il allait l'embrasser mais cela ne s'était pas produit. Ou plus exactement, elle s'était retirée pendant qu'il hésitait.

*Est-ce que ce serait vraiment dramatique si je l'embrassais ?*

Pourquoi cette question refusait-elle de quitter son esprit, au point de devenir obsédante ? Chaque fois qu'elle se trouvait près de lui passait une sorte de courant qui la mettait en émoi. Mais cela disparaîtrait certainement avec le temps.

— J'ai bien aimé cette sortie, déclara-t-elle.

— Tant mieux ! Tu sais que j'ai presque regretté de t'avoir invitée à y participer ?

— Vraiment ?

Il gara la voiture, dégrafa sa ceinture de sécurité et se tourna vers elle.

— Oui. Je voulais surtout que ce soit une coupure avec la clinique. Une manière de nous détendre.

— Nous ? Ou moi ? demanda Kit en lui tapotant la main.

— Nous. J'avais besoin moi aussi de faire quelque chose de différent.

Il écarta la mèche de cheveux qui retombait sur le visage de Kit et la cala derrière son oreille.

— Tu te souviens de ce que je t'ai dit ? C'est important de mener une vie équilibrée.

Du pouce, il lui caressait la joue. Elle le laissa faire. C'était doux. C'était délicieux.

— Tu sais, je m'inquiète vraiment de te voir autant travailler, mais…

Le pouce d'August lui caressait maintenant le menton.

— Mais pour être honnête, j'avais surtout envie de passer une soirée avec toi.

— August…

La façon que Kit avait eue de prononcer son prénom ressemblait à une prière.

Elle se pencha vers lui. Sous son casque de cheveux courts, mille pensées contradictoires se livraient bataille mais l'une d'entre elles finit par s'imposer.

Demain arriverait bien assez tôt, avec ses exigences, ses

responsabilités. Elle ne voulait pas laisser passer un jour de plus sans savoir comment August embrassait. Un baiser ferait disparaître la tension qui existait entre eux. Et lui offrirait en même temps un souvenir agréable auquel elle pourrait se raccrocher plus tard, quand elle se retrouverait seule le soir.

— August… embrasse-moi.

August ne la fit pas répéter. Leurs lèvres se rencontrèrent délicieusement. Quelle erreur elle avait faite d'imaginer qu'un baiser, un seul, permettrait d'apaiser le désir qu'elle avait de lui !

Quand il s'écarta, elle retint un cri de protestation.

— Viens, rentrons ! proposa August.

Il avait parlé d'une voix rauque. Dans ses yeux dansait l'étincelle du désir.

Que faire ? Depuis le début, elle le trouvait séduisant. Terriblement séduisant. Elle savait qu'il ne resterait pas longtemps à Foxfield. Dès que son père irait mieux, il partirait. Alors ?

Depuis Leo, elle n'avait pas eu de relation avec un homme.

Et aucun de ceux qu'elle avait rencontrés ne l'avait plongée dans pareil trouble. Comme Leo, August savait la rendre vraiment vivante. Il la faisait rire et sourire. Cela ne lui était plus arrivé depuis si longtemps…

Kit n'avait pas l'habitude de brusquer les choses, mais était-elle réellement en train de brusquer quoi que ce soit ? August et elle avaient passé toutes leurs journées ensemble la semaine précédente, et même une partie de leurs nuits à surveiller les animaux qui avaient besoin de soins.

— Viens, répéta August, la journée a été longue. Rentrons au chaud.

Si elle avait osé, elle aurait aimé l'attraper par la main et l'amener tout droit dans sa chambre. Ou lui proposer de prendre ensemble la douche qui s'imposait après la balade à cheval.

Hélas, elle ne faisait pas partie de ces héroïnes pleines d'audace qui se jetaient au cou des hommes. C'était pourtant ce qu'elle aurait aimé être ce soir.

Elle ouvrit la porte d'entrée. Ils pénétrèrent dans le hall et August se dirigea vers l'escalier.

— Bonne nuit, August.
— Dors bien, Kit.
Sur ce, il se mit à gravir les marches sans se retourner.
Elle se mordit la lèvre.
*Zut !*

# 5.

Kit jeta un coup d'œil sur sa montre en retenant un bâillement. Il leur restait encore deux heures de permanence à la clinique alors qu'ils étaient épuisés l'un et l'autre. Elle regarda August qui ingurgitait sa énième tasse de café. Malgré sa fatigue, le trouble qu'elle éprouvait chaque fois qu'elle passait près de lui se manifesta une fois de plus. Le baiser rapide qu'ils avaient échangé la veille n'avait rien fait pour l'apaiser.

Malgré les cernes qu'il avait sous les yeux, et ses traits qui accusaient la fatigue, elle le trouvait toujours aussi séduisant. Le risque qu'elle avait pris la veille en partageant un baiser avec lui avait été une erreur qu'elle avait payée d'une longue insomnie. Pourtant, elle n'avait pas eu l'impression de tromper Leo. Non, il lui avait semblé qu'elle découvrait quelque chose qu'elle avait oublié depuis longtemps : la liberté.

Malheureusement, si August demeurait fidèle à sa ligne de conduite qui en ce moment lui soufflait de s'occuper d'elle, une fois son remplacement terminé, il partirait vers de nouvelles aventures sans même se retourner.

Elle-même n'avait pas la possibilité d'en faire autant. Ses frères, ses neveux qu'elle adorait, la tombe de Leo, tout cela la retenait à Foxfield. Leo et elle s'étaient juré qu'un jour ils auraient leur propre clinique. Elle refusait de renoncer à ce rêve mais en même temps, elle était jalouse de la liberté dont jouissait August.

Le pincement au cœur qu'elle ressentait en envisageant le départ de ce dernier lui prouvait à quel point elle s'était laissé emporter malgré elle dans un attachement qui ne pouvait être qu'éphémère.

— Bonjour, Kelsy, lança-t-elle sur un ton qu'elle voulait enjoué en poussant la porte de la salle d'examen. Il paraît que ta famille vient de s'agrandir ?

— En effet, approuva Kelsy Richards en caressant le chat qu'elle transportait dans son panier.

En plaçant le panier en question sur la table d'examen, Kit s'appliqua à cacher sa surprise. Alors qu'elle s'attendait à trouver un chaton, c'était un chat déjà âgé que Kelsy lui amenait. Une fois la visite terminée, il lui faudrait expliquer à Amanda, la réceptionniste, qu'il était important de noter l'âge approximatif de l'animal qu'on lui amenait.

— Amanda m'a parlé d'un chat qui n'avait pas été pucé. J'en ai déduit un peu vite qu'il s'agissait d'un chaton.

— Non, pas du tout. Mon copain pense que je suis un peu folle d'adopter un chat aussi âgé mais je l'ai trouvé hier, couché à côté de ma voiture. Quand il a levé la tête, j'ai vu dans son regard qu'il m'avait choisie pour le garder jusqu'à la fin de ses jours. Alors, nous voici tous les deux !

Elle sortit le chat du panier. Il se lova dans ses bras, inquiet du sort qui l'attendait dans cette salle pleine d'odeurs inhabituelles.

— Allons, Pepper, murmura Kelsy, le Dr Bedrick va te faire quelques misères, mais c'est pour ton bien !

Kit fit en effet une prise de sang et caressa ensuite la tête de l'animal qui n'avait pas bronché.

— Gentil minou…

— J'ai fait ce que tous les médecins recommandent de ne pas faire, avoua Kelsy. J'ai cherché sur Internet… je crains que Pepper ait le sida des chats, ou une leucémie, ce qui ne vaut guère mieux.

— Nous le saurons avec certitude une fois l'analyse de sang effectuée, mais étant donné l'état de ses gencives, je crains fort que ce soit le cas.

Kelsy caressa longuement le chat qui s'était blotti contre elle et ronronnait maintenant.

— Peu importe, Pepper. Toi et moi, nous ne nous quitterons

jamais, c'est promis. Et je te soignerai du mieux que je pourrai pour que tu restes heureux jusqu'à ton dernier jour.

Cette réaction suscita un soupir d'aise de la part de Kit.

— Si le résultat est positif comme je le crains, nous ferons un nouveau test dans quelques semaines.

Une fois Kelsy partie, les mots qu'elle avait prononcés résonnèrent aux oreilles de Kit.

« Toi et moi, nous ne nous quitterons jamais ! »

Mais ce n'était pas l'image de Pepper qui lui apparaissait alors.

— Ça va, Kit ? Tu as l'air bizarre !

August la regardait d'un air très doux.

Kit comprit alors qu'il avait remarqué qu'elle gardait les yeux fixés sur lui depuis un moment.

— Oui, oui ! C'est à cause de cette petite cliente qui vient d'adopter un vieux chat malade. Je déteste être obligée d'annoncer de mauvaises nouvelles.

August hocha la tête.

— Malheureusement, cela fait parfois partie de notre métier.

— Bon… j'ai encore deux patients à recevoir. Je sens que je vais rester tard à la clinique ce soir.

— Tu veux que je fasse l'analyse de sang ? J'ai terminé avec mes rendez-vous de la journée. Ou si tu préfères, je peux prendre l'un de tes derniers rendez-vous.

August prit l'éprouvette qui contenait le sang prélevé sur Pepper.

— Si le résultat est positif, veux-tu que j'appelle sa maîtresse ?

— Non, je te remercie. Je connais bien Kelsy. Elle s'attend au résultat mais je préfère le lui annoncer moi-même.

— Comme tu préfères.

Il lui tapota l'épaule d'un geste de bon camarade.

Précisément ce que Kit ne souhaitait pas.

Il ouvrit la bouche comme pour dire quelque chose qui lui tenait à cœur mais la referma sans avoir prononcé le moindre mot. Ensuite, il lui adressa un sourire et sortit.

Qu'allait-il dire ? Pourquoi s'était-il ravisé ?

Kit mourait d'envie de le savoir.
Elle mourait d'envie de se blottir dans ses bras.

August considérait la tasse de café qu'il avait posée près de lui dans la salle où il effectuait l'analyse de sang. Non, finalement, il ne la boirait pas, il avait déjà suffisamment consommé de café pour la journée. D'ailleurs, toute la caféine ingurgitée n'avait pas réglé le problème de sa persistante léthargie de la journée. Ce n'était pas une tasse de plus qui réglerait le problème.

Tout cela était dû au fait qu'il avait très mal dormi la nuit précédente. Sans cesse, le baiser qu'il avait échangé avec Kit la veille au soir revenait le hanter.

Quand il s'était écarté de Kit, l'éclair de panique qui avait traversé le regard de cette dernière ne lui avait pas échappé.

Il n'y était pour rien, c'était sûr. Ce baiser avait été une merveille de douceur. Pourtant, il aurait dû réussir à retenir le désir qu'elle lui inspirait, mais comment faire ? Il passait ses journées avec elle ! Il dormait sous le même toit qu'elle, mangeait souvent avec elle, promenait Bucky avec elle…

La sagesse aurait été d'introduire un peu de distance entre eux, mais avait-il envie d'être sage ? Non. Pas du tout. Il avait envie d'elle. Plus le temps passait et plus il la désirait.

Comme elle le croisait, il remarqua que, une fois de plus, Kit gardait les yeux baissés. C'était ce qu'elle avait fait toute la journée. Comme si elle s'appliquait à ne jamais croiser son regard.

Cela lui faisait de la peine, mais en même temps, il la comprenait. Leur relation avait changé de registre la veille au soir, il en était parfaitement conscient.

Par contre, lui-même n'avait pas réussi à détacher son regard d'elle. Malgré la fatigue qui tirait ses traits, elle était belle. Tellement belle ! Avec son petit visage concentré sur son travail, ses mains délicates, sa voix apaisante, son corps menu et pourtant si vigoureux…

Le compte-minutes qu'il avait mis en marche retentit. Le test était positif. Kit n'en serait pas surprise, mais certainement contrariée. Lui-même détestait avoir à annoncer de mauvaises nouvelles. Il inscrivit le numéro de Kelsy sur le bloc près du téléphone et déposa à côté les résultats du test pour que Kit trouve tout prêt le lendemain.

Ensuite, il nettoya la paillasse sur laquelle il avait travaillé, ramassa ses affaires et se dirigea vers la petite maison qu'ils partageaient.

Quand Kit rentrerait, elle trouverait un dîner préparé et un verre de vin à sa disposition. Après une aussi longue journée de travail, c'était bien le moins qu'il puisse faire pour elle.

Et si elle n'était pas de retour dans une heure, il irait la chercher manu militari !

Lorsqu'il entendit la porte d'entrée s'ouvrir, August ne put retenir un sourire de satisfaction. Cette fois, il n'aurait pas besoin d'aller extraire Kit de la clinique !

— Viens dans la cuisine ! cria-t-il.

Il avait préparé des burgers et du pain grillé.

— Oh ! comme ça sent bon ! s'exclama Kit.

— Ce n'est rien de compliqué, mais c'est tout chaud. Passe-moi ton assiette !

August la garnit d'un steak, d'une tranche de pain grillé, d'une tomate coupée en rondelles et de quelques feuilles de salade verte.

— Franchement, tu n'avais pas besoin de te déranger comme ça ! déclara Kit sur un ton de reproche plein de gentillesse.

— Tu sais, il fallait bien que je mange quelque chose moi aussi…

Il mordit à belles dents dans son burger.

— Nous avons beaucoup travaillé aujourd'hui encore et apparemment, ni toi ni moi n'avons beaucoup dormi la nuit dernière…

Aussitôt ces mots prononcés, il se mordit l'intérieur de la joue. Pourquoi diable avait-il dit cela ?

— Tu veux dire… à cause de notre baiser ?

Kit avait raison, bien sûr, mais jamais il n'aurait osé le dire aussi franchement.

Décidément, rien ne lui faisait peur !

Ils terminèrent leur repas pendant que ces derniers mots continuaient à flotter entre eux.

Au bout d'un moment, August n'y tint plus.

— Oui. Exactement. J'ai passé beaucoup de temps la nuit dernière à repenser à ce baiser. Je l'ai trouvé délicieux mais rien ne t'oblige à avoir envie de recommencer !

— Et si au contraire j'en meurs d'envie ?

Kit était devenue toute rouge. Elle se leva, alla déposer son assiette dans l'évier et revint s'asseoir.

— Excuse-moi pour hier soir. Tout d'un coup, j'ai été prise de panique. Tu comprends, je n'ai eu de relation avec aucun homme depuis la mort de Leo. Avec la clinique…

Son regard alla se poser sur la petite pancarte « Faire toujours mieux ».

Elle prit une profonde inspiration avant de continuer.

— Et puis, je sais que tu ne vas pas rester à Foxfield. Ton séjour ici n'est que temporaire.

Elle balaya la pièce du regard.

— En même temps, la vie est courte. Je l'ai appris durement. Alors qu'est-ce que tu penserais de moi si je te disais que je veux profiter de ce qui existe entre nous pendant le temps qui nous est accordé ?

À ces mots, quelque chose se déchira dans le cœur d'August. Il avait bien entendu. Kit estimait que leur relation ne pouvait être que temporaire. Elle ne s'attendait pas à ce qu'il reste près d'elle.

Elle n'avait pas tort, mais cela n'empêcha pas August de se sentir blessé en découvrant qu'elle exposait la situation aussi ouvertement et avec tant de facilité. Est-ce que quelque chose au fond de lui lui aurait fait envisager qu'il puisse s'installer ici ? Allons… il n'était pas chez lui à Foxfield !

À moins que…

Non. Franchement, non. Pourtant, ce n'était pas une idée sur laquelle il avait envie de s'attarder en ce moment.

Sans réfléchir davantage, il se leva pour s'approcher d'elle. Il passa la main sur la joue de Kit, s'émerveillant de sa douceur.

Elle leva vers lui un regard plein de hardiesse.

— Tu sais, August, j'ai envie de t'embrasser. Vraiment.

Elle se leva à son tour, se mit sur la pointe des pieds pour que ses lèvres arrivent à la hauteur de celles d'August.

— On verra bien où cela nous mène.

August se pencha sur elle, prit les lèvres qu'elle lui tendait. Elles avaient un goût d'espoir. Ce mot n'avait accompagné aucun des baisers qu'il avait donnés autrefois. Mais plus leur baiser s'approfondissait, plus il s'imposait avec force.

L'espoir. Oui. Kit serait sienne pour aussi longtemps qu'elle le souhaiterait.

Il laissa courir ses mains sur les hanches de Kit, puis la souleva pour l'asseoir sur la table.

— Tu as raison, nos tailles sont vraiment trop différentes ! constata-t-elle en riant.

Elle avait entrouvert la bouche, prête à céder à toutes les demandes qu'il lui ferait.

— August… je ne sais plus comment m'y prendre. Il y a si longtemps !

Pour toute réponse, August l'embrassa sur le nez.

— Pas de problème. Il ne s'agit pas d'accomplir des prouesses, Kit, juste de nous faire plaisir.

— Alors, emmène-moi dans ta chambre !

Le désir flambait en elle, comme un feu qui couvait depuis longtemps et qu'un coup de vent inattendu réveillait pour le transformer en brasier.

August n'avait pas besoin qu'elle le lui répète. Il la prit par la main et l'entraîna aussitôt vers l'escalier qui conduisait à l'étage.

Le sang battait aux tempes de Kit quand August l'allongea sur le lit. Et encore davantage quand il alluma la lampe de chevet. Lorsque sa main s'attarda sur sa poitrine, elle eut l'impression que son cœur allait exploser. Était-ce bien elle, Kit Bedrick, qui se trouvait là, au lit avec August Rhodes et folle de désir pour lui ?

August était un très bel homme. Son bras gauche couvert de tatouages et ses cheveux emmêlés lui donnaient comme le jour de leur balade à cheval l'air d'une figure de mode. Et pourtant, il était là, tout près d'elle…

Les yeux clos, elle laissait les sensations l'envahir.

— Ça va, Kit ?

— Juste un peu dépassée…

— Regarde-moi !

August avait parlé d'une voix douce mais ferme.

Elle obéit, encore émerveillée de se trouver dans les bras d'un homme aussi séduisant.

— Kit, on s'arrête quand tu veux. C'est toi qui commandes. Si c'est trop pour toi, on arrête !

Les mains de Kit glissaient le long de la cuisse d'August, tout près de son érection, mais pas encore assez audacieuses pour la toucher.

— Un peu dépassée ne signifie pas que j'ai envie d'arrêter ! répliqua-t-elle aussitôt.

August la regarda dans les yeux.

— Kit, tes caresses me font perdre la tête. Je…

D'un geste habile, il souleva le pull qu'elle portait, dévoilant le soutien-gorge noir qui emprisonnait les petits seins pointus.

Puis, abaissant le visage, il commença à les embrasser à travers la dentelle. Bientôt, ce léger obstacle lui parut insupportable. Il fit légèrement pivoter Kit sur le côté et dégrafa son soutien-gorge qu'il jeta au hasard dans la chambre.

— Que tu es belle !

Il prit le bout d'un sein dans la bouche et commença à le taquiner de la langue. Lorsqu'il le sentit se dresser et se raidir, son plaisir augmenta encore.

Il fit glisser le pantalon de Kit le long de ses jambes, et lorsqu'elle ne fut plus vêtue que de son string noir, il sentit son désir monter encore d'un cran. Chacune des caresses qu'il lui prodiguait leur offrait une griserie partagée. Lorsqu'il pressa le pouce sur l'intimité la plus délicate de Kit, elle ne put retenir un petit cri, surprise et plaisir mêlés.

— August…

— Rien ne peut me faire plus plaisir que de t'entendre dire mon nom !

Et puis ce fut la bouche d'August qui vint prendre le relais de sa main. Elle s'arqua sous cette caresse habile, si douce, qu'elle désirait intensément, puis tout son corps se mit à trembler avant d'éclater en un millier d'étoiles.

— August, je t'en prie… viens en moi, je te veux tout entier !

August se hâta d'obéir mais Kit eut l'impression qu'il mettait une éternité à retirer son pantalon et à enfiler un préservatif.

Lorsque, enfin, il se plaça sur elle, elle l'entoura de ses jambes pour lui permettre de se joindre à elle le plus étroitement possible.

— Kit…

C'était au tour d'August d'être submergé par le plaisir. Mais il eut la patience d'attendre que Kit atteigne l'orgasme pour se laisser aller lui aussi au sommet de sa jouissance.

— August, c'était… magique ! murmura Kit à l'oreille de son amant.

Avant de se lever, il embrassa Kit encore une fois.

— Tu es épuisée. Si tu restais au chaud ici pendant que je sors Bucky ?

— Ici ? Dans ton lit ?

— Oui, bien sûr.

Kit laissa échapper un soupir de satisfaction. Elle n'avait aucune envie de regagner sa chambre toute proche. Ce soir, elle allait dormir avec August.

# 6.

La lumière du jour commençait à peine à pointer à la fenêtre lorsque August ouvrit les yeux. Il posa la main à côté de lui, sentit le corps tiède de Kit allongée près de lui. L'envie de la prendre dans ses bras et de faire encore une fois l'amour avec elle avant de commencer la journée était violente, mais elle avait besoin de se reposer.

C'est donc du regard qu'il se contenta de caresser le corps svelte allongé près de lui. Tout de même, il suivit du doigt la courbe de ses hanches.

Kit battit des paupières et lui sourit.

— Désolé, je ne voulais pas te réveiller !

— Je refuse de te croire, déclara Kit en laissant sa main courir le long de la jambe d'August. Mais puisque je ne dors plus, autant en profiter, non ?

Lorsque après un long moment de caresses réciproques elle enfila délicatement le préservatif sur la virilité d'August, il dut faire appel à toute sa maîtrise pour attendre que Kit l'accueille en elle avant de laisser exploser le feu qui le dévorait.

— J'aime bien tous tes tatouages, déclara Kit un peu plus tard en lui tendant une tasse de café. J'imagine que tu as fait faire le premier juste pour mettre ton père en colère ?

L'été, quand il avait les bras nus, on lui disait parfois que les dessins qu'il avait voulu faire inscrire sur sa peau avaient été bien exécutés. Personne ne supposait que chacun d'entre eux avait été soigneusement choisi.

En tout cas, c'était la première fois qu'on lui demandait s'il les avait faits faire en signe de rébellion contre son père.

À deux reprises, il était allé rendre visite à ce dernier dans son centre de rééducation, et chaque fois, il s'était rendu compte qu'il regardait souvent sa montre tant la tension qui existait entre eux était pénible à supporter. Bien entendu, la conversation avait été monopolisée par les nouvelles de la clinique. Pourtant, il devait reconnaître que Dr Jeff avait chaque fois manifesté un intérêt réel au sujet de Kit. Ce qui n'était pas sans le rendre un peu jaloux…

— J'aimerais pouvoir te répondre « non », mais ce serait un mensonge.

Il se souvenait parfaitement du moment où il avait pénétré dans la boutique pour se faire tatouer une tortue en signe de rébellion contre son père. C'était la première fois qu'il choisissait de faire quelque chose qui ne le quitterait jamais.

— Alors ?

— Eh bien, j'aimerais répondre que j'ai fait le premier pour moi plutôt que parce que je savais qu'il allait mettre mon père dans tous ses états mais ce serait faux.

Le plus bizarre dans cette décision, c'était qu'étant donné que celui-ci n'était pas venu assister à sa remise de diplôme de fin d'études vétérinaires, il savait qu'il ne le reverrait pas. Tout de même, sa motivation avait été celle-là. Et maintenant que son père l'avait vu, il n'avait fait aucun commentaire à ce sujet. Quoi de surprenant ? Cela n'avait rien à voir avec la clinique…

Peu importait désormais. Il menait la vie qu'il souhaitait, cela lui suffisait. Depuis, il en avait fait faire beaucoup d'autres et chacun avait sa signification. Divers animaux, fleurs, insectes, figuraient sur le bras d'August.

— Chaque région où je suis allé travailler est marquée sur ma peau.

— Explique-moi !

— Eh bien, par exemple, cette tortue est l'emblème du Tennessee. C'est là que j'ai commencé.

Et c'était là aussi qu'il s'était promis de ne jamais revenir quand il avait fait ses adieux à la ville où il avait grandi.

— Tiens, je reconnais ici la campanule du Texas, c'est bien ça ? Qu'est-ce que tu as d'autre ?

Il lui passa un bras autour de la taille et l'embrassa sur le front.

— Plein de choses, parce que je suis allé dans plein d'endroits ! C'est l'avantage d'avoir travaillé comme vétérinaire remplaçant. Entre autres, je suis allé en Floride, dans le Massachusetts, dans le Maine…

— Ah, je vois un caribou ! s'exclama Kit. Il est énorme !

Elle passa les doigts sur l'étrange créature.

— Bien sûr ! Ce sont de très gros animaux, très dangereux. J'ai eu plus d'une fois à soigner un chat ou un chien qui avait eu le malheur de se trouver sur le chemin de l'un d'eux. C'est tout de même lui qui représente le Maine dans ma ménagerie.

— Le crocodile est sûrement là pour représenter la Floride, c'est ça ?

— En effet. J'ai travaillé dans une clinique spécialisée dans les animaux exotiques. On me demandait de faire un bilan de leur santé avant de les relâcher dans la nature.

Quelle expérience cela avait été pour lui de traiter des patients dont le museau avait été soigneusement attaché avec du ruban adhésif ! C'était pourtant le meilleur moyen d'assurer la protection des soignants. À l'occasion de ce remplacement, il avait découvert que s'occuper des reptiles était une tâche qui le passionnait.

Kit continuait son exploration et, tout en lui donnant les explications qu'elle demandait, August se rendait compte qu'il était en train de réellement tomber amoureux d'elle. Et cela, sans éprouver la crise de panique qui le submergeait d'ordinaire quand il envisageait une relation qui dure.

L'exemple de ses parents le mettait en garde contre un engagement sérieux. Sa mère s'était contentée de la seconde place jusqu'au jour où elle était partie pour s'affirmer. Le couple avait été définitivement brisé. August en avait déduit que l'amour était fragile. Et difficile à vivre au quotidien.

— Quelle est la région que tu as préférée ?

La question de Kit le ramena à l'instant présent.

*Celle où je me trouve en ce moment.*

Les mots restèrent coincés dans sa gorge. Et pourtant, c'était la vérité, même si les prononcer à haute voix était aller un peu trop loin. Mieux valait rester dans le vague.

— Je les ai toutes aimées. Chaque fois il y avait quelque chose de nouveau à apprendre.

Sur ces entrefaites, Bucky déboula dans la cuisine, comme pour les rappeler à la réalité.

— C'est l'heure d'aller à la clinique, remarqua Kit.

Elle vida sa tasse de café et fixa un instant son regard sur la petite pancarte « Faire toujours mieux ».

Qu'est-ce que ces mots signifiaient exactement pour elle ?

La mère de Kit et ses ex-beaux-parents avaient exigé d'elle plus qu'ils n'auraient dû, mais la jeune femme qu'il regardait en ce moment préparer son sac et attacher la laisse de Bucky était-elle encore sous leur emprise ? Ou bien s'imposait-elle de son plein gré les contraintes de son quotidien ? La vie était pourtant trop courte pour accepter de vivre selon les exigences des autres !

— Allez ! En avant pour une super journée ! lança Kit avant de sortir.

— Super ? Pourquoi super ? Tu crois qu'une bonne journée ne suffit pas ? C'est déjà beaucoup. Il y a parfois des moments où l'on est bien obligé d'accepter un échec sans pour autant s'accuser d'être incompétent.

— Si une bonne journée est le mieux que nous pouvons faire, alors il faut l'accepter, déclara Kit.

Mais la détermination qui brillait dans son regard suffit à prouver à August qu'elle n'avait pas changé d'avis.

Tout au long de la journée, Kit garda le sourire aux lèvres. C'était incroyable de penser que faire l'amour avec August l'avait à ce point reposée.

— Tu fais plaisir à voir aujourd'hui tellement tu parais

heureuse ! remarqua Amanda, la réceptionniste qui jouait aussi le rôle d'assistante.

Kit n'avait pas envie de s'étendre sur le sujet mais Amanda voyait juste. Elles avaient toutes les deux le même âge, pourtant, Amanda était mère de trois enfants et heureusement mariée. À plusieurs reprises elle avait proposé à Kit de rencontrer certains de leurs amis dans l'espoir de la faire sortir de sa solitude mais rien n'avait résulté de ces rendez-vous.

Avec Leo, Kit avait connu l'excitation de l'amour, le vertige des sens, le bonheur de découvrir la richesse d'une autre personne. Rien de tout cela ne s'était plus jamais produit.

À ce moment-là, August entra dans la pièce. Aussitôt, le cœur de Kit se mit à battre plus vite. Alors qu'elle avait espéré qu'après une nuit passée avec lui son corps s'apaiserait, c'était exactement le contraire qui se produisait. Elle ne cessait de penser à ses caresses. Elle les désirait. Pourtant, les émotions qu'elle éprouvait étaient différentes de celles qu'elle avait connues avec Leo. Peut-être parce qu'elle savait qu'avec August la relation ne pouvait pas durer ?

C'était du moins ce dont elle essayait de se persuader.

Ce matin, quand elle lui avait demandé quelle région il avait préférée de toutes ses affectations, elle avait espéré qu'il répondrait : « Ici. » Mais imaginer pareille réponse alors qu'il venait de passer seulement trois semaines dans la ville qu'il avait fuie autrefois, c'était pure folie ! Elle aurait mieux fait de garder sa question pour elle.

Bien sûr, elle n'avait pas insisté, malgré son envie de lui dire que si l'on apprenait partout, il y avait tout de même toujours un endroit qu'on préférait à tous les autres. Pourtant, elle avait envie de savoir. Et aussi de savoir si ce lieu préféré lui manquait en ce moment.

Ce n'était pas raisonnable. Mieux valait penser à autre chose.

Des aboiements se firent entendre, suivis d'une petite voix qui criait :

— Biscuit ! Ici, Biscuit !

En se tournant, Kit vit August qui sortait de la salle d'examen et refermait soigneusement la porte derrière lui.

— Tout ce bruit rend Franck, le berger allemand dont je m'occupe, à moitié fou de stress.

— Biscuit ! continuait à crier l'enfant.

Kit s'aperçut qu'il s'agissait de son neveu Wess, qui semait tout ce désordre en courant après son animal de compagnie.

Des larmes coulaient sur ses joues encore rondes de petit garçon âgé de sept ans. Il ne remarqua même pas l'arrivée de sa tante.

— Quel genre d'animal est Biscuit ? demanda August.

Kit cherchait des yeux son frère Stephen ou son épouse. Ils avaient un chat et un chien mais ni l'un ni l'autre n'était assez petit pour se promener dans la pièce sans qu'on le remarque.

— Un dragon barbu.

Kit fronça les sourcils. Wess avait donc un petit iguane ?

Stephen n'avait pas parlé d'un nouvel animal de compagnie. Peu de reptiles venaient à la clinique car leurs corps étaient totalement différents de ceux des mammifères. Les vétérinaires qui s'en occupaient avaient suivi une formation particulière dans cette branche et étaient pourvus de diplômes spécialisés. Rhodes Animal Services était orienté vers les mammifères et les oiseaux, mais pour l'instant, le problème était de capturer la bestiole en fuite.

— Ça y est, je l'aperçois, dit August depuis le coin de la salle d'attente. Tous ceux qui ont un chien avec eux seront bien aimables de sortir un instant afin de nous permettre de rattraper ce pauvre lézard qui est sûrement mort de peur.

Le petit animal s'était glissé sous le coffre où ils rangeaient les médicaments.

Stephen s'avança alors.

— Wess nous a ramené cet animal de l'école aujourd'hui. Un de ses copains n'en voulait plus et s'apprêtait à le lâcher dans la nature. Wess l'en a dissuadé et c'est comme ça que nous en avons hérité !

— Tu as bien fait, Wess ! le félicita Kit. Il serait sûrement mort très vite. Tu veux qu'on fasse un bilan de sa santé ?

— Oui. Mon copain m'a dit qu'il a une blessure infectée depuis plusieurs jours.

— Tu imagines qu'Alyssa n'est pas enchantée de cette recrue, reprit Stephen.

— Mais, papa, j'aime Biscuit ! Ce n'est pas sa faute s'il est malade, pas vrai, tata Kit ?

— Non, c'est vrai. Et tu as bien fait de nous l'amener. En plus, tu as beaucoup de chance parce que le Dr Rhodes sait plein de choses sur les lézards, les iguanes et ce genre d'animaux.

Puis, se tournant vers August, elle demanda :

— August, est-ce que tu as déjà eu l'occasion de soigner des dragons barbus ?

— Oui, bien sûr. En Floride, il y en avait beaucoup. Il faut les attraper par le côté. Si on les prend par en haut, on les stresse énormément et celui-ci a déjà une bonne dose d'angoisse à digérer.

Wess poussa un énorme soupir de soulagement quand August réussit à attraper l'animal.

— Salut, Biscuit ! Tu pourras te vanter d'avoir causé un sacré remue-ménage aujourd'hui ! lui dit-il gentiment. Mais ce n'est pas ta faute. Il y a beaucoup de bruit dans cette pièce et les animaux, les reptiles en particulier, cherchent toujours à se cacher dans ces cas-là.

— La prochaine fois, transporte-le dans une boîte, suggéra Kit.

— C'est ce que maman m'avait conseillé mais il m'a semblé que c'était mieux pour lui si je le portais. À la maison, il se laisse faire sans problème.

— Bien sûr, mais chez toi, il se sent en sécurité, alors qu'ici, il a eu très peur, dit August.

Tout en parlant, il tapota l'épaule du petit garçon qui avait été lui aussi soumis à rude épreuve.

Cette attention alla droit au cœur de Kit. August savait s'y prendre avec les animaux mais aussi avec les enfants. Encore une qualité à mettre à son actif !

— Est-ce que tu sais que les dragons barbus peuvent être tenus en laisse ? demanda August dont le regard allait de Wess à Stephen.

— Comme un chien ? demanda le petit garçon.

Kit était aussi surprise que lui.

— Oui. Cela demande pas mal d'entraînement mais on peut y arriver. Tata Kit et moi-même, nous te montrerons comment t'y prendre si cela t'intéresse.

— Je veux bien participer à ce dressage, intervint Kit, mais j'ai tout à apprendre moi aussi dans ce domaine. C'est August le spécialiste des reptiles !

Lorsque Stephen vit la façon qu'elle avait de regarder son collaborateur, il eut un petit sourire entendu qui fit rougir Kit jusqu'aux oreilles. C'était le genre de sourire que seul un grand frère pouvait adresser à sa petite sœur dont il venait de deviner le secret qu'elle tenait pourtant à cacher à tout le monde.

— Si vous veniez tous les deux dîner un soir à la maison, proposa-t-il.

Indifférent à cette muette complicité, August considérait le petit animal d'un œil professionnel.

— Je pense que le plus urgent est de lui administrer une dose d'antibiotique. Il n'y a rien d'inquiétant à son sujet.

Une fois qu'il fut reparti dans la salle d'examen, Amanda hocha la tête d'un air admiratif.

— Le Dr Rhodes a réglé le problème de main de maître !

— C'est vrai, reconnut Kit, admirative elle aussi.

Quant à Stephen, il paraissait du même avis.

Kit retint un sourire de bonheur. August Rhodes était vraiment quelqu'un d'unique.

*Tout va bien à la clinique. Kit se débrouille comme un chef. Et toi, comment vas-tu ? Comment se passe ta rééducation ?*

Comme tous les soirs, August venait de répondre à son père. Cet échange était devenu leur routine de fin de journée mais si Dr Jeff posait mille questions sur la clinique, il ne répondait à aucune de celles qu'August lui posait sur sa santé.

Il disait vrai. Tout se passait bien à la clinique. Mieux que bien même, comme plusieurs clients l'avaient fait remarquer.

Certains lui avaient même confié que leurs animaux le préféraient à Dr Jeff et que l'ambiance avait évolué vers plus de calme, ce qui retentissait positivement sur les patients et leurs maîtres.

August avait tout de même l'impression que chacune des interventions de son père visait à déceler l'erreur qu'il pourrait lui reprocher.

À moins qu'il ne soit victime du délire de persécution ?

Toujours est-il que Dr Jeff n'avait pas dit un mot au sujet de sa rééducation alors qu'il avait demandé trois fois si les croquettes pour chiens diabétiques avaient été commandées en quantité suffisante et lui avait rappelé qu'à moins d'une urgence les interventions importantes devaient être programmées le vendredi. Cela faisait trois semaines qu'il était absent de la clinique, mais il continuait à vouloir superviser le planning d'opérations programmées depuis des années en fin de semaine.

— Tu penses que ton père panique à l'idée que tu te débrouilles mieux que lui ? demanda Kit en s'installant à côté de lui sur le canapé.

Elle posa la tête au creux de l'épaule d'August. Ce geste si simple suffit pour lui faire éprouver une bouffée de bonheur. Il l'entoura d'un bras et l'embrassa dans les cheveux.

— Au lieu de me donner des nouvelles de sa santé, il a tenu à me rappeler le jour réservé aux opérations !

— Il l'a peut-être fait pour t'aider ? suggéra Kit. Il veut s'assurer que tu es au courant de tout.

August n'avait jamais envisagé les choses sous cet angle.

— Tu n'as peut-être pas tort mais j'ai tendance à penser qu'il croit que, sans lui, la clinique va s'écrouler.

— Or, ce n'est pas le cas, remarqua Kit en retenant un bâillement. Mais il faut le comprendre, ajouta-t-elle. La clinique, c'est sa vie. Si elle n'a plus besoin de lui, que va-t-il devenir ?

D'autres questions vinrent s'afficher sur son téléphone, mais grâce à la remarque faite par Kit, August les considéra d'un œil nouveau.

Un peu plus tard, Kit revint à l'événement de la journée.

— Dire que mon neveu a adopté un dragon barbu et qu'il

l'a laissé s'échapper dans la clinique ! Heureusement que tu savais comment t'y prendre avec cet animal. Je ne sais pas trop ce que j'aurais fait si tu n'avais pas été là.

— Wess est un petit garçon adorable. Je suis sûr qu'il saura très bien s'occuper de son iguane. J'en ai vu beaucoup quand j'étais en Floride dans cette clinique spécialisée dans les animaux exotiques.

À ces mots, les yeux de Kit se mirent à étinceler.

August lui sourit. Elle était ravissante ! Il lui prit la main en se disant qu'il ne se rassasierait jamais de la toucher.

Ce qui n'était pas sans l'inquiéter puisqu'il devrait bien partir un jour ou l'autre.

Cette perspective le fit frissonner désagréablement. Il n'avait pas envie de la quitter. À plusieurs reprises, elle lui avait assuré ne pas pouvoir s'imaginer vivre ailleurs qu'à Foxfield. Alors ? Pouvait-il envisager d'y rester ?

— Voyons, reprit Kit, quel est l'animal le plus intéressant dont tu te sois jamais occupé ?

— J'ai surtout eu affaire à des iguanes, des dragons barbus qui sont les reptiles les plus populaires aux USA. Et aussi des pythons. C'est fou le nombre de gens qui adoptent des pythons sans réaliser que ces animaux vont grandir et mesurer jusqu'à deux mètres de long et peser une douzaine de kilos. Un simple terrarium est loin de leur suffire !

Tout en parlant, il caressait les cheveux de Kit.

— Beaucoup trop de propriétaires réalisent un jour qu'ils ne peuvent plus s'occuper de leur reptile et le relâchent dans la nature.

— Comme allait le faire le copain de Wess.

— Exactement.

— Je me souviens, rappela Kit, que la Floride avait interdit les pythons de Birmanie. Ce sont les plus gros, il me semble ?

— Oui. Ils mesurent facilement plus de quatre mètres pour un poids d'une centaine de kilos. Et c'est une espèce invasive. Du coup, le python royal paraît minuscule !

— Tu aimes vraiment les reptiles, non ? Tu me parais intarissable à leur sujet.

— Oui. Ces animaux me passionnent, ce qui est le cas de très peu de vétérinaires. Seul un petit nombre se spécialise dans l'étude des animaux à sang froid. Moi, j'ai un faible pour tout ce qui est tortue, lézard, serpents…

Il avait beaucoup appris à leur sujet pendant son année en Floride, même s'il n'avait pas pris la peine ensuite de valider ces connaissances par un diplôme universitaire.

— Tu vois, j'aime bien les chats, les chiens, les chevaux, mais quand je trouve un serpent ou un lézard dans une salle d'attente, je ne sais pas comment t'expliquer ça, mais j'ai le cœur en fête ! J'aurais dû m'inscrire pour passer le certificat de spécialisation.

À plusieurs reprises, il avait demandé le dossier mais chaque fois, une nouvelle opportunité de travail s'était présentée. Une nouvelle aventure. Et il avait laissé tomber le diplôme qui en était resté au stade de rêve.

Kit réfléchissait à ce qu'August était en train de lui dire.

— Le zoo de Knoxville accueille beaucoup de reptiles. De temps à autre, ils proposent des formations complémentaires pour vétérinaires. Tu pourrais sans doute y obtenir ta qualification.

— J'y penserai, pourquoi pas ?

Kit secoua la tête.

— Je t'en prie, August, ne me fais pas de réponse de ce style ! Si ça ne t'intéresse pas, tu n'as qu'à le dire, un point c'est tout. J'ai horreur de ce genre de flottement.

Kit était réellement en colère mais elle se calma très vite.

— Je veux simplement te dire que si cette spécialité t'intéresse vraiment tu peux boucler ton cycle d'études tout près d'ici.

August trouvait adorable le rouge qui lui était monté aux joues mais il se garda bien d'en faire la remarque.

— Tu sais, en principe je ne suis dans le Tennessee que pour un remplacement de courte durée, mais finalement, je ne suis pas tellement pressé de partir.

C'est la gorge serrée qu'il avait prononcé ces derniers mots. Les trois semaines qu'il avait passées à Foxfield avaient été trépidantes mais ce soir, installé sur le canapé près de Kit, il se sentait profondément heureux. Si seulement il pouvait appuyer sur le bouton « pause » pour pouvoir conserver dans sa mémoire le souvenir de cet instant magique…

# 7.

August considérait le calendrier avec un soupir. Les jours passaient trop vite ! Il aurait aimé partager avec Kit des moments de détente mais le travail ne leur laissait que peu de répit. À eux deux, ils abattaient le travail de trois vétérinaires aguerris. Lui aussi venait à la clinique tous les jours, et même le dimanche matin.

Ce rythme ne serait pas soutenable indéfiniment, c'était clair. Il étira sa nuque douloureuse. Pour dénouer les tensions qu'il avait accumulées, il avait besoin d'une bonne douche, mais ce serait loin d'être suffisant. Un ou deux jours de repos devenaient une véritable nécessité.

Pour Kit, c'était encore plus évident. Il fallait la convaincre de prendre au moins un week-end loin de la clinique. Déjà dans sa tête, il préparait son argumentation :

*Si nous fermions la clinique une fin de semaine ? Nous pourrions partir randonner tous les deux. Ou faire une balade à cheval. En tout cas, prendre l'air. Qu'est-ce que tu en penses ? Ou si tu préfères, on se fait un festival cinéma, avec seau de pop-corn à la clé ? Bref, deux jours au moins sans mettre un pied à la clinique.*

En théorie, ce discours était plein de bon sens, mais comment Kit allait-elle le recevoir ? Elle qui était si fière de ses longues journées de travail ! Pourtant, le burn out n'était pas réservé aux autres. August sentait bien que, sans s'en douter, elle était sur le point d'y arriver. Tout médecin savait pourtant que si on ne permettait pas au corps et à l'esprit de récupérer de leur fatigue, ils finissaient par disjoncter. À ce moment-là, on n'avait plus le choix de tergiverser. Kit travaillait trop. Ce n'était pas sain.

Fort de cette constatation, il décida d'aller lui parler.

Arrivé devant son bureau, il frappa à la porte. Pas de réponse. Son cœur se mit à battre la chamade. Lui serait-il arrivé quelque chose ? D'habitude, elle répondait tout de suite et la plupart du temps, la porte était entrouverte. Il frappa encore une fois et tout en se disant qu'il était excessivement soucieux, il s'inquiéta réellement.

Pourquoi s'affolait-il ainsi ? Il ouvrit la porte sans attendre de réponse.

Kit était penchée devant un placard dont elle sortit un petit objet qu'elle brandit sous le nez d'August.

— Surprise !

August n'y comprenait rien mais elle rayonnait de bonheur.

— Qu'est-ce que c'est que ça ?

— Ton trophée !

— Quel trophée, Kit ? De quoi parles-tu ?

August distinguait maintenant une tortue en cuivre posée sur ce qui ressemblait à une algue.

Il s'approcha et lut, inscrit sur le socle :

AUGUST RHODES, MEILLEUR VÉTÉRINAIRE
DE REPTILES À FOXFIED

Kit rayonnait.

— Désolée, j'aurais voulu un lézard mais le magasin n'avait ni lézard, ni serpent… Il faut dire que la boutique de Foxfield est un peu à court de statuettes originales, mais je voulais absolument te décerner ce trophée. Comme ça, tu ne pourras plus dire que tu n'en as jamais reçu.

— Mais je n'ai pas le diplôme…

— Aucune importance ! À Love Pets Vet, ils ne reçoivent pas les reptiles ni les amphibiens. Et ici, avec ton père, nous étions obligés d'avoir recours au zoo de Knoxville. Donc, tu mérites parfaitement cette statue !

August était bien plus ému qu'il n'aurait osé l'avouer. Ému par cette attention touchante, ému aussi parce que couvait en lui le désir de finir sa spécialité pour mériter réellement le titre que Kit venait de lui décerner.

— On pourra le mettre sur notre cheminée ? proposa-t-il.

Avait-il réellement dit « notre » cheminée ? Ce n'était vraiment pas intentionnel, les mots étaient sortis tout seuls de sa bouche.

Kit se précipita dans ses bras.

— Oui, bien sûr ! Ou si tu préfères, on le mettra dans la salle d'attente, sur l'étagère en verre, à côté des récompenses que ton père y a exposées.

L'estomac d'August se noua. Son nom allait se trouver à côté de celui de son père ? Ils se rendirent dans la salle d'attente.

— Kit, je suis incapable de te dire tout ce que ce trophée représente pour moi.

Il caressait la carapace de la tortue en cuivre tout en relisant son nom gravé sur le socle. Et tout au fond de lui montait le désir que le titre qui lui était décerné devienne réalité. Qu'il corresponde vraiment à ses diplômes et à sa formation.

Tout gamin, il avait vu son père installer cette étagère avec un soin minutieux. Le souvenir était on ne peut plus clair dans sa mémoire parce que Dr Jeff lui avait dit :

— Un jour, tes récompenses viendront rejoindre les miennes.

Malheureusement, il avait ajouté :

— Si un jour tu en reçois une…

En s'approchant de l'étagère, il considéra plus attentivement ce qui s'y trouvait.

— Kit, tu as été nommée pour l'Animal Welfare Award ? Tu sais que c'est l'une des plus prestigieuses récompenses du monde vétérinaire ?

— Oui, bien sûr.

— Et tu ne m'as rien dit ?

— À quoi bon ? Je ne suis arrivée que deuxième. Comme toujours !

Elle voulait plaisanter mais le ton sur lequel elle avait parlé peina August. Kit souffrait encore et toujours de l'attitude de sa mère… Alors qu'elle aurait dû être si fière de cette nomination !

— De toute façon, ce soir, c'est de toi qu'il est question, pas de moi.

Elle avait parlé avec un entrain communicatif. Elle était adorable…

*C'est sûr ! Je suis amoureux d'elle.*

Cette pensée fit cogner le sang à ses oreilles. C'était arrivé si vite qu'il ne s'en était même pas rendu compte. Qu'allait-il faire de cette découverte ?

Jusque-là, ses relations de courte durée lui avaient parfaitement convenu. Pourquoi ? Tout simplement parce qu'il ne savait pas ce que c'était que l'amour. Il avait apprécié quelques moments de plaisir partagé avec ses partenaires avant que chacun reprenne sa route de son côté. Cette fois, c'était différent. Il était amoureux de Kit Bedrick. Alors qu'elle se vantait de travailler sept jours sur sept, comme son père ! Décidément, le destin était bien ironique.

— Viens, proposa Kit, on va mettre ta tortue sur le devant, bien au milieu des autres trophées.

Elle s'exécuta, se tourna vers lui, toute souriante.

— Et voilà ! Allez, on rentre chez nous ?

*Chez nous…*

Ces mots prenaient un sens tellement profond désormais pour August.

— Tu es incroyable !

Oui, incroyablement belle, compétente et humble. Et elle ne le savait pas. C'était à lui de le lui prouver. Comment ? Il ne le savait pas encore mais il trouverait.

C'est plus tard, ce soir-là, une fois allongé à côté de Kit avec qui il avait fait l'amour avec un enthousiasme partagé, qu'August réalisa qu'il avait complètement oublié d'aborder le sujet d'une fin de semaine loin de la clinique.

Kit se laissa rouler dans le lit jusqu'à arriver dans les bras d'August. Quel délice, la chaleur d'un corps aimé contre le sien !

C'était ce qui lui avait le plus manqué après la mort de Leo. Elle regarda le visage d'August. Il souriait dans son sommeil. Égoïstement, elle se dit que c'était parce qu'il rêvait d'elle.

Puis, elle se mordit la lèvre en forme de représailles. Était-elle en train d'oublier que cette situation n'était pas faite pour durer ? Dès que Dr Jeff aurait terminé sa rééducation, il reprendrait sa place à la clinique et August s'en irait. C'était ce qu'il lui avait dit dès leur rencontre. Mais c'était avant qu'ils soient devenus amants. Tant de choses avaient changé depuis quelque temps !

Elle l'embrassa sur la joue mais ce baiser était empreint d'une certaine tristesse. Elle ne voulait pas qu'il parte. Dans le fond, le meilleur moyen de connaître réellement les projets d'August, n'était-ce pas de lui poser la question ?

Dans son sommeil, August laissa échapper un petit rire et roula sur le côté. Elle se laissa rouler avec lui. Cela au moins, personne ne pouvait le lui enlever.

Du doigt, elle caressa sur son bras le tatouage qui représentait une tortue. Si seulement il acceptait enfin d'envisager de terminer sa formation… Il adorait ces créatures à sang froid que personne ne savait soigner à Foxfield. Heureusement, le dragon barbu de son neveu avait révélé son talent. Depuis, ils avaient reçu plusieurs reptiles et amphibiens qu'il avait su traiter sans jamais devoir faire appel à des spécialistes diplômés.

À l'idée qu'August allait bientôt la quitter, son cœur se brisait. C'était aussi pour cette raison qu'elle lui avait parlé du zoo de Knoxville qui ne se trouvait qu'à quelques kilomètres de Foxfield. Elle n'était pas prête à le voir partir.

Elle ne le serait jamais.

Comment faire pour accepter cela ?

Elle continuait à lui caresser le visage. La tache de rousseur qu'il avait au coin de la lèvre. La petite cicatrice de sa joue, si vieille qu'il ne savait même plus ce qui l'avait faite. La bosse sur son nez, causée par une balle de base-ball reçue à l'école primaire.

C'étaient toutes ces petites choses, et bien d'autres encore, qui faisaient qu'August était August.

— August…

Elle n'avait pas pu s'empêcher de murmurer son prénom avant de l'embrasser sur ses yeux clos.

Le mal était fait. Elle était tombée amoureuse d'August Rhodes.

Ce n'était pas prévu. Ce n'était pas souhaité. Mais elle savait reconnaître ce qu'elle éprouvait. Il y avait très longtemps qu'elle ne l'avait pas ressenti mais elle ne pouvait pas se tromper. Ce sentiment de se sentir comblée, sereine, elle l'avait connu autrefois.

Mais aujourd'hui, il lui faisait peur.

Jamais l'idée qu'elle risquait de perdre Leo ne l'avait effleurée et pourtant, c'était ce qui s'était produit. Elle l'avait perdu à jamais.

Pour August, ce serait différent. Il partirait mais il serait toujours vivant. Loin, très loin. Sauf si elle trouvait le moyen de le convaincre de rester avec elle. Peut-être en lui parlant de la clinique, de *leur* clinique ?

La main d'August effleura son sein.

— Bonjour, Kit.

Elle posa la tête sur la poitrine de son amant, bien éveillé maintenant.

— Je ne voulais pas te déranger.

— Menteuse ! répondit August en l'embrassant. Je suis persuadé que c'est tout le contraire.

Comme elle basculait sur lui, elle eut le plaisir d'apercevoir des étincelles s'allumer dans son regard. Elle adorait constater qu'il la désirait.

En sentant qu'il l'attrapait par la taille, elle approfondit son baiser tout en laissant ses hanches remuer sur celles d'August. Il laissait échapper de petits grognements de plaisir. Sa voix déjà chargée de désir se fit encore plus rauque quand elle commença à laisser ses lèvres glisser le long de son corps qui frémissait d'impatience.

Lorsque enfin elle prit son membre viril dans la bouche, August s'arqua de plaisir, tout en s'efforçant de résister à la caresse qu'elle lui prodiguait.

— Kit… je…

Il se tourna, ouvrit le tiroir de la table de chevet et y prit un préservatif qu'il enfila aussitôt. Cela fait, leurs corps se retrouvèrent mais August prit le temps de caresser le point qui procurait tant de plaisir à Kit. Ensuite, leurs corps s'accordèrent une fois de plus jusqu'à ce qu'August agrippe les hanches de Kit au moment où ils atteignaient tous les deux le sommet du plaisir.

Plus tard, lovée dans les bras d'August qui lui caressait le dos, elle se laissa aller au bonheur d'une femme comblée par son amant.

Puis elle leva la tête et chuchota :

— Je t'aime.

C'était la vérité la plus honnête du monde.

— Je pourrais te dire que ces mots m'ont échappé parce que nous venons de faire l'amour divinement bien, mais ce serait un mensonge.

Elle lui sourit.

— Tu n'as pas besoin de me dire quoi que ce soit. Je voulais juste que tu le saches.

Sur ce, elle l'embrassa rapidement sur la bouche.

— Et maintenant, il faut que je me lève. Le travail m'attend.

On était dimanche, mais elle voulait aller travailler.

— Si tu venais te promener avec moi ?

Il s'enroula dans le drap qu'elle avait écarté.

— Kit, prends un jour de congé. Viens le passer avec moi. Je t'en prie.

— D'accord.

De toute façon, il y avait toujours du travail à la clinique. Ce serait toujours comme ça. Par contre, en ce qui concernait August, elle n'avait aucune garantie.

Et elle méritait bien un jour de repos.

Aussitôt, elle essaya de se justifier mais brusquement, elle s'interrompit. Pourquoi se justifier ? Elle prenait un jour de congé pour le passer en compagnie de l'homme qu'elle aimait. Point final.

# 8.

— Comme c'est beau par ici ! s'exclama Kit en contemplant le panorama qui s'étendait au pied du Roan High Bluff.

August était tout à fait d'accord. C'était un paysage qu'il avait toujours adoré et souvent parcouru à pied. Mais aujourd'hui, ce qui comptait pour lui, c'était la femme qui l'accompagnait. Celle à qui il avait failli avouer ce matin qu'il l'aimait. Pourquoi ne l'avait-il pas fait alors que les mots lui brûlaient les lèvres ?

Parce que ce mot qu'il n'avait encore jamais dit à une femme était lourd de signification. Il ne voulait pas la faire souffrir quand il quitterait Foxfield seul dans sa voiture. Car il ne pouvait pas demander à Kit de l'accompagner. Sa vie était ici. Sa famille, la clinique dont elle allait devenir propriétaire… Lui, au contraire, s'était juré de ne jamais travailler dans la clinique de son père et encore moins de devenir le même homme que ce dernier, prisonnier de son travail au point d'en oublier sa famille.

Pourtant, quand il la tenait dans ses bras, il avait la certitude qu'elle était la femme de sa vie. Allait-il enfin laisser son cœur parler librement ?

Au moment où il lui prenait la main pour lui faire l'aveu qui lui montait aux lèvres, un aboiement de douleur leur parvint. Beaucoup de randonneurs aimaient marcher en compagnie de leur chien mais August leur recommandait d'emporter toujours une trousse de premier secours. Eux-mêmes n'en avaient pas avec eux aujourd'hui car Bucky n'était pas encore suffisamment obéissant pour les suivre.

— J'espère qu'il ne s'agit pas d'une morsure de serpent, murmura Kit en se hâtant dans la direction de l'aboiement.

Au tournant du chemin, elle aperçut une jeune femme accroupie à côté d'un labrador. Visiblement, elle sanglotait tout en parlant à l'animal.

— Doucement, Abby… tout ira bien, tu vas voir… j'ai promis de prendre soin de toi et je vais le faire, ne t'inquiète pas.

En apercevant Kit et August, elle s'essuya les yeux d'un revers de main.

Kit se pencha vers elle. Apparemment, aucun membre de l'animal ne présentait l'enflure qu'aurait causée une morsure venimeuse.

— Je suis le Dr Kit Bedrick et mon compagnon est le Dr August Rhodes. Nous sommes vétérinaires tous les deux.

La jeune femme passa des larmes à un rire nerveux.

— C'est une blague ?

Elle considéra le couple qui la dévisageait sans comprendre.

— On dirait que ma mère s'est assurée que vous vous trouveriez sur mon chemin aujourd'hui !

— Votre mère vous accompagne ? demanda August en regardant autour de lui.

— Si on veut, répondit la randonneuse en tapotant la petite boîte qu'elle tenait. Je transporte ses cendres au sommet de la montagne.

Puis elle se redressa.

— Pardon, j'aurais dû me présenter Je suis Layla et voici Abby, la chienne de ma mère. Qui est la mienne maintenant.

La chienne paraissait triste et semblait souffrir.

— Qu'est-il arrivé à son coussinet ?

Tout en essuyant une nouvelle larme, Layla continuait à caresser la chienne.

— Elle s'est blessée, sans doute en marchant sur un caillou tranchant. Nous sommes venues pour disperser les cendres de ma mère à Roan High Bluff. C'est un endroit qu'elle adorait et où elle venait souvent.

Layla se tourna vers le soleil et ferma les yeux.

— Abby était sa fille préférée…

— Ah, souffla August.

Layla rouvrit les yeux et considéra son interlocuteur.

— C'est difficile à vivre, reprit-elle, mais ce n'est pas la faute d'Abby. Ma mère était un peu spéciale…

Cela dit, elle se mit à fouiller dans son sac à dos qu'elle avait posé sur le sol à côté d'elle.

— J'ai un kit de soins, mais je vais être obligée de revenir un autre jour. Franchement, je m'en serais bien passée !

— Si vous me laissiez m'occuper d'Abby ? proposa Kit. Si vous voulez, je peux vous attendre ici avec elle pendant que vous terminerez votre pèlerinage et peut-être que…

Elle se tourna vers August qui approuva d'un signe de tête.

— Je serai heureux de vous accompagner pour finir le trajet. À moins que vous préfériez être seule pour faire vos adieux à votre mère. Ensuite, je porterai Abby sur le trajet de retour pour que sa blessure ne s'aggrave pas.

— Vous feriez ça ? demanda Layla en tendant la trousse de secours à Kit.

— Bien sûr ! J'aime m'occuper des animaux.

Layla se leva et se mit en marche. August lui emboîta le pas mais il la laissa cheminer sans interrompre ses pensées, estimant qu'elle engagerait la conversation si elle le souhaitait.

Une fois arrivée au sommet, elle ouvrit la petite urne et dispersa les cendres dans le vent. De grosses larmes roulaient sur ses joues.

— Adieu, maman. J'aurais aimé vivre avec toi une relation paisible, mais si nous n'avons pas réussi dans cette vie, nous y parviendrons peut-être dans la prochaine… Sache que je m'occuperai d'Abby envers laquelle tu étais si attentionnée. Et dont j'étais jalouse, je ne te le cache pas. Mais sache aussi que je poursuivrai le chemin que j'ai choisi, non pas pour te défier mais parce que c'est celui dans lequel je m'épanouis.

Ces mots frappèrent August dont la gorge se serra d'émotion. Foxfield n'était peut-être pas le piège qu'il croyait. Il aimait Kit. Pourquoi accorder encore à son père la possibilité de diriger sa vie ? Pourquoi ne pas admettre que son amour pour Kit était plus fort que tout le reste ?

Layla se tourna vers lui.

— Du fond du cœur, je vous remercie de m'avoir accompagnée. Ce que je viens de faire était très important pour ma mère. Allons vite rejoindre votre compagne, je ne veux pas vous retarder davantage.

— Nous allions redescendre, de toute façon.

Il avait hâte maintenant de se retrouver en tête à tête avec Kit. Enfin, il allait oser lui dire qu'il l'aimait, qu'elle avait bouleversé sa vie et qu'il en était heureux.

Abby remua la queue quand Layla se pencha sur elle pour lui caresser les oreilles.

— On y va, fifille ?

La chienne se mit debout en veillant à prendre appui le moins possible sur la patte que Kit avait soignée et bandée. Elle laissa échapper un gémissement plaintif.

— Oh ! mon Dieu, s'écria Layla. Elle a peut-être d'autres blessures ?

— Ne vous inquiétez pas, répondit Kit. Je l'ai bien examinée, elle n'a rien de grave. En fait, même sa coupure est superficielle. À mon avis, elle nous joue un peu la comédie.

Layla laissa échapper un petit rire.

— Ce n'est pas nouveau. Elle a été tellement gâtée !

— Nous allons tout de même lui épargner la descente, déclara August. Allez, Abby, tu viens sur mon dos ?

En réponse, Abby lui donna un grand coup de langue sur le nez, et une fois hissée sur ses épaules, elle se mit à remuer la queue de contentement, comme si sa petite comédie avait marché selon ses souhaits.

Une fois tous arrivés en bas, August déposa la chienne dans la voiture de Layla.

— Merci infiniment. Je ne sais pas ce que je serais devenue sans vous !

— Je suis content que nous ayons pu vous aider. Si jamais vous avez besoin d'un vétérinaire, sachez que nous exerçons ensemble à Rhodes Animal Services.

Une fois Layla partie, Kit se tourna vers August.

— Nous exerçons ensemble, répéta-t-elle. J'aime bien ce que tu viens de dire…

August planta son regard dans celui de Kit.

— Kit, je t'aime. J'aurais dû te le dire bien plus tôt mais…

— Tu n'as pas besoin de me donner d'explications.

— Si. J'avais peur. Peur des changements que cela va apporter dans ma vie, mais je ne peux plus me cacher la vérité. Je t'aime, Kit. Voilà. Maintenant, tu le sais.

*Il m'aime !*

Kit ne pouvait s'empêcher de se répéter ces quelques mots. Désormais, tout lui paraissait possible. Il allait donc rester à Foxfield puisqu'il avait parlé des changements que cet amour allait apporter dans sa vie.

— Après cette journée au grand air, tu as l'air parfaitement détendue, remarqua August comme ils venaient d'arriver sur le parking du cottage. Tu imagines le bien que te feraient de vraies vacances ?

*Des vacances ?* se répéta Kit. Elle n'en avait plus pris depuis qu'elle était enfant. Ce serait bon d'en prendre un jour. Quand Dr Jeff lui aurait vendu la clinique, par exemple.

— Où aimerais-tu aller si tu avais le choix ? demanda August.

— En Alaska !

Leo et elle avaient souvent parlé de faire une croisière en Alaska… pourtant, elle n'avait pas l'impression de le trahir. Fallait-il renoncer aux rêves qu'elle avait faits avec lui ?

Elle lâcha la main d'August.

— Leo…

— Tu l'aimes encore, n'est-ce pas ? demanda August en lui caressant la joue. Ce n'est pas un problème, Kit. L'amour ne doit pas forcément disparaître parce qu'une personne est morte. Jamais je ne te demanderai de ne plus l'aimer. Imagine au contraire que ton cœur s'est agrandi pour te permettre de nous aimer tous les deux. Si tu as envie de découvrir l'Alaska, nous nous arrangerons pour que cela se réalise.

— Kit !

La voix aiguë de la mère de Kit leur parvint à travers les vitres de la voiture. Kit frissonna. Sa mère n'avait pas l'habitude d'arriver à l'improviste. Quelque chose de grave devait s'être passé.

August descendit de la voiture pour aller à sa rencontre.

— Vous êtes sans doute la mère de Kit ? Je comprends pourquoi elle est si charmante !

N'importe quelle femme aurait été heureuse de ce compliment, mais Laurie Bedrick n'était pas comme les autres. Elle voulait être la meilleure mère pour ses enfants, mais au lieu de chercher à y parvenir en les aimant et en les soutenant, sa façon de les faire progresser était de leur faire d'incessantes critiques et de manifester à leur égard des exigences démesurées.

Cette stratégie avait réussi avec les frères de Kit, mais pas avec cette dernière qui travaillait sans cesse à remonter dans l'estime de Laurie.

— Kit est bien plus jolie avec les cheveux longs ! déclara-t-elle après avoir jeté un coup d'œil sur sa fille.

Pourtant, il y avait des années que Kit avait adopté cette coiffure. C'était l'un des rares points sur lesquels elle avait tenu tête à sa mère.

— Tu as besoin de moi, maman ?

— Où étais-tu passée aujourd'hui ? Tu n'as répondu à aucun de mes messages.

Malgré la certitude qu'elle n'avait aucun compte à rendre, Kit s'efforça tout de même de faire plaisir à Laurie.

— Nous sommes partis randonner à Roan State Park et je n'avais pas pris mon téléphone.

— À cause de toi, je suis passée pour une imbécile ! assena Laurie.

— Kit n'est pour rien là-dedans, assura August en passant un bras autour de la taille de celle-ci. Si nous entrions prendre ensemble une tasse de thé et parler tranquillement ?

— Hors de question ! répliqua Laurie. J'irai chez ma fille quand elle sera propriétaire de sa propre maison. Comment admettre qu'à bientôt quarante ans elle vit encore en location ? C'est une honte, tout simplement.

Kit estima que ce n'était pas la peine de répondre. Elle adorait ce cottage dont le loyer modeste lui permettait de mettre de l'argent de côté pour acheter la clinique quand le moment serait venu.

— Comment ai-je pu te mettre dans l'embarras en ne répondant pas au téléphone ? demanda-t-elle simplement.

— Trevor Crest, le nouvel associé de David, se trouve à Foxfield en ce moment.

— Très bien, répondit calmement Kit. Et alors ?

— Alors, reprit Laurie en jetant un regard dédaigneux sur August, ce monsieur est très riche et célibataire.

— Je suis heureuse de l'apprendre, maman. Mais comme tu peux le voir, je ne suis pas seule dans la vie. Ce n'est pas de cette manière que j'espérais te l'annoncer mais…

— Peu importe, la coupa Laurie. Il se trouve que ce monsieur a un chat qu'il emmène partout avec lui. Et ce chat a mangé quelque chose qui l'a rendu malade. Si tu étais restée à la clinique, tu aurais pu t'en occuper ! David m'avait dit que tu y étais même le dimanche.

— C'est vrai, mais aujourd'hui, j'ai pris une journée de congé. Est-ce que le chat est finalement tiré d'affaire ?

Laurie laissa échapper un petit ricanement.

— Oui. Il est allé chez Love Pets Vet, évidemment. Et voilà pourquoi tu ne recevras jamais le titre de meilleure clinique vétérinaire de la ville !

Kit pinça les lèvres pour ne pas se montrer insolente.

— Tout ça, alors que je venais de lui expliquer que ma fille était une vétérinaire exceptionnelle ! Tu n'as même pas écouté mon appel.

— Je suis désolée, maman.

— Il y a de quoi.

Sur ce, Laurie pivota pour regagner sa voiture.

Kit serra la main d'August.

— Je t'assure que tout va bien. Le numéro auquel tu viens

d'assister n'est qu'un échantillon de ce que ma mère est capable de faire ! Elle veut le meilleur pour ses enfants et c'est sa façon de procéder, voilà tout.

August attira Kit contre lui.

— Tu ne méritais pas les reproches qu'elle t'a faits.

— Merci pour ton soutien, August.

Il l'embrassa dans les cheveux et prit son sac à dos.

— Allez, on rentre retrouver Bucky ?

Tout en lui emboîtant le pas, Kit ne put s'empêcher de jeter un regard en direction de la clinique. Sa mère avait certainement tort de lui avoir parlé comme elle venait de le faire mais elle avait raison à propos de l'opportunité manquée de se faire de la publicité en accueillant un personnage important.

Il y aurait d'autres occasions…

Elle avait passé une journée mémorable. August l'aimait. Il le lui avait dit. Rien n'avait plus d'importance que cela.

# 9.

Le calme régnait dans la clinique lorsque August y pénétra. Il lui fallait s'habituer à se considérer chez lui puisqu'il avait décidé de rester. Aucun sentiment d'être pris dans un piège ne vint l'assaillir alors que c'était ce qu'il avait éprouvé chaque fois qu'on lui avait demandé de rester à la fin d'un de ses remplacements.

Pendant que Kit sortait Bucky ce matin, il avait tenu à venir vérifier si le sentiment d'être enfin chez lui ne disparaissait pas quand il pénétrerait seul dans la clinique.

L'attitude déraisonnable de la mère de Kit l'inquiétait aussi. Son influence ne risquait-elle pas d'amener Kit à douter d'elle-même ?

Il en était là de ses réflexions lorsqu'un grognement suivi d'une chute lui parvint de la salle d'attente.

Trouver son père allongé de tout son long dans la pièce ne fut pas une très bonne surprise.

— Papa, qu'est-ce que tu fais ici ?

Il passa un bras sous l'épaule de Dr Jeff pour l'aider à se relever.

— Et où est ta canne ?

La coupe dans laquelle Kit mettait à disposition des croquettes pour les chiens et les chats qu'ils accueillaient gisait par terre, brisée en mille morceaux. Il faudrait vite nettoyer ce dégât avant l'arrivée des premiers clients.

— Au cas où tu l'aurais oublié, je suis ici parce que cette clinique m'appartient, August.

Cette affirmation remua profondément August. Bien sûr, il n'allait pas l'avouer à son père, mais au cours des semaines précédentes, Kit et lui avaient fini par croire qu'ils étaient réellement chez eux. L'apparition de Dr Jeff faisait crever la bulle de leur rêve.

— Ma canne ? reprit Dr Jeff. Apprends, mon fils, que je n'utilise pas de canne. Je suis en pleine forme. Et la clinique a besoin de moi.

— Non, papa, ce n'est pas vrai !

Les mots avaient jailli. August aurait aimé pouvoir revenir en arrière mais tant pis ! Il essaya tout de même de se rattraper.

— Je veux dire que, tant que tu n'es pas parfaitement rétabli, nous pouvons nous débrouiller, Kit et moi. Et je t'assure qu'utiliser une canne t'aiderait à progresser plus vite. Nous tenons tous à ta santé.

Tout en parlant, il sentait une sueur glacée lui couler dans le dos. Une fois que Dr Jeff serait de retour, qu'allait-il devenir ? Est-ce que son père souhaiterait qu'il conserve son travail chez lui ?

À voir le regard furieux que Dr Jeff lui adressait, il était certain que si la décision devait être prise aujourd'hui la réponse serait négative.

— En fait, reprit Dr Jeff, ma canne est près de la porte. Va me la chercher, s'il te plaît.

August s'exécuta.

Lorsqu'il la tendit à son père, celui-ci désigna l'étagère sur laquelle trônaient les récompenses.

— J'ai remarqué ton trophée…

— Oh ! c'est juste une plaisanterie qu'a faite Kit le jour où j'ai soigné un dragon barbu. Je lui ai raconté que j'ai souvent eu l'occasion de soigner des reptiles quand je travaillais en Floride.

— Tu as le diplôme de cette spécialité ?

— Non, mais Kit m'incite à la terminer au zoo de Knoxville.

— Elle a bien raison ! Kit n'est pas le genre de personne à se contenter d'un à-peu-près. Elle est très exigeante avec elle-même.

Apparemment, Dr Jeff était fier de Kit. Jamais August n'avait obtenu ce genre de compliment de la part de son père.

*Pourquoi est-ce que je me soucie encore de cela ?* se reprocha-t-il.

— Kit aime cette clinique autant que moi, reprit Dr Jeff. C'est sa vie. Pourtant, ce serait bien qu'elle reste dans la famille.

August décida d'ignorer la pique que contenait cette remarque. Si son père décidait de céder la clinique à Kit, il ne se mettrait pas en travers. Elle en avait besoin plus que lui-même.

— Comment peux-tu dire cela, papa, alors que tu as envisagé de la vendre à ses ex-beaux-parents !

Dr Jeff arbora un étrange petit sourire.

— Jamais je n'aurais fait affaire avec Karen et Robert. Je les déteste !

— Mais alors… pourquoi n'as-tu pas pris Kit comme associée ?

— Parce que je suis un vieil homme têtu et borné. Mais je m'améliore ! Je commence à reconnaître mes erreurs. On voit les choses différemment quand on est cloué sur un lit d'hôpital.

August n'en croyait pas ses oreilles.

*Il t'aura fallu presque un demi-siècle pour t'en rendre compte !* pensa-t-il. Sagement, il garda cette réflexion pour lui.

— Docteur Jeff ! s'exclama Kit, qui venait de pousser la porte. Vous êtes venu nous rendre visite ?

— Disons que… je voulais te poser une question.

Kit commençait déjà à imaginer mille complications lorsque Dr Jeff reprit :

— Est-ce que tu es toujours intéressée par l'achat de la clinique ?

Son regard passa par-dessus August avant de revenir à Kit.

— Tu vois, mon accident m'a aidé à comprendre que le moment était venu pour moi de raccrocher, même si j'ai tout de même envie de travailler encore à temps partiel.

Avec un haussement d'épaules, il ajouta :

— À condition bien sûr que je me rétablisse suffisamment pour cela.

Le visage de Kit exprimait la béatitude absolue. Elle allait obtenir ce qu'elle souhaitait depuis si longtemps !

August se sentait tout de même un peu exclu de la conversation. Pourquoi son père ne lui en avait-il pas parlé tout à l'heure quand ils se trouvaient en tête à tête ? Cherchait-il à le provoquer ?

Comme l'heure avançait et qu'il fallait ramasser les morceaux de verre avant l'arrivée des premiers clients, August les abandonna pour se diriger vers le placard de rangement.

— Ma chère Kit, tu sauras rendre cette clinique encore meilleure qu'elle ne l'est, ajouta Dr Jeff, un ton plus haut.

Pour être bien sûr que son fils l'entende ? Ou bien était-ce parce qu'il régnait un calme total que sa voix résonnait ainsi aux oreilles d'August ?

— C'est bien mon intention ! assura Kit. Rhodes Animal Services va très vite devenir la meilleure de Foxfield.

Elle paraissait au comble du bonheur. August aurait dû se sentir au diapason. Ce n'était pas le cas mais peu importait. Ce soir, ils allaient fêter le succès de Kit.

Kit avait envie de sauter de joie. Enfin, sa vie s'engageait dans la voie qu'elle avait toujours souhaitée. En vingt-quatre heures, elle avait obtenu tout ce dont elle rêvait : l'amour d'August et la clinique.

Malgré son impatience à rejoindre August pour dîner avec lui et passer la soirée lovée dans ses bras, elle s'astreignit à s'installer à son ordinateur pour terminer les comptes rendus de la journée.

En apercevant le nom du Dr Patrick Stepsard, elle sursauta. Il était le vétérinaire en chef du zoo de Knoxville. Elle avait eu recours à lui chaque fois qu'on lui avait amené des animaux qui requéraient des soins excédant ses compétences. Mais cette fois, c'était au sujet d'August qu'elle lui avait écrit. La réponse du vétérinaire lui fit battre le cœur plus vite. Il demandait à recevoir le CV d'August pour en faire part au conseil d'admission et espérait pouvoir lui offrir une formation accélérée d'herpétologue étant donné le travail qu'il avait effectué en Floride.

En rentrant au cottage, Kit avait l'impression d'évoluer sur coussin d'air tant elle se sentait légère !

— Le repas est en train de refroidir ! Mais…

— Mais ?

— Tu verrais un inconvénient à ce que je t'emmène d'abord faire un tour dans la chambre ?

— Absolument aucun !

Mais une bruyante protestation de son estomac démentit cette affirmation.

— Tu meurs de faim, Kit ! Alors tant pis, remettons à un peu plus tard. Viens, nous allons fêter la proposition que mon père t'a faite.

August avait dressé la table avec la vaisselle reçue par Kit et Leo en cadeau de mariage. Des larmes d'émotion montèrent aux yeux de Kit.

August lui sourit tendrement.

— Il m'a semblé que c'était une façon d'inclure ton passé au moment où nous célébrons le futur.

— Merci, August. C'est très délicat de ta part.

— Alors trinquons à tout cela, proposa August en débouchant une bouteille de champagne.

— À notre bonheur ! approuva Kit.

Ils passèrent ensuite à table et dévorèrent les tacos qu'August avait commandés pour leur dîner.

À la fin du repas, Kit décida d'annoncer à August la bonne nouvelle qu'elle avait apprise avant de quitter la clinique.

— J'ai reçu tout à l'heure un message de la part du Dr Stepsard qui devrait te faire plaisir. Tu es plus proche de ton diplôme de spécialité que tu le crois !

Mais au lieu de voir August lui sourire, c'était un visage tendu qu'elle regardait. Crispé. Malheureux.

— August ? Tu as entendu ?

— Oui, Kit. Je te remercie.

— Il me semble pourtant que cette nouvelle ne paraît pas te rendre heureux. Je me trompe ?

Elle s'était attendue à un nouveau toast, celui-ci en l'honneur d'August, mais ce n'était pas ce qui arrivait. Comme il ne lui répondait pas, elle décida de mettre fin à ce moment de malaise.

— Je crois que tout à l'heure tu avais des projets pour la soirée ?

— Tout à fait. Viens, montons.

Le sourire d'August dissipa aussitôt la gêne qui s'était installée entre eux. Le désir l'avait remplacée.

— Je t'aime, August.

Elle lui prit la main.

— Oui, je sais…

Kit soupira de soulagement. August savait qu'elle l'aimait. C'était l'essentiel. Tout allait bien.

# 10.

Est-ce que tu as l'intention de passer ton diplôme de spécialisation en herpétologie ?

C'était la troisième fois dans la semaine que son père posait cette question à August par SMS. Il laissa échapper un soupir agacé en rangeant son téléphone dans sa poche.

*Si seulement Kit n'avait pas joint le Dr Stepsard …*

Depuis qu'elle lui avait appris qu'elle était directement entrée en contact avec le Dr Stepsard, Kit ne cessait de s'excuser auprès d'August. Mais le pire était qu'elle cachait mal son agacement en voyant qu'il n'avait pas pris de décision à ce sujet. Pourquoi donc personne ne comprenait qu'il n'avait pas besoin de ce diplôme ? Les connaissances qu'il avait acquises par sa pratique étaient largement suffisantes pour les cas qu'ils avaient à traiter à la clinique. Lorsque ce serait plus sérieux, ils pourraient toujours avoir recours au Dr Stepsard.

Si Kit acceptait qu'il reste travailler avec elle sans ce diplôme…

*J'en sais assez !*

Cette devise n'avait jamais été celle de son père. Et pas davantage celle de Kit. Pourtant, elle l'aimait comme il était, pourquoi laisser le passé contaminer le présent et gâcher son bonheur ?

L'estomac noué, il répondit à son père que ce diplôme n'était pas indispensable pour travailler à la clinique Rhodes Animal Services. Ce faisant, machinalement, il jeta un regard sur l'étagère qui accueillait les trophées. Il sentit le sol se dérober sous ses pieds. La petite tortue que lui avait offerte Kit avait disparu. Non ! Il se rapprocha de l'étagère mais aucun miracle ne se produisit. La tortue n'était pas revenue. Elle était le seul trophée qui ne correspondait à aucune récompense académique. Ne restaient plus que les diplômes et statuettes officiels. Le jour où elle avait signé sa prise de possession de la clinique, Kit lui avait annoncé en riant qu'elle allait y faire un peu de ménage pour faire de la place à tous les trophées qu'ils allaient gagner ensemble, et elle avait laissé la tortue.

Alors pourquoi ne s'y trouvait-elle plus ? Le plus simple serait de lui poser la question, mais que répondrait-il si elle lui disait qu'elle la lui rendrait quand il aurait passé sa spécialisation ?

*Est-ce qu'elle oserait faire une chose pareille ?*

Il ne savait pas trop… De toute façon, ce trophée n'était pas authentique. C'était une plaisanterie, voilà tout. Quelle importance s'il avait disparu ?

Pourtant, depuis que Kit était devenue propriétaire de la clinique, August se sentait désorienté. Chaque soir, elle était rentrée très tard au cottage. À deux reprises, ils avaient dû annuler un repas prévu chez son frère Stephen. C'est tout juste si elle l'avait rejoint pour dîner le dimanche après qu'il l'en avait longuement priée.

Ils avaient le projet de vivre ensemble. De partir visiter l'Alaska. Il avait même commencé à préparer ce voyage et avait prévu d'en profiter pour demander à Kit de l'épouser. C'était là un grand pas qu'il allait faire dans sa vie. Jusqu'à présent, il n'avait jamais envisagé de souscrire pareil engagement. Mais avec Kit, tout était devenu différent.

Elle pénétra dans la pièce, s'approcha d'August et lui passa le bras autour de la taille.

— Stephen m'a demandé si nous étions libres cette fin de semaine…

— Évidemment ! s'écria August en la serrant contre lui.

— Tu crois ? J'envisageais de repeindre mon bureau. Il en a diablement besoin.

August secoua la tête. Le bureau pouvait attendre. La famille était autrement plus importante.

— Tu sais que nous lui avons déjà fait faux bond deux fois cette semaine ?

— Oui, c'est vrai.

À ce moment-là, la sonnette de la porte d'entrée retentit.

— Nous avons un rendez-vous d'aussi bonne heure ? demanda August.

— Non. C'est sans doute une urgence.

— Mais pourquoi ne s'adressent-ils pas à Love Pets qui est ouvert vingt-quatre heures sur vingt-quatre ?

En voyant les épaules de Kit se raidir, il comprit aussitôt qu'il aurait mieux fait de se taire.

— Nous pouvons faire aussi bien qu'eux, lança-t-elle d'un ton sec.

Sur ce, elle alla ouvrir la porte.

— Matt ! Qu'est-ce qui ne va pas pour Ginger ?

Voilà quelque chose que Love Pets où les intérimaires se succédaient sans cesse ne pouvait pas offrir : le lien avec les clients. Kit connaissait tous ses patients.

August attrapa le golden retriever qui se laissa aller dans ses bras. Ce n'était pas bon signe.

— Allons dans la salle une, proposa August.

— Matt, raconte-moi ce qui lui est arrivé.

Tout en parlant, elle caressait la chienne qui ne manifesta aucune réponse. Ce n'était vraiment pas bon signe.

Son regard croisa celui d'August occupé à palper le bas-ventre de Ginger où une masse était bien visible sous la fourrure. Un même diagnostic leur était venu à l'esprit : cancer. Les golden retrievers étaient malheureusement souvent affectés par cette maladie. August alla chercher l'appareil à ultrasons en espérant qu'il ne diagnostiquerait qu'une masse de graisse mais il n'était guère optimiste. Toutefois, étant donné que Ginger était très jeune, il y avait l'espoir que, bien soignée, elle pourrait vivre encore de longues années.

Kit rasa la fourrure de l'animal qu'August s'efforçait de rassurer d'une voix posée. Mais ce fut Matt qui s'effondra en pleurs.

— Ginger n'a que trois ans ! Je sais que le cancer est une maladie fréquente chez cette race, mais tout de même…

— La tumeur est bien localisée, déclara August, et je ne pense pas qu'il y ait déjà des métastases.

Il poursuivit son examen un instant, puis ajouta :

— Love Pets a un oncologue. Je pense que vous feriez bien d'aller le consulter.

Du coin de l'œil, il remarqua que Kit venait de croiser les bras. Lui-même ou Kit étaient parfaitement capables d'effectuer cette opération mais s'il y avait un spécialiste tout près, il valait mieux que Ginger ait affaire à lui.

Kit prit une profonde inspiration.

— Le Dr Rhodes a raison. Je vais les appeler pour voir s'ils peuvent vous recevoir dès aujourd'hui.

— Merci infiniment, déclara Matt d'une voix cassée. Je ne veux pas qu'elle meure. Elle fait partie de ma famille.

L'air contrarié, Kit se dirigea vers le bureau.

— Tu veux que je les appelle ? proposa August.

— Non, merci. Je préfère le faire moi-même.

Sur ce, elle referma la porte derrière elle.

August sentit la fissure qui les séparait depuis quelques jours se transformer en gouffre. Comment le combler ?

En passant son diplôme d'herpétologie ?

Alors qu'il se dirigeait vers la réception, il ne réussit pas à chasser cette pensée contrariante de son esprit.

Une fois son appel effectué, Kit prit sa tête entre les mains. Ginger serait reçue à Love Pets l'après-midi même. Le Dr Mia Wambler avait paru enchantée de recevoir cette patiente et ajouté qu'elle s'ennuyait un peu à Love Pets.

Dans la foulée, Kit lui avait demandé si elle accepterait de faire un mi-temps à Rhodes Animal Services. Elle n'avait pas pris le temps d'en parler d'abord à August. C'était à elle que Dr Jeff avait proposé la clinique. Bien qu'ils soient partenaires de travail, August ne s'était pas intéressé à cette vente. De son côté, elle avait été agacée de voir qu'il proposait si spontanément d'adresser Ginger à Love Pets. Tout à l'heure, pourtant, elle n'aurait pas dû refermer la porte derrière elle…

Tout cela était dû au fait que tout allait trop vite en ce moment. Ils étaient toujours amoureux, mais quelque chose avait changé entre eux depuis qu'elle avait contacté le Dr Stepsard.

Le dernier week-end avait été pénible. Malgré son envie d'aller randonner avec August et Bucky, elle était restée travailler à la clinique. Elle avait bien compris la frustration d'August. Par moments, elle se demandait s'il n'allait pas lui demander de choisir entre lui et la clinique.

Quand elle lui avait proposé de rester avec elle, il lui avait répondu que six jours de travail dans la semaine suffisaient largement.

Il avait raison. C'était important de se détendre, de conserver une vie équilibrée, mais il fallait savoir faire des sacrifices. Elle était parfaitement déterminée à y consentir. Autrefois, Leo avait supporté d'en faire avec elle, mais August ne paraissait pas disposé à se passer de vacances et de jours de repos.

Il l'attendait sur ce terrain-là.

De même qu'elle l'attendait au sujet de son diplôme.

Est-ce qu'une guerre muette était déclarée entre eux ?

August avait clairement refusé de s'intéresser à la possibilité de passer sa certification en herpétologie. Pourtant, elle l'avait surpris en train de lire divers articles concernant les reptiles, en particulier l'anémie des dragons barbus. Alors pourquoi, au lieu de cultiver cette passion, rejetait-il aussi fermement la proposition qu'elle lui avait faite ? Même si leur clientèle dans ce secteur ne devait guère augmenter, progresser dans un domaine qu'on aimait était toujours un plaisir. Pourquoi refusait-il de l'admettre ?

Elle se laissa aller sur sa chaise. Elle était fatiguée. La santé de Ginger l'inquiétait. L'offre de travail à mi-temps qu'elle avait faite au Dr Wambler sans en parler à August la tracassait. La distance paraissait se creuser entre elle et August.

Elle se leva et alla le rejoindre.

— Le Dr Wambler va recevoir Ginger cet après-midi. Elle se plaint de ne pas avoir assez de travail à Love Pets. Je lui ai offert un mi-temps ici…

August la considéra d'un air extrêmement surpris.

Il avait raison. Elle aurait dû lui en parler auparavant.

Il détourna le regard sans un mot.

— J'aurais dû te consulter au lieu de faire cette proposition à l'occasion d'un coup de fil.

— Pourquoi donc ? Rhodes Animal Services t'appartient, Kit. Tu décides ce qui te plaît.

Il consulta sa montre.

— Un client m'attend en salle trois. Je vais le rejoindre.

Elle regarda autour d'elle. La table d'opération, les appareils, le couloir qui ouvrait sur les quatre salles d'examen… August avait raison. Tout cela lui appartenait. Alors pourquoi se sentait-elle si vide ?

Elle passa la main dans ses cheveux et s'accorda un moment pour respirer profondément. Le couple qu'elle formait avec August était encore tout neuf. À elle d'admettre que chaque jour ne pouvait pas être un chemin de roses.

# 11.

— Fergus ne mange plus…

Gwendolyn Jones se mordit la lèvre pour ne pas pleurer.

— Et maintenant, il a cette croûte dans l'œil.

Tout en parlant, elle caressait la carapace de la tortue posée dans la boîte.

— Notre vétérinaire de Knoxville est en vacances, poursuivit la jeune femme. La réceptionniste m'a dit que vous pourriez vous occuper de lui ici.

August s'efforça d'oublier que les autres vétérinaires prenaient des vacances alors que Kit ne cessait de retarder leur voyage en Alaska à cause des besoins de la clinique.

— Bien sûr, une tortue n'est pas un animal caressant comme un chien ou un chat mais il y a dix ans qu'il vit chez moi, ajouta Gwendolyn. Il a déménagé trois fois avec moi et ne m'a pas quittée quand mon fiancé a décidé d'aller voir ailleurs. Je ne veux pas le perdre !

August sortit la tortue de sa boîte, lui caressa le dessus de la tête et envisagea tout de suite un manque de vitamine A.

— C'est la première fois que Fergus présente ces symptômes alors que vous l'avez depuis dix ans ?

— Oui.

— Qu'est-ce que vous lui donnez à manger ?

— Le meilleur pour lui. Uniquement des sauterelles depuis que j'ai trouvé un article sur Internet qui le conseillait. J'ai arrêté de lui donner des fruits et de la salade.

August se retint de maugréer contre Internet. De nombreuses personnes bien intentionnées commettaient beaucoup d'erreurs après l'avoir consulté.

— Les tortues sont omnivores, Gwendolyn. Le régime que vous aviez adopté autrefois était parfait. Je vais lui donner un supplément de vitamine A et vous allez reprendre son ancien régime.

— Il ira bien ensuite ?

— Parfaitement bien !

Il sortit dans le couloir où passait Kit.

— Tu as pu faire le diagnostic de cette tortue ?

— Oui, ce n'était pas compliqué. Je pense tout de même que ce serait une bonne idée que la clinique investisse dans un équipement destiné aux reptiles.

Kit cligna des yeux.

— Nous en discuterons ce soir, d'accord ?

— Si tu veux. Fergus était mon dernier patient de la journée. Je rentre à la maison. Et toi ?

— Je fais quelques mails et je te rejoins. Très vite.

— Promis ?

— Promis.

August caressait la tête de Bucky. Sur la table à côté de lui gisait la documentation qu'il avait rassemblée sur l'Alaska. Il y avait plus de deux heures qu'il attendait Kit. Combien de fois avait-il vu sa mère assise à la table de la cuisine, espérant que son père ne tarderait plus ?

Le tableau « Faire toujours mieux » le narguait de toutes ses lettres. Pareil mantra poursuivrait Kit toute sa vie mais serait-elle jamais satisfaite ? Il en doutait.

Et lui, allait-il passer sa vie à l'attendre ?

*Non.*

Des larmes lui montèrent aux yeux. Il aimait Kit mais il refusait de passer sans cesse au second plan. Elle continuait à agir comme si leur relation était moins importante que le travail à la clinique. Il était malheureux, seul dans cette cuisine. Sa mère avait patienté presque quinze ans. Il n'en ferait pas autant.

Il prit son téléphone et envoya un message à son père.

Est-ce que je peux venir dormir à la maison ce soir ?

Il caressa la tête de Bucky en attendant la réponse qui ne tarda pas.

Si tu veux.

Cette rapidité le surprit. En fait, il avait espéré que son père refuserait, ce qui lui aurait permis de passer la nuit avec Kit. Mais à quoi cela avancerait-il ?

Mieux valait une rupture franche.

Kit regarda la pendule. 22 heures ! Comment le temps avait-il pu passer aussi vite ? Pourquoi August n'était-il pas venu la chercher comme les autres soirs ? Encore une fois, elle avait oublié le dîner. Pourtant, elle n'avait pas prévu de s'attarder autant.

Une fois de plus, son ordinateur sonna. Un nouveau message venait d'arriver. De la part du Dr Stepsard.

*Je propose au Dr Rhodes de venir au zoo pour un week-end de formation en herpétologie.*

Cette bonne nouvelle amena un sourire sur ses lèvres. Si August participait à ces sessions pendant six mois, cela lui permettrait d'obtenir son diplôme de spécialisation en herpétologie. Et chaque fois, à son retour, il aurait plein d'histoires à lui raconter ! Pendant ce temps, elle rénoverait la clinique comme elle en avait l'intention. August lui avait à plusieurs reprises parlé de leur voyage en Alaska mais chaque fois, elle avait repoussé la date à cause de tout le travail qu'elle avait encore à y faire. Pourtant, ils finiraient bien par y aller un jour ou l'autre.

Elle ouvrit la porte du cottage et retira ses chaussures avant de pénétrer dans la cuisine. Son repas se trouvait sur la table, recouvert d'un film plastique. À côté se trouvait un guide de l'Alaska.

Son cœur se serra. August avait dû dîner tout seul.

— Ah, te voilà !

August avait parlé d'une voix douce. Son visage ne reflétait pas la contrariété qu'elle s'attendait à y trouver.

— Je suis désolée, August, j'ai perdu la notion du temps. Mais j'ai une bonne nouvelle à t'annoncer. Tu pourras aller faire une formation accélérée au zoo le week-end. Ce qui signifie que dans six mois tu auras ton diplôme.

— Autrement dit, si je travaille sept jours par semaine, j'aurai ce fameux diplôme. Ça te ferait plaisir ?

— Bien sûr !

Il laissa échapper un énorme soupir.

— Et me voir bosser sept jours sur sept pour quelque chose dont je t'ai dit que je ne voulais pas, c'est ce que tu souhaites ?

— C'est ce que tu peux faire de mieux ! Tu adores les reptiles. Si tu avais vu les mimiques que tu adressais à Fergus, tu comprendrais pourquoi j'insiste.

— Kit, tu veux le meilleur pour moi ? Pourquoi ne peux-tu pas m'aimer comme je suis ?

— Mais je t'aime ! J'aime que tu sois passionné par les reptiles. Je sais que tu es capable de les soigner, mais avec ton diplôme, la clinique ferait partie des rares établissements dotés d'un spécialiste patenté.

— Donc, tout ça, c'est pour la clinique ?

— Non, mais…

Elle croisa les bras.

— Ce serait bon aussi pour la clinique.

Pourquoi ne voyait-il pas que tout cela se rejoignait ?

— Alors travailler toute la semaine et aussi les week-ends, c'est ça que tu trouves bien parce que c'est ce qui convient à la clinique ?

Le visage d'August s'était rembruni.

— Quand irons-nous en Alaska, Kit ?

— Quand la clinique sera devenue la meilleure de Foxfield !

— Qu'est-ce que cela signifie, Kit ? Remporter le Foxfield Finest Award ? Chaque année ? Et après, quand tu auras aligné dix trophées, qu'est-ce que cela changera ?

Il s'interrompit un court instant.

— Tu penses qu'enfin ta mère te félicitera, mais même dans ce cas, est-ce que tu l'en crois capable ?

Kit serra les dents.

— Kit, je refuse de passer après la clinique. Je refuse de dîner seul le soir. Je refuse de ne pas me détendre pendant les fins de semaine.

— Je t'aime, dit Kit dans un sanglot.

— Moi aussi, je t'aime, mais j'ai besoin de savoir si tu m'acceptes sans une nouvelle qualification. Si tu veux bien considérer comme suffisant que nous nous aimions et que nous menions une vie équilibrée.

Kit avait envie de crier « oui ». C'était ainsi que cela se passait dans les films. Mais ils n'étaient pas au cinéma. Pouvait-elle renoncer pour lui à son rêve de perfection ?

— Je ne suis pas disposé à tout sacrifier pour la clinique, Kit. Je veux m'occuper de toi…

— C'est la même chose, le coupa Kit.

— Pas du tout, Kit. Vraiment pas. Je suis désolé que tu ne le comprennes pas.

Kit remarqua le sac posé sur le sol à ses pieds lorsqu'il se baissa pour l'attraper.

— Tu avais déjà décidé de me quitter ?

— J'ai pris ma décision il y a deux semaines, quand j'ai vu que le trophée que tu m'avais offert avait disparu de l'étagère. Mais ne t'inquiète pas pour la clinique, je resterai en attendant que tu m'aies trouvé un remplaçant.

Ce fut seulement lorsque la porte d'entrée se referma sur August qu'elle laissa libre cours à ses sanglots.

# 12.

August fixait l'écran de son ordinateur sur lequel il faisait défiler diverses propositions de remplacement. Aucune ne l'attirait. D'habitude, c'était un moment qu'il adorait. Chercher un nouveau poste. Choisir une nouvelle région. Il lui était même arrivé de jeter au hasard une fléchette sur la carte des États-Unis !

Mais aujourd'hui, son cœur refusait de quitter Foxfield. En même temps, il se rappelait que rester était impossible. Se plonger dans le travail jusqu'à l'étourdissement, sans savoir quand ils réussiraient à voler quelques heures pour eux. Non, il n'était pas capable de vivre de cette façon.

Kit et lui s'aimaient mais voulaient des styles de vie différents.

Il recommença à faire défiler les propositions de poste. Un remplacement offert par Miami Exotics retint son attention. Il cliqua sur le site. La clinique accueillait toutes sortes de reptiles. Voilà qui promettait d'être intéressant !

On demandait de préférence un vétérinaire diplômé en herpétologie.

Il avait la compétence désirée mais c'était difficile à prouver sans avoir le diplôme en poche.

D'un geste las, il repoussa l'ordinateur sur le bureau de son père. Sur le bord se trouvait une photo de sa mère. Il y avait des années qu'elle était morte et son père conservait pourtant cette photo… Il l'avait aimée, sans aucun doute, mais il avait toujours fait passer la clinique en premier.

Machinalement, il ouvrit le tiroir du haut. Il resta bouche bée. Le trophée, *son* trophée, séparé en deux morceaux était posé sur un tas de photographies.

C'étaient des photos de lui, prises le jour de la remise de diplômes de l'école vétérinaire.

Un vertige le fit vaciller sur sa chaise. La petite tortue paraissait ridicule maintenant qu'elle était séparée de son socle. C'était donc son père qui l'avait retirée de l'étagère, pas Kit, comme il l'avait pensé !

Il regarda les photos une à une. Il ne s'agissait pas de photos prises par un professionnel, loin de là. Il se reconnaissait mais apparaissait tout flou, comme si l'on avait utilisé le zoom de l'appareil au maximum.

Muni des photos et de la statue, il partit rejoindre son père dans la cuisine, encore décorée des fleurs jaunes que sa mère y avait peintes.

D'un geste brusque, il déposa son butin sur la table.

— Explique-moi !

Son père considéra les photos, puis les repoussa de la main.

— August, je suis venu à ta remise de diplôme mais … je n'ai jamais pu devenir l'homme expansif que ta mère aurait souhaité que je sois. Pourtant, je l'aimais et je t'aime toi aussi. Crois-le ou pas, j'ai toujours travaillé pour vous procurer le meilleur.

Il laissa échapper un petit rire triste.

— Et c'est justement cela qui l'a amenée à partir. C'était la seule manière que j'avais de lui montrer que je l'aimais.

— Si tu avais pris des associés et passé du temps avec elle, elle ne serait pas partie.

— Sans doute, mais tu as déjà reçu un ultimatum ? demanda-t-il.

Reçu, non. Mais posé, oui. Pas plus tard que la veille.

— Tu vois, reprit Dr Jeff, un ultimatum te donne envie de dire non. Tu te braques pour prouver que tu as raison. Si j'avais su, je me serais comporté différemment avec ta mère.

Il regarda les photos avant de reprendre.

— J'aurais dû te dire que j'avais décidé de venir, mais je ne l'ai pas fait. Et quand je t'ai appelé, tu n'as pas répondu. Ce que je comprends… Ensuite, tu as pris la route, comme l'avait fait ta mère. J'ai bien compris que si je te demandais de venir travailler avec moi tu m'enverrais promener. Alors je suis devenu encore plus renfermé et grincheux.

— Tu souhaitais que je travaille avec toi ? s'étonna August. Mais nous ne nous sommes jamais bien entendus ! Et pourquoi as-tu caché ce trophée dans ton tiroir, sans rien dire à personne ?

— Parce que je suis un vieil imbécile. Quand je l'ai pris dans ma main l'autre jour, il s'est cassé. Je l'ai emporté avec l'intention de le recoller, mais cette foutue tortue n'a jamais voulu se laisser réparer. J'avais l'intention de la rapporter demain avec des excuses.

— Et moi, j'ai pensé que c'était Kit qui l'avait retirée parce que ce n'était pas un trophée authentique ! J'ai pensé qu'elle voulait me pousser plus loin, plus haut…

— Il n'y a pas de mal à cela. Mais si tu n'es pas d'accord, c'est ton droit. Quoi qu'il en soit, la place de ce trophée n'a pas grande importance.

August s'apprêtait à répondre mais son père l'arrêta d'un geste de la main.

— August, j'ai fini de vouloir te pousser. Fais ce que tu veux mais assure-toi qu'il ne s'agit pas d'une réaction dictée par ton orgueil. Tu es adulte, maintenant. Choisis toi-même la voie que tu veux suivre.

Il se leva et attrapa sa canne.

— Je veux tout de même te donner un conseil. Si tu aimes Kit, ne la quitte pas sans avoir cherché un compromis avec elle.

Dr Jeff quitta la pièce, laissant August abasourdi. Si au lieu d'être déçu par ses échecs son père avait réellement essayé de le pousser en avant ? De faire ressortir ce qu'il avait en lui de meilleur ?

Si jamais Kit tenait à son diplôme parce qu'elle avait compris l'importance que cela revêtait pour lui ?

Peut-être était-il en train de laisser ses blessures d'enfant détruire sa vie amoureuse ? Le meilleur moyen de s'en préserver était de montrer à Kit qu'il lui faisait confiance.

Ce soir même, il allait envoyer son CV au Dr Stepsard. Et demain, il parlerait à Kit.

Le café de Kit s'était refroidi, la journée avançait, mais elle n'avait pas suffisamment d'énergie pour se lever de sa chaise. Elle gratouilla la tête de Bucky, posée sur ses genoux. Lui au moins était heureux.

Désolée, elle pensait à la liste de choses qu'elle avait prévu de faire avant 10 heures ce matin.

*Pourquoi est-ce que je dois toujours faire quelque chose ? C'est dimanche. Aucun rendez-vous n'est prévu. Je n'ai rien à faire.*

Elle tenta de chasser ces pensées dérangeantes de son esprit. Il fallait qu'elle soit productive, toujours en route vers ses objectifs.

Oui, mais ces objectifs lui avaient coûté cher. Trop cher.

Le mantra affiché lui donnait envie de hurler. On le lui avait enfoncé dans le crâne depuis sa plus tendre enfance. Un jour de repos était un jour perdu, lui avait-on enseigné.

Comme son téléphone sonnait, elle se dépêcha de l'attraper, espérant que c'était August qui l'appelait. Elle aperçut une photo de Wess et de Biscuit.

Tu nous manques, tata Kit. Biscuit te demande de venir vite nous voir !

Sur ces entrefaites, on frappa à la porte. C'était son frère David.

— Je suis passé à la clinique mais apparemment, la petite chérie de maman prend un jour de repos ?

— La petite chérie de maman ? Arrête, David ! Ta plaisanterie est idiote.

— Pourtant, c'est comme ça qu'elle parle de toi quand elle vient me voir. À vrai dire, parfois, elle m'assure que c'est Stephen son préféré… En fait, tu sais quoi ?

— Non.

— Notre mère n'aime qu'elle-même !

Kit hochait la tête lorsque David continua.

— Je passe pour te demander si tu serais d'accord pour t'occuper d'un persan superbe mais capricieux.

— Tu adoptes un chat ?

— Non, c'est celui de Trevor. Nous partons en vacances la semaine prochaine et il ne veut pas mettre sa Polly adorée en pension.

— Trevor, ton nouvel associé ? Celui que maman voulait me présenter parce qu'il est célibataire ?

— Oui, Trevor est mon associé, mais il est bien plus que cela. Tu comprends ?

Kit comprenait parfaitement. Son frère était heureux, c'était tout ce qui comptait.

— Félicitations, David. Je suis heureuse pour toi. En fait, ce qui me surprend le plus dans ce que tu viens de me dire, c'est que tu acceptes de partir en vacances ! Toi qui n'as jamais arrêté de travailler un seul jour…

— Avec Trevor, ma vie a changé. Dans le fond, pourquoi autant travailler si ce n'est pas pour profiter aussi de la vie ?

Il souriait, visiblement parfaitement épanoui.

— Alors, tu acceptes de t'occuper de Polly ?

— Oui. À condition que tu t'occupes de Bucky quand je partirai en Alaska.

Les mots avaient jailli de sa bouche, irrépressibles.

— Bien sûr, nous veillerons sur ton amour de toutou, répondit David.

Brusquement, Kit se sentait revivre. Elle aussi souhaitait avoir une vie épanouie, avec August. La clinique passerait après.

# 13.

August contemplait son CV qu'il venait de mettre à jour.

Kit avait raison. Il voulait devenir herpétologue. Et il voulait rester ici avec elle.

Il ouvrit la porte de la clinique. Un intense sentiment de bien-être l'envahit. Il était ici chez lui. Il ne lui restait plus qu'à l'avouer à la femme qu'il aimait.

Un bruit de verre brisé le fit se précipiter dans la salle d'attente.

Kit était en train de ramasser les morceaux de l'étagère en verre sur laquelle étaient exposés les trophées.

— August ! On est dimanche, qu'est-ce que tu fais ici ?

— Je pourrais te poser la même question. Mais je préfère te dire que j'ai envoyé mon CV au Dr Stepsard hier soir.

— C'est une bonne idée. Mais seulement si tu en as envie.

— Il faut que je te dise que… c'est mon père qui avait emporté mon trophée pour le recoller. J'ai cru que tu l'avais enlevé pour m'envoyer un message.

— Quelle idée ! Figure-toi que David vient de passer me voir. Il paraît que ma mère prétend que je suis son enfant préféré ! Tu imagines ça ? Franchement, ça m'a ouvert les yeux. J'ai compris que c'était à moi de définir ce qui est bien pour moi. Plus besoin de trophées. Voilà pourquoi je viens de casser cette étagère. La clinique est parfaite telle qu'elle est.

Elle reprit son souffle.

— Je me fiche de tous les trophées du monde.

— Vraiment !

— Nous allons partir pour l'Alaska. Tous les deux. Si tu as toujours envie d'y venir avec moi…

August se mit à sourire tendrement.

— Je vais réfléchir…

— Alors réfléchis vite, parce que sinon il te faudra trouver quelqu'un pour me remplacer. Moi, j'y vais de toute façon, je veux voir les aurores boréales !

August laissa échapper un « hourra » et se précipita vers Kit pour échanger avec elle un baiser brûlant de passion.

Inondé de bonheur, il savait que, enfin, il avait trouvé son havre. Kit était la femme de sa vie. Travailler et vivre avec elle serait le paradis sur Terre. Plus jamais il n'irait le chercher ailleurs.

SUSAN CARLISLE

# Un médecin si troublant

*Traduction française de*
CHARLINE McGREGOR

BLANCHE

HARLEQUIN

*Titre original :*
THE NURSE HE SHOULDN'T NOTICE

*Ce roman a déjà été publié en 2017.*

# 1.

Un nuage de poussière enveloppa la vieille Jeep de Maggie Everett au moment où elle coupait le moteur. Une main en visière au-dessus des yeux, elle observa les passagers qui descendaient la passerelle du jet.

Malgré le soleil éblouissant et la brume qui enveloppait les plaines de l'Afrique de l'Ouest à la saison sèche, l'un d'entre eux attira son attention.

Depuis deux ans qu'elle travaillait au Ghana, Maggie n'avait pas vu beaucoup d'Américains de son âge, mais elle savait reconnaître un beau spécimen lorsqu'elle en voyait un.

Il regardait dans sa direction. Derrière lui, les trois autres arrivants récupéraient leurs bagages. Un homme chauve déchargeait des malles et autres valises, alors que deux jeunes femmes discutaient avec enthousiasme. Probablement les élèves infirmières qui venaient faire leur stage d'été…

Elles seraient une aide précieuse à l'hôpital, mais ce dont Maggie avait surtout besoin, c'était d'une aide financière substantielle qui leur permettrait d'embaucher des médecins sur le long terme.

L'homme qu'elle avait repéré se dirigeait vers elle. Ses lunettes d'aviateur ajoutaient au charme mystérieux qu'il dégageait. Il était grand, mince et les épaules larges, et il lui rappelait les photos des magazines que sa mère lui faisait parvenir. Une vraie publicité pour un parfum de luxe, à la fois raffiné et viril… Elle sentit les battements de son cœur s'accélérer.

Il remonta ses lunettes sur son front, révélant des yeux d'un bleu cristallin, que le hâle de son visage mettait en valeur.

— Je suis le Dr Court Armstrong, dit-il. J'ai deux machines assez fragiles qui doivent être mises en sécurité.

Ni « Bonjour » ni « Enchanté ». Mais ce nom…

— Armstrong ? De la fondation Armstrong de Boston ? s'étonna-t-elle, sans essayer de masquer son dégoût.

— Oui.

Peut-être était-ce lui qui avait refusé sa demande de fonds ! Les gens d'ici avaient un besoin urgent de centres médicaux, en particulier d'une clinique pédiatrique, et l'hôpital avait besoin d'aide pour continuer à fonctionner. Mais il se trouvait dans un endroit trop reculé et touchait trop peu de monde pour que la fondation ait daigné leur accorder une subvention. Comment pouvait-on être aussi ignorant de la réalité du terrain ! songea-t-elle, les mâchoires crispées.

— Que faites-vous là, puisque vous n'avez pas retenu notre candidature ?

Il eut une petite moue.

— Je serai ravi d'en discuter avec vous dès que cet équipement aura été mis à l'abri du soleil.

Elle s'apprêtait à lui renvoyer une remarque bien sentie, mais un cri l'en empêcha.

Neetie courait vers elle dans un nuage de poussière.

— Camion. Accident. Blessé…, haleta le jeune Africain. Venir maintenant.

— On a besoin de vous, docteur Armstrong. Monte, ajouta-t-elle à l'attention de Neetie en désignant la Jeep.

Le séduisant médecin hocha la tête et empoigna un sac à dos avant de s'installer sur le siège passager. Après une seconde d'hésitation, il aida l'enfant à grimper derrière.

— John, occupe-toi des machines ! cria-t-il en direction du jet. Allons-y, ajouta-t-il en rabaissant ses lunettes sur son nez.

Maggie se surprit à regretter les yeux bleu acier. Quel gâchis qu'ils appartiennent à un homme aussi insupportable !

Elle tourna la clé dans le contact.

— C'est où, Neetie ? cria-t-elle.

— Devant chez Arthur.

Cramponné au montant de la portière d'une main et à son sac de l'autre, le Dr Armstrong ne semblait guère à son aise. Elle était prête à parier qu'il ne lui faudrait pas vingt-quatre heures pour remonter dans son jet et retourner à son monde aseptisé.

Elle pila devant l'hôpital et ne put réprimer un sourire en le voyant se retenir au tableau de bord pour ne pas heurter le pare-brise.

— Pourquoi est-ce qu'on… ?

— J'ai besoin de matériel, le coupa-t-elle.

Quelques minutes plus tard, elle ressortait de l'hôpital avec le grand sac noir qu'elle tenait toujours prêt pour les urgences.

— Donnez-moi ça, dit-il en la déchargeant de son fardeau pour le placer à l'arrière, à côté de Neetie.

La suite du trajet se fit en silence. Elle se concentrait sur la route bordée de bâtiments en briques, et son voisin, visiblement absorbé par le ballet incessant des gens et des animaux qui marchaient le long de la route, ne parlait pas non plus.

Ils arrivèrent enfin sur les lieux de l'accident. Chariot contre camion… Les badauds s'agglutinaient autour du vieil homme qui devait pousser le chariot. Allongé sur un côté, il se tenait la poitrine à deux mains. Un peu plus loin, une fillette avait les jambes coincées sous le chariot renversé. Une femme apostrophait un homme posté près du camion.

Maggie sentit son estomac se serrer. Malgré toutes les horreurs qu'elle avait eues à traiter, elle n'avait jamais pu brider son instinct maternel lorsqu'un enfant était en danger.

Elle avait à peine coupé le moteur que le Dr Armstrong bondissait de la Jeep. Son sac en bandoulière, il empoigna le nécessaire à l'arrière.

— Vous vous occupez de l'enfant et moi du vieil homme. Ça ressemble à une attaque cardiaque.

Eh bien, monsieur avait l'ordre facile ! Pour qui se prenait-il ? En tant qu'infirmière en chef, c'était elle qui prenait les décisions. Pas besoin du Dr Je-sais-tout, qui n'avait même pas vu l'hôpital de Nalerigu. Mais ce n'était pas le moment de lui faire connaître sa façon de penser.

— Neetie, va avec le médecin, tu parleras pour lui.

Elle s'approcha de la fillette et se laissa guider par son expérience d'infirmière aux urgences. D'une voix douce, elle fit l'état des blessures tout en gardant un œil sur le Dr Armstrong. Pas question qu'un blanc-bec, tout droit sorti de son avion de luxe, mette à mal la relation de confiance qu'elle avait établie avec les habitants.

Il donnait des instructions brèves et simples, que Neetie traduisait de façon imperturbable.

D'un geste, Maggie demanda à des passants de soulever le chariot pendant qu'elle libérait la fillette pour lui examiner la jambe.

— Heureusement, il n'a pas de problème de cœur, annonça le Dr Armstrong en la rejoignant. Il lui faudra des points sur le front, mais ça peut attendre. Je l'ai bandé, et je lui ai fait dire par Neetie de bien la maintenir en place. Et la petite fille, ça va ?

— Fracture de la jambe, répondit-elle sans le regarder. Dieu merci, j'ai l'impression que c'est tout.

S'agenouillant, il passa ses longs doigts experts sur la peau de la jeune patiente. Mais il lui manquait quelque chose : la voix apaisante, l'implication personnelle. Ses gestes étaient strictement professionnels.

— On stabilise tout ça, et on l'emmène à l'hôpital.

Maggie devait reconnaître qu'il avait l'air de maîtriser son affaire. Mieux, en tout cas, que les bonnes manières… Mais elle n'allait pas se laisser commander comme une débutante. Après tout, c'était lui qui venait d'atterrir au Ghana !

Elle lui tendit les attelles, ce qui lui valut un bref regard admiratif. Prenant doucement la main de la fillette pour la rassurer, elle fixa l'une des planches pendant qu'il apposait l'autre.

Pauvre petite ! La douleur qu'elle lisait dans ses yeux lui brisait le cœur. Sans son accident, Maggie aurait une fille d'à peu près le même âge, et, maintenant qu'elle ne pouvait plus en avoir, elle choyait ses petits patients comme une mère. Jusqu'à envisager d'adopter Neetie… Elle était ulcérée à la pensée de tout ce qu'elle aurait pu faire pour ces enfants si la fondation Armstrong avait consenti à subventionner l'hôpital.

— Les bandes se trouvent dans le fond du sac, docteur Armstrong, dit-elle sèchement.

Ils enveloppèrent lentement la jambe immobilisée.

— Vous prononcez mon nom comme s'il s'agissait d'un gros mot. Pourquoi ne pas m'appeler Court ?

— Quoi ?

— Comme on a géré ensemble une urgence à peu près cinq minutes après mon atterrissage, on doit pouvoir s'appeler par nos prénoms, *mamzelle* Maggie.

Lorsqu'il lui effleura les doigts en lui passant une dernière fois la bande, elle ne put réprimer un sursaut.

— Je suis Maggie Everett, l'infirmière en chef. Vous pouvez m'appeler Maggie.

D'un geste sûr, il coinça l'extrémité de la bande sous le tissu.

— Très bien, Maggie. Alors dites-lui qu'on l'emmène à l'hôpital, ajouta-t-il sans regarder la fillette.

Et le « S'il vous plaît » ? Elle s'exécuta néanmoins, puis se dirigea vers la Jeep. S'il n'y avait rien à redire sur les compétences médicales du nouveau médecin, ses qualités humaines lui semblaient discutables. Décidément, il était bien à l'image de la fondation dont il portait le nom.

Les habitants de Nalerigu avaient besoin d'aide, et cet homme avait le pouvoir de la leur procurer. Parviendrait-elle à le convaincre de faire changer le point de vue de la fondation ?

Court inspira profondément l'air frais du soir, bien plus vif et plus pur que celui de Boston. Même les bruits de la nuit étaient différents de ceux auxquels il était habitué. Les animaux sauvages, les sons inquiétants… Non, décidément, jamais il ne se sentirait chez lui, ici.

C'était donc cet univers qui avait enchanté ses parents, jadis ?

Cet univers qui les avait envoyés en missions humanitaires, y compris pendant la grossesse de sa mère ? Non, vraiment…

Et il avait fallu que sa première patiente ghanéenne soit une fillette. Depuis cette horrible nuit, il n'avait plus osé s'occuper d'un enfant, mais aujourd'hui il n'avait pas eu le choix. Et même si l'intervention n'avait été que bénigne, il était épuisé maintenant que l'adrénaline retombait. Il avait passé la journée dans l'avion, traversé trois fuseaux horaires, mais c'était bon de pratiquer la médecine de nouveau.

Bon sang, il ne savait même pas où il allait dormir ! Il jeta un coup d'œil autour de lui : personne à qui le demander. À cet instant, la porte-moustiquaire s'ouvrit derrière lui.

Maggie. Ils avaient fait du bon travail, tous les deux, même s'il avait la nette impression qu'elle ne l'aimait pas. Malgré l'équipement rudimentaire de la petite salle d'examen de l'hôpital, il avait été impressionné par son efficacité, ses gestes précis et minutieux. En Amérique, on ne trouvait ce genre de clinique que dans les quartiers les plus défavorisés, comme celle où son frère et lui étaient nés. Et où on n'avait pas su soigner son frère.

Assez ! Ces terribles souvenirs n'avaient pas leur place ici et maintenant. Il les repoussa dans un coin de son esprit, tout au fond, là où ils devaient rester.

Malgré l'agitation des dernières heures, Maggie était parfaitement coiffée, ses boucles brunes ramenées en une queue-de-cheval haute qui lui balayait les épaules. Il se surprit à les imaginer détachées, en une cascade sombre qui encadrerait son visage délicat.

Dans la pénombre, il distingua une expression étonnée sur son visage. Avait-il pensé tout haut ?

— Vous devez avoir hâte de vous installer, dit-elle. Je vais vous montrer votre bungalow où quelqu'un a déjà dû déposer vos bagages.

Derrière l'apparente politesse, le ton était tout sauf chaleureux.

— En effet, j'apprécierais de me reposer. La journée a été longue, et la soirée encore plus.

— J'aimerais pouvoir vous dire que c'était exceptionnel, mais ce serait mentir.

Sans un mot de plus, elle s'éloigna et il la suivit sur un sentier tortueux.

— J'ai fait quelque chose qui vous a déplu ? demanda-t-il, agacé.

— Votre fondation a fait du mal à ces gens, répliqua-t-elle en désignant le village d'un large mouvement. L'hôpital avait besoin de soutien, et on nous l'a refusé.

— Voyons, mademoiselle Everett, je n'ai pas besoin de vous expliquer que la fondation doit faire des choix difficiles. Nous aimerions donner…

— Ne soyez pas condescendant, s'il vous plaît, et je ne veux pas entendre vos arguments. Après ce que vous avez vu aujourd'hui, citez-moi un autre centre médical qui aurait plus besoin d'aide.

Elle avait élevé le ton, et la colère la rendait encore plus intéressante.

— Très honnêtement, il me faut passer plus de temps ici pour répondre à cette question, répondit-il en se passant une main sur le front.

Malgré la fraîcheur de la nuit, il était en nage. Bon sang, tout ce qu'il voulait, c'était prendre un bon bain et se coucher !

— Belle esquive…, dit-elle avec ironie. Au fait, vous êtes décisionnaire, à la fondation ? ajouta-t-elle après un silence pesant.

Il prit une profonde inspiration, conscient qu'elle n'allait pas aimer la réponse.

— Oui, je suis le P.-D.G.

Elle se raidit.

— Donc, vous saviez que la demande de l'hôpital avait été refusée.

— Effectivement. J'ai aussi lu votre lettre de relance, et c'est pourquoi je suis là.

L'appel passionné de cette Maggie Everett avait touché une corde sensible, et il avait décidé de venir vérifier sur place si ce qu'elle avait écrit était vrai : la version officielle. Mais il y avait d'autres raisons à sa venue qu'il n'avait aucune intention de révéler à cette inconnue. Par exemple décider de la suite à donner à sa carrière de médecin.

— J'ai voulu voir par moi-même ce dont l'hôpital a besoin. La fondation reçoit quantité de demandes d'aide, et on ne peut pas répondre favorablement à toutes.

Elle plongea un instant son regard dans le sien avant de le détourner.

— Alors, je vais devoir vous convaincre… Vous ne pratiquez pas la médecine ?

— Je suis pédiatre de formation, mais j'ai pris un congé. La fondation occupe tout mon temps, à présent.

En réalité, il avait arrêté quand, à cause de son inattention, une puérilité qui l'écœurait maintenant, un petit garçon et sa famille avaient vu leur vie brisée parce que l'enfant gardait des séquelles mentales, comme son propre frère des années auparavant. Il aurait dû quitter la réception, ce jour-là, après avoir reçu un texto l'informant que le garçonnet était arrivé aux urgences, mais la fondation et son désir d'impressionner ses parents l'avaient aveuglé. C'était il y a longtemps, et il aurait dû surmonter cette épreuve, mais le fait d'avoir fait du mal à un enfant l'accablait. Même si tout le monde lui avait répété qu'il ne pouvait pas prévoir la réaction de Jimmy aux médicaments, il n'était pas convaincu…

— Ah oui ?

— Qu'est-ce qui vous étonne ?

— Vous vous en êtes bien sorti avec la fillette, mais vous n'avez pas les petits trucs habituels des pédiatres.

Touché… Mlle Maggie était bien trop intuitive. Et lui qui croyait avoir donné le change !

— Comment ça ?

— C'est difficile à expliquer. J'ai vu passer pas mal de médecins, ici, et en général je devine leur spécialité à leur façon de se comporter avec les patients. Ça faisait longtemps que je ne m'étais pas trompée.

— Eh bien, je suis flatté d'avoir gardé ma part de mystère.

Elle haussa les épaules tout en continuant son chemin entre les bosquets.

— Les bungalows sont par là.

Alors qu'elle avançait sans même se retourner pour vérifier qu'il la suivait, il admirait le balancement de ses hanches. Sous la longue robe de coton semblable à celles que portaient les femmes d'ici, il ne pouvait deviner rien de plus qu'un joli mollet.

— Vous travaillez là depuis longtemps ? demanda-t-il en la rattrapant.

— Un peu plus de deux ans, répliqua-t-elle par-dessus son épaule.

— Et vous êtes déjà infirmière en chef ?

Elle pouffa.

— Oui, et parfois nutritionniste, urgentiste ou aide-ménagère. Ici, on est polyvalents, ajouta-t-elle avec une sorte d'amertume dans la voix. On embauche des gens du coin pour aider, mais il y a toujours quelque chose à faire.

— Vous êtes combien, à l'hôpital ?

Elle lui fit face, une expression soudain très sérieuse sur son beau visage.

— Vous voulez dire vous et moi inclus ? Pas assez.

— Pourquoi ?

— Pas assez de centres commerciaux pour attirer du monde, peu de divertissements…

Elle s'interrompit, et il perçut une sorte de résignation, comme si elle avait perdu l'énergie de se battre.

Il ne savait que répondre. Pour une raison qui lui échappait, il eut soudain envie de rester dans cet endroit isolé et oublié du reste du monde juste pour le plaisir de la voir heureuse. Drôle d'idée !

— Alors, de quoi l'hôpital a-t-il le plus besoin ?

— De médecins, mais pas pour quelques semaines ou quelques mois. Il faut du personnel prêt à s'investir au moins un an. Des pharmaciens, des infirmières, un directeur d'hôpital… Et assez d'argent pour les convaincre de rester. Et… une clinique pédiatrique.

— Mais pourquoi ne pas embaucher des médecins d'ici ?

— Les gens d'ici sont comme les étrangers, ils n'ont pas envie de rester. S'ils arrivent à quitter leur village, ils découvrent que la vie sur la côte est bien plus agréable. Et plus rentable… On a cinq infirmières à plein temps. On forme des femmes, et certaines peuvent aller à l'école, grâce à des aides gouvernementales.

— Et les médecins ?

— Le Dr Roberts est le seul à travailler ici à plein temps. On complète avec les intérimaires. La semaine prochaine, le Dr Roberts prend quelques jours de congé. Il les a bien mérités, mais ça veut dire que vous serez seul.

Plus elle parlait et plus son visage s'animait. Il était comme hypnotisé par cette femme, en apparence si frêle, mais en réalité aussi forte qu'une lionne protégeant ses petits. Ça devait être bon d'être aimé de façon aussi inconditionnelle !

— Non, je ne serai pas seul, répliqua-t-il. J'ai emmené un autre médecin avec moi.

— Ah bon ? Super ! On va pouvoir aller installer un hôpital de campagne dans un village voisin, finalement.

Ils étaient arrivés devant un bâtiment gris couvert d'un toit en tôle. Elle poussa la porte-moustiquaire qui ouvrait sur une pièce carrelée. Une lampe éclairait deux vieilles chaises et une petite table. Au plafond, un ventilateur tournait mollement.

— Il y a un petit coin cuisine, une chambre et une salle de bains par là, dit-elle en désignant un couloir sombre.

Quand il l'effleura en s'approchant d'un interrupteur pour éclairer le couloir, elle se recula immédiatement.

— Vous pouvez vous faire à manger, sinon on a une cantine. Mais comme il n'y a pas de nourriture ici, je vous attendrai à 6 h 30 demain matin pour vous montrer où on prend le petit déjeuner. Si on a le temps, je vous ferai visiter l'hôpital à ce moment-là. Les consultations commencent à 7 h 30 précises.

Elle semblait tendue. Était-ce à cause de lui ? Elle n'avait pourtant pas l'air de se laisser démonter facilement.

— N'oubliez pas de bloquer la porte-moustiquaire avant de vous coucher, lança-t-elle en partant.

Non seulement les efforts caritatifs de sa famille ne l'impressionnaient pas, mais elle ne semblait pas plus impressionnée par lui en tant que personne. Elle lui rappelait ses bonbons préférés : durs à l'extérieur, moelleux à l'intérieur. Et il mourait d'envie de découvrir quelles autres surprises elle recélait.

Le lendemain matin, Maggie était devant la porte du bungalow à l'heure prévue. Elle portait un T-shirt décolleté et une jupe fleurie sous lesquels il imaginait des courbes attrayantes. Elle avait relevé ses cheveux avec un simple élastique, mais elle rayonnait de naturel et de jeunesse. Surprenante vision sur cette terre désolée…

— Je ne pensais pas que vous seriez levé, dit-elle à travers la porte-moustiquaire.

— Vous m'aviez dit 6 h 30, il est 6 h 30, répondit-il en sortant.

Une lueur passa dans ses yeux : elle se moquait de lui !

— On verra si vous êtes d'aussi bonne humeur demain matin.

Ils s'engagèrent sur le sentier qui conduisait à un long bâtiment adjacent à l'hôpital.

— Voilà ce que nous appelons la cantine, dit-elle en s'approchant d'un étal.

L'endroit ressemblait plutôt à un mess, comme il en avait vu sur des photos militaires.

— On y sert à manger aux patients hospitalisés du lundi au samedi. Le dimanche, ce sont les familles qui apportent les repas. Mais la plus grande partie du personnel mange aussi ici par commodité car ça évite d'aller en ville tous les jours.

Elle se remplit une assiette et se dirigea vers une table libre.

— Salut, Court ! lança John Weber, le médecin qui avait voyagé avec lui. Venez donc vous asseoir avec nous.

Maggie et lui s'installèrent à leur table.

— Maggie, je vous présente John Weber. Il travaille à la fondation. Et voici Lisa Mills et Jen Skindowski.

Elle fit un signe de tête aux voisines du médecin, une blonde et une brune, et serra la main de John.

— Désolée, je vous avais pris pour le pilote.

— Non, je suis médecin généraliste, répondit John, amusé. Le pilote, c'était Court, le jet lui appartient.

Elle se tourna vers lui sans paraître le moins du monde impressionnée. Qu'est-ce qu'il lui fallait ? Elle aurait voulu qu'il vende son avion pour faire un don à l'hôpital ?

— On pourrait même dire que c'est son bébé tellement il l'aime, ajouta John en enfournant une bouchée d'œufs brouillés.

— J'imagine que ça facilite les déplacements, marmonna-t-elle.

Court songea que cette femme avait le don de le mettre mal à l'aise.

— John, tu t'es occupé de l'équipement ?

— Oui, tout a été rangé par le directeur, et je me suis assuré que le transport était soigné. Alors, c'était quoi cette urgence, hier ?

— Camion contre chariot. Celui-ci a perdu. On avait une enfant avec une fracture nette et un vieil homme qui a eu besoin de quelques points. Quand je suis allé la voir, vers minuit, la fillette allait bien.

Maggie leva brusquement la tête.

— Vous êtes allé la voir au beau milieu de la nuit ?

— Je ne vois pas ce que ça a d'aussi surprenant. J'aime bien m'assurer personnellement que mes patients vont bien.

Une seule fois, il ne l'avait pas fait, et jamais il ne referait la même erreur, même s'il était encore loin de se sentir à l'aise en présence d'enfants. Elle hocha la tête, visiblement satisfaite de sa réponse. Peut-être que l'opinion qu'elle avait de lui allait enfin s'améliorer ? Quelque chose, dans sa façon de s'occuper de cette fillette, lui disait qu'elle avait une relation très spéciale avec les enfants.

Lisa posa quelques questions à Maggie sur l'hôpital, et une discussion s'engagea sur les patients et les pathologies les plus fréquentes. Court écoutait, impressionné par l'enthousiasme de Maggie. Elle aimait son travail, c'était évident, et elle aimait tout autant les Mamprusi.

Repoussant son assiette, elle annonça à la cantonade :

— Si vous avez terminé, vous pouvez nous accompagner car je m'apprêtais à faire visiter les lieux à Court.

Comme le petit groupe se mettait en route, Court resta en retrait, observant Maggie qui donnait des explications sur les bâtiments.

— Ne sortez pas du complexe la nuit, disait-elle aux infirmières. Et même la journée, soyez toujours accompagnée. Il n'y a pas de police, ici.

Elle les emmena dans l'aile réservée aux femmes. Les lits semblaient tout droit sortis d'un hôpital de la Deuxième Guerre mondiale. Les visiteurs étaient assis ou couchés à même le sol.

— Pourquoi y a-t-il des gens partout ? demanda Jen.

— On manque de personnel, et nous demandons aux familles de nous aider à prendre soin de leurs proches.

S'était-il trompé dans son évaluation des besoins de l'hôpital ? Possible, mais il était trop tôt pour en être certain. Il ne devait pas se laisser influencer par ses émotions.

— En tant que pédiatre, continua Maggie en se tournant vers lui, il faut que vous sachiez une chose : on ne dit jamais à une famille que son enfant est mourant, au risque qu'elle l'abandonne.

D'accord, elle marquait un point.

Lui aussi était né dans une clinique de brousse, mais il avait toujours travaillé dans des hôpitaux modernes à Boston. Même s'il était conscient du genre d'endroit que la fondation soutenait, il ne s'était jamais retrouvé dans un complexe aussi rudimentaire.

— Bon, c'est l'heure des visites, reprit Maggie. Lisa et Jen, je vous laisse dans l'aile pédiatrique. On vous montrera ce qu'il y a à faire. Messieurs, allons rejoindre le Dr Roberts dans l'aile des hommes.

Chemin faisant, Court voyait par les fenêtres du long couloir qui reliait les deux bâtiments que les files d'attente s'allongeaient à perte de vue.

— Tous ces gens attendent d'être reçus ? demanda-t-il, sans pouvoir masquer son incrédulité.

— Oui. On en voit environ trois cents par jour. Et on a entre huit et douze opérations…

Il laissa échapper un sifflement, mais, pour elle, cela semblait naturel.

— Cela explique aussi pourquoi on manque de volontaires, conclut-elle.

— Docteur Roberts, je vous amène du renfort. Messieurs, je vous dis à plus tard, ajouta-t-elle avant de tourner les talons.

Maggie parcourut des yeux la foule des patients qui attendaient et fut soulagée d'apercevoir la grande silhouette de Court. Devant le bâtiment, il était en grande conversation avec l'un des infirmiers locaux.

Elle ne lui avait pas parlé depuis le matin et n'avait pas la moindre idée de la façon dont se passait sa première journée. En tout cas, il y avait tout à parier qu'il allait bien dormir. Elle l'avait observé en plein travail, une fois ou deux, et, même si sa personnalité ne lui plaisait guère, il lui fallait bien admettre que c'était un excellent médecin.

Il s'arrêta de parler et leva les yeux dans sa direction comme s'il avait senti qu'elle avait besoin de lui. Parcourue par un frisson, elle lui fit signe de la rejoindre et s'avança à sa rencontre.

— Quelque chose ne va pas ? demanda-t-il, les sourcils froncés.

— J'aimerais que vous jetiez un œil à une blessure que je traite depuis des semaines sans amélioration, expliqua-t-elle en le conduisant près d'une jeune femme assise sur l'une des tables d'examen pliantes. Raja, voici le Dr Armstrong. Il va examiner votre jambe.

— Dites-lui de s'allonger, demanda-t-il en souriant à la patiente.

Quand il souleva délicatement le bandage, une odeur putride s'échappa immédiatement. Maggie, qui observait Court, perçut son léger mouvement de recul. Heureusement, il ne laissa rien paraître devant la pauvre Raja.

Au moins, il était attentionné avec ses patientes s'il ne l'était pas avec les enfants. Bizarre… S'il n'aimait pas les enfants, pourquoi diable s'était-il spécialisé en pédiatrie ? Se pouvait-il que le Dr Armstrong soit plus mystérieux qu'il n'y paraissait ?

Il tâta les alentours de la blessure.

— Comment s'est-elle fait ça ?

— Le bidon d'eau qu'elle portait en équilibre sur sa tête a glissé et, en tombant, lui a éraflé la jambe. Mais, comme elle habite loin d'ici, elle n'est pas venue se faire soigner.

À cet instant, leurs regards se croisèrent. Elle n'en revenait pas qu'il puisse rester ainsi de marbre. Se moquait-il éperdument de ce qui risquait d'arriver à Raja ? Si tel était le cas, il pourrait au moins faire semblant d'être concerné.

Il aida la patiente à se rasseoir.

— Maggie, puis-je vous parler un instant ?

Ils s'éloignèrent.

— Vous êtes consciente qu'on doit amputer, n'est-ce pas ?

Elle acquiesça, tête baissée.

— Pourquoi ne l'avoir pas mentionné au Dr Roberts plus tôt ?

— N'allez pas trop vite en besogne, docteur, répliqua-t-elle en le regardant. La vie est dure, ici. Pour venir jusqu'à l'hôpital, les gens doivent renoncer à une journée de travail, et certains parcourent plus de quinze kilomètres à pied. Une fois arrivés, il leur faut encore attendre des heures avant d'être examinés. Ils ne refusent pas qu'on les aide, mais c'est tellement compliqué… Et pour ce qui est du Dr Roberts, je l'ai informé. Lui et moi avons fait tout notre possible.

— Je ne savais pas…

— Non, en effet. Il vous faudra bien plus de vingt-quatre heures avant de pouvoir juger de notre travail.

Elle se sentait soudain extrêmement lasse. Un soir, un soir seulement, elle rêverait de s'endormir en sachant qu'elle avait offert le meilleur traitement à ses patients. Ici, une telle chose n'était pas près de se produire.

— J'aimerais avoir une autre solution, dit Court après l'avoir observée un instant. Mais, si on ne l'ampute pas, je crains que la gangrène ne se répande au risque de la tuer. Vous préférez que je le lui annonce ?

Avec le doigté dont il faisait preuve, mieux valait éviter, songea-t-elle.

— C'est une amie, je vais le faire, dit-elle.

Elle se tournait vers Raja quand la main de Court sur son épaule la fit sursauter, et ce contact la réconforta. L'espace d'une seconde, elle lut un éclair de compassion dans ses yeux. L'instant d'après, la lueur s'était éteinte.

— Je suis désolé…

Il avait l'air de le penser vraiment. Peut-être après tout que le glacial médecin avait un cœur ?

— Moi aussi, répondit-elle.

Quand elle s'éloigna, la chaleur de sa main sur elle lui manqua.

# 2.

Court se passa une main dans les cheveux puis pencha la tête d'un côté et de l'autre pour relâcher les muscles de son cou. La journée avait été longue et bien plus éprouvante que les gardes à Boston, même les plus chargées. Oui, cet hôpital avait besoin d'au moins deux médecins à plein temps.

En venant ici, il savait qu'il devrait travailler dans des conditions rudimentaires, mais rien ne l'avait préparé à la foule de patients qu'il avait traités aujourd'hui. Surtout des enfants… Il ne savait même pas comment il s'en était sorti. Peut-être grâce à son expérience qui lui avait permis de passer en pilote automatique, mais il n'était pas fâché que la journée ait pris fin.

Son dernier patient parti, il s'était dirigé vers la cantine pour grignoter un morceau. C'était là qu'il avait croisé le Dr Roberts, qui lui avait demandé de l'assister pour l'amputation de Raja. Lorsqu'il avait argué qu'il n'était pas qualifié, le médecin avait haussé les épaules.

— Ici, on fait tout. Je vais vous montrer où vous préparer.

L'opération avait été brève et désagréable. Il avait toujours envisagé une opération comme un moyen de soigner un patient. Dans le cas présent, ils avaient certes sauvé une vie, mais en la détruisant. Encore heureux qu'il n'ait pas eu, en plus, à supporter le regard accusateur de Maggie.

Avait-il pris la mauvaise décision en refusant les fonds à l'hôpital ? Il se sentait de plus en plus coupable, et ce sentiment le rongeait. Il en avait assez, il voulait retrouver l'apaisement, lire le respect dans les yeux des autres. En particulier dans ceux de Maggie.

Pourquoi ce qu'elle pensait lui importait-il autant ? Il n'avait aucune intention de s'impliquer dans sa vie. Il avait appris très jeune qu'aimer quelqu'un faisait mal. Si on ne voulait pas s'exposer, il suffisait de ne pas ouvrir son cœur, et Maggie ne serait pas celle qui frapperait à la porte. Non, pas question de tenter quoi que ce soit avec Mlle Je-sauve-le-monde. Il avait mieux à faire que d'essayer de plaire à cette fille. Par exemple se concentrer sur le tour que prendrait sa carrière à son retour à Boston.

Trop las pour trouver tout de suite le sommeil, il flânait sur le sentier qui conduisait à sa chambre quand quelque chose bruissa dans la pénombre. S'immobilisant, il scruta les alentours. Des animaux parvenaient parfois à franchir la grille, et Maggie avait même insisté pour qu'il ferme toujours sa porte à clé.

Il s'approcha doucement et fut surpris de découvrir Maggie installée dans un hamac. Il quitta le sentier pour la rejoindre.

— Salut, dit-elle doucement en l'apercevant.

Pas très enthousiaste, comme accueil.

— Que faites-vous ici à cette heure ? demanda-t-il en essayant de lire son expression. Ça va ?

— Oui, répondit-elle au bout de quelques secondes.

— Raja se remet bien.

— Super…

Le cœur n'y était pas. De toute évidence, quelque chose la perturbait.

— Vous savez, les femmes sont de véritables bêtes de somme, ici, reprit-elle en se balançant doucement dans son hamac. Elles portent l'eau, s'occupent de la nourriture, construisent les maisons…

Il aperçut une chaise de bois sous un arbre qu'il approcha. Les coudes sur les genoux, il se laissa bercer par la voix mélodieuse de Maggie.

— Une infirme devient une charge pour le village. Son mari va la chasser si elle ne lui est plus d'aucune utilité, poursuivit-elle.

Pourquoi le destin de cette femme le touchait-il autant ? Cette expérience lui rappelait-elle quelque chose de plus personnel ?

Il se surprit à avoir envie de la serrer dans ses bras. Que lui arrivait-il ? Cela ne lui ressemblait pas.

— Je suis venue ici pour aider ces gens, reprit-elle dans un murmure. Pour améliorer leur quotidien… Mais je me suis fait avoir. J'ai dit à Raja ce qu'elle devait faire, je lui ai montré comment se bander la jambe…

Elle leva les yeux vers la voûte étoilée.

— J'apprécie ce que vous avez fait pour elle, ajouta-t-elle après un silence.

— Ce n'est rien.

Il ne s'était pas senti aussi inutile depuis cette horrible nuit. Il serra la mâchoire. Non, décidément, les sentiments n'étaient pas de bons compagnons pour un médecin. Il fuyait ses émotions depuis la mort de son frère, et voilà qu'elles le rattrapaient. Pour une raison qui lui échappait, cette femme les faisait remonter à la surface malgré lui.

— Alors, qu'avez-vous pensé de l'hôpital ? demanda-t-elle.

— Je suis très impressionné par le nombre de patients et la variété des problèmes à traiter.

Elle planta un orteil dans la poussière pour arrêter le lent balancement du hamac et leva les yeux vers lui. Ce regard…

— Alors, vous pensez finalement qu'on a besoin de votre donation ?

Il leva une main.

— Oh là ! Je n'ai pas dit ça. De nombreux hôpitaux ont besoin d'argent, certains plus près de Boston. Ce que je vais leur dire, c'est que j'ai été impressionné par la façon dont cet hôpital fonctionne, malgré son peu de ressources.

— C'est mieux que rien, dit-elle en se laissant glisser au bord du hamac.

Le mouvement de ses hanches captura son attention. Encore une fois, il se surprit à espérer qu'il entrapercevrait ses jambes. Comme disait le vieil adage : « Moins on en voit, plus on a envie d'en voir ».

— Il est tard, reprit-elle en essayant de se relever, mais, déséquilibrée, elle retomba à la renverse dans le hamac.

Il s'approcha.

— Laissez-moi vous aider.

Elle eut un rire embarrassé qui résonna en lui comme la corde d'un violon et, après une brève hésitation, elle plaça sa main dans la sienne. Une vague de satisfaction envahit Court.

De nouveau sur ses pieds, elle se retrouva si près de lui qu'il perçut le parfum de son shampoing fleuri.

Quelle était son histoire ? Elle semblait pleine de contradictions.

Lorsqu'elle le lâcha, il ressentit comme une sorte de vide. Relevant sa jupe dans une main, elle se dirigea vers les bungalows.

— Pourquoi les femmes portent-elles toutes des robes longues avec cette chaleur ?

— Les jupes longues tiennent moins chaud qu'on le pense et sont bien plus fonctionnelles. Vous devriez essayer. Les hommes d'ici en portent tout le temps.

— Non, merci, dit-il en souriant. Je préfère mes pantalons larges.

— En réalité, on se couvre les jambes parce que les Mamprusi trouvent les cuisses des femmes particulièrement sexy. En Amérique, ce sont les seins, ici les cuisses.

Ce n'était pas lui qui allait les contredire.

— D'autres questions, docteur ? ajouta-t-elle d'un ton professionnel.

Mais son expression trahissait son envie de rire.

— Non, je pense que je sais à présent le plus important.

Quand elle éclata de rire, il se sentit soudain très bien. Mieux qu'il ne l'avait été depuis bien longtemps.

Ils arrivèrent au croisement de deux sentiers. Le moment était venu de se séparer pour rejoindre leurs bungalows respectifs.

— S'il vous plaît, Maggie, dit-il en lui effleurant le bras. Vous voudriez bien m'apprendre les bases du mamprusi ? Ça me faciliterait la tâche avec les patients et ça les rassurerait.

— Oui, sans doute, répliqua-t-elle en s'éloignant.

En quelques pas, il la rejoignit.

— On pourrait commencer demain après midi car, si j'ai bien compris, l'hôpital sera fermé. Accepteriez-vous de me faire visiter le village ? On pourrait commencer les leçons en même temps. J'ai envie d'en savoir plus sur les gens d'ici. Je suppose que la folle balade d'hier ne comptait pas comme une visite, n'est-ce pas ?

Elle prit plus longtemps qu'il n'aurait souhaité avant de répondre :

— D'accord. J'avais prévu d'aller faire quelques courses au marché, de toute façon.

— Parfait…

Maggie avait été surprise qu'il ne rechigne pas à la suivre à pied jusqu'au village et, le long de la route poussiéreuse, elle apprécia qu'il accorde ses grandes enjambées aux siennes.

Elle n'avait pas suggéré cette sortie au hasard. Son objectif était de le convaincre du bien-fondé de sa demande de fonds, sinon elle aurait purement et simplement refusé de lui faire visiter le coin. Elle n'aimait pas le sentir trop près d'elle car il la rendait nerveuse.

Il lui posa de nombreuses questions très fines sur les traditions et la culture Mamprusi. Elle lui apprit les rudiments de la langue, qui n'était pas facile, mais il apprenait vite.

Plus ils approchaient de la place du marché, plus la foule se densifiait. Les cris des vendeurs emplissaient l'air, tout comme l'odeur des fruits mûrs.

— Ne vous éloignez pas trop, je ne veux pas vous perdre, dit-elle.

— Un grand Blanc vêtu à l'américaine ne se perd pas comme ça.

Avec ses yeux d'un bleu vif, sa mâchoire carrée et ses larges épaules, on devait le voir de loin, même dans les rues de New York.

— Ce n'est pas faux… Y a-t-il quelque chose que vous souhaitez acheter pendant qu'on est là ?

— Non, mais j'ai envie de m'entraîner à dire ce que vous m'avez appris. Je vais rester avec vous.

Sans qu'elle sache pourquoi, ses derniers mots la firent frissonner.

— Je ne suis pas sûre que « Où avez-vous mal ? » ou « Posez la bande comme ça » vous sera très utile ici.

— Je pensais plutôt à « Bonjour », « Au revoir » ou « Comment allez-vous ».

Alors qu'ils arpentaient les allées, Court s'exprima chaque fois qu'il le put, se contentant de se mettre sagement en retrait le reste du temps. Elle ne voyait pas ses yeux bleus cachés par ses lunettes, mais, à la façon qu'il avait de pencher légèrement la tête sur le côté, elle savait qu'il ne perdait pas une miette de ce qui se passait.

— Comment vous êtes-vous retrouvée dans cet hôpital ? lui demanda-t-il quand la foule se fit moins compacte.

— Je travaillais dans un service d'urgences, et une des infirmières itinérantes m'a parlé de l'hôpital de Nalerigu, qui m'a intrigué. J'avais besoin de changer d'air, alors j'ai postulé.

— Vous avez toujours voulu travailler dans un pays en développement ?

L'image d'une maison, avec des jouets d'enfants dans la cour et un monospace dans l'allée, se forma dans son esprit.

— Pas vraiment, répondit-elle lentement. Mais j'ai toujours voulu être infirmière.

— Pas vraiment ? C'est-à-dire ?

— Vous êtes un peu curieux, non ?

— Et vous un peu susceptible, non ?

Elle fit mine d'observer un régime de bananes pour ne pas montrer combien sa remarque l'avait vexée.

— Disons qu'on a tous des rêves qui ne se réalisent pas, n'est-ce pas ? répliqua-t-elle enfin.

— Si.

Elle le regarda. La réponse cachait certainement quelque chose de plus profond. Le séduisant médecin aurait-il un secret ?

— C'est pour quoi, tout ça ? demanda-t-il en désignant son panier à provisions.

— Pour préparer un bon repas, répondit-elle, ravie de ce changement de sujet.

— Ah ! Parce que vous cuisinez ?

— Bien sûr…, rétorqua-t-elle avec véhémence.

— Je ne me permettrais pas d'insinuer… Je m'étonnais simplement que vous puissiez cuisiner dans un endroit aussi rudimentaire.

— J'utilise la cuisine de la cantine qui est libre le dimanche. J'aimerais bien y avoir accès plus souvent.

— Je suis plutôt bon cuisinier moi-même.

Elle lui jeta un regard incrédule.

— Oui, j'ai fait mes classes sur une plaque chauffante, à l'école de médecine, poursuivit-il. En fait, la cuisine me permettait de me détendre après une longue journée.

Avec une famille pareille, il cuisinait lui-même ? Elle aurait plutôt pensé qu'il avait un chef cuisinier attitré.

— Et ces repas que vous préparez, qui en profite ?

— On cherche à se faire inviter ? demanda-t-elle.

— Pourquoi pas ? Ça ne fait pas longtemps que je suis arrivé, mais je sais déjà que votre cuisine sera forcément meilleure que celle de la cantine. Et je me propose comme commis, en échange d'un repas, ajouta-t-il avec un sourire un peu forcé.

Maggie sentit son estomac se serrer. Il ne devait pas manquer d'invitations, avec ses yeux d'ange. Si en plus il souriait…

— On verra, dit-elle pour couper court à ses pensées.

Un brouhaha les interrompit. La voix stridente de Neetie retentit.

— Mamzelle Maggie, mamzelle Maggie ! criait-il en courant vers eux.

Il lui entoura la taille de ses bras dans un geste si brusque qu'elle faillit tomber à la renverse. Heureusement, un bras robuste la retint par les épaules.

— Oh là, je vous tiens, lui murmura Court dans l'oreille.

La chaleur de son torse puissant contre son dos rappela à Maggie qu'il y avait bien longtemps qu'un homme ne l'avait prise dans ses bras. Un contact qui lui manquait, elle s'en rendait soudain compte.

— Aidez, mamzelle Maggie, aidez, gémissait Neetie en pleurant.

À cet instant, la foule s'écarta devant un homme qui hurlait en agitant le poing. Maggie ne comprenait pas grand-chose à ce qu'il disait, mais son attitude était clairement menaçante.

— Ne bougez pas, ordonna Court en se plaçant devant elle.

Ce n'était pas le moment d'affirmer son indépendance… Collée à lui, elle sentait ses muscles se tendre au fur et à mesure que l'homme approchait.

Neetie parvint à se faufiler entre eux sans cesser de geindre.

— Chut, Neetie, dit-elle en lui caressant la tête.

Il se tut, mais ses yeux restaient écarquillés par la peur.

— Maggie, demandez-lui ce qu'il a sans vous avancer, dit Court.

Elle s'exécuta.

— Neetie l'a volé, traduisit-elle en baissant les yeux vers l'enfant.

Court plongea la main dans sa poche et en tira quelques pièces qu'il tendit à l'homme sans oublier de ponctuer son geste du « S'il vous plaît » et du « Merci » qu'il venait d'apprendre. Le plaignant parut satisfait et s'éloigna.

Quand Court se retourna vers elle, leurs bouches n'étaient plus qu'à quelques centimètres. Elle retint sa respiration. Il avait de belles lèvres.

Mais Neetie s'agita entre eux, et la magie fut rompue.

— Allons-y, dit Court.

Maggie prit Neetie par une main, et Court lui prit l'autre avec autorité. Elle essaya de se dégager, en vain.

— Ne faites pas de manières… Je veux juste m'assurer que nous ne serons pas séparés dans cette foule.

Elle se sentit soudain idiote, d'autant qu'elle aimait bien

le contact de sa paume contre la sienne. Pour une fois que quelqu'un s'occupait d'elle…

Quand ils rcjoignirent la route de l'hôpital, Court les entraîna à l'ombre d'un arbre. Là, il regarda Neetie dans les yeux. L'enfant se mit à se dandiner d'un pied sur l'autre.

— Ce petit a besoin d'être pris en main. Quelqu'un doit lui apprendre qu'il ne faut pas voler.

Voilà un point de vue sur lequel elle ne pouvait qu'être d'accord, et elle espérait bien être ce quelqu'un. Si, toutefois, elle avait l'accord du chef du village.

Se penchant vers le petit garçon, elle lui adressa un sourire encourageant, laissant, comme toujours, parler son instinct maternel. Une douleur familière vint se loger au creux de sa poitrine.

— Je vais m'en occuper, dit-elle en s'accroupissant. Ce que tu as fait était mal, ajouta-t-elle à l'intention de l'enfant. Tu ne dois pas prendre ce qui n'est pas à toi.

— Mais je voulais…

— Peu importe ce que tu voulais, l'interrompit-elle. Court a payé ce que tu as pris, mais tu devras le rembourser en travaillant pour lui. Tu vas balayer son bungalow et tu sortiras ses poubelles…

Les yeux écarquillés par la peur, Neetie leva les yeux vers Court en opinant du chef.

— Autre chose, ajouta Court. Je veux que tu fasses attention quand tu t'accroches à Mlle Maggie. Tu as failli la faire tomber, tout à l'heure. Tu ne voudrais pas lui faire de mal, quand même ?

Neetie secoua vivement la tête. Court ne voyait donc pas qu'il le terrorisait ? se demanda Maggie. Où était donc passé l'homme agréable et sympathique qu'elle avait découvert ?

— Je suis désolé, mamzelle Maggie.

Elle ouvrit les bras et il vint s'y blottir.

— Merci de votre aide, Court, dit-elle en se relevant. Je ne sais pas si j'aurais pu gérer la situation sans vous.

— Je suis certain que si… Mais ça pourrait peut-être me valoir un repas ?

Court avait été appelé pour une urgence, tôt le lendemain matin, et, depuis, il aidait le Dr Roberts qui opérait. Il avait tout juste eu le temps d'avaler un sandwich à midi et n'avait pas revu Maggie. Bizarrement, cela l'ennuyait de ne pas savoir où elle était, ou ce qu'elle faisait. N'y tenant plus, il s'était renseigné, et on lui avait appris que c'était son jour de repos.

Elle lui manquait. Un sentiment nouveau pour lui… Ses petites amies s'étaient souvent plaintes de son indifférence !

Il regagnait son bungalow quand il vit Neetie remonter le sentier en courant. Cet enfant dégageait une énergie étonnante. Il avait huit ans, comme lui-même quand son frère était mort et, depuis, il avait du mal avec les petits patients de cet âge même s'il était devenu pédiatre pour essayer d'aider les enfants comme son frère. Surtout depuis que, par sa faute, un enfant s'était retrouvé handicapé.

Neetie s'arrêta à bonne distance — avait-il peur de lui ? — et montra du doigt le village.

— Mamzelle Maggie ! Aider !

Court sentit son cœur s'affoler. Il s'agenouilla près de l'enfant.

— Que se passe-t-il ? demanda-t-il d'une voix où perçait une inquiétude qui l'étonna lui-même.

— Elle est dans…

Neetie hésita puis termina sa phrase en mamprusi.

— Une boîte ? traduisit Court.

Neetie hocha vigoureusement la tête.

— Montre-moi !

Ils s'engagèrent sur le sentier poussiéreux jusqu'à ce qui ressemblait à un grenier à ciel ouvert. Neetie désigna un énorme conteneur en métal dont les portes étaient grandes ouvertes.

Un regard à l'intérieur indiqua à Court qu'il était quasi plein. Il attendit que ses yeux s'habituent à l'obscurité et distingua des bidons d'eau entassés les uns sur les autres dans un équilibre précaire. L'un d'eux avait roulé à terre.

Maggie ! Était-elle blessée ?

— Maggie ! cria-t-il.

— Je suis là !

Le soulagement fit rapidement place à la colère. Et s'il n'était pas arrivé à temps ? Et si elle n'avait pas pu alerter des secours ?

— Où, là ?

— Juste derrière.

— Ne bouge pas, ordonna-t-il à Neetie.

Les bidons étaient plus lourds qu'il l'aurait cru. Bon sang, qu'est-ce que Maggie était venue faire ici, et seule par-dessus le marché ?

— Tu es blessée, Maggie ? reprit-il, l'angoisse le rendant familier.

Un soupir exaspéré lui répondit.

— Non, pas vraiment.

— Comment ça « pas vraiment » ? Tu saignes ?

— Non, c'est surtout ma fierté qui est blessée.

Elle était tout près.

— J'ai voulu attraper une boîte, tout en haut, celle qui contenait des bandes hydrophiles. Mais ma jupe s'est prise dans un morceau de métal qui dépassait, et patatras !

Apparemment, il y avait eu plus de peur que de mal. Au moins, cette mésaventure lui servirait-elle peut-être de leçon.

Il atteignit enfin le fond du conteneur où régnaient pénombre et chaleur infernale, mais il apercevait Maggie, coincée sous un bidon.

— Qu'est-ce que tu es venue faire ici toute seule ? marmonna-t-il.

— Je suis bien obligée de me débrouiller, figure-toi, rétorqua-t-elle. Tu n'as pas toujours été là, et tu ne seras pas toujours là non plus.

Un point pour elle. Qui était-il pour lui dire comment faire son travail ? N'empêche, en songeant à ce qu'elle avait risqué, son estomac se noua un peu plus. Il s'essuya le front avec la manche de sa chemise. Il devait bien faire cinquante degrés…

— Depuis combien de temps es-tu coincée là-dessous ?

Il fallait la faire parler jusqu'à ce qu'il parvienne à la dégager car elle pouvait paniquer. Elle devait être au minimum totalement déshydratée.

— Je suis arrivée après le déjeuner. Quelques hommes étaient venus m'aider, puis ils ont dû partir. Ça ne fait que quinze minutes environ que je suis coincée.

— Maggie, tu aurais pu…

Il s'interrompit. Ce n'était pas le moment de lui faire la leçon. Mieux valait user de son calme légendaire.

— Neetie ! cria-t-il en direction de l'entrée. Va à mon bungalow et rapporte une bouteille d'eau et ma sacoche de médecin. Elle est près de la porte. Allez, cours !

Quand Maggie leva les yeux vers lui, il n'eut, soudain, plus qu'une idée en tête, plus forte encore que la colère et l'angoisse mêlées : la secourir, la protéger.

— Je vais essayer de soulever le bidon qui est tombé sur tes jambes pour que tu puisses bouger. À trois… Un, deux, trois.

Elle se dégagea, sa jupe relevée laissant voir de longues jambes. Comme il s'en doutait, elle avait de belles jambes. Très belles. Mais il n'eut pas le loisir de les admirer longtemps. D'un geste brusque, elle rabattit sa jupe puis essaya maladroitement de se relever, mais laissa échapper un petit cri de douleur.

Il se précipita pour la prendre par la taille.

— Tu t'es donc bien fait mal !

— Ne vous réjouissez pas trop vite, docteur. C'est juste une contusion. Demain, il n'y paraîtra plus.

— J'examinerai ta cheville dès que je t'aurai sortie de là.

Quelques minutes plus tard, lorsqu'ils eurent regagné l'air libre, il la souleva dans ses bras.

— Qu'est-ce que tu fais ? Repose-moi par terre !

— Pas question, rétorqua-t-il en resserrant son étreinte.

Elle avait très chaud et il fallait la mettre à l'ombre immédiatement.

Il la sentit rire contre son torse et c'est à contrecœur qu'il la déposa sous un arbre. Il écarta délicatement quelques mèches humides de son front.

— Je dois être complètement décoiffée, dit-elle.

— Non, tu es très bien comme ça.

Il s'agenouilla pour lui ôter sa sandale, puis il lui souleva la jambe. Immédiatement, elle tira sur le tissu qui avait glissé pour s'en couvrir les cuisses.

— J'ai déjà vu des jambes de femme, tu sais.

Elle se mit à rire.

— Oh ! oui, je veux bien te croire !

Il promena la main sur les os délicats de sa cheville, remontant jusqu'au mollet. Rien de cassé…

— J'apprécie ta sollicitude, mais ça va, dit-elle en repliant la jambe.

Sa jolie jambe.

— Qu'est-ce qu'il y a, dans toutes ces caisses ? demanda-t-il pour oublier le doux contact de sa peau.

— Des bandages, du matériel médical en tout genre…

— Et ça vient d'où ?

— Des États-Unis, surtout.

— Et qu'est-ce que tu faisais là ? C'est ton jour de repos, non ?

— Il faut bien que quelqu'un range, de temps en temps.

Avant qu'il puisse répondre, Neetie arriva avec de l'eau et sa sacoche. Tendant la gourde à Maggie, Court la regarda boire goulûment alors qu'il lui soutenait le dos. Elle ne s'était pas plainte, mais elle mourait de soif.

— Doucement, par petites gorgées.

Quand elle eut bu tout son soûl, il lui tendit un comprimé.

— Je n'en ai pas besoin, marmonna-t-elle.

— Prends-en quand même un.

Elle pencha la tête en arrière pour boire à la gourde. Un filet d'eau s'échappa de sa bouche et coula le long de son menton jusqu'à sa gorge puis se perdit dans le sillon entre ses seins.

À la rougeur qui lui envahit le visage, il comprit qu'elle avait suivi la direction de son regard.

Il avala une longue gorgée à son tour, mais l'eau fraîche n'apaisa pas sa libido. Aujourd'hui, il avait eu un aperçu des trésors que cachait Maggie qui avait sans doute bien d'autres qualités, mais il n'était pas question qu'il les explore.

Que lui arrivait-il ? Pourquoi cette femme le fascinait-elle à ce point ? Il avait toujours apprécié la compagnie des femmes, qui le lui rendaient bien, mais jamais il ne s'était autorisé de réels sentiments. Il n'était même pas sûr de savoir quel effet cela faisait. Pourtant, cette femme-là, avec ses vêtements simples et son visage sans maquillage, cette accro au travail, lui donnait envie d'explorer les délices d'une intimité brûlante.

Bon sang ! Ce satané soleil lui montait à la tête.

Maggie fit alors mine de se lever, mais sa cheville céda dès qu'elle posa le pied par terre, et elle fut bien obligée d'accepter son aide.

— Passe le bras autour de mon cou et laisse-toi faire.

Elle obtempéra de mauvaise grâce, s'appuyant contre son torse, et ce contact lui était particulièrement agréable.

Contre toute attente, elle lui passa les doigts sur la nuque.

— Tes cheveux sont mouillés de transpiration. J'aime bien, ajouta-t-elle avant qu'il ait le temps de protester.

À quoi jouait-elle ? Cela ne lui ressemblait pas de flirter ainsi ! Était-ce l'effet des médicaments ? Du soleil ? Quoi qu'il en soit, elle allait le regretter, demain.

— Tu as les cheveux très doux, poursuivit-elle. Ça fait longtemps que j'ai envie de les toucher.

Ainsi donc, elle l'observait ? Cette idée le fit sourire.

— J'ai besoin d'une douche, ajouta-t-elle.

Maggie nue sous un filet d'eau… Il accéléra le pas. Se concentrer sur l'urgence de la ramener à son bungalow, sur les soins que nécessitait sa cheville.

La nouvelle Maggie, si douce et malléable, était encore plus attirante que la Maggie professionnelle et dure qu'il avait côtoyée jusque-là.

— Merci, murmura-t-elle.

Malgré ses bonnes résolutions, une vague de désir comme jamais il n'en avait connu le submergea. Il inspira profondément. Les jours à venir allaient être difficiles à gérer.

# 3.

Maggie se réveilla sur le souvenir de Court qui l'allongeait dans son lit. Et sur l'envie désespérée de l'attirer à elle.

Un bruissement lui fit tourner la tête. Neetie était assis dans un coin de la chambre. Il souriait de toutes ses dents.

— M. Docteur a dit que je devais veiller sur toi…

— C'est vrai ?

Ses hochements de tête véhéments faillirent la faire éclater de rire, mais une forte migraine lui enserrait les tempes, et sa cheville la faisait souffrir. Mais elle avait plus que jamais besoin d'un bon bain et elle tenta de se lever.

— Non ! cria Neetie en bondissant vers elle. Mamzelle Maggie, tu dois rester, M. Docteur a dit. Pas se lever.

La porte-moustiquaire claqua et Court entra, un sachet de glace et un bandage élastique à la main.

— Salut, comment tu te sens ?

— Bien.

C'était faux, mais elle ne risquait pas de dire le contraire. En voyant Court, elle eut un flash embarrassant de leur retour au bungalow. Bon sang, elle s'était ridiculisée !

— Neetie, tu peux partir, dit Court.

Elle sourit gentiment à l'enfant, visiblement déçu. Pourquoi fallait-il que Court soit aussi froid avec lui ? Il ne voyait donc pas qu'il n'attendait qu'un peu d'attention ?

— Je n'ai pas besoin qu'on s'occupe de moi, dit-elle quand Neetie eut disparu.

— J'en suis sûr, pourtant on va s'occuper de toi quand même. Je vais mettre de la glace sur ton pied ou bien tu ne pourras pas marcher demain. Tu dois avoir mal à la tête, non ?

Cet homme la rendait nerveuse, elle qui ne l'était jamais. Et puis, elle n'aimait pas avouer qu'il avait raison.

— N'en fais pas trop ! rétorqua-t-elle. Tout ce dont j'ai besoin, c'est de repos, et surtout d'un bon bain.

Quand elle sortit les jambes du lit, il s'approcha, mais ne la toucha pas. Elle se mit debout. Dieu merci, son pied ne lui faisait pas trop mal et elle se redressa. Peut-être que Court s'en irait s'il voyait qu'elle parvenait à marcher.

— Tu vois, ça va, dit-elle en se dirigeant vers son cabinet de toilette.

— Ne parle pas trop vite. Va prendre ta douche, ensuite, je m'occuperai de ton pied.

Tel un aigle prêt à bondir sur sa proie, il la regardait avancer à petits pas.

— Tu n'as qu'à me laisser la glace, je me débrouillerai, dit-elle en refermant la porte derrière elle.

Avec un peu de chance, il serait parti quand elle ressortirait.

Elle se doucha puis se rendit compte en sortant qu'elle avait laissé ses vêtements propres dans la chambre. S'enveloppant dans une serviette, elle passa la tête par la porte entrouverte.

— Tu as oublié quelque chose ?

Adossé au mur, Court tenait l'une de ses nuisettes au bout de son doigt.

— Comment as-tu osé fouiller dans mes affaires ?

— Tu ne m'as pas laissé le choix, dit-il en souriant. Mais peut-être aurais-tu préféré sortir toute nue ? Personnellement, ça ne m'aurait pas dérangé… Mais on n'a pas de temps à perdre, ton pied a besoin de soins.

Elle lui arracha la chemise de nuit des mains.

— Promis, je ne recommencerai pas, ironisa-t-il.

— Je peux me débrouiller seule, dit-elle en lui refermant la porte au nez.

Un éclat de rire sonore lui répondit.

— Ton disque est rayé, Maggie !

Elle enfila sa nuisette. Sa cheville commençait à lui faire un mal de chien, mais elle devait encore se démêler les cheveux.

En se coiffant, elle repensa à sa mésaventure de la veille. Elle avait eu de la chance que Neetie passe par là, et qu'il aille chercher Court. Il avait raison, elle aurait pu se faire beaucoup plus mal.

La porte s'ouvrit, la tirant brusquement de ses pensées.

— Hé, ça ne peut pas attendre ? Tu dois t'allonger et mettre ton pied en hauteur, ordonna-t-il en lui prenant le peigne des mains. Et appliquer de la glace.

— Tu es encore là, toi ?

Il la souleva sans effort, la surprenant tellement qu'elle ne songea pas à se débattre. Déjà, il la déposait sur son lit avant de lui glisser un oreiller sous le pied et de placer le sachet de glace sur sa cheville.

— Comme je savais que tu ne pourrais pas aller à la cantine, je t'ai rapporté de quoi te sustenter.

— Merci, quelle délicate attention ! dit-elle, moqueuse. Laisse tout ça là, je mangerai plus tard.

— Non, j'ai promis au chef de rapporter la vaisselle sans tarder.

Elle ne put réprimer un sourire. Le riche héritier était devenu serveur…

Mais autant obtempérer au risque qu'il ne la laisse pas tranquille. Elle s'assit, veillant à remonter le drap sur sa nuisette un peu trop fine.

Il ôta la serviette qui recouvrait une énorme assiette de poulet aux légumes puis, approchant une chaise, il s'installa près du lit.

— Tu fais quoi, là ?

— Je ne vais pas partir à la cantine et revenir chercher ton assiette… C'est plus pratique si je mange ici, avec toi. Je meurs de faim, ajouta-t-il en lui tendant des couverts.

Inutile d'argumenter… Cet homme n'en faisait qu'à sa tête.

Contre toute attente, le repas se passa bien, même si aucun des deux ne parla. Lorsqu'elle eut fini, elle se rallongea, épuisée.

— Bonne nuit, jolie *mamzelle* Maggie, entendit-elle avant de sombrer dans le sommeil.

Toute la journée, ils avaient travaillé à l'hôpital et, toute la matinée, elle avait voulu l'inviter à dîner pour le lendemain soir sans oser le faire. Même si elle détestait le reconnaître, elle lui devait une fière chandelle. Or elle n'aimait pas se sentir redevable, elle qui s'était toujours débrouillée pour être indépendante.

Mais là, elle avait l'impression de perdre quelque peu le contrôle des événements. Comble de malchance, le responsable en était le seul homme qui ait retenu son attention depuis longtemps. Mais dans une semaine, il repartirait pour sa vie confortable et elle ne le reverrait jamais.

Et puis il y avait l'aide financière dont avait besoin l'hôpital et, sur ce point-là, elle ne céderait pas. N'empêche, elle lui devait des remerciements, et elle comptait bien se montrer polie, même si la présence de Court la rendait plus mal à l'aise qu'elle ne voulait l'admettre.

Le dernier patient venant de partir, il était temps de passer à l'action. Elle prit une profonde inspiration.

— Court…

Il posa sur elle un regard interrogateur. Malgré la fatigue d'une longue journée et une ombre de barbe sur ses joues, il était le plus bel homme qu'elle ait jamais vu.

— Je voulais te remercier de t'être occupé des bandages, dit-elle.

Sa cheville était encore trop raide pour qu'elle puisse s'acquitter de toutes ses tâches, et, au petit déjeuner, elle avait informé le Dr Roberts qu'il restait des bandages dans le conteneur. Celui-ci lui avait répondu que le Dr Armstrong s'en était chargé avec quelques hommes. Il avait ajouté que Court lui avait raconté l'incident de la veille, et l'avait enjointe à plus de prudence, à l'avenir.

Elle n'en revenait toujours pas que Court ait parlé à son supérieur dans son dos. Depuis des années, elle se débrouillait seule, et voilà qu'il venait se mêler de ses affaires ! N'empêche, il lui avait rendu service.

— De rien, répondit-il en reportant son attention sur ses dossiers.

Pourquoi était-ce si difficile ? Elle n'était pas du genre timide, d'habitude.

— Je te remercie aussi de t'être occupé de moi hier, et d'avoir sauvé la mise à Neetie, l'autre fois, au marché.

La liste était plus longue qu'elle n'avait cru.

— Pas de problème, dit-il en haussant négligemment les épaules.

— Tu veux venir dîner, demain soir ? ajouta-t-elle enfin. Je t'invite.

Il releva la tête, soudain plus attentif. Sa bouche s'étira lentement en un large sourire, et ses yeux bleus pétillèrent.

— Ça alors ! *Mamzelle* Maggie m'invite chez elle ! Eh bien, j'accepte avec joie.

Bon sang ! Il se moquait d'elle ! Mais il avait tant de charme qu'elle ne parvenait pas à lui en vouloir, d'autant que son sourire sexy valait bien une boutade. Finalement, c'était sans doute mieux qu'il s'en aille dans une semaine.

— Bien, je t'attendrai à 6 heures, dit-elle en s'éloignant.

Son rire la suivit jusque dans le couloir.

Court songeait encore à l'invitation de Maggie en se rendant à la cantine. Si elle ne s'était pas sentie obligée de le remercier, elle n'aurait jamais fait ce qui semblait être un véritable effort pour elle.

Le lendemain, il attendit néanmoins leur dîner avec impatience. Cette femme ne cessait de le surprendre. Son respect des gens avec lesquels elle travaillait, l'amour qu'elle vouait au peuple Mamprusi, jusqu'à cette détermination farouche d'améliorer leur quotidien, tout chez elle forçait l'admiration, mais elle avait besoin que l'on prenne soin d'elle. À plein temps. Qui la tirerait des ennuis dans lesquels elle ne manquerait pas de se fourrer quand il serait parti ?

Allons… elle se débrouillait très bien toute seule avant son arrivée, alors pourquoi serait-ce différent à présent ? Inutile de s'inquiéter pour elle, ce qui valait mieux. S'il ne lui laissait pas prendre trop de place dans sa vie, il ne risquait pas de souffrir.

Dans la cantine, une mélodie chantonnée en provenance des cuisines l'accueillit. Un morceau de rock qu'il reconnaissait sans parvenir à le nommer. Maggie avait un joli brin de voix. Ce n'était d'ailleurs pas la seule chose qu'il trouvait jolie, chez elle.

Il était en avance. Il avait bien essayé de s'occuper, mais il était irrémédiablement attiré vers cette cantine et, après tout, il pouvait lui proposer son aide. Cela lui permettrait d'en apprendre un peu plus sur le pays… et de se détendre.

À l'instant où il pénétra dans la cuisine, son cœur s'arrêta de battre. Maggie lui tournait le dos, balançant les hanches au rythme de la musique et vêtue d'un short qui découvrait de longues jambes fuselées. Et les plus sexy qu'il ait jamais vues.

Il posa les yeux sur les cuisses musclées, descendant jusqu'au léger creux à l'arrière des genoux puis à l'arche de ses mollets. Son regard s'arrêta sur les fines chevilles et les pieds nus avant de remonter le long des jambes.

Il déglutit. À l'idée de les sentir enroulées autour de sa taille, son corps se raidit.

Bon sang, il perdait la tête ! Le soleil, sans doute…

Ou peut-être le fait qu'elle les cache si bien d'habitude ? Était-ce l'attrait de l'interdit, ou le fait qu'elles appartenaient à Maggie ? Se connaissant, il aurait parié sur la seconde option.

Mais Maggie, elle, à la façon dont elle s'occupait de ses patients ou de Neetie, était du genre à se laisser guider par son cœur. Or si lui n'envisageait pas de relation stable, par principe, il ne la voyait pas se contenter d'une histoire sans lendemain.

Quand la musique s'arrêta, elle dut entendre du bruit car elle se retourna au même moment. Les yeux écarquillés, elle lâcha le couteau qu'elle avait à la main. Leurs regards se croisèrent, et l'atmosphère devint brusquement électrique.

La voyant déglutir, il eut aussitôt envie de suivre du doigt le mouvement de sa gorge et s'exhorta à se reprendre. Maggie méritait mieux. De toute façon, jamais elle ne le laisserait poser la main sur elle.

— Alors comme ça, *mamzelle* Maggie porte des shorts ! commenta-t-il, ayant l'impression d'être un adolescent.

Elle leva un sourcil et éclata de rire.

— Oui, je porte des shorts, je ne vois pas ce qui t'étonne.

Il ne put s'empêcher de rire avec elle.

Au moment où il se baissait pour ramasser le couteau, elle en fit autant, et leurs mains se frôlèrent. Le temps parut s'arrêter. Puis elle se redressa.

— Qu'est-ce que tu fais là, si tôt ? Je ne t'attendais pas avant une heure.

— Je suis venu faire le second. À vos ordres, chef ! ajouta-t-il en mimant un salut militaire.

— Oui, bien sûr. Tu es bien du genre à obéir aux ordres.

— Essaie, je pourrais te surprendre.

Le sourire et l'étrange lueur qui brillait dans les yeux de Court ne disaient rien qui vaille à Maggie. Quoi qu'il en soit, elle n'allait pas laisser ce médecin de passage lui voler son cœur. Mais, pour le bien de l'hôpital, elle devait avant tout éviter de se le mettre à dos.

Même s'il avait osé entrer dans son sanctuaire — d'un commun accord, tout le monde lui laissait l'usage de la cuisine, le dimanche —, elle allait partager avec lui son seul moment de solitude de la semaine. Cela ne devrait pas trop lui coûter à condition que son cœur cesse de s'emballer et que sa température baisse d'un cran. Et puis, susciter l'attention d'un homme aussi séduisant la flattait.

— Soit, je t'accorde un essai. Mais n'oublie pas qui est le chef, ici, ajouta-t-elle en pointant un doigt vers lui.

— Oui, chef !

Elle éclata de rire. Il lui faisait souvent cet effet-là. Entre autres…

— Alors, tu vas commencer par couper ces légumes.

Le couteau et la planche sont dans ce tiroir, ajouta-t-elle en désignant le comptoir en inox.

Ils se mirent au travail en silence, mais chaque fibre du corps de Maggie sentait sa présence près d'elle, et il lui fallait faire de gros efforts de concentration pour ne pas le regarder toutes les trois secondes. Certes, il avait gâché le moment de solitude qu'elle aimait tant, mais elle devait admettre qu'elle appréciait de l'avoir à ses côtés.

Il lui fallait se ressaisir au lieu de rêvasser, et profiter de ce moment pour lui soutirer ses impressions sur l'hôpital.

À cet instant, il s'arrêta soudain de trancher et leva les yeux vers elle. Zut ! Prise en flagrant délit. Et voilà qu'elle rougissait, par-dessus le marché !

— Court, je me demandais ce que tu pensais de notre travail à l'hôpital, dit-elle sur un ton qu'elle espérait détendu.

Il posa son couteau.

— Vous faites du bon travail, et je vois les besoins que vous avez dans plusieurs domaines. J'aimerais, par exemple, qu'on puisse faire plus de prévention, qu'on évite d'en arriver à des situations dramatiques. Comme pour la jambe de ton amie.

— J'ai essayé…

Il lui posa une main rassurante sur le bras, et la sensation du contact de ses doigts persista même lorsqu'il s'écarta.

— Tu n'es pas responsable, Maggie. Tu as fait tout ton possible pour qu'elle vienne consulter. Tu ne peux pas forcer les gens…

Elle se concentra sur le contenu de sa casserole pour ne pas céder à la douleur familière que Court venait de réveiller. En annulant leurs fiançailles, son ex lui avait prouvé que les événements vous échappaient parfois. Quand elle avait appris qu'elle ne pourrait pas avoir d'enfants, il avait tout bonnement annulé le mariage. Elle n'était plus la femme parfaite dont ce macho rêvait…

— Et puis, il faudrait établir une sorte de partenariat avec un autre hôpital qui pourrait donner des soins plus techniques aux patients, et cela plus rapidement, poursuivit Court. Enfin, vous avez besoin d'un centre pédiatrique digne de ce nom.

— Tu vas reconsidérer la candidature de l'hôpital pour la bourse de la fondation ?

Peut-être la question était-elle déplacée, mais tant pis, il fallait qu'elle sache. Le regard de Court plongea dans le sien.

— Je ne sais pas encore.

Ils étaient à présent bien trop près l'un de l'autre, et elle avait la drôle d'impression qu'ils ne parlaient plus de la même chose. Qu'il avait envie de l'embrasser.

— Pourquoi ? murmura-t-elle. Tu as bien vu tout ce dont nous manquons. Qu'est-ce qu'il te faut de plus ?

L'indécision voila ses incroyables yeux bleus puis il soupira en s'écartant.

— Maggie…, dit-il d'une voix un peu rauque. Je suis le P.-D.G., mon avis n'est que consultatif. Ce n'est pas moi qui décide des destinataires des fonds.

— Mais pourquoi ?

Elle ne pouvait cacher sa déception, mais elle ne savait plus à quoi l'attribuer. À sa réponse ou au baiser qu'il ne lui avait pas donné ?

Il reprit sa tâche avec un peu trop d'énergie.

— Parce que j'ai besoin de plus de temps.

— Mais bon sang, qu'est-ce qu'il te faut de plus ? Une épidémie ?

— Inutile de m'agresser, je n'ai pas dit non. J'ai simplement dit que j'avais encore besoin de temps.

Le ton était catégorique, indiquant la fin de la discussion. Cette intimité, la joyeuse camaraderie qu'ils avaient partagée, s'était évanouie. Et elle lui manquait.

— Il y en a assez, là ? ajouta-t-il en désignant sa planche à découper.

Le Court d'avant leur altercation était de retour.

— Oui, tu peux peler les pommes de terre, maintenant.

— Quoi ? Mais c'est l'armée ici !

Elle s'appuya d'une hanche contre le comptoir.

— Je croyais que tu étais mon aide de camp ?

— Si j'avais su que tu allais me réduire en esclavage… Tu passes ton temps à donner des ordres ! Bon, où sont les pommes de terre ?

Elle désigna un panier sous le comptoir.

— Tout ça ?

— On sera huit, expliqua-t-elle.

Un nouveau morceau résonna et, tout en travaillant, ils se mirent à chanter doucement sur la musique. Maggie ne se rappelait pas s'être autant amusée dans cette cuisine.

Quand Court s'approcha pour jeter les pommes de terre dans la poêle à frire, elle s'écarta, mais trop tard : leurs bras se frôlèrent, et elle frissonna.

Abandonnant le récipient, il lui posa une main sur la taille pour l'attirer à lui. De l'autre, il lui caressa la joue.

— Je vais embrasser le chef, murmura-t-il.

Ses lèvres effleurèrent les siennes puis son baiser se fit plus ferme. Doux, possessif, totalement maîtrisé. Et délicieux.

Un feu d'artifice s'alluma en elle. Quel baiser !

— J'aime ton goût…, chuchota-t-il.

Elle frissonna de nouveau. Elle avait l'impression d'être en apesanteur.

Soudain, la porte claqua, rompant le charme. Court s'éloigna avant qu'une infirmière entre dans la cuisine.

Le sang en ébullition, Maggie baissa les yeux sur son tablier : « Embrasse le chef », proclamait une inscription en lettres rouges.

D'un mouvement brusque, elle se tourna vers le four.

— Salut, Lisa ! cria-t-elle par-dessus son épaule. C'est bientôt prêt. Tu peux mettre la table pour huit ?

— Bien sûr.

La porte s'ouvrit sur Neetie qui se précipita dans ses bras.

— Tu as faim ? demanda-t-elle.

— Oui !

— Court, tu veux bien lui préparer une assiette ?

Il s'approcha et lui prit sa cuillère des mains.

— Je me charge des légumes pendant que tu t'occupes de Neetie.

Qu'est-ce qui n'allait pas chez lui ? se demanda-t-elle. Il n'aimait pas les enfants ? À moins que Neetie lui déplaise en particulier ? Pendant les soins, elle avait remarqué qu'il avait tendance à éviter les enfants qu'il envoyait aux autres médecins pour se concentrer sur les adultes. Les adorant elle-même, elle avait du mal à concevoir qu'on puisse ne pas les aimer. Surtout quand on était pédiatre !

— D'accord, répondit-elle néanmoins.

Mis à part les quelques moments de tension du début, la soirée se déroulait extrêmement bien. C'était même la meilleure que Court ait passée depuis longtemps. Le repas était succulent, la conversation animée avec des gens aussi passionnants que passionnés. Ils partageaient travail et détente, bons et mauvais moments, comme une vraie famille. Pour la première fois de sa vie, Court avait l'impression d'appartenir à un groupe, et cela lui plaisait.

Par ailleurs, voir Maggie sourire le submergeait d'une joie incroyable. Cette étrange combinaison qu'il discernait en elle, de maturité et d'innocence, l'intriguait au plus au point.

Le Dr Roberts s'éclaircit la gorge pour attirer l'attention de la tablée.

— Désolé d'interrompre la fête, mais je dois aller voir un patient. Avant que je parte, il nous faut décider qui va assurer les consultations dans les villages avec Maggie et Bee. Court, vous voulez bien participer ?

— Il y a pas mal de bilans à faire sur des enfants, et Court ne veut peut-être pas jouer les nounous, intervint Maggie en lui jetant un regard de défi.

La seule idée de devoir s'occuper d'enfants le mettait mal à l'aise, mais pas question de l'avouer. Il prit une profonde inspiration.

— Je serais ravi de prendre en charge un village.

L'air dépité de Maggie l'amusa, même si sa propre appréhension restait vive.

— Et puis, cela me donnera l'occasion de voir comment l'hôpital travaille à l'extérieur des murs, ajouta-t-il.

— Dans ce cas, c'est décidé…, répondit le Dr Roberts.

— On part quand ?

— À 5 heures du matin, répliqua Maggie.

— D'accord, je serai là.

— Court, je vous laisse entre les mains expertes de Maggie et Bee, reprit le médecin. Maggie, tu viendras me voir avant votre départ au cas où j'aurais des instructions de dernière minute à vous transmettre. Et merci pour le repas, c'était très bon.

— O.K., répondit-elle en commençant à débarrasser la table.

— Laisse ça, ordonna Jill. Comme tu as fait la cuisine, on s'occupe de la vaisselle.

— Merci, alors bonne nuit tout le monde, répondit Maggie en s'éloignant sur un signe de la main.

Court se précipita à sa suite.

— Attends une minute, j'ai besoin de te parler.

Elle était déjà dehors quand il la rattrapa.

— Maggie, attends. Dis-moi si je dois emmener du matériel particulier pour demain.

— Rien de spécial. Tout est déjà emballé et prêt à être chargé. Les gars mettront tout dans le camion avant notre départ. Prends juste ta sacoche, et, d'ici là, repose-toi bien.

— On part pour combien de temps ?

— Quatre ou cinq jours, dit-elle sur un ton où perçait l'excitation.

— Tu es impatiente, apparemment.

— Oui, j'adore le village où on va. Neetie vient de là-bas. Maintenant, si ça ne te gêne pas, j'aimerais aller me coucher. Je répondrai à tes questions demain car on aura tout le temps pendant le trajet. C'est assez loin.

Puis elle se dirigea vers son bungalow.

Eh bien, c'était ce qui s'appelait se faire rabrouer en beauté.

Les étoiles brillaient encore quand Maggie arriva près du hangar à véhicules. Elle s'attendait à trouver le camion chargé et prêt à partir, certes, mais quelle ne fut pas sa surprise quand elle aperçut la grande silhouette de Court nonchalamment adossée à la bâche !

Il ressemblait à Indiana Jones, avec son chapeau. Un soudain désir de le lui ôter et de l'embrasser l'envahit. Du calme… Elle allait passer les jours à venir avec cet arrogant fils de riches, alors pas question de se laisser aller à ce genre de pensées.

— Salut, Maggie.

Le son de sa voix profonde lui rappela les songes qui l'avaient tenue éveillée une partie de la nuit.

Elle prit une profonde inspiration.

— Je vais informer le Dr Roberts qu'on s'en va… J'appelle Bee et Neetie, et c'est parti.

— Neetie dort à l'arrière. Roberts m'a chargé de te dire qu'il était en pleine opération, et Bee ne vient pas. L'une des infirmières étant malade, Roberts a besoin d'elle. Il ne reste plus que toi et moi, conclut-il avec un sourire malicieux. Et Neetie… Je vais prendre le volant.

Elle tenta de l'en dissuader, mais il ne voulut rien entendre.

— Tu seras mon copilote, j'apprends vite.

Elle détestait l'admettre, mais c'était vrai. Il avait déjà appris suffisamment de mamprusi pour tenir une conversation suivie, et pas une fois elle ne l'avait entendu se plaindre des conditions ou de la charge de travail. À contrecœur, elle devait bien reconnaître qu'il s'adaptait remarquablement au pays.

— Prends la route du nord, dit-elle quand ils furent installés.

Elle appuya la tête contre le montant de la portière, décidée à profiter de ce qu'il conduisait pour dormir. Elle ferma les yeux, mais le souvenir des lèvres de Court sur les siennes l'empêcha de sombrer dans le sommeil.

Pensait-il encore à leur baiser, lui aussi ?

# 4.

Un nid de poule plus profond que les autres provoqua un soubresaut du véhicule, réveillant Maggie qui se cogna la tête contre la vitre.

Elle regarda discrètement vers Court qui conduisait depuis des heures, mais après tout c'était lui qui avait insisté pour prendre le volant. Dans la lumière du soleil levant, la masse sombre de ses cheveux, sa bouche généreuse et sa mâchoire volontaire étaient encore plus séduisantes. Mais pas question qu'il se rende compte qu'elle l'admirait du coin de l'œil.

À cet instant, il tourna la tête et son regard bleu azur rencontra le sien. Elle n'avait pas refermé les paupières assez vite.

— Je sais que tu es réveillée, murmura-t-il. Tu fais d'adorables petits bruits quand tu dors.

Elle lui jeta un regard noir.

— Quoi ? Tu sous-entends que je ronfle ?

— Loin de moi cette idée. Non, ça ressemble plus à de petits gémissements de plaisir. Comme si tu rêvais…

Elle se sentit rougir à la pensée qu'elle s'était endormie sur le souvenir de leur baiser… Il ne lui restait plus qu'à changer de sujet.

— Tu as bien roulé, dis donc.

— Oui, je crois. Même si c'est difficile à dire étant donné que tout se ressemble, par ici.

— Quand on connaît bien, on ne peut plus confondre les endroits, et on finit par trouver des points de repère imparables. Comme cet arbre, là-bas… C'est une sorte de guide pour les voyageurs.

— Et que se passera-t-il quand il mourra ?

— Alors on choisira un autre repère. Ces petits rochers, par exemple…

— Tu adores ce pays, n'est-ce pas ?

— Oui, et les gens d'ici ont besoin de moi.

— Tu te vois vivre là pour toujours ? demanda-t-il après un moment de silence.

— Oui.

Il haussa un sourcil.

— Tu n'envisages pas de te marier ? D'avoir des enfants ?

Elle détourna les yeux. Évidemment, il ne pouvait pas savoir.

— Non, ce sont les petits comme Neetie, mes enfants. En fait, je veux profiter de ce voyage pour demander au chef de son village la permission d'adopter Neetie. Quant au reste, la plupart des hommes que je rencontre n'ont pas envie de s'installer ici. Or c'est chez moi, maintenant.

La tête de Neetie surgit entre les sièges.

— On s'arrête bientôt ?

— Quand on arrivera à l'arbre des souvenirs. Bientôt…

Court la regarda caresser la joue de l'enfant, songeant qu'elle ferait une excellente mère pour lui. En ce qui le concernait, il ne se voyait pas avec femme et enfants. Il n'avait rien à offrir. Il ne voulait rien offrir. S'ouvrir aux autres était trop dangereux.

— C'est quoi l'arbre des souvenirs ?

— C'est celui dont Neetie se sert pour se guider jusqu'à chez lui, expliqua-t-elle en se tournant vers le garçonnet. Quand il a quitté son village pour aller à l'école de Nalerigu, il avait peur de ne jamais reconnaître son chemin. Heureusement, on a trouvé l'arbre des souvenirs.

— Je vois…

Lorsqu'ils atteignirent l'arbre, il était presque midi, et le soleil dardait tous ses feux. Seule l'ombre de l'arbre les protégeait un peu de ses rayons impitoyables.

— On va ouvrir le hayon et manger à l'arrière, dit Maggie.

— Tu fais ce voyage souvent ? demanda Court, quelques minutes plus tard, entre deux bouchées de son sandwich.

— En général, une fois par trimestre, plus si on nous informe qu'ils ont besoin de nous.

— Le village est encore loin ?

— On devrait l'atteindre avant la nuit. À la saison sèche, une bonne journée suffit, mais à la saison des pluies, c'est deux. Tu es fatigué ? Tu veux que je te relaie au volant ?

— Non, ça va aller.

— Neetie, tu peux aller chercher le bidon d'eau et montrer à M. Docteur comment on se douche ?

L'enfant s'exécuta.

— Une douche ? répéta Court en jetant à Maggie un regard appuyé. Voilà qui est intéressant.

Encore une fois, elle se sentit rosir. Décidément, il prenait un malin plaisir à la taquiner.

— Ce n'est pas ce que tu penses, répliqua-t-elle en tentant de reprendre contenance. On se déshydrate vite par cette chaleur, donc il faut s'humidifier la peau et les vêtements, ajouta-t-elle en versant le contenu d'une gourde sur la tête de Neetie.

L'ayant remplie de nouveau, elle fit de même sur elle, trempant son T-shirt et ses cheveux avant de s'apercevoir, embarrassée, que le vêtement mouillé lui moulait la poitrine. Apparemment, Court aussi s'en aperçut et son regard gourmand lui procura un plaisir troublant. Parcourue d'un frisson, elle le fusillait du regard quand il se détourna pour se diriger vers le siège conducteur.

— Ça ne me dérange pas de prendre le volant, dit-elle.

— Ça va aller.

— Bon. Si c'est ce que tu veux.

— Tu n'as pas la moindre idée de ce que je veux, ma chère Maggie…

Plusieurs heures plus tard, alors que le ciel rougeoyait à l'horizon, elle aperçut le village au loin. Au même moment, Neetie tendit son petit bras et poussa un cri ravi.

— Le puits du baiser !

— Qu'est-ce que c'est ? demanda Court.

— L'endroit où sa mère l'a embrassé pour la dernière fois, répondit Maggie doucement.

— Il ne l'a jamais revue ? s'enquit-il sur le même ton.

— Non, jamais.

Tournant la tête vers lui, elle remarqua une ombre qui traversait son regard bleu. Mais ce fut si furtif qu'elle douta l'avoir vue.

Quand ils longèrent les cabanes en terre battue, le cœur de Maggie bondit, comme chaque fois.

— Oh ! Quel beau sourire ! la taquina Court.

— J'adore venir ici. Les villageois sont adorables, et ils ont un sens de l'hospitalité que je n'ai trouvé nulle part ailleurs. Leur vie est dure, beaucoup meurent jeunes, et c'est peut-être ce qui leur permet de comprendre les vraies valeurs du rire et de l'amour. Ce soir, ils vont faire une fête en notre honneur.

Tout en parlant, elle le sentit se crisper. Avait-elle dit quelque chose de blessant ?

— Ne t'inquiète pas, tu ne seras pas obligé de danser, ajouta-t-elle. À moins que le chef ne te l'ordonne.

— Mais je suis un excellent danseur, figure-toi.

— Prends à droite… Les huttes du chef sont là-bas, un peu à l'écart.

— *Les* huttes ?

— Oui, dit-elle en souriant. La sienne au centre et, autour, celles de ses femmes.

Il haussa un sourcil, comme souvent. Un détail qu'elle adorait, chez lui.

— Il a en combien ?

— Dix. Et il est encore assez jeune.

— Je suis impressionné ! Une femme, ça me paraît déjà insurmontable, alors dix…

— Vous auriez peur de ne pas être à la hauteur, docteur ?

— Ma virilité n'a rien à voir avec ça. C'est le mariage que je conteste. En revanche, ajouta-t-il en la regardant droit dans les yeux, remplir le devoir conjugal ne me pose aucun problème.

Elle n'en doutait pas un instant.

La gorge sèche, elle regarda approcher un groupe de jeunes. À l'arrière du camion, Neetie était surexcité, et dès que le véhicule s'arrêta il sauta pour courir vers ses amis. Court descendit et rejoignit Maggie entourée par les enfants qui l'embrassaient tandis qu'elle leur expliquait qui était Court. Un groupe de femmes, légèrement à l'écart, observaient le beau médecin en chuchotant. D'ici demain, elles se seraient toutes trouvé une maladie pour venir à l'hôpital.

— Ils ont l'air contents de nous voir, lui murmura-t-il à l'oreille.

— Oui. Tu sais, les visiteurs sont rares, ici, et les médecins encore plus. On doit aller saluer le chef.

Devant la hutte de ce dernier, Maggie inclina la tête et fut ravie de constater que Court faisait de même. Le chef les salua en retour.

— Dis-lui que je suis honoré de faire sa connaissance et que je le remercie de m'accueillir dans son village, lui demanda Court quand elle l'eut présenté.

Elle s'exécuta. Après s'être observés un instant, les deux hommes se saluèrent de nouveau.

— Bienvenue, mamzelle Maggie, dit le chef. Et merci de nous apporter de quoi nous soigner.

— Vous souhaitez qu'on installe la consultation au même endroit que d'habitude ?

— Oui… Une de mes femmes viendra dans ma hutte pour que vous puissiez occuper la sienne.

— Merci à vous et à votre femme pour votre hospitalité.

— Qu'est-ce qu'il a dit ? s'enquit Court dès qu'ils se furent éloignés. Tu ne sembles pas très contente.

Elle ouvrit la portière du camion.

— On va loger dans la hutte d'une de ses femmes.

— Je ne peux pas coucher dans une autre hutte ?

— Ça ne m'emballe pas plus que toi, mais je ne peux pas risquer d'offenser le chef. Et toi non plus… On n'est pas à l'hôtel.

Ils survivraient bien à quelques nuits dans la même hutte,

songea-t-elle. Court n'avait même pas tenté de la toucher depuis leur baiser.

Neetie la rejoignit et commença à sortir les sacs du camion. Court monta les aider, soulevant les plus lourds sur son épaule.

— Passe devant, Neetie, dit-il quand tout fut déchargé.

L'enfant les conduisit fièrement jusqu'à la hutte la plus à l'écart. Soulevant la couverture qui servait de porte, il déposa leurs affaires et repartit.

Maggie jeta un coup d'œil à Court, visiblement peu emballé par leur petit nid alors qu'il observait sans aménité le sol en terre battue et le foyer qui en occupait le centre.

— Ça doit te changer des cinq étoiles où tu as tes habitudes, le taquina-t-elle.

— C'est plutôt basique, en effet.

— Pourtant, c'est la plus belle hutte du village. Tu t'attendais à quoi ?

— À rien, mais… où sont les lits ?

D'une main dont elle eut du mal à contrôler le tremblement, elle désigna une natte posée à même le sol.

— Je tiens à préciser que je n'ai pas eu le choix, dit-elle. Dans ce village, la parole du chef fait loi. Impossible de le contredire…

Il posa son sac par terre.

— Rassure-toi, je resterai de mon côté du lit, si tu restes du tien, répondit-il.

— Je ne suis pas inquiète, rétorqua-t-elle en poussant ses affaires aussi loin que l'espace réduit le permettait.

— Et si tu me montrais où on va recevoir les patients tant qu'il fait encore jour ?

— D'accord. On va passer chercher une lampe torche dans le camion.

— Parle-moi de la famille de Neetie, demanda Court alors qu'ils traversaient le village.

— Il n'y a pas grand-chose à dire car il n'en a pas. Enfin, il a des cousins, mais pas de frères et sœurs. Son père est mort dans un accident et sa mère pendant une épidémie, il y a quelques années.

— Qui est son tuteur, alors ?

— Personne. Mais j'espère bien que ça va changer. Les gens du village font de leur mieux, mais ils n'ont pas les moyens d'accueillir une bouche de plus à nourrir.

— Et comment a-t-il atterri à l'hôpital ?

— Il était blessé, et…

— Et tu l'as pris sous ton aile…

Dans l'obscurité, elle distinguait mal son visage et n'aurait su dire si le ton était approbateur ou non.

— Oui. Je sais bien que je ne devrais pas m'impliquer émotionnellement, mais c'est plus fort que moi.

Il lui effleura l'épaule.

— C'est dans ton caractère…

Elle reçut la remarque comme un compliment, et une chaleur agréable l'envahit.

Ils arrivèrent au centre du village où ils travailleraient le lendemain. Il n'y avait ni chaises ni tables, seulement quelques bancs sur un côté.

— C'est pour ça qu'on a apporté tout cet équipement, expliqua-t-elle alors qu'ils traversaient l'espace ouvert. Y compris les tables d'examen… Le chef tient ses conseils ici, ainsi que les cérémonies importantes. Il faut voir comme un grand honneur le fait qu'il nous autorise à utiliser cet endroit car aucun étranger n'y a accès.

— On attend combien de patients ?

— C'est variable, mais les journées sont généralement bien remplies. Les gens vont commencer à faire la queue à l'aube. Allons-y, il ne faut pas faire attendre le chef pour le dîner.

Court prit la lampe torche pour le chemin du retour. Le repas s'était terminé par une longue conversation entre le chef et Maggie, et elle rayonnait.

— On dirait que vous vous êtes entendus à propos de Neetie, dit-il.

— Oui. J'ai d'abord cru qu'il allait refuser car il a peur que Neetie oublie ses racines. Mais je lui ai expliqué que j'honorerais toujours sa mémoire et celle de son village, que je voulais juste lui donner un foyer, des vêtements, de la nourriture et de l'amour. Ça l'a rassuré, mais j'ai dû batailler pour achever de le convaincre. J'ai promis qu'on viendrait régulièrement rendre visite aux villageois, et que Neetie pourrait même rester de temps en temps pendant les vacances.

— Tu seras une mère parfaite.

— Maintenant, il me reste à tout officialiser auprès des autorités gouvernementales. Et toi, comment as-tu trouvé ce dîner ?

— Intéressant. Mieux que je le craignais, en tout cas.

— Tu t'en es bien tiré. Mieux que je le craignais, aussi… Tu as même mangé tes tripes sans broncher.

— Merci… C'est l'un des plus beaux compliments qu'on m'ait faits. J'aime bien les challenges.

— Je ne plaisante pas, tu t'es montré bien plus courageux que la plupart des médecins que j'ai amenés ici. Moi j'ai tellement l'habitude de leur nourriture que je ne sais même pas si un steak frites me ferait plaisir.

— Je connais un petit resto, vers Fennel Hall, où ils font les meilleurs steaks du monde. À ton prochain voyage aux États-Unis, je t'y emmènerai.

— Je ne rentre pas souvent, et quand je le fais, je ne bouge pas beaucoup.

— C'est juste une invitation amicale, Maggie, pas un traité de paix entre deux pays en guerre.

Elle se mit à rire.

— Je suis si coincée que ça ?

— Disons que la journée a été longue. Après une bonne nuit, tu redeviendras l'infirmière super efficace et mesurée que tu as toujours été.

— Super efficace, je veux bien, mais mesurée… Je ne suis pas certaine que ce soit un compliment, venant de toi.

— Mais si. Je n'ai rien contre les femmes fortes. J'aime même plutôt bien les femmes qui savent ce qu'elles veulent.

Quand ils atteignirent leur hutte, elle se tourna vers lui.

— Tu peux me laisser quelques minutes avant d'entrer ?

— Bien sûr. Je vais… vérifier que le camion est bien fermé.

— Merci, je fais vite, dit-elle en passant la porte.

Court leva les yeux vers le ciel constellé d'étoiles. Peut-être devrait-il proposer de dormir dans le camion ? Au risque de passer une nuit blanche et d'être inefficace le lendemain ? Il dormirait bien mieux dans la hutte, même avec Maggie près de lui.

Considérant qu'il lui avait laissé assez de temps, il s'approchait de la hutte quand elle repoussa la couverture.

— J'ai terminé, dit-elle avant de retourner à l'intérieur.

Il entra et laissa ses yeux s'accoutumer à la lumière du feu. Maggie s'était déjà glissée dans son sac de couchage. Le sien était roulé à l'autre bout de la pièce.

— Il y a de l'eau encore tiède dans le seau près du feu si tu veux te laver. Et je t'ai laissé une serviette, ajouta-t-elle avant de lui tourner le dos.

Apparemment, cette promiscuité ne lui faisait pas beaucoup d'effet. Pour une raison qui lui échappait, ce constat le dérangeait.

Les nerfs tendus à l'extrême, Maggie essayait d'ignorer les bruits de Court qui se déshabillait. Peine perdue… Les chaussures, le T-shirt… Et maintenant… Cédant à la curiosité, son point faible, elle se retourna, faisant semblant de s'agiter dans son sommeil et, discrètement, elle entrouvrit les yeux.

Oh ! Bon sang !

Court lui tournait le dos, dénudé jusqu'à la taille. Avec ses larges épaules musclées, il lui évoquait les statues des dieux grecs qu'on voyait dans les musées.

Quand il leva un bras pour se laver, elle retint son souffle. Décidément, l'abstinence ne lui réussissait pas ! À sa décharge, le spectacle valait le détour.

— C'est très flatteur de se sentir observé comme ça, dit-il sans se retourner.

Elle ferma précipitamment les yeux.

— Mamzelle Maggie, je me sens pas bien.

Il faisait nuit noire, mais Court était déjà debout et avait allumé la torche quand Maggie sortit de son duvet.

— Qu'est-ce qui ne va pas, Neetie ?

— Mal au ventre.

Maggie échangea quelques mots avec la femme qui avait accompagné Neetie.

— Bon, ça ne devrait pas être trop grave, conclut-elle à l'attention de l'enfant. Pourquoi tu ne laisserais pas M. Docteur t'ausculter ?

Court se raidit. Bon sang, quand cette réticence à soigner les enfants disparaîtrait-elle enfin ? C'était son travail ! Tout ce dont ils avaient besoin, c'était d'un peu plus d'attention, et il n'était plus capable de la leur donner.

— Non, dit Neetie. Toi, mamzelle Maggie.

Sa réaction lui fit mal. Et dire qu'à une époque il était connu pour son talent avec les enfants ! De plus, cet enfant et lui avaient quelque chose en commun : tous deux avaient dû dire au revoir pour toujours à des gens qu'ils aimaient.

Il était temps de redevenir le médecin qu'il était.

Se penchant, il regarda Neetie droit dans les yeux.

— Je te promets de faire de mon mieux pour te soigner si tu me dis où tu as mal. Tu veux bien me faire confiance ?

Neetie regarda Maggie qui hocha la tête.

— D'accord, dit-il alors sans enthousiasme.

Pour Court, c'était déjà une victoire. Il sortit son stéthoscope alors que Maggie s'agenouillait près de lui.

— Montre-moi où ça fait mal.

— Je sais pas.

— Bon, je vais écouter ce qui se passe là, dit-il en posant le disque de métal sur la poitrine de l'enfant. Inspire profondément.

Neetie s'exécuta, laissant échapper un gémissement sur l'expiration. Court le fit alors s'allonger sur la natte de Maggie pour lui palper l'abdomen qu'il trouva gonflé et un peu dur au niveau du foie.

— Tu vas me soigner, M. Docteur ?

— Je l'espère, Neetie, répondit-il avec un sourire.

Et Dieu sait que c'était vrai. Il ne supporterait pas d'échouer encore une fois.

— Tu vas dormir avec nous cette nuit, comme ça *mamzelle* Maggie et moi, on pourra s'occuper de toi. D'accord ?

Quand Maggie l'installa dans son duvet, l'enfant se recroquevilla en gémissant. À force de paroles apaisantes, elle finit néanmoins par le calmer et il s'endormit.

Court rangea son stéthoscope. De toute évidence, Maggie adorait cet enfant dont elle caressait la joue en fredonnant un air très doux et, l'espace d'un instant, il regretta de ne pas être l'objet de cette affection. Quoi qu'il en soit, inutile de la perturber avec un diagnostic dont il n'était pas sûr. Neetie ne souffrait probablement que d'un petit ennui gastro-intestinal sans gravité.

Quand Court était enfant, on ne s'était pas occupé de lui avec autant d'attention. Ses parents se polarisaient sur Lyland, ce qui était normal, bien sûr, mais il s'était senti mis à l'écart, et il s'était refermé sur lui-même. Même s'il était jeune à l'époque, il se souvenait de l'immense chagrin de ses parents à la mort de Lyland. Lui aussi avait souffert. C'était son frère jumeau, une partie de lui, en fait.

Après la tragédie, ses parents avaient consacré tout leur temps et toute leur énergie à la fondation et il avait été placé sous la garde d'une nounou puis envoyé dans un pensionnat.

En regardant Neetie et Maggie, il se surprit à se demander

s'il connaîtrait cette intimité un jour. Non, pas question ! C'était trop risqué.

La voix de Maggie le tira de ses pensées.

— Je t'ai vu froncer les sourcils quand tu auscultais Neetie. Qu'est-ce qu'il a ? demanda-t-elle doucement.

Zut ! Elle s'en était aperçue. Il alla s'asseoir près d'elle.

— Je n'en suis pas sûr, mais j'ai l'impression que son foie est légèrement distendu.

— Hépatite ?

Son visage s'était assombri. Elle travaillait au Ghana depuis suffisamment longtemps pour reconnaître les symptômes de cette affection répandue.

— Mais ce n'est pas sûr, répéta-t-il en lui posant une main sur l'épaule. Ce n'est peut-être qu'un microbe. Attendons de voir l'évolution. Je vais le veiller. Repose-toi.

Il sentit son corps se détendre un peu sous ses doigts.

— Non, je vais rester assise à son côté un moment. Va te coucher, toi. Je vais attiser le feu pour qu'il ait bien chaud.

— Sois raisonnable, Maggie. Tu ne peux pas rester éveillée toute la nuit et enchaîner sur une journée de travail. On est deux, on peut se relayer.

Elle leva des yeux brillants vers lui.

— Mais on n'a plus qu'une natte, Court.

— Et alors, on peut la partager, non ? Hé, du calme, ajouta-t-il en voyant l'éclair qui avait traversé son regard. On a tous les deux besoin de repos. Étalons la mienne à côté de Neetie.

Elle s'apprêtait à protester, mais il leva la main.

— Laisse-moi finir… On n'est pas obligés de partager le même duvet car j'ai une couverture dans mon sac. Rassurée ?

La voyant hocher la tête, il arrangea la natte pendant qu'elle mettait des bûches sur le feu. Quand il la rejoignit avec la couverture, elle était allongée sur le flanc, face à Neetie.

Il se glissa près d'elle, aussi raide qu'un piquet, puis les couvrit tous les deux. Il se passa quelques minutes avant qu'il ne se décide à détendre l'atmosphère.

— Rappelle-moi de remercier Neetie pour m'avoir donné la chance de dormir près de toi, chuchota-t-il.

Elle répondit par un rapide coup de talon dans son tibia qui lui arracha un gémissement.

# 5.

Un bruit réveilla Maggie. Court mettait quelques bûches dans le feu. Cet homme avait décidément une capacité d'adaptation incroyable, songe-t-elle en posant une main sur l'épaule de Neetie. L'enfant dormait paisiblement. Avec un peu de chance, Court s'était inquiété pour rien et il s'agissait d'une simple indigestion. Grâce à l'accord du chef, elle était à deux doigts de fonder enfin la famille dont elle rêvait.

Court revint se glisser sous la couverture.

— Quelle heure est-il ?

— Encore tôt, rendors-toi.

Le souffle chaud contre sa joue la fit frissonner. Elle se rapprocha de Neetie et passa un bras autour de lui, mais, même ainsi, elle sentait toujours le corps de Court tout contre le sien.

— Je ne…

— Tais-toi, Maggie, dors.

Quand elle se réveilla de nouveau, un rai de lumière filtrait sous le tissu qui servait de porte. Elle avait la tête confortablement posée sur un bras musclé, et une agréable chaleur l'entourait.

— Mmm, c'est bon…, murmura une voix dans son dos.

Elle ouvrit brusquement les yeux. Court était allongé contre elle, sur le côté, et il avait une main sur son sein. Elle lui prit le poignet et le repoussa, mais sa chaleur lui manqua immédiatement. Elle avait oublié combien c'était agréable de dormir dans les bras d'un homme.

— J'ai faim, dit Neetie.

— Ça va mieux ? demanda-t-elle en lui tâtant le front.

L'enfant opina.

— Allez, viens, Neetie, on va laisser Maggie s'habiller tranquillement et te trouver quelque chose à manger, dit Court en se levant.

Elle les regarda s'éloigner côte à côte, les épaules maigres de Neetie entourées du bras solide de Court. Le premier geste affectueux qu'elle lui voyait faire vis-à-vis du garçonnet.

La matinée avait été bien remplie, comme prévu. Mais Court n'avait cessé, dès qu'il avait eu un instant de répit, de repenser à son réveil, avec Maggie dans ses bras. Il avait eu terriblement envie d'elle, et ce désir ne faisait qu'augmenter au fur et à mesure que la journée avançait. Ce qui ne signifiait pas qu'il éprouvait quoi que ce soit d'autre pour elle, d'ailleurs.

Il lui suffisait de regarder le délicat balancement de ses hanches sous sa jupe à fleurs pour rêver à des moments qui n'auraient jamais lieu. La nuit prochaine promettait d'être pénible.

Il fut détourné de ses préoccupations par son rire. Elle tenait un bébé dans ses bras et lui soufflait sur le ventre, riant avec l'enfant. Jamais il n'avait entendu un son aussi agréable, et il se surprit à regretter de n'être pas celui qui lui donnait autant de plaisir. Maggie était en train de s'immiscer dans un coin de lui qu'aucun autre être n'avait jamais exploré.

Soudain, une femme portant un turban vint vers elle, et il la vit blêmir. Il s'approcha d'elle et lui posa une main sur l'épaule.

— Que se passe-t-il, Maggie ?

Elle leva des yeux humides vers lui.

— Neetie a eu un malaise dans la hutte de Zena.

— Je prends mon sac.

En chemin, Court essaya de se persuader qu'il n'y avait rien de grave. Toute la matinée, il avait eu un mauvais pressentiment, mais que faire ? Ils étaient au milieu de nulle part, et ils n'auraient pas pu l'emmener en pleine nuit, de toute façon. Dans un cas pareil, à Boston, il lui aurait fait faire une échographie abdominale, mais là…

Neetie était allongé, les yeux écarquillés de peur. Maggie se précipita et lui prit la main.

— Comment vas-tu, mon chéri ?

— Maggie, je vais l'examiner, intervint Court en se plaçant de l'autre côté.

— Ne bouge pas, chéri, le Dr Court va écouter ton cœur.

Après le stéthoscope, Court posa les doigts sur le ventre de l'enfant. Son foie était encore plus gonflé que la veille.

— Qu'est-ce qu'il a ? demanda Maggie.

Il avait toujours détesté se trouver dans la position de l'oiseau de mauvais augure, mais là, c'était pire. Les grands yeux verts le regardaient fixement.

— Une hépatite. Pour savoir si c'est B ou C, il faut faire des tests.

Il mourait d'envie de la serrer dans ses bras, de la rassurer, mais il ne pouvait pas lui faire de promesses.

— Neetie, tu vas rester allongé aujourd'hui, dit-il de sa voix la plus calme. Tu vas demander à un copain de venir jouer tranquillement avec toi, d'accord ? Maggie et moi, on doit retourner au travail, mais on viendra te voir bientôt…

Il caressa la tête de l'enfant en se levant puis tendit la main à Maggie. Elle la prit, mais la relâcha dès qu'elle fut debout. Une fois dehors, elle se tourna vers lui, l'air inquiet.

— On ne devrait pas l'emmener à l'hôpital ?

— Tu sais mieux que moi qu'on ne peut pas se mettre en route à la nuit. Non, la meilleure solution, c'est de le laisser se reposer et de s'assurer qu'il se nourrisse et boive correctement. Ça va aller, laisse-moi m'en occuper.

— Je suis une grande fille, Court. Ce n'est pas à toi de décider si je dois m'angoisser ou pas. J'étais là avant toi, et j'y serai encore après, O.K. ?

Puis elle tourna les talons. Même s'il savait que ses mots étaient dictés par la peur, ils n'en étaient pas moins mordants. Mais Neetie n'était pas n'importe quel patient et Maggie avait déjà une vie bien trop difficile. Il avait envie de la lui rendre plus douce, de lui offrir toutes ces choses qu'elle devait aimer : les fêtes, les spectacles, les dîners en ville. Elle avait un sourire magnifique, mais il était trop souvent assombri par les soucis qu'elle avait à affronter.

Quand il la rejoignit, elle avait déjà repris les consultations. Par la suite, elle lui envoya les cas les plus graves en lui faisant un bref compte rendu puis repartait.

En début de soirée, elle s'approcha de lui alors qu'il débridait la plaie de son dernier patient.

— Si tu n'as plus besoin de moi, je vais aller voir Neetie.

— D'accord, j'ai presque fini. On a fait du bon boulot, non ? ajouta-t-il après avoir attendu que leurs regards se rencontrent.

Un simple hochement de tête lui répondit. Pas sûr qu'elle saisisse la branche d'olivier qu'il venait de lui tendre.

Maggie prit sa sacoche en pestant davantage contre elle que contre Court dont elle avait bien remarqué les tentatives de réconciliation. Cela faisait longtemps qu'elle n'avait pas été déstabilisée à ce point par quelqu'un — la dernière fois, c'était quand Ted avait annulé leur mariage. La peine initiale s'était vite changée en amertume, et, avant d'être dévorée par une colère destructrice, elle s'était promis de ne plus jamais laisser qui que ce soit avoir une telle emprise sur elle. Après quelques mois particulièrement pénibles, elle avait refait sa vie au Ghana, s'acceptant enfin telle qu'elle était. Avec la perspective de l'adoption de Neetie qui allait lui permettre de fonder une famille, elle avait trouvé la paix et le bonheur.

Jusqu'à l'irruption de Court dans sa vie… Mais elle ne lui permettrait pas détruire ce qu'elle avait eu tant de mal à construire.

Pour l'heure, elle devait consacrer toute son énergie à soigner Neetie et n'avait besoin de personne pour l'aider à porter son fardeau.

Une idée lui fit froncer les sourcils. Se pouvait-il qu'elle réagisse ainsi pour combattre l'attirance qu'elle éprouvait pour Court ?

Elle trouva Neetie assis en tailleur sur le sol, en train de jouer avec un camarade.

— Alors, Neetie, comment te sens-tu ?

Il repoussa la main qu'elle avait posée sur son front. Apparemment, il allait bien. Peut-être Court avait-il raison, elle s'était inquiétée pour rien.

— Ça va, j'ai faim, répondit l'enfant.

— C'est bon signe. Viens, on va te chercher à manger.

— Je peux rester ici ? demanda-t-il à Zena.

Quand la jeune femme accepta, Maggie n'osa pas insister. Après tout, il n'était pas encore officiellement son fils, et il n'avait pas si souvent la chance de passer du temps avec ses amis.

Tant pis si elle devait se retrouver seule avec Court.

Quand Court quitta Neetie, qui se sentait mieux, heureusement, il faisait déjà sombre. Il reprit la Jeep et se gara devant la hutte qu'il partageait avec Maggie, mais elle n'était pas là.

Il fallait qu'il arrange les choses entre eux. Que leur relation reprenne ce tour décontracté et complice qu'il appréciait tant et qui lui redonnait confiance en lui.

Il déplia un duvet, résigné à ne pas le partager avec Maggie cette nuit. L'ayant étalé d'un côté du feu, il plaça l'autre en face. À bonne distance. Où était donc passée Maggie ?

Il n'était pas inquiet car elle connaissait le village comme sa poche, mais il ne pouvait s'empêcher de songer à ses mises en garde concernant les animaux sauvages. N'y tenant plus, il fit une brève toilette puis enfila un T-shirt et, une lampe torche à la main, il s'enfonça dans la nuit noire.

Il aperçut très vite la jeune femme, à l'écart des huttes. Elle avait les bras serrés autour d'elle et les yeux levés vers le ciel. Que faisait-elle là ? Il s'avança vers la silhouette qui se détachait contre l'horizon et s'arrêta à quelques pas d'elle.

— Je suis désolée, murmura-t-elle. Je l'aime tant, cet enfant.

Il s'approcha.

— Je sais, ça se voit.

L'idée que je puisse le perdre… m'est insupportable.

— Je comprends.

— Non, tu ignores ce que c'est d'avoir si peur.

Il donna un coup de pied dans le sable. Comme il ne répondait pas, elle se tourna vers lui. Dans la pénombre, il sentait son regard posé sur lui comme une brûlure.

— C'est exact, n'est-ce pas ?

Pourquoi fallait-il qu'elle insiste ? Ses sentiments l'effrayaient, mais, après tout, il avait sans doute besoin de les exprimer une bonne fois pour toutes.

— J'étais terrifié à l'idée de me tromper…, commença-t-il.

— Mais ton jugement est sûr. Je t'ai entendu faire des diagnostics en pagaille, et tu ne t'es jamais trompé. Alors, quel est le problème ?

Le ton était sec, presque agressif.

Les mains enfoncées dans les poches, il se détourna. Sa poitrine se serrait à la seule évocation du passé. Un autre enfant, celui de son ami de toujours. Puis la perte de son frère qui avait laissé un trou béant. Que se passerait-il si Neetie était aussi gravement malade que Lyland ? Ou que Jimmy ?

La main de Maggie sur son avant-bras le tira de ces sombres pensées.

— Quand il n'y a qu'une blessure à désinfecter, un bandage à refaire, des plâtres, ce n'est pas bien sorcier. Pour Neetie, c'est plus difficile d'évaluer la gravité de son mal.

— Pourtant, tu avais vu juste. Qu'est-ce qui t'est arrivé pour que tu aies si peu confiance en ton jugement ?

Lisait-elle dans ses pensées ?

— Court ? insista-t-elle en se rapprochant.

Elle lui prit la main qu'elle serra doucement. Qu'allait-elle penser de lui s'il racontait tout ? Mais il savait qu'elle ne le lâcherait pas tant qu'il n'aurait pas répondu.

— Jimmy, le fils d'un couple d'amis d'enfance, ne se sentait pas bien, dit-il. Je l'avais reçu en consultation, et le soir même, au gala de la fondation Armstrong, j'ai reçu un texto m'annonçant qu'il avait été admis aux urgences. Or mes parents m'avaient confié la mission de convaincre un donateur potentiel, et comme j'étais en pleine négociation je ne me suis pas déplacé. Jimmy a fait une allergie au traitement que je lui avais prescrit et il gardera des séquelles à vie. Tout ça parce que je voulais impressionner mes parents…, conclut-il, la gorge sèche.

Impossible de voir le visage de Maggie. D'ailleurs, il préférait ignorer comment elle le jugeait. Il s'était déjà condamné.

— Tu ne pouvais pas savoir…

Il ricana.

— Bon sang, Maggie, je suis médecin ! Et Jimmy est le fils de mon meilleur ami ! Mais j'étais plus intéressé par les gros sous que j'allais récolter pour éblouir mon père.

Elle sursauta devant la violence de sa voix, mais resta près de lui.

— Tu sais bien que ce n'est pas vrai.

— Peut-être, mais c'est ce que j'éprouve. Il y a eu une enquête, ajouta-t-il après un moment de silence. J'ai été déchargé de toute culpabilité, mais je me sens toujours responsable.

— Même si je ne suis pas toujours d'accord avec les décisions de la fondation, je sais qu'elle aide des gens. Je t'observe depuis quelques jours et, pour moi, tu es un bon médecin. Tu es parfait, sauf… C'est pour ça que tu fuis les enfants ?

— Je suis un pédiatre qui a peur des enfants, marmonna-t-il.

— Mais non. J'admets que je ne comprenais pas ton attitude. Mais la nuit dernière, avec Neetie, tu as été génial. Et aujourd'hui aussi… Tu sais t'y prendre avec les enfants, contrairement à ce que tu crois.

— Jimmy est à peu près du même âge que Neetie. Cet enfant est adorable, et ça n'a pas été difficile.

— Je trouve que tu as fait un travail incroyable. Tu es le meilleur médecin que j'aie jamais rencontré, en fait.

Il lui saisit la main. Telle une bouée de sauvetage.

— J'apprécie ta confiance… J'ai pris un congé sans solde parce que j'avais besoin de réfléchir, mais, quand j'ai lu ta lettre, je me suis dit que c'était l'occasion idéale de reprendre contact avec le terrain. J'étais loin de penser que ça se passerait si bien. Mais avec la maladie de Neetie, toutes mes craintes ont refait surface. Je ne veux pas répéter la même erreur…

Il n'en revenait pas d'avoir réussi à tout lui dire. Un médecin était censé être sûr de lui, ou du moins faire semblant de l'être, mais il ne pouvait pas tout gâcher de nouveau.

— Tu as parlé aux parents de Jimmy ? Ils t'en veulent peut-être moins que tu ne t'en veux toi-même.

Impossible ! Jamais il ne soutiendrait le regard de Roger.

— Je ne crois pas qu'ils aient envie de me voir.

— Tu pourrais être étonné, murmura-t-elle d'une voix pleine de compassion.

Une goutte de pluie vint s'écraser sur sa joue.

— La saison des pluies vient de commencer, poursuivit-elle, tandis qu'une expression de bonheur illuminait son beau visage. C'est le moment de prendre un nouveau départ, ajouta-t-elle en lui pressant les doigts.

Y avait-il un sous-entendu ? Ainsi donc, Maggie voulait le soigner, lui aussi ? C'était délicieux. Elle lui pressa de nouveau la main avant de la relâcher.

— Allons-y si on ne veut pas finir trempés.

Quelques minutes plus tard, ils étaient en train de se changer dans leur hutte. Maggie jeta un coup d'œil discret dans la direction de Court, mais il semblait hypnotisé par son T-shirt mouillé qui moulait sa poitrine. Gênée, elle essaya de le décoller.

Depuis qu'ils étaient revenus à la cabane en courant sous la pluie battante, il semblait joyeux. Le fou rire qu'ils venaient de partager en essayant de se faufiler par l'entrée en même temps y était sans doute pour quelque chose. Mais maintenant, l'air était aussi chargé en électricité que l'éclair qui avait déclenché l'orage.

— Sois courtois, dit-elle après une profonde inspiration.

— Le faut-il, vraiment ? demanda-t-il avec un sourire malicieux. Après tout, il devrait y avoir des compensations à dormir sous une hutte perdue au milieu de nulle part.

Elle lui retourna son regard le plus froid, même si son corps, lui, était tout sauf de glace.

Avec un soupir théâtral, il se détourna.

— Quel rabat-joie tu fais !

— Je suis sûre que Boston est plein de femmes à reluquer.

Elle fut interrompue par le bruit d'une fermeture Éclair. Ce n'était pas l'envie qui lui manquait de regarder, mais elle parvint à se retenir.

— Oui, il doit bien y en avoir quelques-unes, répliqua-t-il avec cette assurance qui agaçait tant Maggie.

Au moins, les doutes de Court concernant sa relation avec les patients n'avaient pas affecté son ego, songea-t-elle.

Se maudissant de n'avoir pas apporté un soutien-gorge de rechange, elle enfila en toute hâte un T-shirt sec et un petit short en coton. Elle n'était pas aussi prude, d'habitude. En qui n'avait-elle pas confiance, au fond ? En Court ou en elle-même ?

— Tu es jalouse ?

Elle fit volte-face.

— Jalouse ? De quoi ?

Fascinée, elle le regarda nouer le cordon de son pantalon de treillis.

— Allons, Maggie, tu sais bien que je te taquine. Je ne suis pas un saint, mais je ne suis pas non plus Casanova.

Elle retira son chouchou et secoua la tête. Un sifflement la fit se retourner.

— Quoi ?

— Je ne t'avais jamais vue avec les cheveux détachés. Ils sont magnifiques !

Elle sentit ses joues s'empourprer et se pencha pour chercher elle ne savait trop quoi dans son sac. C'était bon de se sentir désirée. Surtout par un homme aussi attirant que Court…

En se retournant, elle fut soulagée de le voir mettre une bûche dans le feu puis se glisser dans son duvet, lui tournant le dos. Quelle naïve elle faisait ! Il s'amusait à la mettre mal à l'aise, et ne tentait pas du tout de la séduire.

Le tonnerre grondait au loin quand elle se faufila dans son propre duvet. L'orage semblait revenir de plus belle, mais elle était incapable de décider si c'était à cause du tonnerre ou à cause de la présence de Court qu'elle ne parvenait pas à s'endormir.

— Maggie, tu trembles…

La température avait chuté, mais Court était prêt à parier que ce n'était pas ce qui causait les tremblements de Maggie. Elle avait peur.

D'un geste sec, il ouvrit la fermeture Éclair de son duvet.

— Qu'est-ce que tu fais ?

Son air indigné le fit sourire.

— J'ai déjà un malade, pas question d'en avoir un autre… Tu as besoin d'être réchauffée, je m'en charge. Pousse-toi, ajouta-t-il en s'allongeant à côté d'elle.

Quand elle se fut exécutée sans broncher, il étala son propre duvet sur eux.

— Je n'ai pas froid, marmonna-t-elle par-dessus son épaule.

— Alors quoi ? Tu as peur de l'orage ?

— Pas de l'orage, des souvenirs…

Tous les jours, elle côtoyait la mort et les dures réalités de la vie, mais était-elle hantée par son passé, elle aussi ? Ils avaient peut-être plus en commun qu'il ne l'avait cru.

Il mourait d'envie de lui caresser les cheveux, mais il ne s'y autorisa pas au risque d'y enfouir le visage. Il serra les poings.

— Tu veux en parler ?

La douceur de sa propre voix l'étonna. Se tournant sur le flanc, il s'appuya sur un coude, une façon comme une autre de garder au moins une main sous contrôle…

Elle resta de dos, mais après une profonde inspiration, elle se mit à parler.

— Il pleuvait, cette nuit-là. J'étais sortie du travail en retard à cause d'une urgence de dernière minute, et mes amies m'attendaient pour une soirée entre filles.

Elle roula sur le dos et fixa un point au-dessus de leurs têtes. Court n'osait pas bouger de peur qu'elle ne s'arrête.

— Le mariage devait avoir lieu deux semaines plus tard, et j'étais surexcitée. Je croyais que Ted était l'homme de ma vie.

Bizarrement, il sentit son cœur se serrer à l'idée qu'elle ait pu aimer un autre homme.

— On voulait plein d'enfants, ajouta-t-elle d'une voix tremblotante.

Il vit une grosse larme lui couler sur la joue, mais resta immobile, conscient qu'elle n'était pas du genre à vouloir être réconfortée.

— La voiture a glissé et a fait plusieurs tonneaux, reprit-elle après un moment de silence. Les médecins m'ont sauvée, mais ils ont dit que je ne pourrais pas avoir d'enfants.

— Je suis désolé…

Ce devait être insupportable pour elle qui était en contact quotidien avec des enfants et, pourtant, elle semblait les aimer tous.

— Le pire restait encore à venir, poursuivit-elle. J'ai évoqué l'adoption, mais mon fiancé ne voyait pas les choses du même œil. En parfait gentleman, il a attendu que je sorte de l'hôpital pour m'annoncer que le mariage était annulé. Il refusait d'épouser une femme qui ne pourrait pas lui donner d'enfant.

Court ne put réprimer un juron.

— Oui, je suis assez d'accord, commenta-elle, souriant entre ses larmes.

N'y tenant plus, il l'enveloppa de ses bras.

Maggie déposa un baiser mêlé au sel de ses propres larmes sur ses lèvres. Il avait un goût délicieux. Et puis il était chaud, réconfortant.

Mais soudain, il se raidit.

— Maggie, je ne crois pas…

Elle lui embrassa le torse, le caressant du bout des doigts, mais il ne bougea pas. Au bout d'une éternité, il approcha enfin sa bouche de la sienne, et elle sentit une vague de désir brûlant l'envahir. Il la laissa explorer sa bouche sans faire aucun effort pour approfondir leur baiser. Pourquoi ne répondait-il pas ?

Quand elle gémit de frustration, il s'écarta.

— C'est toi qui décides jusqu'où on va aller, Maggie, mais sache que, quoi qu'il arrive, nous n'avons aucun avenir.

— Je suis une grande fille, je sais ce que je fais.

Elle mit les bras autour de son cou et l'attira à elle. Le dos cambré pour se plaquer à lui, elle posa une main sur son torse musclé. C'était si bon de le toucher, de le sentir répondre à ses caresses. Elle approcha sa bouche de la sienne dans une supplique muette.

Enfin, il accepta l'invitation, et quand sa langue gourmande entreprit de l'explorer, une tempête de plaisir emporta Maggie. Mais elle voulait plus. Beaucoup plus…

Repoussant le duvet, il passa une main sur sous son T-shirt pour lui caresser le ventre. Puis les longs doigts experts remontèrent jusqu'à ses seins dont il agaça la pointe durcie.

— Magnifique…, commenta-t-il contre sa bouche, avant de laisser glisser ses lèvres le long de son cou et de sa gorge jusqu'à un sein qu'il caressa de la langue.

Les doigts crispés dans son épaisse chevelure brune, elle ne put réprimer un gémissement de plaisir. Il leva la tête, une lueur satisfaite dans ses beaux yeux.

— Tu aimes ? murmura-t-il avec sourire. Dans ce cas, ajouta-t-il alors qu'elle hochait la tête, on va tous les deux adorer la suite.

Il lui ôta son T-shirt, embrassant chaque parcelle de peau

découverte, tandis qu'une de ses mains descendait sur son ventre. Elle s'arrêta sur la longue cicatrice qui lui barrait le flanc.

Il leva les yeux.

— Souvenir de l'accident…, dit-elle.

— Je suis désolé…

Sa bouche parcourait la trace des pénibles souvenirs et, soudain, elle se sentit protégée, en confiance. Ils étaient peu nombreux à avoir vu sa vilaine cicatrice, mais aucun n'avait réagi comme lui.

— Merci, murmura-t-elle en l'attirant pour l'embrasser.

Il s'allongeait sur elle quand un bruit incongru les fit se figer. Zena se tenait dans l'embrasure de la porte.

— Neetie est malade.

# 6.

Court sentit son estomac se serrer. Son bonheur disparut instantanément, remplacé par cette sensation familière, entre angoisse et culpabilité. L'histoire se répétait : il était si absorbé par autre chose qu'il avait oublié d'aller rendre visite à son petit patient.

Il saisit sa sacoche et suivit Maggie qui sortait déjà dans la nuit noire. Ils trouvèrent Neetie en position fœtale, sur l'une des paillasses. Maggie s'agenouilla près de lui, non sans lever vers Court des yeux pleins d'inquiétude. Elle attendait de lui qu'il sauve Neetie, elle lui faisait confiance. Pourvu qu'elle ait raison, songea-t-il, désemparé. Il avait déçu des gens, mais il s'était bien juré que cela ne se reproduirait pas.

— Sa fièvre est montée en flèche, dit-elle d'une voix où pointait la panique. Je vais chercher de l'eau.

Quand elle sauta sur ses pieds, il sut que l'infirmière avait repris le dessus.

— Dis-moi où tu as mal, Neetie.

L'enfant tendit les jambes et se frotta le côté. Court lui palpa le bas de l'abdomen. Le foie avait encore gonflé.

— J'ai mal à l'épaule aussi…, geignit Neetie.

— Je vais te donner un cachet, et dans une minute, tu iras mieux. Mais avant, je dois t'examiner, ajouta-t-il en sortant son stéthoscope.

Il écoutait les battements de son cœur quand Maggie revint. Elle tomba à genoux et trempa un linge dans un seau d'eau froide puis le passa sur le front de l'enfant.

— Neetie, regarde-moi, s'il te plaît, dit Court en sortant une lampe stylo.

Il lui dirigea le faisceau lumineux dans les yeux. Le petit cri de Maggie lui confirma qu'elle avait vu la même chose que lui. Non. Ne pas céder à la panique. Garder la situation sous contrôle pour ne pas effrayer l'enfant.

Maggie lui saisit le bras.

— Il a les yeux jaunes.

— L'hépatite a progressé plus vite que prévu. Il lui faut des tests.

En espérant que ce ne serait pas trop tard. Il se sentait terriblement impuissant parce qu'ils étaient loin de tout, mais il ferait tout son possible pour sauver Neetie. Au moins, il serait là pour son patient, cette fois.

— On partira à l'aube. D'ici là, je ne veux pas qu'on le bouge.

— Je vais dire à Zena que je reste près de lui.

— Il lui faut des cachets pour faire baisser la fièvre. Va chercher une bouteille d'eau dans le camion.

Quand elle revint, ils aidèrent Neetie à s'asseoir pour avaler les médicaments.

— Je vais charger le camion et parler au chef, dit Court.

Maggie ne tourna même pas la tête quand il sortit.

Une heure plus tard, lorsqu'il revint à la hutte avec deux duvets sous le bras, elle n'avait pas bougé.

— Qu'est-ce que tu fais là ? s'étonna-t-elle. Tu as besoin de sommeil.

— Neetie est mon patient, et je veux rester à son chevet au cas où, dit-il en posant les duvets par terre. Tiens, tu vas pouvoir t'allonger un peu et te reposer.

— Non, je veux entendre Neetie s'il appelle.

— Comme tu veux. Mais si tu changes d'avis…

Il déroula les sacs de couchage et fit signe à Maggie de venir s'asseoir à côté de lui. Avec un soupir, elle obtempéra.

Aux petites heures du matin, il sentit la tête de Maggie tomber sur son épaule et il lui passa un bras autour des épaules pour l'installer plus confortablement contre son torse.

Un gémissement de Neetie réveilla Court en sursaut. Maggie se frottait les yeux.

— Il fait presque jour et je vais l'examiner. Va chercher des couvertures dans lesquelles on l'enveloppera pour le transporter dans le camion. Il ne faudrait pas qu'il prenne froid.

Elle s'exécuta sans broncher.

Ils travaillèrent avec leur efficacité habituelle, chacun anticipant les gestes de l'autre, parfaitement synchrones. Court s'en trouvait étrangement réconforté.

Quand ils quittèrent le village, Maggie ne pouvait s'empêcher de toucher le front de Neetie qui dormait encore. Court aurait tant voulu trouver le moyen de la réconforter, mais, en vérité, il était aussi inquiet qu'elle.

La pluie tombait à verse et la route, qui n'était déjà pas fameuse à l'aller, n'était plus qu'un torrent de boue.

— Tu es inquiet ? demanda soudain Maggie. N'oublie pas que tu as promis de ne pas me mentir.

Il lui prit la main qu'il serra.

— Son état est sérieux, mais il est jeune, et je pense qu'on a pris la maladie assez tôt. Ce qui importe à présent, c'est d'arriver à l'hôpital aussi vite que possible.

— Bien, je m'en remets à ton jugement.

— Merci, dit-il en souriant. Moi non plus, je ne veux pas qu'il lui arrive quoi que ce soit. Comme tu n'as pas beaucoup dormi, pourquoi ne profiterais-tu pas du trajet pour te reposer un peu ? S'il a besoin de toi, je te réveillerai.

— Tu n'as pas beaucoup dormi non plus.

— Je te laisserai le volant, si je fatigue. Allez, fais-moi confiance, insista-t-il.

Elle posa la tête sur sa cuisse. Comme c'était agréable de la sentir contre lui ! Voilà une sensation à laquelle il pourrait rapidement s'accoutumer, songeait Court quand un gémissement le fit sursauter.

— Mamzelle Maggie, je me sens pas bien. J'ai chaud, dit Neetie en repoussant les couvertures.

Ses yeux étaient encore plus jaunes, et ses veines saillantes.

— Je sais, chéri. Tu veux un verre d'eau ?

Dans le rétroviseur, Court le vit hocher faiblement la tête. Pauvre petit bonhomme !

— Ne t'inquiète pas, dit-il par-dessus son épaule. On va pouvoir te soigner très bientôt. On peut lui redonner des anti-pyrétiques, ajouta-t-il à l'attention de Maggie.

— Tu n'as pas peur que ça affecte encore son foie ?

— Non, et puis il faut avant tout maîtriser la fièvre.

Maggie sortit un thermomètre. La fièvre avait baissé, mais pas autant qu'ils l'auraient souhaité. Elle aida Neetie à se redresser pour avaler le comprimé.

— Court, ses mains sont enflées, murmura-t-elle.

Bon sang ! Que ce symptôme soit récent ou qu'ils ne l'aient pas remarqué plus tôt à cause de l'obscurité, c'était en tout cas le signe que l'état de Neetie empirait.

— Chéri, essaie de te rendormir. On sera bientôt arrivés à l'hôpital, dit-elle en le recouvrant d'une main tremblante.

Elle se tourna vers Court.

— Il n'y a pas de chemin plus court ? demanda-t-il.

— Si, mais il est peu praticable, surtout par ce temps.

— On n'a pas le choix.

— Continue vers le sud.

Maggie sortit d'une sorte de demi-sommeil au bruit des pneus qui patinaient.

— Que se passe-t-il ?

— On est enlisés.

— Quoi ?

— Il y a un ruisseau.

— Les inondations éclairs ! s'écria-t-elle. J'étais tellement inquiète que j'ai oublié de t'avertir. Il faut qu'on sorte de là avant que l'eau ne monte encore.

Cet endroit était vraiment un enfer ! Enclenchant la marche arrière, Court appuya sur l'accélérateur puis repassa en marche avant. Le camion se balança, les pneus tournèrent dans le vide. Peine perdue…

— Prends le volant, Maggie, dit-il en ouvrant la portière. Je vais pousser.

Il avait de la boue jusqu'aux mollets et avait du mal à rester debout. Pas étonnant que le camion peine à repartir.

— Ça va ? demanda Maggie en passant la tête par la vitre.

Venait-il d'apercevoir un sourire sur ses lèvres ?

— Et ça t'amuse ?

— Non, je te promets que non, dit-elle, tentant de réprimer un rire incoercible.

Court ne lui en tint pas rigueur. Avec toute cette tension accumulée, il était facile de perdre le contrôle de ses nerfs.

— Quand tu m'entends frapper sur le camion, tu mets les gaz. Et pas en marche arrière, je te prie !

Au premier essai, l'engin fit un léger bond en avant, mais pas suffisamment pour se tirer de l'ornière. Même échec à la deuxième tentative.

Trempé et couvert de boue, il s'approcha de la vitre.

— Ça ne marche pas, marmonna-t-il, le souffle court. Je vais devoir décharger la caisse et la casser pour utiliser les planches comme tremplin. Couvre bien Neetie, qu'il n'attrape pas froid.

— Je viens t'aider car je sais où sont les outils.

— Non, reste au sec.

Évidemment, elle n'en fit rien et passa par-dessus le siège passager pour le rejoindre à l'arrière du camion. Avant qu'il ait eu le temps de l'en empêcher, elle avait sauté, l'éclaboussant encore un peu plus de boue.

— Merci !

— Désolée…

Le ton était contrit, mais le sourire sur ses lèvres en disait long. Incapable de résister, il sourit à son tour.

Quand il eut démoli la caisse, il glissa les planches sous les pneus arrière. L'eau avait encore monté, et chaque mouvement devenait difficile.

— Rentre, et recommence comme tout à l'heure.

Il frappa sur la carrosserie et elle mit les gaz. Les pneus grincèrent puis patinèrent dans le vide, quand, soudain, le camion fit un bond en avant jusqu'à la terre ferme.

Maggie ouvrit la portière.

— Je vais conduire, dit-elle en sortant un T-shirt sec de son sac.

Quand Court monta dans le camion, il tenait sa main en l'air, et le sang coulait le long de son bras.

— Que s'est-il passé ?

— Calme-toi. Je me suis coupé, c'est tout. Et Neetie ?

— Il dort. Dommage car il aurait adoré l'épisode que nous venons de vivre. Tiens, dit-elle en lui tendant son T-shirt. Pour ta main.

Elle sortit une bouteille d'eau de son sac.

— Mais avant, je vais nettoyer, pour voir… Tends ton bras par la vitre, là, devant moi.

Il obtempéra, penché tout contre elle. Son contact produisit un effet immédiat qu'elle préféra contrer par l'humour.

— C'est bien les hommes, ça. On profite de toutes les occasions, n'est-ce pas ?

Elle versa l'eau sur son bras, descendant progressivement vers la main. Il fronça les sourcils.

— Désolée…

— Non, il faut bien nettoyer.

Quand ce fut fait, elle essuya la plaie avec une bande de gaze stérile. Il y avait quelque chose d'assez émouvant à s'occuper de cet homme, si fort et si solide, tout comme lui s'était occupé d'elle. Elle ne s'était pas rendu compte à quel point ce genre d'échange lui avait manqué.

— Comment tu t'es fait ça ?

— Je poussais le hayon quand le camion est sorti du trou. J'ai dû m'égratigner avec un morceau de métal qui dépassait.

La blessure était assez longue et saignait abondamment.

— On peut dire que tu ne t'es pas raté !

— Ce n'est pas grand-chose. Mets-moi un bon pansement. Je me ferai examiner une fois à l'hôpital. Il faut qu'on y aille.

— D'accord, mais tu vas avoir besoin de points et d'antibiotique.

— Oui, oui, madame l'infirmière.

Il se cala dans son siège et elle le banda aussi minutieusement que l'espace restreint le lui permettait.

— Merci… Maintenant déshabille-toi, ordonna-t-il.

— Quoi ?

— On a encore plusieurs heures de route devant nous, expliqua-t-il. On est trempés, enfilons des vêtements secs.

— Ah…

— Maggie, si désirable que tu sois, je ne pense pas que ce soit le moment idéal pour te le prouver.

Cramoisie, elle attrapa son sac.

Court se retourna pour jeter un œil à Neetie, lui donnant par la même occasion un peu d'intimité. Les circonstances ne lui faisaient pas perdre ses bonnes manières, se dit-elle. Quelques secondes trop tôt au goût de Maggie, il se redressa et commença à enlever ses vêtements dégoulinants.

Elle mit le moteur en marche, faisant de son mieux pour ne pas croiser son regard. Incapable de résister bien longtemps, elle finit néanmoins par le regarder à la dérobée. Il avait remonté la fermeture Éclair de son pantalon, mais était encore torse nu. Elle rencontra ses yeux bleus pleins d'inquiétude.

— Je me demandais combien de temps tu résisterais, dit-il nonchalamment. Mais là, il faut qu'on avance, alors appuie sur le champignon.

Quand Court se réveilla, la nuit était déjà tombée, et sa main le faisait horriblement souffrir.

— Encore à peu près six heures de route, dit Maggie. Au moins, il ne pleut plus.

— Pourquoi on ne s'arrêterait pas un moment pour se dégourdir les jambes ?

— Tu as raison, ça nous fera du bien. J'ai mal partout, ajouta-t-elle en roulant les épaules. Et ta main ?

— Je ressens des élancements.

— Je vais te donner un antidouleur.

— Non, je n'en ai pas besoin, et comme je vais reprendre le volant, ça risque de me faire somnoler. J'attendrai d'être à l'hôpital. Tu ne quittes jamais ta blouse d'infirmière, toi. Il t'arrive de penser à toi ?

— Bien sûr.

— Pas très souvent, en fait…

Comme elle ne répondait pas, il ajouta :

— J'en étais sûr…

— Neetie s'est réveillé un moment, il a mangé des biscuits et bu de l'eau. Je l'ai touché régulièrement, et la fièvre n'est pas remontée.

Bonne nouvelle. Peut-être n'était-il pas trop gravement malade, après tout ?

Elle s'arrêta sur le bas-côté et descendit.

— Ne t'éloigne pas trop, Maggie.

— Je te rappelle que c'est moi qui vis ici.

— Oui, mais ça ne t'empêchera pas de te perdre.

Son instinct de protection envers Maggie le dépassait un peu. Mais, bizarrement, cela ne le dérangeait pas.

— Je réfléchissais à ce que tu disais sur le fait de se perdre, dit-elle en le rejoignant un moment plus tard, près de la portière côté conducteur. C'est déjà difficile de se repérer à la saison sèche, alors avec cette pluie… Peut-être qu'on devrait s'arrêter pour la nuit ? On pourrait se remettre en route à l'aube. Tu as besoin de te reposer et de prendre des cachets.

— Moi, ça va, mais tu connais le coin mieux que moi.

— C'est plus sûr… Mais le problème, c'est Neetie. Peut-on courir le risque ?

— J'aimerais mieux ne pas traîner, mais je crois que c'est la meilleure décision, dit-il en se passant une main sur le menton. Avoir un accident ne nous avancerait pas… On va rouler jusqu'à la nuit et puis on s'arrêtera.

— D'accord.

Elle semblait soulagée qu'il prenne les rênes… Ce n'était pas rien, venant d'une femme aussi farouchement indépendante.

— Allez, en route, dit-elle en remontant dans le camion.

Un grondement sourd résonna dans le ciel. La pluie revenait.

Au bout d'un moment, Maggie rompit le silence qui s'était installé dans l'habitacle.

— Mieux vaut nous arrêter tant que la pluie s'est calmée.

— Bien… Pendant que je m'occupe de Neetie, regarde si tu peux nous faire une petite place pour qu'on s'allonge à l'arrière du camion. La journée a été trop rude pour qu'on dorme assis. Le plus près possible de Neetie afin de pouvoir le veiller.

— Je pense que c'est faisable.

Une lampe torche en main, elle descendit au moment où un autre grondement déchirait le ciel, immédiatement suivi d'une grosse goutte qui s'écrasa sur le pare-brise.

— Il va peut-être falloir accélérer les préparatifs, dit Court en levant les yeux vers les nuages noirs.

# 7.

Maggie réussit à leur aménager un petit coin pour dormir. Avec deux duvets en guise de matelas et les couvertures pour se couvrir, ils allaient pouvoir se reposer un peu. Court avait l'air épuisé. Malgré le peu de lumière, elle distinguait clairement les cernes autour de ses yeux et elle le voyait serrer les mâchoires à chaque ornière. S'il ne prenait pas d'antibiotique très vite, sa main risquait de s'infecter, et elle n'avait pas besoin d'un patient supplémentaire. Par ailleurs, sa présence la rassurait. Elle s'en serait sortie sans lui, certes, mais c'était réconfortant de l'avoir comme partenaire.

Quand le camion s'arrêta, elle se serra dans un coin pour lui laisser le plus de place possible. Il grimpa à l'arrière puis referma le hayon. La pluie venait de reprendre.

Il s'assit pour retirer ses bottes, les épaules courbées dans l'espace restreint.

— Tu as une serviette ou quelque chose pour m'essuyer ? demanda-t-il sèchement.

Le ton, inhabituel, la fit se raidir. L'avait-elle vexé ? Sans attendre sa réponse, il commença à se déshabiller puis prit la serviette qu'elle lui tendait. Voyant qu'il n'arrivait pas à s'essuyer d'une main, elle la lui reprit, ignorant son grognement désapprobateur.

Elle le sécha de son mieux, s'attachant en particulier au visage et aux cheveux. Quand elle eut terminé, il s'allongea et remonta la couverture jusqu'à sa taille.

— Tiens, dit-elle en lui tendant deux comprimés et une bouteille d'eau. Fais-moi voir ta main, ajouta-t-elle lorsqu'il eut avalé les médicaments.

— C'est bon, ça va.

— Ce n'est pas une demande, docteur, c'est un ordre.

Il s'exécuta avec un sourire las.

— J'adore quand tu joues les mères fouettardes.

— Tes moqueries ne m'atteignent pas. Il faut changer le pansement, et tu as besoin de points.

— Ça attendra.

— Non, rétorqua-t-elle en fouillant dans son sac. Assieds-toi et tends ta main valide pour que je puisse y mettre tout ce dont j'ai besoin. Je vais te recoudre. Huit ou dix points devraient suffire.

— Quoi ? s'écria-t-il. Pas question. Deux ou trois, maximum.

— Du calme, dit-elle en souriant. Je plaisantais.

— J'espère bien.

Elle remplit une seringue de lidocaïne.

— Attention, ça va faire mal. Prêt ?

Quand elle inséra l'aiguille près de la blessure, il se raidit, mais ne broncha pas. Il était courageux. Plus qu'elle, qui frissonnait à l'idée de lui faire mal.

— Arrête de te mordre la lèvre, tu vas la faire saigner.

Quelques longues minutes plus tard, elle nouait le dernier point. Elle lui sourit, mais il ne semblait pas aussi soulagé qu'elle. Même dans la lumière faiblarde, il était singulièrement pâle.

— J'ai essayé de faire au mieux, mais tu dois souffrir.

— Arrête de discutailler, dormons.

— Je ne discutaille pas, rétorqua-t-elle en posant la bande.

— Voilà, ça, c'est ma Maggie.

*Sa Maggie ?* Elle sentit une vague de chaleur déferler en elle.

Le cœur battant la chamade, elle se pencha vers Neetie. Sa respiration était régulière et la fièvre avait baissé. Elle éteignit la lampe torche puis s'allongea.

— Tu comptes dormir tout habillée ? s'étonna Court.

— Oui.

— Pas question. Mets-toi à l'aise, sinon tu vas t'agiter toute la nuit.

Le ton était sans appel, et elle s'exécuta. Dans l'obscurité, son coude heurta quelque chose, lui arrachant un cri.

— Allume la lumière, bon sang ! marmonna-t-il.

Pas question qu'elle lui fasse un strip-tease. Elle se cogna le genou en retirant son short.

— Tu essaies de me tuer, ou quoi ?

— Désolée, il n'y a pas beaucoup de place.

— Et moi qui ai attendu toute la journée pour te voir te déshabiller…

Sa voix rauque était encore plus sexy dans le noir. Elle frissonna en imaginant ses yeux bleus rivés sur elle.

— Il faut économiser les piles.

— Fais-moi penser à en prendre de rechange, la prochaine fois.

Elle s'allongea près de lui, mais sur la couverture.

— Tu fais quoi, là ?

— Je dors.

— Ça suffit, maintenant, viens sous la couverture. Et ne t'inquiète pas pour ta vertu, je ne suis pas en état de te faire quoi que ce soit, cette nuit.

La pensait-il prude ? Il en donnait l'impression. Quand elle se glissa sous la couverture, elle sentit une grande main lui entourer la taille. Elle eut soudain très froid. Puis très chaud. Il l'attira contre lui, et lui fit un oreiller de son bras.

— Détends-toi et dors, lui murmura-t-il à l'oreille.

On n'entendit plus que le bruit des gouttes contre la toile cirée du hayon.

— Court ?

— Oui ?

— Cette journée a été pénible. Je suis vraiment désolée de t'avoir entraînée là-dedans.

— Tu aurais préféré te débrouiller seule, comme d'habitude ? demanda-t-il en la serrant un peu plus fort.

— Je ne suis pas un tyran, quand même ?

— Si, mais ça ne m'empêche pas de bien t'aimer.

Une joie inattendue l'envahit, mais elle lui repoussa le bras, feignant de s'offusquer.

— Arrête de gigoter... C'est déjà assez dur de rester allongé comme ça, contre toi.

Court secoua doucement Maggie.

— Qu'y a-t-il ?

— La fièvre de Neetie est remontée en flèche. Il est inconscient.

— Mon Dieu !

— Il faut qu'on file à Nalerigu. On part sur-le-champ, nuit ou pas nuit. Le soleil ne va pas tarder à se lever, de toute façon. Mouille un linge pour lui rafraîchir les bras et le torse et faire baisser cette fièvre.

Quelques minutes plus tard, ils étaient en route. Court avait pris le volant, et Maggie avait administré un calmant à Neetie par intraveineuse.

Après quatre heures de conduite à vive allure, ils arrivèrent enfin à l'hôpital. Court n'aurait jamais cru être à ce point soulagé d'apercevoir un bâtiment aussi rudimentaire. Non seulement il s'inquiétait pour Neetie, mais l'état de Maggie, qui semblait désemparée et terrorisée, l'effrayait, et il enrageait de ne pouvoir la rassurer. Et puis, Neetie n'était plus un simple patient. L'enfant avait pris beaucoup d'importance dans sa vie, tout comme Maggie, même s'il ne savait pas trop quand ni comment c'était arrivé.

— Allez chercher le Dr Roberts ! cria-t-il à l'aide-soignante qui venait à leur rencontre. Aidez Mlle Maggie à descendre, ajouta-t-il à l'attention de l'autre aide-soignant.

Elle était à genoux depuis des heures, et ses muscles devaient être complètement tétanisés.

Prenant Neetie dans ses bras, il se précipita vers la salle d'examen la plus proche.

— J'ai besoin d'un bilan complet, avec taux de créatinine et les stats.

Les tests sanguins devraient attendre car il n'y avait pas de laboratoire à Nalerigu.

Maggie prit le bras de Neetie.

— Tu lui poses une perf, dit-elle à Jill.

— Dès qu'elle sera en place, il me faudra une radio du torse et de l'abdomen, ajouta Court en sortant son stéthoscope.

— Qu'est-ce qu'on a ? demanda le Dr Roberts en entrant.

Court lui fit un rapport.

— Je te parie mon jet qu'il a un taux d'enzymes très élevé, conclut-il. Dès qu'il sera stabilisé, je veux qu'on le transfère en hélico à l'hôpital de Tema pour une IRM. Si son foie est aussi atteint que je le crains, il faudra le traiter à Boston.

Le Dr Roberts hocha la tête.

Court était plus déterminé que jamais : cet enfant recevrait les meilleurs traitements possible…

Ce ne fut qu'en milieu d'après-midi que Maggie rejoignit enfin son bungalow. Malgré le peu d'eau chaude qu'il restait, elle parvint à prendre une douche qui la réconforta un peu.

Neetie était à l'hôpital, entre la vie et la mort. Dès le lendemain matin, Court l'emmènerait dans son jet à l'hôpital de la côte. Sous le faible jet d'eau, elle se laissa aller aux larmes qu'elle retenait depuis le début. Son enfant allait mourir.

— Maggie ? Ça va ?

Inquiet des sanglots qui lui parvenaient de l'autre côté de la cloison, Court répéta sa question. Pas de réponse. Il entrouvrit la porte et fut accueilli par un bruit étouffé.

— Maggie ? Tu te sens bien ? J'entre, ajouta-t-il comme il ne percevait toujours aucune réaction.

Il poussa le battant.

— Maggie, tu me fais peur… Ça va bien ?

Le silence persistant, il ouvrit le rideau de douche.

— Sors de là ! cria-t-elle. Va-t-en !

Elle était affaissée contre le mur, la tête basse. Il sentit son cœur se serrer.

— Non, pas question que je te laisse dans cet état.

Il retira ses bottes pour la rejoindre dans la douche et la relever puis l'attira contre lui. Comme elle tentait de résister, il resserra son emprise. Il fallait qu'elle comprenne qu'il était là pour elle. Ce ne serait pas toujours le cas, mais, en attendant, elle pouvait compter sur lui.

Il repoussa une mèche de ses cheveux trempés et lui embrassa le front, la sentant toute tremblante. Si seulement il pouvait la soulager de son chagrin !

Elle resta ainsi contre lui pendant plusieurs minutes avant de se détendre un peu. Secouée par un profond sanglot, elle noua les bras autour de sa taille, s'accrochant à lui comme si sa vie en dépendait. Ses larmes se mêlaient au filet d'eau qui coulait toujours.

— Maggie, il faut être forte, pour Neetie, et te reprendre. Il est stable et conscient.

— Oui, dit-elle dans un souffle.

— J'ai parlé au Dr Roberts. Il est d'accord pour que tu l'accompagnes.

— Merci, murmura-t-elle en levant la tête pour lui donner un baiser.

Il la repoussa doucement.

— Maggie, non… Tu ne sais pas ce que tu fais.

Elle lui saisit la main blessée qui était bandée et recouverte d'un gant chirurgical.

— Excuse-moi, dit-elle en lui embrassant le poignet.

Il retint sa respiration. La tenir là, dans ses bras, nue, c'était plus qu'il ne pouvait en supporter. Malgré les circonstances, le désir qu'elle lui inspirait n'avait pas disparu, mais loin de lui l'idée de profiter de la situation.

— Si tu te sens mieux, je vais te laisser finir ta douche… J'en ai bien besoin d'une, moi aussi.

— Non, ne pars pas, murmura-t-elle en lui ôtant son T-shirt. J'ai besoin d'oublier. Juste un moment…

— Maggie, tu ne sais pas à quoi tu joues.

Elle lui déposa un baiser sur le torse.

— Tu es tout salé… Tu as besoin d'un bain, et, avec ta main, tu n'y arriveras pas tout seul. Laisse-moi t'aider.

— Je ne crois pas que ce soit une bo…

— Taisez-vous, docteur. Je te lave les cheveux, et puis je m'en vais.

Quand, haussée sur la pointe des pieds, elle lui versa du shampoing sur la tête, il ne put résister et lui déposa un baiser sur le sein. Haletante, elle lui passa les mains dans les cheveux pour le débarrasser des dernières traces de savon. Dans ses yeux, il lisait toute la fatigue accumulée, mais aussi un désir aussi intense que le sien.

Il lui embrassait le front, la tempe, une joue quand elle tourna légèrement la tête, comme une invite qu'il ne put qu'accepter. Il lui prit alors les lèvres dans un baiser affamé, auquel elle répondit avec passion, mêlant sa langue à la sienne. Il avait connu des femmes, dans sa vie, apprécié leur compagnie, mais jamais il n'avait ressenti ce désir brûlant. Il n'avait plus la force de lutter : il la voulait, là, maintenant.

Mais elle avait besoin de tendresse, alors il se montrerait aussi patient que son corps le lui permettrait. Peu importait ce qu'il lui en coûterait, il voulait lui donner les caresses et la douceur qu'elle méritait. Elle n'était plus seule, pour cette nuit tout au moins. Pour demain, il ne promettrait rien.

Maggie adorait sentir le corps de Court contre le sien. Elle tremblait d'impatience de s'abandonner à lui, de retrouver cette connexion, de tout oublier. D'échapper à la réalité…

Il laissa échapper un gémissement qui fit déferler une vague de chaleur jusqu'au tréfonds d'elle-même. Quand elle eut fini de lui retirer ses vêtements, il coupa l'eau et la souleva.

— Prends une serviette, murmura-t-il.

Il la déposa sur le lit et s'allongea contre elle. Après lui avoir essuyé les cheveux, il plongea les doigts dans les mèches humides.

— Tu n'as pas idée du nombre de fois où j'ai eu envie de faire ça, murmura-t-il en les embrassant. Même mouillés, ils sont magnifiques.

Basculant sur le côté, il l'entraîna sur lui. Il était si fort, si rassurant… Appuyée sur les genoux, elle l'embrassa dans le cou, la pointe durcie de ses seins le frôlant. Elle continua à déposer une nuée de petits baisers le long de sa mâchoire, le cou, arquée contre lui, puis elle le regarda. Ses yeux étaient devenus aussi sombres qu'un ciel d'orage. Elle sourit en y lisant la confirmation qu'il la désirait aussi fort qu'elle le désirait.

— Jamais je n'ai autant eu envie d'une femme, murmura-t-il. Je ne vais pas te faire de mal, je veux juste te donner du plaisir.

— Oui, dit-elle en plaquant son sein contre sa main.

Court la prit par la taille, admirant ses seins juste au-dessus de son visage, sentant ses cheveux lui caresser le front. Quand doucement, il prit un téton entre ses lèvres, elle frissonna et gémit. Il changea de sein pour faire subir à l'autre le même traitement puis promena la langue tout autour du mamelon avant de souffler légèrement dessus puis de la ramener vers son torse. Le contact de sa peau soyeuse contre lui faillit le faire exploser. Il s'interrompit une seconde.

Ce n'était pas n'importe quelle femme. C'était Maggie.

Visiblement inconsciente de l'effet qu'elle lui faisait, elle lui effleura le ventre du bout des doigts puis descendit lentement jusqu'à l'endroit le plus sensible de son anatomie.

S'il la laissait poursuivre son exploration, il ne répondait plus de lui, mais elle ne semblait pas décidée à s'arrêter. Répondant à chacun de ses baisers, les provoquant même, elle continuait à le caresser, à l'embrasser… S'il ne la prenait pas maintenant, il allait perdre la raison.

— Tu es beau, murmura-t-elle.

— Beaucoup moins que toi, répondit-il en déposant un baiser au creux de sa main. J'ai envie de toi.

— Je sais, mais ça fait longtemps que je…

— J'avais deviné.

Elle essaya de se dégager, mais il la serra contre lui.

— Ne le prends pas mal, Maggie. Les hommes libres ne sont pas légion, ici, et même si c'était le cas, après ce que tu m'as raconté… Je ne suis pas surpris que tu veuilles te protéger.

— Tu as raison, murmura-t-elle avec un petit sourire.

La repoussant sur le dos, il l'embrassa avec une fougue renouvelée puis il lui écarta les jambes, insérant un doigt au creux de son intimité délicieusement humide. Comme elle se cambrait contre lui, il vint en elle d'un mouvement aussi contrôlé que son désir brûlant le lui permettait. La sensation fut incroyable. Elle noua les jambes autour de sa taille pour l'attirer au plus profond d'elle-même, se balançant au même rythme que le sien, et quand elle cria son nom, il la rejoignit dans l'oubli.

De longues minutes plus tard, il s'allongea à côté d'elle et la prit dans ses bras. Cette femme avait libéré des sentiments qu'il croyait enfouis à jamais. Il aimait la serrer contre lui, la posséder, la protéger. Comblé, il sombra dans le sommeil.

Maggie avait vécu les deux derniers jours comme prise dans un cyclone dont l'œil serait Court, stupéfaite par le nombre de portes qu'un nom pouvait ouvrir. Court Armstrong détenait un sésame qu'il n'hésitait pas à utiliser quand il le jugeait nécessaire.

À la grande surprise de Maggie, Raja avait fait le voyage en avion avec eux. Quand elle avait interrogé Court à son sujet, il lui avait juste répondu qu'elle allait recevoir une prothèse. Grâce au luxueux jet, le voyage jusqu'à Tema ne dura que quelques heures, et une ambulance les attendait à l'aéroport pour les conduire à l'hôpital de Provita. L'IRM confirma l'hépatite B, avec cirrhose biliaire primitive. Court l'avait pressenti, et

Maggie, si elle était morte d'inquiétude, remerciait le ciel de sa présence rassurante.

Pour survivre, Neetie avait besoin d'une intervention pour la pose d'un shunt intra-hépatique porto-systémique, plus connue sous l'acronyme de TIPS. Pour résumer la situation, s'il était resté à Nalerigu, Neetie n'aurait eu aucune chance, et, s'il s'en sortait, il le devrait à Court. Et elle aussi.

Au fil des jours, elle avait noté, bien que subtils, des changements dans l'attitude de Court. Du point de vue médical, notamment, il avait acquis une confiance en son jugement qui lui faisait défaut au début.

Quelques heures seulement après la confirmation du diagnostic, ils étaient en route pour les États-Unis. Cette fois, ce n'était pas Court qui pilotait. La fondation Armstrong avait envoyé un autre pilote afin qu'il puisse s'occuper de Neetie en cas de besoin. L'enfant était bien installé et Maggie le voyait se réveiller de temps en temps pour de courtes périodes. Jamais il n'avait été plus loin que l'hôpital de Nalerigu, et prendre l'avion devait être une grande aventure pour lui.

Pendant la nuit, Court entra dans la cabine et s'assit près d'elle. Dans la lumière tamisée, elle perçut des signes de fatigue sur son beau visage. Il lui passa un bras autour des épaules et l'attira à lui.

— Je n'arrive pas à dormir quand tu n'es pas dans mes bras, lui murmura-t-il à l'oreille.

L'instant d'après, sa respiration se faisait régulière. Blottie contre lui, Maggie prit la main de Neetie dans la sienne et s'endormit à son tour.

À Boston, ils embarquèrent à bord de l'hélicoptère que Court avait réservé. Si le traitement de faveur dont ils bénéficiaient devait sans doute beaucoup au nom des Armstrong, elle était persuadée que la personnalité de Court n'y était pas non plus étrangère. Dans d'autres circonstances, elle aurait apprécié le survol de la vieille ville de Boston, mais en l'occurrence le panorama ne servit qu'à lui rappeler concrètement combien leurs vies étaient différentes.

Aux urgences, on les attendait de pied ferme. Malgré son expérience, Maggie ne put que rester à l'écart et les regarder travailler, ce dont elle n'avait pas l'habitude.

Dès qu'on eut rempli tous les papiers nécessaires, Neetie fut emmené aux soins intensifs, et elle le suivit, avec Court, en tant que traducteurs. De toute façon, elle refusait de quitter Neetie. Elle lui tenait la main sans jamais cesser de lui parler, autant pour lui que pour se rassurer elle-même. Le pauvre ignorait l'agitation qui l'entourait et ses petits yeux fatigués restaient rivés sur elle.

— Je suis là, mon chéri, je t'aime, lui chuchota-t-elle alors que le sédatif commençait à faire son effet.

Elle essuya furtivement une larme. Elle avait beaucoup souffert lorsque le médecin lui avait annoncé qu'elle ne pourrait pas avoir d'enfants, et si maintenant elle perdait Neetie…

Mais pas question de se laisser abattre. Court lui passa un bras autour de la taille.

— Il va s'en sortir.

— Il le faut. Je refuse d'imaginer le contraire.

— Cet hôpital est l'un des meilleurs du monde. Allez, viens te reposer. On sera là demain matin.

— Non ! Je ne bouge pas d'ici.

— Pas question… Neetie a besoin de toi en pleine forme. Il est entre de bonnes mains, alors laisse-moi m'occuper de toi.

Court avait espéré se tromper dans son diagnostic, mais il éprouvait aussi une certaine euphorie à savoir que, cette fois, il avait vu juste. Ce doute qui le hantait depuis des années, ce poids sur ses épaules, commençait à s'estomper.

Avec Neetie aux soins intensifs et la procédure pour le TIPS fixé au lendemain matin, il se sentait enfin un peu soulagé. Le rétablissement serait long, mais la jeunesse de Neetie jouait en sa faveur.

Il observait Maggie, baignée dans la lumière qui filtrait par la vitre du taxi.

— C'est beau, commenta-t-elle. Je ne connaissais pas Boston.

Il lui serra la main.

— Oui, c'est la plus belle ville du monde. Je m'y suis toujours senti chez moi.

Elle lui jeta un coup d'œil méfiant alors que le taxi se dirigeait vers le vieux centre-ville. Avait-il dit quelque chose qui l'avait gênée ? Le chauffeur s'arrêta devant un bâtiment de pierre brune.

— On est arrivés à la maison, dit-il, étonné lui-même que cette expression lui paraisse si naturelle.

— C'est là que tu vis ?

— Tu t'attendais à quoi ? Une tour d'ivoire ?

— Eh bien, oui, sans doute, répondit-elle en le suivant sur le perron.

Il avait refusé qu'elle descende à l'hôtel et il avait fini par venir à bout de ses réticences, arguant que, s'il y avait un quelconque problème, c'était son numéro que l'hôpital appellerait. Elle avait cependant insisté sur un point : ils dormiraient dans des lits séparés. Il avait accepté à contrecœur. Même si cela engendrait des jours et des nuits de frustration.

Il la regarda déambuler dans le salon et se laisser tomber dans le fauteuil qu'il préférait. Cette maison lui allait comme un gant, mais ce n'était pas le moment d'analyser ce constat.

— Si tu savais depuis combien de temps je ne me suis pas assise dans un fauteuil comme celui-là… C'est génial !

— Tu veux quelque chose à boire ou à manger ? demanda-t-il en souriant. La femme de ménage a rempli le réfrigérateur.

— Non, merci, murmura-t-elle en appuyant la tête contre le dossier avec un soupir.

Il allait tout de même préparer du café. Quand il revint de la cuisine après quelques minutes d'absence, elle s'était endormie. La pauvre ! Il sourit, conscient qu'elle détesterait ce qualificatif. Depuis des jours, c'était l'adrénaline qui la faisait tenir. Malgré sa peur, elle affichait une force étonnante et, maintenant que Neetie était stabilisé et la procédure engagée, ses nerfs se relâchaient.

Il la porta jusqu'à la chambre d'amis. C'était bon de la sentir contre lui. Elle bougea, mais ne se réveilla pas lorsqu'il lui déposa un baiser sur les lèvres. C'était incroyable la place qu'elle avait prise dans sa vie en si peu de temps. Il n'avait rien vu venir, et il avait même combattu, et combattait toujours, ce sentiment. Ce serait sans doute merveilleux de la porter au lit tous les soirs, mais c'était un rêve qui ne se concrétiserait jamais.

Le lendemain matin, Maggie trouva Court dans la cuisine, près de la cafetière. Il ne portait qu'un jean et elle ne put s'empêcher d'admirer son corps athlétique. Quand leurs yeux se rencontrèrent, elle lut de la malice dans les siens.

— On apprécie le spectacle ?

— Tu n'aurais pas les chevilles qui enflent, par hasard ? répliqua-t-elle sur le même ton. C'est l'heure d'y aller, non ? Je veux être à l'hôpital avant que Neetie se réveille car il est terrorisé. C'est tellement nouveau, tout ça, pour lui.

— On y sera largement assez tôt. Je suis certain qu'il dort encore.

— Peut-être, mais…

— Je sais, maman a besoin de voir son poussin.

— Parfaitement, et si tu n'es pas prêt, j'appelle un taxi.

— Oh là, c'est bon… Donne-moi une minute pour finir de m'habiller.

Elle se prépara une tasse de thé en l'attendant. La présence de Court lui avait manqué cette nuit. Plusieurs fois, elle s'était réveillée en le cherchant dans le lit. Mais elle avait résisté au risque de laisser son cœur à Boston en repartant.

Neetie était réveillé quand ils arrivèrent à son chevet. Après un regard de reproche à Court, elle s'approcha de l'enfant. Le pauvre avait encore les yeux jaunes, mais sa fièvre était presque complètement tombée. Dès que son traitement serait terminé, il se remettrait vite. Ses bavardages incessants lui manquaient, songea-t-elle, attendrie.

Deux infirmières entrèrent pour l'emmener en radiologie afin de commencer le TIPS.

— Viens, je pense qu'ils vont nous autoriser à descendre avec lui, dit Court.

— Oui, docteur Armstrong, pas de problème, répondit l'une des infirmières en lui jetant un regard énamouré.

Pour la première fois de sa vie, Maggie eut envie d'apposer un panneau « PROPRIÉTÉ PRIVÉE » autour du cou d'un homme. Mais quoi qu'il se soit passé entre eux, elle n'avait aucun droit sur lui. Cependant, elle fut ravie de constater qu'il ne prêtait pas la moindre attention à l'infirmière.

— La salle d'attente pour les parents se trouve au fond de ce couloir, intervint l'autre infirmière.

*Les parents ?* Les parents de Neetie ? Une fois l'instant de surprise passée, elle s'aperçut qu'elle aimait bien le son de cette phrase. Mais pas la peine de rêver. Cela ne marcherait jamais. Court avait d'ailleurs bien précisé que leur relation n'avait pas d'avenir.

— Viens, on va prendre un petit déjeuner, dit Court quand ils furent seuls. Ça te changera les idées.

— Tu ne dois pas aller à la fondation ? demanda-t-elle alors qu'ils se dirigeaient vers la cafétéria.

— Je n'ai pas l'intention de te laisser seule ici.

— Merci, Court. C'est vraiment gentil.

Et elle le pensait vraiment.

La journée passa plus vite qu'elle ne l'aurait cru. Après l'annonce par l'hépatologue que Neetie avait supporté la procédure sans problème, elle n'avait pas quitté son chevet. Par précaution, les médecins avaient préféré le garder en soins intensifs, au moins jusqu'au lendemain.

Quand Court était parti à la fondation, elle s'était rendu compte à quel point il lui était devenu nécessaire. Pire encore, elle était devenue dépendante de lui… En situation d'urgence, ils formaient une équipe efficace, et elle n'avait pas eu de telle complicité — à tous points de vue — avec qui que ce soit d'autre. Il allait lui manquer quand elle retournerait au Ghana avec Neetie.

Pendant des années, elle s'était appliquée à ne compter que sur elle. Mais depuis quelques jours, elle avait laissé Court prendre les décisions, et elle avait apprécié cette épaule solide sur laquelle se reposer.

Toutefois, elle vivait au Ghana, et il n'avait pas l'intention de la suivre.

# 8.

Le soir, Court insista pour que Maggie quitte l'hôpital dès la fin des heures de visite. Il proposa de l'emmener dîner au restaurant, mais elle préféra un sandwich à la maison, ce qui ne l'arrangeait pas vraiment. À son goût, ils passaient beaucoup trop de temps en tête à tête, et il commençait à avoir les nerfs en pelote. C'était une drôle de sensation : d'un côté, il adorait avoir Maggie chez lui, mais il refusait de s'y habituer. S'il l'aidait, c'était uniquement pour Neetie. Uniquement…

Il la laissa devant la télévision pendant qu'il passait quelques coups de téléphone dans son bureau. En revenant dans le salon, il la trouva devant la bibliothèque, absorbée par les quelques photos de sa famille qu'il avait oublié de retirer.

— Qui sont tous ces gens ?

— Là, ce sont mes trois sœurs avec leurs enfants respectifs. Huit en tout…

— Ils ont l'air heureux.

— Sans doute. Je ne les vois pas beaucoup. Cette photo, c'était un cadeau de Noël.

— Ils vivent loin ?

— Non, ils vivent tous à Boston.

— Si j'avais des neveux et nièces, je les verrais souvent.

— Je n'en doute pas un instant, et tu serais leur tatie préférée.

— Vous devez passer des vacances formidables avec une si grande famille.

— Oh ! moi, pour les vacances je vais skier, en général !

— Les miennes étaient tristes…

— Comment ça ?

— D'un calme… Mais maintenant que je vais avoir Neetie,

ce seront des moments bien plus festifs. Peut-être même que j'inviterai ma mère au Ghana.

Il ressentit une certaine fierté à se dire qu'il était pour quelque chose dans son bonheur. Elle prit une autre photo.

— Tu avais quel âge, sur celle-ci ?

— Seize ans, à peu près.

— Tu étais déjà mignon, commenta-t-elle en se penchant pour mieux l'observer.

— Tu me trouves mignon, aujourd'hui ?

— Tu sais très bien que tu l'es.

— J'aime bien te l'entendre dire.

— Et là ? demanda-t-elle en désignant un autre cliché.

— Cinq ans.

Elle lui fit face. Il se demanda si elle avait perçu la tristesse de sa voix.

— Tu es où ?

Il lui prit la photo des mains.

— Là, c'est moi, dit-il en posant le doigt sur le petit garçon à l'air sage qui se tenait debout. Et là, sur les genoux de ma mère, c'était mon frère jumeau, Lyland.

Voilà bien un sujet qu'il n'aimait pas aborder, même avec sa propre famille. La partie immergée de l'iceberg de culpabilité qui le rongeait. Sa jalousie envers son frère handicapé, l'attention qu'il n'avait pas eue, les problèmes qu'il avait causés et qui avaient poussé ses parents à l'envoyer en pension, tous ces sujets étaient tabous. Mais pour une raison qui lui échappait, il avait envie de parler de Lyland à Maggie.

— Ça a dû être extrêmement dur de perdre ton frère, surtout un jumeau.

— Oui. C'était comme ma moitié. Mais, en fait, je l'avais déjà perdu avant sa mort.

Elle pencha la tête sur un côté, l'air interrogateur, avant de reposer la photo sur l'étagère pour en choisir une autre.

— Là, c'est le jour de mes neuf ans. Lyland était mort une semaine avant.

Il évita son regard, refusant d'y lire de la pitié. Reposant le cliché, elle lui passa les bras autour de la taille pour le serrer fort contre elle.

— Je suis désolée, vraiment désolée.

Il sentit son cœur se serrer, comme le jour où son père était venu au pensionnat lui annoncer le décès de Lyland. C'était depuis ce jour qu'il avait fermé son cœur à toute émotion, s'en félicitant à chaque instant, plus tard. Mais depuis que Maggie était entrée dans sa vie, tout avait changé. Quand il était avec elle, il était un autre homme.

— Tu veux me raconter ? demanda-t-elle, la joue collée contre son torse.

— Mes parents ont toujours aimé parcourir le monde. C'est au cours de leurs voyages qu'ils ont pris conscience des conditions dans lesquelles vivaient les gens dans certains pays, et ils ont convaincu mon arrière-grand-père de créer la fondation. Ils travaillaient au Yémen, quand la grossesse de ma mère est devenue problématique. Elle ne savait pas qu'elle attendait des jumeaux, mais il est devenu clair qu'elle accoucherait prématurément.

Il prit une inspiration et Maggie le serra un peu plus fort.

— Je suis né le premier, et pour Lyland, arrivé un peu plus tard, il y a eu des complications. Comme l'hôpital n'était pas bien équipé, il a eu des séquelles. Toute sa vie, il a fallu s'occuper de lui et mes parents lui ont consacré tout leur temps. Il est mort d'une pneumonie.

— Et quand il est mort, tu t'es senti seul, mais personne ne s'en est rendu compte, c'est ça ?

Elle le comprenait, ce qui n'avait jamais été le cas de ses parents.

— C'est en partie pour ça que je suis devenu pédiatre : pour aider les enfants comme Lyland. Mais un jour, je me suis trompé, et j'ai fait d'un autre enfant un légume, comme lui.

Elle pleurait. Maggie, la femme la plus forte qu'il connaissait, pleurait pour lui ! Soudain, elle le regarda droit dans les yeux.

— Un homme aussi intelligent que toi devrait savoir qu'il ne peut pas tout contrôler. Arrête de te flageller, ajouta-t-elle en lui prenant le visage entre ses mains. Laisse le passé où il est, tu ne le changeras pas.

Le lendemain matin, Maggie était aux anges : Neetie pouvait sortir de l'hôpital. Avant de partir, ils rendirent visite à Raja qui faisait des progrès incroyables avec sa nouvelle jambe. Un large sourire aux lèvres, la jeune femme leur montra les exercices qu'elle avait appris, et même Court, qui feignait le détachement, ne put cacher sa joie.

En attendant la visite bilan de Neetie chez le médecin une semaine plus tard, Maggie et lui vivraient chez Court qui avait été très ferme sur ses positions : ils n'iraient pas à l'hôtel. De toute façon, elle n'avait pas vraiment envie d'aller ailleurs, et comme il leur restait peu de temps avant de repartir, elle voulait passer le plus de temps possible avec Court.

Chaque nuit passée seule dans son lit était un supplice. Elle ne comptait plus le nombre de fois où elle avait failli le rejoindre, où elle avait revécu les heures passées dans ses bras. Pensait-il à elle, lui aussi ?

Elle ouvrit la porte de l'appartement et une exclamation joyeuse lui échappa en découvrant la pile de jouets qui les attendaient au milieu du salon.

En riant, Neetie s'agita pour descendre des bras de Court.

— Où as-tu trouvé tout ça ? demanda-t-elle.

— J'ai demandé à une de mes sœurs.

Elle ne put réprimer un sourire en voyant son air penaud.

— Je parie qu'elle a été tellement surprise qu'elle a dû appeler les autres, et voilà… Neetie a l'air content.

Réprimant ses larmes, elle lui donna un bref baiser sur les lèvres.

— Je crois qu'il n'a jamais eu un seul vrai jouet de sa vie. Mais je ne veux pas qu'il s'y habitue trop. Ce n'est pas ça, sa vraie vie.

Il la serra contre lui.

— Tu t'inquiètes trop, chérie. Il pourra bien en emporter un avec lui, non ?

— Oui, mais les autres enfants de Nalerigu ? J'aimerais pouvoir faire plus pour eux aussi.

Il s'écarta en fronçant les sourcils.

— En rapportant l'argent de la fondation, par exemple ?

— Par exemple…

Il semblait mécontent, soudain. Elle était chagrinée de constater qu'après tout ce qu'il avait vu il n'était toujours pas convaincu du besoin qu'ils avaient de ces fonds.

— Regarde, c'est M. Docteur ! appela Neetie en agitant un mannequin vêtu d'un treillis.

Court s'assit par terre, près de lui.

— Tu le gâtes trop, et ça va être dur de rentrer à la maison. Il est en plein choc des cultures !

Court lui retourna le sourire sexy qui la faisait fondre tout en sortant un autre jouet de la boîte. Puis il se mit à jouer comme un enfant. La complicité qu'il partageait avec Neetie lui serra le cœur. C'était le genre de moment dont elle avait toujours rêvé, mais ce n'était qu'un rêve, et le réveil serait encore plus dur cette fois car rien ne serait plus jamais comme avant.

Au bout de quelques jours, Neetie était tellement en forme qu'il courait dans tous les sens. Un soir, Court rentra tôt et proposa à Maggie d'emmener le garçonnet faire une promenade avec lui pour qu'elle puisse s'occuper d'elle-même. L'offre était trop tentante pour qu'elle refuse.

— Tu pourrais me déposer au centre commercial le plus proche ? Je m'étais promis que, la prochaine fois que je rentrerais aux États-Unis, je m'offrirais une pédicure et une manucure. Je rentrerai en taxi.

Devant le centre commercial, Court lui donna un rapide baiser comme chaque fois qu'elle lui en laissait l'occasion. En fait, il profitait de tous les moments possibles, mais n'en avait jamais assez.

— On dînera dehors, alors ne nous prépare rien, si tu rentres en premier.

— D'accord. Court, fais attention à ce que Neetie ne se fatigue pas trop, ajouta-t-elle en lui prenant le bras.

— Ne t'inquiète pas, je m'occuperai bien de lui. Profites-en bien.

Trente minutes plus tard, en se garant sur le vaste parking, Court regrettait déjà ses dernières paroles. Que connaissait-il aux enfants ? Hormis leurs particularités médicales, pas grand-chose. Il n'avait même jamais gardé ses neveux et nièces.

— On est arrivés.

Neetie lui jeta un regard méfiant.

— Où ça ? demanda-t-il en mamprusi.

— Au zoo.

— C'est quoi, « zoo » ?

— Suis-moi, je vais te montrer. Je pense que tu vas aimer.

Alors qu'ils se dirigeaient vers l'entrée, Neetie glissa sa main dans la sienne. Au début, ce geste de confiance rendit Court nerveux, mais, très vite, il aima.

La visite commença par les éléphants pour le plus grand bonheur de Neetie qui riait de les voir s'arroser avec leur trompe. Quand ils passèrent devant les serpents, le petit garçon se cacha derrière Court.

— Regarde, ils ne peuvent pas te faire de mal, lui dit-il en touchant la cage de verre. Et puis, ne t'inquiète pas, je suis là.

Neetie tendit le cou sans s'éloigner de lui pour regarder les gros serpents. Court s'étonna des mots qu'il venait de prononcer. Des mots qu'il se croyait incapable de dire à quiconque, et encore moins à un enfant. Pour la première fois, il comprit ce que Roger avait dû ressentir en apprenant que son fils resterait handicapé à vie.

— J'aime pas, ils sont méchants, dit Neetie, le sortant de ses pensées.

— Si on allait voir les ours ?

Au regard perplexe de Neetie, Court devina que l'enfant n'avait aucune idée de ce qu'était un ours. Évidemment, comment pourrait-il le savoir ? Il voulait aider cet enfant, lui donner une vie meilleure. Et que pouvait-il faire pour les autres enfants du Ghana ?

Neetie adora les ours polaires, et seule la promesse d'un hot-dog parvint à l'en éloigner.

— Encore, dit l'enfant quand il eut tout dévoré.

Il avait pourtant fait une drôle de tête en goûtant la moutarde pour la première fois.

— Je ne pense pas que *mamzelle* Maggie serait d'accord. Allons plutôt voir les singes, d'accord ?

Court ne se rappelait pas s'être autant amusé, et il regrettait que Maggie ne soit pas là, avec eux. Il faudrait qu'ils l'emmènent, la prochaine fois.

Sauf qu'il n'y aurait pas de prochaine fois, Neetie et elle repartant bientôt. Pourquoi cette idée l'ennuyait-elle autant ? se demanda-t-il sans vraiment essayer de comprendre.

— Pipi, dit Neetie en le tirant par la manche.

— D'accord, on va chercher des toilettes.

En attendant devant la porte, quelques minutes plus tard, Court songeait à sa réaction quand il voyait des pères faire ce qu'il faisait aujourd'hui. Sa vie avait décidément bien changé.

— J'ai fini, annonça Neetie en sortant.

— Lave-toi bien les mains.

Il ne se reconnaissait pas. Voilà qu'il parlait comme le parfait père de famille !

Ils restèrent encore quelques heures dans l'enceinte du zoo puis regagnèrent la voiture. Neetie marchait moins vite.

— Tu veux monter à cheval sur mes épaules ?

— Je veux pas un cheval sur mes épaules.

— Je vais te montrer, dit Court en se penchant. Monte sur mon dos, et tu t'accroches à mon cou. Voilà…

Il passa les mains sous les fesses de l'enfant et le souleva.

— Ça va ?

— Oui, j'aime bien faire le cheval.

Court éclata de rire. Lui aussi, il aimait bien *faire le cheval* avec Neetie. Ce qu'il aimait moins, c'était l'idée que, bientôt, ce ne serait plus possible.

Revenu à la voiture, il attacha l'enfant à l'arrière et il s'apprêtait à refermer la portière quand il entendit :

— Je t'aime bien, monsieur Docteur.

Son cœur se serra.

— Moi aussi, je t'aime bien.

Maggie, qui avait passé la majeure partie de l'après-midi à se faire dorloter, avait presque oublié comme c'était bon. Quand elle rentra, Court et Neetie n'étaient pas encore de retour.

Quelques instants plus tard, on sonnait à la porte. Pensant que c'était encore Neetie qui s'amusait, elle ouvrit et se retrouva face à une femme impressionnante, dans la soixantaine environ. Sans doute la mère de Court…

— Bonjour, je suis Grace Armstrong. Vous devez être Maggie ?

— Oui, mais Court n'est pas là, pour l'instant.

— C'est vous que je voulais voir. Puis-je entrer ?

— Oh ! oui, bien sûr, dit Maggie en ouvrant la porte en grand. Euh… Souhaitez-vous une tasse de thé ?

— Avec plaisir, merci.

La mère de Court la suivit dans la cuisine. Elle portait un tailleur-pantalon noir et un chemisier tout simple mais très élégant. Elle s'assit gracieusement sur une chaise.

— J'ai reçu un coup de fil de l'une de mes filles m'annonçant que Court hébergeait une femme et un enfant. Je me suis dit qu'il fallait que je fasse votre connaissance.

— Madame Armstrong…

— Je vous en prie, appelez-moi Grace.

Le ton était péremptoire. Voilà donc de qui Court tenait sa forte personnalité…

— Alors, dites-moi ce qu'il y a entre mon fils et vous.

Maggie se raidit, sur la défensive, et elle lui servit une tasse de thé d'une main tremblante.

Comme elle restait silencieuse, Grace sourit et lui toucha le bras.

— Comme toute mère, je suis curieuse de la vie de mon fils.

— Nous sommes collègues de travail. Je suis infirmière à l'hôpital de Nalerigu, au Ghana, et je suis ici parce que j'ai accompagné un des enfants du village qui avait besoin d'une opération d'urgence.

— Et moi, je pense que ce n'est pas tout à fait vrai. À ma connaissance, Court n'a jamais accueilli aucune femme chez lui. C'est un peu son sanctuaire, voyez-vous…

— Court s'est montré très généreux avec Neetie et moi.

Grace lui adressa un sourire entendu.

— Parlez-moi un peu de vous, ma chère.

Le sujet serait moins sensible, songea Maggie, soulagée. Elle lui décrivit donc l'hôpital, les habitants de la région ainsi que leurs projets de cliniques itinérantes, et Grace se montra très attentive, curieuse même.

— Vous semblez très dévouée à votre travail.

— C'est toute ma vie. J'aime ces gens, mais les conditions dans lesquelles nous les soignons ne sont pas faciles. Savez-vous que l'hôpital avait postulé à une bourse de la fondation Armstrong ?

— Oui, Court en a parlé à un conseil d'administration.

Il n'avait donc pas parlé d'elle à sa mère. Mais peu importait, ce qui comptait pour le moment, c'était la bourse. Cette rencontre pouvait représenter une chance inespérée.

— J'aimerais qu'il reconsidère sa position, ajouta-t-elle juste au moment où la porte d'entrée s'ouvrit.

— Maggie ! appela Court.

— Je suis dans la cuisine avec ta mère.

Neetie entra comme une tornade.

— Mamzelle Maggie, on a vu des gros lions. Et un ours.

Maggie embrassa un Neetie surexcité non sans jeter un regard interrogateur à Court.

— On a passé l'après-midi au zoo, expliqua ce dernier.

— Tu t'es bien amusé, alors ?

L'enfant hocha vigoureusement la tête, se figeant soudain en remarquant la mère de Court.

— Neetie, je te présente la maman de M. Docteur, reprit Maggie. Maintenant, va jouer dans le salon.

— Bonjour, maman, dit Court avec un bref signe de la tête dès que Neetie eut quitté la pièce.

— Bonjour, Courtland.

Ils ne s'embrassaient donc pas ? se demanda Maggie.

— Qu'est-ce que tu fais ici, maman ?

— Court, ta mère est venue me voir, intervint Maggie, stupéfaite. Elle voulait que je lui parle du Ghana.

— J'ai voulu rencontrer la jeune femme que tu hébergeais.

— Ah oui ? Tu ne t'intéresses pas à mes amies, en général, dit-il d'un ton agressif que Maggie ne lui connaissait pas.

— Court, assieds-toi, je vais te servir une tasse de thé.

— Non, merci, Maggie. Tu es prête ? On va sortir dîner.

Sa mère se leva, tenant son sac à main serré entre ses doigts.

— Je vous laisse.

— Je te raccompagne, dit Court en se dirigeant vers la porte.

— Maggie, ce fut un plaisir de vous rencontrer, dit Grace. Excusez les mauvaises manières de mon fils.

Quand Court revint, il semblait excédé.

— Ça va ? lui demanda-t-elle.

— Très bien. Ne te mêle pas de ça, Maggie, tu ne pourras rien y changer.

# 9.

En rentrant de leur dîner, Maggie coucha Neetie. Épuisé, il avait été étonnamment calme sur le chemin du retour.

— Il va bien, mais on le surveillera cette nuit, ne t'inquiète pas, dit Court. Et si tu t'occupais de moi, plutôt ? ajouta-t-il avec un sourire canaille.

Elle se sentit rougir.

— Je parlais de mes points, coquine !

— Évidemment ! Tu as cru que je pensais à autre chose ? répliqua-t-elle en allant chercher son kit de suture.

Pendant qu'elle s'occupait de sa main, il ne cessa de la taquiner, lui soufflant dans l'oreille, essayant de la mordiller. Une fois les points retirés, elle ressentit une certaine fierté en le voyant considérer la cicatrice d'un regard admiratif. Oui, elle avait fait du bon travail.

Alors qu'elle s'apprêtait à se lever pour ranger sa trousse, il la retint par le bras et l'assit sur ses genoux.

— Attends, laisse-moi te remercier, dit-il en posant ses lèvres sur les siennes.

Incapable de résister, elle noua les bras autour de son cou et s'abandonna à ce délicieux baiser. Voilà bien le genre de moment qui lui manquerait quand elle serait rentrée.

Quand la main de Court glissa sous son T-shirt pour se poser sur l'un de ses seins, une vague de chaleur la balaya. Si elle ne l'arrêtait pas tout de suite, elle ne répondrait plus de rien, mais son cœur, lui, risquait d'être brisé. Comme elle le repoussait, il laissa échapper un petit grognement frustré.

— Je vais voir Neetie.

Elle avait un mauvais pressentiment concernant l'enfant. À

tort car il n'avait pas de fièvre, mais son sommeil était agité. Elle s'allongea sur l'autre lit en bâillant. Juste pour se reposer quelques minutes.

Un courant d'air frais la réveilla. Des bras puissants la soulevaient et elle se retrouva plaquée contre un torse connu.

— Qu'est-ce que tu fais ?

— Chut ! Tu vas réveiller Neetie.

— Quelque chose ne va pas ? Repose-moi ! Neetie…

— C'est dans mon lit que tu dois dormir, voilà ce qui ne va pas…, dit-il en l'allongeant. Neetie va bien, je viens de vérifier.

— Mais…

Il la fit taire d'un baiser.

— Chut… Tu t'en vas bientôt, dit-il en la caressant doucement. J'ai besoin de toi.

Le cœur déchiré par la tendresse de ses paroles, elle lui prit le visage entre ses mains et l'embrassa avec tout l'amour qu'elle ressentait. Et tant pis si cela ne durait pas.

— Moi aussi, j'ai besoin de toi.

Il lui fit l'amour avec une douceur infinie, la menant jusqu'à l'extase avant qu'elle ne s'écroule dans un nuage de plaisir et de bonheur, avant de recommencer. Comme s'il n'arrivait pas à se rassasier d'elle… Comme s'il voulait mémoriser chaque parcelle de son corps et laisser sur elle la trace indélébile du sien.

Quant à elle, plus de doute, à présent : elle était follement éprise de cet homme.

Aux petites heures du jour, elle se libéra du bras qui l'emprisonnait. Après avoir enfilé son T-shirt, elle se dirigea vers la chambre de Neetie.

Dès qu'elle entra, elle sut que quelque chose n'allait pas.

— Court ! cria-t-elle.

Il se précipita, vêtu de son caleçon.

— Que se passe-t-il ?

— Neetie, tu m'entends ? demanda-t-elle en secouant l'enfant immobile.

— Je vais chercher ma trousse.

La gorge trop nouée pour déglutir, Maggie mouilla une serviette qu'elle passa sur le visage de Neetie. Il entrouvrit les yeux puis les referma.

— Il faut l'emmener à l'hôpital, décréta Court après l'avoir examiné. Rassemble quelques affaires, je vais m'habiller.

Pas un mot de réconfort… Que des ordres strictement professionnels.

Ils se mirent en route en un temps record, et le trajet jusqu'à l'hôpital rappela à Maggie de sinistres souvenirs. Elle tenait Neetie inconscient dans ses bras à l'arrière, pendant que Court filait à travers les rues calmes. Enfin, il s'arrêta dans un crissement de pneus devant l'entrée des urgences.

À partir de là, tout alla très vite. On lui prit Neetie des bras pour le poser sur une civière et elle suivit à distance, tel un automate.

Alors qu'ils attendaient les résultats de la batterie de tests et radios, Maggie frissonnait plus de peur que de froid, assise, toute raide, sur sa chaise inconfortable. S'entourant de ses bras, elle se prit à rêver que Court l'enlace, la réconforte, la rassure. Mais il était adossé au mur d'en face, bras croisés. Plus distant que jamais. S'en voulait-il de la rechute de Neetie ?

Après ce qui lui parut une éternité, on ramena Neetie. Il ouvrit brièvement les yeux quand la civière s'arrêta entre Court et elle.

— Mon chéri, tu vas bientôt aller mieux. Tu pourras manger de la glace, dit-elle en l'embrassant.

Le médecin s'approcha.

— Qu'est-ce qu'il a ? demanda-t-elle.

— Il a fait une encéphalopathie hépatique, ce qui arrive, parfois, après une TIPS. On pense qu'une toxine présente dans l'intestin, qui est normalement éliminée par le foie, est montée au cerveau. Ce genre de complication peut causer des traumatismes allant de la perte de mémoire au coma.

Maggie vit Court se figer. Le diagnostic devait être particulièrement dur à entendre, étant donné son expérience passée.

— Heureusement, ça a été pris tôt, poursuivit le médecin. Quelques jours de soins à l'hôpital et il ira mieux. Et puis, à son âge, on se remet facilement.

— Je vais rester jusqu'à ce qu'il soit admis en chambre, dit Court dès que le médecin fut parti. Mais, ensuite, je devrai partir car j'ai une réunion à la fondation, ce matin.

Le médecin distant qu'elle avait rencontré au Ghana était de retour. Maintenant, il évitait même son regard.

— Vas-y, ça va aller, lui dit-elle en essayant de garder une voix neutre.

— Tu en es sûre ?

Le ton était froid, de pure politesse.

— Certaine.

Il hocha la tête puis sortit.

Elle ne reconnaissait pas l'homme qui lui avait fait l'amour quelques heures plus tôt. Ce lien si étroit qu'elle avait cru partager, l'avait-elle imaginé ? S'était-elle trompée encore une fois ? Elle eut une envie soudaine de casser quelque chose, de le secouer, de retrouver le Court qu'elle avait cru découvrir.

Au coucher du soleil, Neetie n'était toujours pas assez en forme pour manger, mais son état s'améliorait. Le médecin voulait le garder en observation quelques jours avant de l'autoriser à sortir. Maggie avait demandé s'il serait assez bien pour rentrer au Ghana — après tout, Court avait été clair, ils n'avaient pas d'avenir à Boston. Le médecin avait fini par donner son accord du bout des lèvres.

Depuis deux jours que Neetie était hospitalisé, Court n'était pas venu le voir une seule fois, passant juste un bref coup de fil. Quelle mouche l'avait piqué ? Maggie avait beau lui chercher des excuses, elle avait du mal à en trouver une de valable.

En fin de soirée, elle entendit la porte de la chambre s'ouvrir puis la silhouette de Court se détacha dans l'embrasure. Il semblait hésiter à entrer. Tout ce qu'ils avaient partagé ne comptait donc pas pour lui ?

— Comment va-t-il ? demanda-t-il enfin, toujours sur le seuil.

— Le médecin a accepté qu'il rentre à la maison demain. Tu le saurais si tu étais venu prendre de ses nouvelles.

C'était un coup bas, mais son égoïsme la rendait folle.

— J'étais occupé à la fondation.

— Bien sûr. Tu me prends pour une idiote ? Tu ne l'as même pas regardé, et tu es venu suffisamment tard, espérant sans doute qu'il dormirait. Et moi aussi, peut-être ?

Il la regarda sans rien dire.

— Tu n'en as rien à faire de lui ?

— Bien sûr que si, Maggie, ne sois pas injuste.

— Eh bien, tu as une drôle de façon de le montrer. Ne te sens pas obligé de rester si tu n'es venu que pour apaiser ta conscience.

Quand il cilla, elle comprit qu'elle l'avait touché.

— Je ne vois pas de quoi tu…

— Oh ! ça va, Court ! Tu es sorti de nos vies aussi vite que tu y étais entré. Je sais que tu es mal à l'aise d'être ici.

Le voir blêmir lui apprit qu'elle avait vu juste : il avait peur.

— Je ne vois pas de quoi tu parles.

— Je crois que si. Mais tu n'as pas fait d'erreur, ni avec Neetie ni avec moi, Court.

— Je sais.

— Tu en es sûr ? On ne le dirait pas.

Il s'apprêtait à parler, mais elle leva la main, décidée à vider son sac.

— Je t'ai observé, à Nalerigu. Tu as un don, Court, et tu n'as pas le droit de le sacrifier. Cette compassion que tu as pour les gens, quand tu t'y autorises, n'est pas donnée à tout le monde. Tu es un merveilleux médecin qui s'interdit de pratiquer, et ça, oui, c'est une erreur.

— Tu ne comprends pas.

— Là aussi, je crois que tu te trompes. Je sais ce que c'est que de se sentir nul. Mon ex me l'a bien appris. Mais je sais aussi que, parfois, il faut s'arrêter de fuir et faire face.

— Ça n'a rien à voir avec toi et Neetie.

— Sauf que Neetie et moi avons besoin de quelqu'un qui soit prêt à s'impliquer sur le long terme. Et d'après ce que j'ai vu, tu ne te fais pas assez confiance pour ça.

— Ce que je ressens ne te regarde pas.

— Oui, tu as été très clair sur ce point, mais je croyais qu'on pouvait être amis. Tu ne peux pas tout contrôler, Court. Tu n'es pas responsable de la mort de ton frère, ni de l'indifférence de tes parents. Tu n'es pas non plus responsable de la réaction qu'un patient a faite à un médicament. Et tu n'es pas non plus responsable de la maladie de Neetie…

— Personne n'est parfait, Maggie, surtout pas moi, et tu ne peux rien changer à ça.

— Je n'essaie pas de te rendre parfait. Je te dis tout ça car tu as besoin de l'entendre et de l'accepter. Ta culpabilité t'éloigne des gens, elle t'empêche de vivre ta vie !

Elle avait raison, bien sûr, même s'il refusait de l'admettre.

— Tu sais toujours tout mieux que tout le monde, toi.

Les mots, sortis de sa bouche sans qu'il réfléchisse, la firent ciller. Il avait envie de cogner dans un mur. Mais surtout, il voulait que cette douleur cesse.

— Non, mais je sais que si tu ne fais rien, tu finiras seul et plein de remords, reprit-elle néanmoins. Ce serait dommage. Moi aussi, j'ai fui jusqu'à ce que je trouve ma place au Ghana. Ensuite, j'ai découvert Neetie, et avec lui un avenir. Toi, tu es prisonnier du passé. Tu n'es même pas capable d'avoir une conversation polie avec tes parents ni de voir ton meilleur ami. Oui, tu aimes les gens, mais tu refuses de l'admettre.

Il prit une longue inspiration.

— Tu ne peux pas sauver tout le monde, Maggie.

— Tu ne veux même pas l'être ! Tu préfères t'embourber dans ta douleur. Au moins, moi, j'essaie d'aider les gens qui en ont besoin. J'ai décidé d'être heureuse. Est-ce que tu seras capable d'en faire autant, un jour ?

Le silence tomba soudain, tel un couperet. Il lui en voulait, mais il s'en voulait surtout à lui-même. Sa peur de la perdre, de perdre Neetie, le paralysait. Plutôt que de risquer de souffrir plus tard, il préférait les laisser partir maintenant.

Elle reprit la parole.

— J'ai pris des billets pour le Ghana. On part demain.

— La fondation peut envoyer un…

— Tu en as assez fait, tout est déjà réservé.

— Je pourrai au moins te conduire à l'aéroport ?

— Tu es sûr ? Ça implique d'être dans la même voiture que nous…

— Je serai là, coupa-t-il.

Il sortit sans ajouter un mot. Pour qui se prenait-elle pour lui dire ce qu'il devait faire ou ce qu'il ressentait ?

Il dormit peu cette nuit-là car il fut plus souvent assis sur une chaise, à ressasser sa conversation avec Maggie. Avait-elle raison ? Refusait-il de se confronter à la réalité ?

Au lever du soleil, sa décision était prise : il devait se débarrasser de ses vieux démons. Durant son séjour au Ghana, il avait renoué avec son amour de la médecine, et, malgré ses peurs, il avait gagné en confiance. S'il voulait aller de l'avant, il devait parler à Roger et prendre des nouvelles de Jimmy.

Dès qu'il fut assez tard pour appeler, il composa le numéro de téléphone de son ami. La gouvernante l'informa que Roger avait emmené Jimmy à l'hôpital pour son rendez-vous mensuel.

Il prit une profonde inspiration. Il fallait qu'il parle à Roger avant de conduire Maggie à l'aéroport.

Quand il poussa la porte de la salle d'attente, un goût amer lui envahit la bouche. Roger, assis sur une chaise dans un coin, leva les yeux.

— Court ! Qu'est-ce que tu fais là ?

L'estomac noué, Court s'approcha de lui.

— Je suis venu te dire combien je suis désolé.

— Quoi ? Mais pourquoi maintenant ? Où étais-tu ces six derniers mois ?

Une vague de honte le submergea.

— J'aurais dû être là. Pour toi, pour Jimmy, pour Alice.

Roger se leva.

— Court, on sait que tu n'aurais rien pu faire de plus. Mais en tant qu'ami et médecin de Jimmy, on pensait au moins te voir à l'hôpital.

— Je n'ai aucune excuse, et mon attitude est inqualifiable. Tout ce que je peux faire, c'est vous demander pardon. Comment va Jimmy ?

Le petit garçon s'approcha, et son père lui posa une main sur l'épaule.

— Ça va. Sa rééducation se passe très bien et il fait des progrès. C'est un enfant heureux, ajouta-t-il avec un regard plein d'amour pour son fils.

L'enfant rendit son sourire à son père. Le même sourire que Neetie lui avait fait au zoo. Court comprenait un peu mieux, maintenant, ce que Roger ressentait pour son fils.

— On doit y aller… J'ai promis une glace à Jimmy s'il faisait bien ses exercices.

— Je pourrais peut-être passer, un de ces jours…, dit Court, la gorge serrée.

Il retint sa respiration, les yeux plongés dans ceux de son meilleur ami. Après ce qui lui parut une éternité, Roger hocha la tête avec un petit sourire.

Court les regarda s'éloigner. Le poids de la culpabilité n'avait pas disparu, mais il venait de s'alléger un peu.

Quand Court arriva, Magie était passée par tous les états de nerfs. Même Neetie, d'habitude docile, se montrait particulièrement réfractaire à tout ce qu'elle lui disait, et les préparatifs de départ avaient été pénibles. Mais aussi difficile que ce soit de quitter Court, c'était la meilleure chose à faire. Neetie et elle s'étaient déjà trop attachés à lui. Par ailleurs, cette fois, elle ne prenait pas la fuite, elle rentrait chez elle, au Ghana. En laissant derrière elle une partie de son cœur.

Elle regrettait d'avoir accepté que Court les conduise à l'aéroport. Les adieux n'en seraient que plus compliqués.

Dans la voiture, ils échangèrent à peine quelques mots. Neetie aussi était étonnamment silencieux, comme s'il sentait la tension qui régnait entre eux, et elle n'avait qu'une hâte : en finir avec cette épreuve.

Elle regarda le visage impassible de Court. Seules sa bouche serrée et ses mains agrippées un peu trop fort au volant trahissaient son état d'esprit.

Dès que la voiture s'arrêta, elle bondit dehors pour s'éloigner au plus vite. Au risque, sinon, de se jeter dans ses bras, de le supplier de venir avec eux, ou, pire, de lui proposer de rester… Or elle s'était juré de ne jamais refaire cela. Elle devrait apprendre à survivre sans lui.

Court déposa leurs maigres bagages sur un chariot.

Neetie sautillait en montrant le ciel.

— Le gros avion blanc, regarde !

Plus que quelques minutes à tenir, et tout serait fini. Court était magnifique, dans son costume sombre. Aussi beau que la première fois qu'elle l'avait vu débarquer sur le tarmac. Sauf qu'aujourd'hui elle savait que ces lunettes de soleil cachaient les yeux les plus incroyablement bleus qu'elle ait jamais vus. Des yeux qui brillaient quand il la taquinait, s'embuaient quand il était inquiet, ou s'assombrissaient quand il la désirait.

Oui, il avait un cœur. Il refusait juste de l'admettre.

Tout ce qu'elle ressentait en cet instant, c'était une immense tristesse. En quelques jours, ils étaient passés d'amants passionnés à simples connaissances.

— Au revoir, Neetie, dit Court en regardant l'enfant. Sois sage avec *mamzelle* Maggie.

Neetie hocha la tête, les yeux remplis de larmes, obligeant Maggie à cligner des yeux pour refouler les siennes.

Puis Court lui prit la main pour l'attirer à lui. Avant qu'elle ait le temps de comprendre, il posa ses lèvres sur les siennes, et elle répondit à son baiser exigent, désespéré, les bras autour de son cou, haussée sur la pointe des pieds.

Aussi abruptement qu'il l'avait saisie, il la relâcha.

— Au revoir, Maggie, dit-il en remontant en voiture sans un regard en arrière.

Le vent glacial la transperça. Se remettrait-elle de ce départ ?

Il lui fallait partir, et vite. Pour réfléchir, pour trouver le moyen d'éteindre le feu qui le consumait. Et surtout, pour éviter de dire quelque chose qu'il regretterait ou, pire, qu'il ne pensait pas.

Il jeta un coup d'œil dans le rétroviseur. Dans la lumière radieuse du soleil printanier, Maggie, tenant Neetie par la main, le regardait s'éloigner.

Son cœur restait avec eux, et la douleur était immense. Profonde, dévastatrice. Maggie partait, en emmenant Neetie avec elle. Ils étaient sa famille. Depuis ce jour, au marché, où il les avait protégés.

Soudain, l'Afrique lui sembla loin, très loin, et sa vie sans Maggie plus aride encore que le désert du Ghana.

Court ne savait pas qui avait été le plus surpris de son appel : ses parents ou lui-même. Maintenant qu'il était devant la porte de la maison de Beacon Hill, la singularité de sa situation lui sautait aux yeux. Peu d'enfants sonnaient avant d'entrer chez leurs parents. Lui oui. Preuve que cette maison n'avait jamais vraiment été la sienne.

Maggie et Neetie étaient partis depuis quatre longues semaines, et pas un jour ne s'était passé sans qu'il songe aux paroles de la jeune femme. Oui, il avait fui. Mais depuis sa confrontation avec Roger, il remettait progressivement sa vie dans le sens de la marche et, en venant voir ses parents, il espérait obtenir des réponses à ses questions sur son enfance. Maggie avait fait remonter à la surface des émotions enfouies. Personne n'avait osé lui parler aussi franchement, pas même le peu de gens qu'il considérait comme ses amis.

Il fut surpris d'être accueilli sur le seuil par ses deux parents. Son père, homme de caractère mais volontiers souriant, lui tendit la main. Sa mère affichait un sourire de circonstance, toujours impeccable dans son tailleur-pantalon. Elle le gratifia d'un baiser sur la joue, comme il l'avait vue le faire tant de fois aux donateurs de la fondation.

— Quelle surprise ! Un problème à la fondation ?

— Non, maman. Tout va bien à la fondation, rassure-toi.

— Très bien. Entre donc nous dire ce qui t'amène ici.

Elle les précéda dans le salon des invités. Voilà qui confirmait qu'il n'était que toléré dans cette maison. Mais si dur que ce soit de l'admettre, ce n'était pas entièrement leur faute. Il venait trop peu souvent pour être considéré autrement que comme un visiteur.

— Alors, fiston, explique-nous tout, demanda son père.

Court prit une profonde inspiration. Il s'apprêtait à rouvrir une vieille blessure qui n'avait jamais cicatrisé, et il ne savait pas si la conversation qui s'ensuivrait allait améliorer les choses ou les empirer.

— Je veux qu'on parle de Lyland.

Sa mère retint son souffle et baissa les yeux sur ses mains crispées. Son père s'agita sur sa chaise.

— Pourquoi ? C'était il y a si longtemps.

— Je sais, maman, répliqua-t-il sans parvenir à cacher son amertume. C'était mon frère, je te rappelle. Je veux savoir pourquoi nous n'avons jamais pu parler de Lyland, et pourquoi vous vous êtes débarrassés de moi en m'envoyant en pension.

Son père tendit une main.

— Grace, laisse-moi répondre. Nous avons fait ce que nous pensions être le mieux, fiston… On ne voulait pas que tu subisses notre chagrin, et on préférait que tu te fasses des souvenirs heureux.

Des souvenirs heureux ? Le dernier souvenir heureux qu'il avait de cette maison datait de bien avant la mort de son frère. Après, il n'avait eu qu'une hâte quand il revenait, ici : repartir.

Grace pleurait en silence. Son père se leva pour la prendre dans ses bras.

— Ta mère a failli perdre la tête, tu sais. J'ai fini par la convaincre de travailler à la fondation pour s'occuper l'esprit.

— Et moi ?

Les mots pouvaient paraître puérils et égoïstes, venant d'un adulte, mais c'étaient ceux d'un l'enfant solitaire et triste.

Ses parents se figèrent.

— Comment ça, « et toi » ? Nous avons toujours subvenu à tes besoins.

— Oui, j'ai toujours eu de quoi me nourrir et m'habiller, mais vous m'avez tenu à l'écart. Moi aussi, j'aimais Lyland. C'était mon frère jumeau, bon sang ! Vous m'avez envoyé en pension, bien loin, parce que c'était trop dur de me voir, moi, et pas lui ? Parce que vous auriez préféré que ce soit moi qui meure ?

Sa mère semblait horrifiée.

— Court, mais qu'est-ce qui t'a mis cette idée en tête ?

— Je n'étais qu'un enfant. Que voulais-tu que je croie ? Maintenant, je suis capable de rationaliser tout ça, mais ces sentiments, ils sont toujours là, conclut-il en se touchant la poitrine.

— Court, nous t'aimons autant que nous aimions Lyland. Nous voulions te protéger, t'éviter de souffrir plus que tu ne souffrais déjà.

— Mais c'était pire.

— On le sait, maintenant, dit sa mère en jetant un coup d'œil à son père. Quand tu es entré au lycée, on s'est rendu compte qu'on était allés trop loin, mais c'était trop tard… Tu ne voulais même plus rentrer à la maison pour les vacances.

Elle se remit à pleurer.

— Nous avions perdu nos deux fils…

— Nous avons essayé de te récupérer, à notre façon, en insistant pour que tu t'impliques dans la fondation, poursuivit son père. Nous savions que tu croyais en son utilité, alors quand tu as pris ton congé nous avons fait en sorte que tu sois nommé P.-D.G. On se disait que ça nous donnerait au moins l'occasion de te voir.

Comme si on venait soudain d'ouvrir des volets trop longtemps fermés, Court comprenait enfin qui étaient ses parents. Ils avaient souffert, et, quand ils avaient réussi à sortir la tête de l'eau, il était trop tard. Ils avaient perdu leur autre fils. Était-ce la même chose qui lui arrivait, avec Maggie et Neetie ? Était-il en train de répéter l'erreur de ses parents ?

— Nous n'avons jamais voulu te blesser. Nous t'aimons, Court, dit sa mère.

Il voyait bien, maintenant, qu'ils avaient souffert, mais ce constat n'effaçait pas toutes ces années de souffrance. Pas question de faire la même erreur… Sa place était auprès de Maggie et de Neetie. Il allait retourner au Ghana et prouver à Maggie qu'il la méritait.

Sa mère vint lui prendre la main.

— Court, peux-tu nous donner une seconde chance ? Tu nous as tellement manqué !

Voilà ce qu'il allait demander à Maggie ! Et, décemment, il ne pouvait pas faire moins pour ses parents que ce qu'il espérait recevoir de Maggie.

— Je veux bien essayer, mais il y aura toujours de la distance entre nous car je pars m'installer en Afrique.

Une semaine plus tard, Court tapotait pensivement son stylo sur le bureau de chêne de la fondation Armstrong. Les gros nuages noirs qui s'amoncelaient sur le port lui rappelaient la couleur du ciel du jour où il avait conduit Neetie à l'hôpital sous l'orage. Les battements de son cœur s'accélérèrent instantanément. Maggie… Il allait bientôt la retrouver. Comment réagirait-elle ?

Elle n'hésitait pas à montrer ses sentiments, mais parviendrait-il à être aussi ouvert ? Avec elle, il était sûr que ce serait possible. Tout ce qu'il avait à faire, c'était la convaincre de lui laisser sa chance. Elle s'était donnée à lui sans retenue, mais il avait senti chez elle une attente alors que lui n'était pas encore prêt. Aujourd'hui, c'était différent. Ses vieux démons étaient derrière lui, et il n'avait plus besoin de protéger son cœur puisqu'il appartenait de toute façon à Maggie.

C'était sa dernière journée à la fondation car il avait démissionné. Il était temps pour lui de se battre pour ce qui comptait vraiment : donner à Neetie la famille et l'amour que lui-même avait cru ne jamais trouver. Il ne répéterait pas les erreurs de ses parents.

Comme il avait hâte de reprendre ses fonctions de médecin au Ghana… En aidant ceux qui en avaient le plus besoin, en mettant son influence au service de l'hôpital, il honorerait la mémoire de Lyland.

Il n'avait pas encore retrouvé une relation normale avec ses parents, mais c'était en bonne voie. Il faudrait sans doute du temps pour oublier ces années d'éloignement. Mais il avait appris de leurs erreurs : il ne se contenterait pas d'espérer une vie meilleure, il y travaillerait activement. Il se concentrerait sur ce qu'il voulait construire avec Maggie et Neetie au lieu de se lamenter sur ce qu'il avait perdu.

Sa famille, la vraie, l'attendait au Ghana. Le rythme du stylo contre le bois s'accéléra. Comment allaient-ils l'accueillir, là-bas ?

# 10.

Maggie leva les yeux vers l'avion qui s'apprêtait à atterrir avec, à son bord, les nouveaux médecins intérimaires. Tant mieux car ils avaient bien besoin de renfort.

Elle avait abandonné tout espoir concernant la fondation Armstrong. Depuis deux mois que Neetie et elle étaient rentrés, ils n'avaient eu aucune nouvelle de leur demande de fonds.

Ils n'avaient pas non plus eu de nouvelles de Court. Ce n'était pas vraiment une surprise, et pourtant elle ne pouvait s'empêcher d'espérer encore. Rien n'y faisait : elle ne parvenait pas à l'oublier. Alors, pour s'occuper l'esprit, elle travaillait d'arrache-pied, et quand elle était bien épuisée, au moins, elle dormait.

— Suivant ! appela-t-elle en mamprusi.

Elle jeta un œil en direction de l'abri où Neetie jouait avec des camarades. La veille, elle avait reçu les papiers faisant de lui officiellement son fils. Cet enfant illuminait sa vie, mais l'absence de Court laissait un vide que personne ne remplirait.

— Asseyez-vous sur la table, dit-elle à sa patiente en se retournant pour prendre le brassard.

— Je vais lui prendre son pouls pendant que tu t'occupes de la tension.

Court ?

Elle s'immobilisa, le souffle coupé. Impossible… Pourtant, elle aurait reconnu cette voix grave entre mille. Cette voix qu'elle entendait chaque soir avant de s'endormir. Oui, cela ne pouvait être que lui, mais elle n'osait pas se retourner de peur de se ridiculiser en se jetant dans ses bras.

— Il va bien falloir que tu me regardes, murmura-t-il dans

son dos, si près que son souffle lui chatouilla l'oreille. Maggie, on a une patiente qui nous attend.

Il se pencha sur la malade pour lui appliquer le stéthoscope sur la poitrine. Mécaniquement, Maggie contourna la table et posa le brassard pour la tension.

— Qu'est-ce que tu fais ici, Court ? demanda-t-elle d'une voix tremblante.

— Raja avait besoin d'un taxi.

Son cœur fit un bond. Levant enfin les yeux, elle vit le beau sourire, plein de tendresse, qui illuminait les traits de Court.

— Pourquoi tu ne vas pas la voir ? Je m'occupe de tes patients. Elle est dehors. Allez, vas-y, ajouta-t-il comme elle hésitait.

— Dis donc, tu ne vas pas commencer à me donner des ordres !

Il éclata de rire.

— Tu m'as manqué, *mamzelle* Maggie.

Sa voix était douce comme une caresse. La rejoignant, il la poussa doucement vers la porte.

— Va voir Raja. Tu pourras revenir me gronder après puisque je ne bouge pas d'ici.

Pas facile de se concentrer sur sa patiente avec les éclats de voix qui lui parvenaient de l'extérieur. Cela faisait des mois que Maggie et Raja ne s'étaient pas vues, et elles avaient visiblement pas mal de choses à se raconter. Surtout Raja qui s'était fort bien adaptée à sa jambe artificielle, marchant très bien, et commençant même à courir. Court n'était pas peu fier d'y avoir contribué.

Maggie revint dans la salle d'examen alors qu'il terminait avec sa patiente. Le grand sourire qu'il vit sur son beau visage lui fit battre le cœur un peu plus vite. Sans hésiter, elle se dirigea vers lui et noua les bras autour de son cou.

— Merci, Court. Merci mille fois.

Penchant la tête vers elle, il scella ses lèvres aux siennes.

Un baiser que l'arrivée d'un patient interrompit.

— C'est elle qui m'a attaqué, plaisanta-t-il pour cacher son trouble.

L'homme sourit.

— Mes femmes font pareil avec moi.

Court éclata de rire, et Maggie rosit. Qu'elle était jolie ! Elle s'affairait, mais il remarqua que ses mains tremblaient légèrement. Deux ou trois fois, il surprit même son regard pénétrant posé sur lui. Elle était troublée, et cela la rendait encore plus irrésistible. Elle lui avait tellement manqué ! Heureusement, la file des patients diminuait et, bientôt, il pourrait la reprendre dans ses bras.

— Tu as vu Neetie ? demanda-t-elle alors qu'un nouveau patient s'installait.

— Non, pas encore. J'ai pensé qu'il devait être à l'école, je n'ai pas voulu le déranger.

— Il va être très content de te voir. Tu lui as manqué.

— Et à toi, Maggie ?

De nouveau, elle rosit. Elle lui jeta un regard appuyé, avant de se détourner.

— Oui, tu m'as manqué, murmura-t-elle.

L'espace confiné s'emplit d'électricité. Les effleurements, la proximité forcée de leurs corps, les regards échangés, tout lui donnait envie de la prendre dans ses bras.

Plus que quelques patients.

Plus qu'un.

Enfin, le dernier sortit, et Court prit la main de Maggie pour l'attirer à lui. C'était si bon ! Il avait trouvé sa maison : les bras de Maggie, le Ghana. Il était chez lui.

Il enfouit le visage dans ses cheveux et inhala leur doux parfum de fleurs sauvages. D'un geste, il dénoua le ruban qui les retenait et, quand la masse sombre se répandit sur ses épaules, il y glissa les mains avec délectation avant de lui lever le visage pour plonger ses yeux dans les siens.

Après la surprise, il y lut l'attente, le désir et la joie qu'il ressentait lui aussi. Elle se serra contre lui. Saisissant l'invitation, il colla sa bouche à la sienne dans un baiser affamé par des semaines d'attente qu'elle lui rendit avec passion.

On frappa à la porte, et, à contrecœur, ils brisèrent leur étreinte.

— Maman Maggie ! Maman Maggie !

*Maman Maggie.* Ce nom lui allait bien, elle qui s'occupait toujours de tout le monde.

Elle s'écarta et posa un doigt sur les lèvres de Court en souriant.

— Un instant, mon chéri ! cria-t-elle. J'ai une surprise pour toi.

Court se laissa entraîner derrière la porte. Puis il la vit ramasser son chouchou et se rattacher les cheveux.

— Je n'ai pas envie que les gens jasent, dit-elle alors qu'il lui jetait un regard surpris.

— Personnellement, je m'en moque.

— Ça ne m'étonne pas de toi, commenta-t-elle en ouvrant la porte en grand. Regarde qui est là, Neetie !

— Monsieur Docteur ! s'écria l'enfant en se jetant dans ses bras.

— Salut, mon grand. Ça me fait plaisir de te voir.

Maggie avait les larmes aux yeux de voir les deux hommes de sa vie enlacés. Quitter Court avait été terrible, et ce serait encore plus horrible quand il repartirait, mais tant pis. Elle était trop heureuse de le voir pour penser à cela. Elle allait profiter de sa présence au maximum aussi longtemps qu'il resterait.

— « Maman Maggie ? » demanda-t-il par-dessus l'épaule de Neetie.

— Oui, c'est officiel, dit-elle en souriant.

— Génial !

L'enfant relâcha Court.

— Je vis avec maman Maggie, maintenant, expliqua-t-il très sérieusement. Elle s'occupe de moi tout le temps.

— Je n'en doute pas, répondit Court. Elle sait s'occuper des gens.

— Et j'ai ma chambre, comme dans ta maison.

— C'est vrai ?

Il jeta un regard interrogateur vers elle.

— Oui. Quand Neetie est venu vivre avec moi, j'ai demandé un bungalow plus grand. En principe, ils sont réservés aux médecins qui restent longtemps.

— Heureusement que tu es installée car ils doivent tous être pris, maintenant.

— Pourquoi ça ?

— Parce que j'ai ramené quelques praticiens avec moi.

— C'est vrai ? Oh ! Court, c'est super !

— La fondation Armstrong va envoyer des médecins et des infirmières. Il y aura aussi des bourses d'études offertes à des étudiants en médecine ghanéens, en compensation de quoi ils devront quatre années de travail à l'hôpital. On espère que ce temps-là leur suffira pour avoir envie de rester.

— C'est encore mieux que ce que j'avais imaginé.

— Je pensais bien que ça te plairait.

— Il faut que j'aille…

— Non, dit-il en l'entourant de ses bras. Pour une fois, laisse quelqu'un d'autre prendre le relais. On doit parler. De nous, de Neetie… Raja nous attend à la cantine, et puis je t'ai apporté quelque chose.

— C'est quoi ? C'est quoi ? demanda Neetie en sautillant autour d'eux.

— Que dirais-tu d'une bonne glace après dîner ?

— Ouais ! s'écria-t-il en partant en courant vers la cantine.

Court le regarda s'éloigner en souriant puis reporta son attention sur elle.

— Où peut-on discuter sans être interrompus ?

— On pourrait aller à mon bungalow, répondit-elle après une seconde d'hésitation.

— Maggie ! appela une infirmière. Vous pouvez m'aider à poser ces bandes avant de partir dîner ?

— Trop tard ! répliqua Court.

Le ton était pour le moins péremptoire. Avant qu'elle ait pu répondre, il l'entraînait par le bras vers le hangar qui servait de parking. Elle ignorait ce qu'il avait dans la tête, mais cela importait peu tant elle était heureuse qu'il soit là. Il adressa quelques mots au mécanicien, et l'homme désigna le camion qu'ils avaient utilisé pour aller au village de Neetie.

— Qu'est-ce que tu fais ? demanda-t-elle en le voyant s'en approcher.

— Je m'assure que nous ne serons pas dérangés.

— Mais… Et Neetie ?

— Ne t'inquiète pas pour lui. Raja s'en occupe.

Il ouvrit la portière côté passager et, sans autre forme de cérémonie, la déposa sur le siège. Après un rapide baiser, il vint s'asseoir près d'elle.

— Où va-t-on ?

— Je ne sais pas encore.

Cela faisait trente minutes qu'ils roulaient vers l'ouest, et Maggie n'en savait toujours pas davantage, mais loin d'elle l'idée de se plaindre du moment que Court lui tenait la main. Enfin, le camion s'arrêta.

— On joue les mystérieux, monsieur Docteur ?

— Il fallait qu'on soit seuls. Je n'allais pas te faire ma demande devant tout le monde, quand même ! marmonna-t-il.

Sa *demande* ?

— Qu'est-ce que tu entends par « faire ta demande » ? demanda-t-elle en retenant son souffle.

Elle le regarda prendre une longue inspiration en se frottant le front.

— Bon sang, je m'y prends comme un nul !

— Que se passe-t-il, Court ?

Il prit ses deux mains dans les siennes.

— J'essaie, de la manière la plus maladroite qui soit, de te demander en mariage, Maggie.

Elle sentit son cœur s'emballer.

— Je ne peux pas vivre sans toi, ajouta-t-il d'une voix rauque.

— Je t'aime, moi aussi, Court. Mais tu sais que je ne peux pas partir d'ici, et, toi, tu as des obligations à Boston, donc nous ne nous verrions pas souvent. Et puis, je ne suis plus toute seule, je dois penser à Neetie.

— J'aime Neetie aussi, Maggie. Et ça ne me dérange pas de vivre ici…

— Mais ton travail à la fondation ? Et ton cabinet ?

— Comme mon père reprend le poste de P.-D.G., la fondation n'a plus besoin de moi. Je me contenterai de superviser le travail qui est fait ici. Quant à mon cabinet, je l'ai revendu.

— Quoi ? Mais tu ne peux pas abandonner la médecine. Tu es un bon médecin, tu aimes aider les gens.

Il lui posa un doigt sur les lèvres.

— Chut, laisse-moi t'expliquer… Après ton départ, j'ai longuement réfléchi. J'ai appelé Robert, le père de Jimmy, et même mes parents. Tu vois, j'ai fait du chemin, et les choses s'améliorent.

— Je suis fière de toi.

— Je suis devenu médecin pour honorer la mémoire de mon frère, et maintenant je vais continuer pour Jimmy. Et pour aider les autres, comme tu dis… Je ne me suis jamais senti aussi bien que quand j'étais ici, à travailler avec toi. À Boston, il y a plein de médecins, ici, on a besoin de moi.

Maggie n'osait pas y croire.

— Qu'est-ce que tu essaies de me dire, Court ?

— Que j'abandonne mon cabinet de Boston, mais pas la médecine. Je vais exercer ici, à l'hôpital, en tant que médecin permanent. Aussi longtemps qu'on aura besoin de moi…, ajouta-t-il avec son beau sourire. C'est ici que j'ai trouvé la paix, et je veux rester près de toi et de Neetie. Si tu acceptes de m'épouser, ma vie sera parfaite.

Ces yeux qu'elle aimait tant scrutaient les siens, comme s'il redoutait sa réponse.

— Excuse-moi, mais je ne crois pas t'avoir entendu dire ce que tu ressentais pour moi.

— Ma chérie, je t'aime…

Voilà des mots qu'elle pensait ne jamais l'entendre prononcer.

— Tu serais capable de répéter ?

Il sourit.

— Je suis si mauvais que ça quand il s'agit de montrer mes sentiments ?

Elle hocha la tête.

— Je t'aime, Maggie. Je t'aime, je t'aime…

— Parfait… Je crois que je vais accepter la proposition.

Ils scellèrent leur union d'un baiser. Un merveilleux baiser.

Allongé sur le lit de fortune à l'arrière du camion, les yeux perdus dans l'immensité du ciel, Court serra Maggie un peu plus fort contre lui.

— Tu es vraiment sûr que tu veux abandonner Boston pour ça ? demanda-t-elle dans un soupir.

— Je croyais avoir été clair, tout à l'heure, répondit-il avec un sourire.

Elle l'embrassa dans le cou.

— Il va peut-être falloir que tu insistes…

— Ça doit pouvoir se faire, dit-il avant de l'embrasser passionnément.

S'il s'agissait de la convaincre, il avait son idée de la stratégie à adopter. Sans interrompre leur baiser, il la plaça sur lui, mais elle releva la tête pour le regarder.

— J'ai une question à te poser, Court.

— Maintenant ?

— Je ne pense pas que ça puisse attendre.

À contrecœur, il arrêta ses caresses, le ton de sa voix l'inquiétant un peu.

— Qu'est-ce que tu dirais d'agrandir un peu notre famille ? ajouta-t-elle.

— Tu veux adopter un autre enfant ?

— Peut-être, oui.

— Ma chérie, on fera tout ce que tu voudras. On aura une pleine maisonnée d'enfants si ça peut te rendre heureuse.

— Je t'aime, murmura-t-elle tout contre sa bouche.

— Ah oui ? Montre-moi ça, alors…

— Avec plaisir, monsieur Docteur… Tu vas être un père merveilleux.

Son baiser le fit frissonner des pieds à la tête. Il avait enfin trouvé le bonheur qu'il attendait depuis toujours… Ce pays lui avait fait le plus magnifique des cadeaux, un trésor qui rendait sa vie pleine et complète. Maggie rêvait d'une famille, eh bien ils allaient exaucer ce rêve ensemble. Et s'aimer toute leur vie.

BLANCHE

## Le docteur du Montana, de Becky Wicks - N°1633

Propriétaire d'une station de ski dans le Montana et père célibataire, le Dr Jax Clayborn doute que la nouvelle intérimaire venue de New York puisse survivre cinq minutes dans sa clinique prise d'assaut chaque hiver. Parce qu'il n'a d'autre choix que de lui laisser sa chance, il accueille le Dr Ophelia et découvre en elle une professionnelle accomplie et une femme d'une grande gentillesse envers son fils. Au point que Jax se demande comment il vivra son départ, prévu après Noël…

## Une famille avec lui, d'Alison Roberts

Le Dr Joanna n'a jamais trouvé l'homme qui lui permettrait d'accomplir son rêve de devenir mère. Aussi décide-t-elle, à la quarantaine passée, de faire un bébé toute seule. Mais voilà, quand l'intrépide ambulancier Cade Cameron surgit dans sa vie et dans son cœur, elle voit ses résolutions vaciller. Se pourrait-il que Cade soit celui qu'elle attendait pour fonder une famille ?

## Un bébé dans leur vie, d'Emily Forbes - N°1634

***SÉRIE : RENCONTRES EN AUSTRALIE - 1/2***

Sans conteste, Luci se tient face au plus bel homme qu'elle ait jamais vu ! Et, maintenant qu'elle sait que Seb Hollingsworth sera son colocataire pour les deux prochains mois, elle décide de suivre ce que lui dicte son instinct et s'autorise une histoire sans lendemain. De toute façon, Seb ne semble pas vouloir vivre plus qu'une aventure. Mais tout change lorsque Luci, qui se croyait stérile, se découvre enceinte…

## L'inconnu de l'Indian Pacific, d'Amy Andrews

***SÉRIE : RENCONTRES EN AUSTRALIE - 2/2***

Pourquoi n'a-t-elle pas demandé son nom au bel inconnu qu'elle a rencontré dans l'Indian Pacific, célèbre et luxueux train, avant de faire l'amour avec lui ? De retour chez elle, Felicity regrette la folle aventure qu'elle vient de vivre. Car, si elle avait su plus tôt que cet homme sexy allait être son futur patron, elle n'aurait pas cédé à la tentation. Reste désormais à travailler aux côtés de Callum Hollingsworth sans se remémorer leurs ébats…

HARLEQUIN

*Leur mission : sauver des vies.*
*Leur destin : trouver l'amour.*

BLANCHE

HARLEQUIN

## La fougue d'un baiser, de Susan Carlisle - N°1635

Le Dr Ellen Cox vient de lui voler un baiser alors qu'ils sont cernés par des narcotrafiquants en plein milieu de la jungle sud-américaine ! D'abord estomaqué, Chance est vite conquis par cette fougue nouvelle. Car, depuis qu'il a rencontré Ellen, celle-ci s'est toujours montrée si maniérée qu'il avait l'impression d'avoir affaire à une bimbo égocentrique. Se pourrait-il alors que, sous ses airs superficiels, Ellen cache une femme bien plus sensible ?

## Ce secret à conserver, de Janice Lynn

Le Dr Trace Stevens est de retour à Atlanta… Et il propose à Chrissie de vivre avec lui une nouvelle nuit de passion ! S'il n'a rien perdu de son charme depuis les instants inoubliables qu'ils ont partagés quatre ans plus tôt, pour Chrissie tout a changé. Car quatre ans c'est aussi l'âge de leur fils, Joss, dont Trace ignore l'existence…

*Leur mission : sauver des vies.*
*Leur destin : trouver l'amour*

HARLEQUIN
www.harlequin.fr